S. FISCHER

Gerhard Roth

DIE HÖLLE IST LEER –
DIE TEUFEL SIND ALLE HIER

Roman

S. FISCHER

MIX
Papier aus verantwortungsvollen Quellen
FSC® C083411

Erschienen bei S. FISCHER

Satz: Dörlemann Satz, Lemförde
Druck und Bindung: CPI books GmbH, Leck
Printed in Germany
ISBN 978-3-10-397213-9

»Die Hölle ist leer, und alle Teufel sind hier.«

William Shakespeare, Der Sturm

I
DIE EINSAMKEIT DES STRANDLÄUFERS

Jeden Morgen ging Lanz zum Strand und spazierte vom aufgelassenen Marine-Hospital, in dessen Nähe er wohnte, bis zum Hotel Excelsior und wieder zurück. »Ich versäume mein Leben«, dachte er, während er ging, »ich lebe nicht. Ich verhalte mich wie ein Fisch in einem Aquarium, der still im Wasser steht und darauf wartet, was geschieht.« Doch es geschah nie etwas, weil er der einzige überlebende Fisch im Wasserbehälter war. Alle anderen waren erschlagen und verspeist worden. Der Anblick und der Lärm der unbekannten Wesen, die er durch die Glasscheiben des Aquariums sah, verbanden ihn als Einziges mit der Außenwelt. Und da eine Woche der anderen glich, lebte er jeden Tag, als ob es sein letzter wäre.

Fast immer hielt er Ausschau nach Strandgut, er fand verschiedene Muscheln und Schneckenhäuser, ein vom Meerwasser glatt poliertes Stück Glas, ein abgeschliffener Stein oder kleine, wie von Ebbe, Flut und Salz gedrechselte Reste von Zweigen und Ästen. Manchmal stieß er auf noch lebende oder bereits tote Tiere: Krabben, aber auch Fische und mitunter sogar eine tote Möwe. Unübersehbar waren jedoch die Reste von Nylonsäcken, Plastikflaschen, zerdrückten Trinkbechern und Zigarettenstummeln. Es war zumeist so früh am

Morgen, dass er kaum jemandem begegnete, bis auf Männer und Frauen mit Hunden. Nur selten ergab sich ein Gespräch. Im Winter war er einem mageren, seltsamen Trompetenspieler begegnet, der sich vor das offene Meer gestellt und kläglich auf seinem Instrument geübt hatte.

Doch vor einigen Wochen hatte er ein totes Flüchtlingskind, das am Strand angeschwemmt worden war, gefunden. Zuerst hatte er gedacht, es handle sich um ein Gepäckstück, als er dann näher kam, glaubte er, es sei ein totes Tier, aber zuletzt sah er, dass es ein kleines afrikanisches Mädchen war. Das Kind lag seitlich, leicht gekrümmt vor ihm, das Gesicht war aufgeschwemmt, der Mund halb geöffnet, eine Hand deutete mit ausgestrecktem Zeigefinger zum Meer hin. Dort entdeckte Lanz jedoch nichts, er sah nur das Entstehen und Vergehen der Wellen, die weiter draußen ein leises, dumpfes Brausen erzeugten und schmatzend am Strand ausliefen. Das Mädchen war barfuß, trug ein rotes T-Shirt sowie einen kleinen Ohrring aus Silber und an den Beinen die Reste einer Jeanshose. Neben dem Kopf und einem seiner Knie befand sich ein Bündel Algen. Während er dastand und das Kind anstarrte, dachte er an nichts. Er hörte nicht mehr die Wellen rauschen oder das Schreien der Möwen, seine ganze Aufmerksamkeit richtete sich jetzt auf den Anblick des toten Mädchens. Plötzlich stand ein bellender Hund neben ihm und beschnupperte – heftig mit dem Schwanz wedelnd – den Leichnam, dann fing er zu bellen an und hörte auch nicht auf, als die Besitzerin, wie er hörte, ihm von weitem befahl zurückzukommen. Lanz drehte sich um, da der Hund – ein schwarz-weiß gefleckter Border Collie – inzwischen ein paar Sprünge in ihre Richtung gemacht hatte. Doch sogleich beeilte sich das Tier, noch immer bellend, zu dem Mädchen zurückzukehren, vor dem es außer sich weiter Laut gab, bevor es aufgeregt zu der älteren Frau in einer Windjacke zurücksprang, abermals kehrtmachte und wieder zum toten Mädchen lief. Lanz stellte fest, dass die Frau ebenso außer sich war wie ihr Border Collie. Sie schrie den Hund an, doch er ließ sich nicht beruhigen.

Gerade als Lanz etwas sagen wollte, erschien ein Polizist, der, nachdem er sich zum Mädchen hinuntergebeugt hatte, die Frau aufforderte, sich mit ihrem Hund zu entfernen und vor den Duschen zu warten. Lanz hatte vergessen, dass er selbst die Polizei über sein Handy angerufen hatte, jetzt fiel es ihm plötzlich wieder ein. Während der Beamte Lanz befragte, eilten weitere Polizisten und Männer in Zivil herbei, begannen die Umgebung nach Spuren abzusuchen und die Tote zu fotografieren. Nach einer halben Stunde durfte er gehen, behielt aber das Geschehen die ganze Zeit über im Kopf.

Am nächsten Tag hatte Lanz keinen Bericht in den Zeitungen entdeckt und auch nicht am folgenden. Erst eine Woche später las er, dass ein totes Mädchen »vor einigen Tagen in der Lagune« aufgefunden worden sei und man annehme, es gehöre zu den illegalen Afrikanern, die am Strand Hand- und Badetücher verkauften oder gefälschte Rolex- und IWC-Uhren anboten. Auch später fand er keine weiteren Meldungen mehr darüber. Offenbar befürchtete man einen Schaden im Tourismusgeschäft, überlegte Lanz.

Einige Male war er bei Einbruch der Nacht am Strand spazieren gegangen. Es war schon warm, und er sah einen Mann und eine Frau, die sich im Halbdunkel auf einer Luftmatratze umarmten. Die Frau gab leise klagende Laute von sich, der Mann keuchte heftig. Lanz konnte nur ein weißes, sich bewegendes Hemd und die aufgestellten Beine der Frau erkennen. Als er weiter ging, bildete er sich ein, auch blonde, lange Haare gesehen zu haben und die heruntergezogenen Jeans des Mannes auf dessen Unterschenkeln. Rasch war er zum Wasser hin abgebogen.

Einige Abende später fiel ihm ein Paar auf, das sich stehend an einer der weißen Strandkabinen vereinigt hatte und stumm miteinander zu ringen schien. Daraufhin spazierte er erst wieder am frühen Morgen den Strand entlang. Einmal bemerkte er bei seiner Rückkehr, dass nicht wie gewohnt der serbische Briefträger seine Post zustellte, sondern ein Afrikaner. Auf Lanz' fragenden Blick gab er ihm zu verstehen, dass von nun an er die Briefe und Pakete bringen würde. Lanz bot dem Briefträger eine Dose Coca-Cola an, die er schweigend und hastig leerte. Sein Name war, erfuhr Lanz, Samuel Goodluck Oboabona. Er sprach Englisch und Italienisch, doch wollte er nicht über seine Heimat Nigeria sprechen, auch nicht über seine Flucht – nur über seine Angehörigen zu Hause. Lanz hatte den Eindruck, ihn schon einmal gesehen zu haben, bis ihm einfiel, dass es am Strand gewesen war, wo der Briefträger damals als Verkäufer gefälschte Marken-Damenhandtaschen angeboten hatte. Jetzt hatte er sein Haar blond gefärbt, es war auch anders geschnitten als früher, vor allem aber waren die Schläfen glatt rasiert.

Bevor der Afrikaner ihn wieder verließ, fiel Lanz das tote Mädchen am Strand ein, und er fragte ihn, ob er etwas von dem Vorfall wisse. Oboabona schluckte, seine Augen suchten Halt, und er stammelte, dass es die Tochter eines Freundes sei, der mit ihr am Abend in der Dunkelheit den Strand aufgesucht hatte. Tränen traten in seine Augen, und er drehte sich abrupt um. Lanz verabschiedete ihn flüchtig, blickte zum Fenster hinaus und sah ihn gleich darauf mit seinem Moped und dem Postkarren am Gartentor der gegenüberliegenden Villa läuten.

Bis zum Abend übersetzte Lanz dann weiter »Gullivers Reisen« aus dem Englischen ins Italienische und las anschließend seine Übersetzung von Anfang an durch: wie das Schiff mit Namen »Antilope« am 5. November 1699 auf der Fahrt nach Ostindien an einem Felsenriff zerschellte, das Rettungsboot kenterte und der überlebende Gulliver schließlich als Einziger schwimmend an einen Strand gelangte, wo er erschöpft einschlief. Da der Vorname des jungen Mannes Lemuel war, dachte Lanz immer wieder an den Briefträger, der mit Vornamen Samuel hieß, und das ertrunkene Mädchen. Lanz hatte »Gullivers Reisen« schon als Kind in einer gekürzten und illustrierten Ausgabe gelesen. Beim Übersetzen sah er die bunten Zeichnungen immer wieder vor sich, abwechselnd mit den Illustrationen von Grandville aus dem Exemplar, das er beim Studium der englischen Sprache verwendet hatte. Es war wunderbar, fand Lanz, dass Gulliver aus dem Meer an eine fremde Küste gespült wurde und – erschöpft vom heißen Wetter und einer Pinte Branntwein, die er getrunken hatte, bevor er das sinkende Schiff verließ – eingeschlafen war. Von da an hatte der Autor Jonathan Swift nämlich alle Möglichkeiten einer phantastischen Reise in der Hand gehabt. War sie nur ein Traum gewesen? War Gulliver aufgrund seiner seltsamen Erlebnisse verrückt geworden? War alles nur eine aus Seemannsgarn gesponnene Lügengeschichte? Oder beruhte sie tatsächlich auf Wahrheit, wenn auch nur in einem übertragenen Sinn?

Lanz klappte seinen Laptop zu und verließ das Haus. Er ging die Uferpromenade, den Lungomare Gabriele D'Annunzio, mit den Bänken zwischen den Bäumen hinunter bis zur Hauptstraße, der Gran Viale Santa Maria Elisabetta, setzte sich vor einem Imbissladen auf einen der am Gehsteig bereitgestellten Stühle und erhielt das gewünschte Glas Merlot, eine Pizza Margherita und ein freundliches Wort des Lokalbesitzers. Sie sprachen nie miteinander, weil Lanz immer in Gedanken war, wenn er dort eine Pause machte. Nur am Anfang, als er bereits eine ganze Woche lang Pizza, Spaghetti, Lasagne oder Brötchen mit Stockfischmus gegessen und dazu Merlot getrunken hatte, hatte der Lokalbesitzer sich ihm namentlich und mit der Bitte vorgestellt, ihn Giuseppe zu nennen, und als Lanz nach seinem Vornamen Emilio, wie er in Italien hieß, den Familiennamen »Lanz« hinzugefügt hatte, hatte Giuseppe scherzhaft ausgerufen: »Ah! Mario Lanza!« Daraufhin hatte Lanz die Pizzeria vierzehn Tage nicht mehr betreten, und beim nächsten Mal hatte Giuseppe ihn laut als »Signor Lanz« begrüßt, um ihm zu zeigen, dass er ihn respektierte. Das blieb auch bei allen weiteren Besuchen so, manchmal nickten sie einander überhaupt nur kurz zu.

Diesmal hatte Giuseppe ihm rasch ein zweites Glas

Merlot serviert, »auf Kosten des Hauses«, wie er bemerkte. Nach der Mahlzeit ging er müde nach Hause. Den ganzen Weg stellte er sich vor, Gulliver zu sein, der auf der Insel Liliput vor der Nordküste Australiens gefesselt am Strand lag. Auf seiner Couch liegend, nahm er weitere Gläser Merlot zu sich, bis er betrunken war und die Augen schloss. Beim Einschlafen fiel ihm die Pistole ein, die er in einer leeren Kommodenlade versteckt hatte. Er hatte sich geschworen, sie erst herauszunehmen, wenn er nicht mehr weiter wüsste. Die zwei Jahre, die sie seither dort lag, hatte er sie nie angesehen und daran gedacht, sie ins Meer zu werfen.

Bei Tagesanbruch erwachte er. Eine Zeitlang lag er untätig auf dem Bett und korrigierte dann seine Übersetzung von Gullivers Abenteuern bei den Riesen in Brobdingnag und dachte wieder an seine eigene Kindheit voller Ängste und Tagträume. Erst zu Mittag spazierte er zum Meer hinunter. Kaum hatte er den nach dem Dichter Gabriele D'Annunzio benannten Lungomare erreicht, fiel ihm eine Frau in einem schwarzen Bikini auf, die am Ufer kniend etwas fotografierte. Auf den ersten Blick fühlte er sich von ihr angezogen. Er beeilte sich, in die Strandkabine zu kommen, die er wie im Jahr zuvor für die Sommermonate gemietet hatte, zog seine Sneakers, sein T-Shirt und seine Jeans aus und schlüpfte in seine Badehose. Auch etwas Geld vergaß er nicht einzustecken.

Noch immer kniete die Frau auf dem feuchten Sand am Ufer. Er trat an sie heran und entdeckte, dass es eine große, gläserne Qualle war, die vor ihr lag. Zugleich sah er im Wasser einen kleineren Schwarm des Meerestiers.

Er betrachtete die Frau genauer: ihr blondes Haar, ihre langen Finger und Zehen und ihren schlanken Körper. Als sie die Kamera absetzte und kurz zu ihm aufschaute, empfand er die Glücksgefühle eines spontan Verliebten. Sie hatte große dunkle Augen, geschminkte Lider, Wimpern und Brauen.

Obwohl es nicht ratsam war, sich weiter in das Wasser zu wagen, tat sie es ohne Scheu, um den kleinen Quallenschwarm aufzunehmen. Langsam näherte sie sich ihm, hob die Kamera und blickte durch den Sucher, um gleich darauf eilig ans Ufer zurückzukehren.

»Quallen?«, fragte er auf Italienisch, »Meduse?«

»Ja, eine ganze Menge«, antwortete sie auf Englisch und lachte.

Er wartete, bis sie sich ein paar Schritte entfernt hatte, und folgte ihr dann vorsichtig. Seit er auf dem Lido wohnte, ging er gerne Menschen nach, die ihn anzogen oder abstießen. Auf diese Weise lernte er auch viele kleine Gassen kennen. Vor allem liebte er die Villen und grünen Kanäle, in denen Motorboote lagen, und die Ufer, die von Gras und Bäumen bewachsen waren. Ein Jahr zuvor hatte er sich selbst ein Boot mit Außenbordmotor und ein Fahrrad gekauft, die er hin und wieder benutzte. Als er einmal ungesehen einer hübschen Frau gefolgt war, durchquerte er den halben Ort, bis sie schließlich in ihrem Segelboot an einem der Kanäle verschwunden war. Ein anderes Mal schlich er einem grauhaarigen Mann mit einem Strohhut und Spazierstock hinterher. Der Mann hatte immer wieder auf Bänken Platz genommen und mit sich selbst gesprochen. Dadurch war Lanz jedes Mal gezwungen gewesen, sich auch eine Bank zu suchen, von der aus er den Fremden weiter im Auge behalten konnte. Nach einer Stunde hatte der Alte vor Giuseppes Pizzeria Platz genommen, und Lanz hatte den Wirt gebeten, ihn dem Fremden vorzustellen. Zu seiner Überraschung war er ein Archäologe gewesen, der mehr als zehn Jahre bei den Ausgrabungen in Pompeji mitgearbeitet hatte. Er war erfreut über Lanz' Interesse und erzählte ihm Neues über die Fresken in den Häusern der durch den Ausbruch des Vesuvs verschütteten Stadt.

Es war so heiß, dass Lanz zwischendurch in das Wasser griff und sich das Haar befeuchtete, während die Frau sich unter eine der öffentlichen Duschen am Strand stellte. Vorher hatte sie ihre Kamera einem weißgekleideten Bademeister anvertraut, mit dem sie ein paar Worte wechselte und der ihr nachher ein Handtuch reichte. Sie nahm wieder ihre Kamera, beeilte sich, im heißen Sand eine Hütte mit einem kleinen Laden zu erreichen, und kam mit einem Sonnenhut auf dem Kopf und Badeschuhen an den Füßen wieder heraus. Eilig kaufte auch Lanz sich eine grüne Baseballkappe und lief wieder zum Meer hinunter, ohne die Frau aber zu entdecken. Am Himmel waren jetzt kleine, weiße Wolken zu sehen, und er spürte den scharfen Muschelschotter an den Füßen, wenn er in seichtes Wasser trat. Wich er auf den Strand aus, schmerzte ihn der heiße Sand, und er begab sich wieder zurück in das Wasser. Große Haufen Seetang, grün oder ausgebleicht grau, ließen ihn an papierene Luftschlangen nach dem Ende des Karnevals denken. Dazwischen lag an den Strand geschwemmter Abfall, vor dem ihm, wie immer auf seinen Spaziergängen, ekelte. Er spürte aber zugleich, dass er die Eigenschaften eines Misanthropen besaß.

Während er nach der Unbekannten Ausschau hielt, registrierte er gleichzeitig eine zerdrückte Zigarettenpackung, auf der das bekannte Kamel abgebildet war, die Kapsel einer leeren Plastikflasche Coca-Cola, einen Eisbecher, ein zerknittertes Nylonsäckchen, Teile von Muscheln, die weißen ovalen Brustschilde von Tintenfischen, Krabben im Wasser vor seinen Füßen und ein angeschwemmtes blaues Feuerzeug. Endlich sah er den schwarzen Bikini und den Sonnenhut der Unbekannten, die abermals am Wasser kniete. Als er sie erreicht hatte, stellte er erstaunt fest, dass sie das fotografierte, was er gerade selbst gesehen hatte. Sie erhob sich, blieb aber ein paar Schritte weiter wieder stehen, um die schwarzen Schalen von Miesmuscheln aufzunehmen. Allmählich begriff er, dass die Unbekannte Zufallsbilder von angeschwemmten Gegenständen machte, Stillleben aus toter Materie: eine leblose, dunkelbraune Qualle, die von den auslaufenden Wellen umspült war und zuerst ihre Unterseite zeigte, dann aber von der Strömung seitlich weitergetragen wurde – ein Spielball der Wasserbewegung –, außerdem Zigarettenstummel, ein kleines rotes Plastikflugzeug, wie man es in Überraschungseiern fand, eine halbe Zeitungsseite, Schnüre, den Griff eines alten hölzernen Spazierstocks.

Das Wasser am Ufer war glasklar, es schäumte, wenn es auslief, und gab ohne Unterbrechung die Glucksgeräusche der Wellen von sich, die, wie sich Lanz oft sagte, am Strand zu sprechen anfingen. Die Frau nahm inzwischen Schalen von weiteren Meeresmuscheln und Meeresschnecken auf, einen Schritt weiter ein gelbes

Plastikfläschchen Sonnenöl, flache Steine, abgewetzte, glatte Splitter eines Ziegels, Styroporteilchen und einen nassglänzenden alten Pinienzapfen. Möwen segelten stumm über ihren Köpfen. Von den Liegestühlen der Badegäste her waren Rufe, Schreie und Gesprächsfetzen zu hören und von oben, vom blau-weißen Himmel her, das Brummen eines einmotorigen Flugzeugs und das ferne Grollen der hoch über ihnen fliegenden Jets.

Lanz wandte sich den gepflegten Füßen der Frau, der Form ihrer Zehen und Nägel zu, und beneidete insgeheim den Mann, der mit ihr zusammenlebte. Es musste wohl ein spießiger, reicher Amerikaner sein, dem sie als Fassade für seine Männlichkeit, wie er sich sagte, diente. Die Unbekannte hatte ihn längst bemerkt, doch sie schenkte ihm kaum Beachtung. Im Wasser huschten gerade Schwärme von winzigen Fischen ruckartig, und als seien sie über irgendetwas erschrocken, aus seinem Blickfeld. Was die Fotografin vielleicht darstellen wollte, dachte Lanz, waren die Folgen des Zivilisationsprozesses. Die Zerstörung des Schönen durch die Gier, die ihre Aufmerksamkeit nur auf das Eigene richtete. Der Gedanke kam ihm zugleich hochtrabend und wahr vor. Die Kamera der Fotografin war gerade auf einen kleinen Felsen neben dem Betonsteg, der in das Meer hinausführte, gerichtet, als sich die Frau plötzlich zu ihm hindrehte und wortlos ein Bild von ihm machte. Sie winkte ihn lachend zu sich und zeigte ihm das Display ihrer Digitalkamera, auf dem er sich abgebildet sah, mit der grünen Baseballkappe und dem gewohnt schwermütigen Blick. Er lächelte, nickte unabsichtlich und ging weiter, ohne sich noch einmal nach ihr umzudrehen. Ich Idiot, sagte er zu sich selbst. Weshalb drehst du dich nicht um und winkst ihr zu? Am Ufer entdeckte er jetzt eine tote Taube im Sand und einige Spuren von Lachmöwen, deren Schwimmhäute zwischen den Zehen im Abdruck deutlich sichtbar waren. Vor dem geschlossenen Hotel des Bains gingen zwei weißgekleidete Männer – alles aufmerksam mit ihren Blicken kontrollierend – auf und ab. Die wie mit Stroh gedeckte Kabinenreihe verlieh dem Strandbad das Aussehen eines afrikanischen Eingeborenendorfes am Ende des 19. Jahrhunderts. Abermals stiegen misanthropische Gefühle in ihm hoch, und er dachte sich gleich wieder abzuwenden – schließlich kannte er längst alles, was für ihn hässlich war –, doch hielt er an.

Das Hotel des Bains machte nach wie vor einen verlassenen Eindruck. Einige junge amerikanische Studentinnen und Studenten sammelten am Strand vor dem heiligen literarischen Gebäude, das in Thomas Manns »Tod in Venedig« eine Rolle spielt, Muscheln, die für sie vielleicht den Tod symbolisierten. Zwei weiße Tretboote mit Touristen, sah Lanz, als er weiterging, erreichten soeben das Meeresufer, und andere Badegäste lagen vereinzelt auf Handtüchern in der Mittagshitze. Kleine Felsen in der Nähe der Betonstege, die in das Meer führten, waren mit Miesmuscheln gespickt und von Algen bekleckert. Neben dem Hotel waren dichte Reihen bunter Sonnenschirme aufgestellt, Lanz verstand gar nicht, weshalb sie ihm auf einmal auffielen. Gerade als er überlegte, ob er nicht zu der Unbekannten zurückkehren sollte, erblickte er die Frau vor einer weiteren Ansammlung von Quallen im Wasser. Er trat unauffällig näher. Die größeren Quallen sahen aus wie Millefiori-Briefbeschwerer, dachte er, die kleineren wie Puppenfallschirmchen. Die Fotografin war so beschäftigt mit den toten Tieren, dass er sich unbemerkt wieder entfernen konnte.

In den letzten Monaten, kam es ihm wieder in den Sinn, hatte er mehrmals an Selbstmord gedacht, ohne dass es einen bestimmten Anlass dafür gegeben hatte. Automatisch hatte er dann angefangen, sich mit irgendetwas zu beschäftigen. Entweder vertiefte er sich in eine Übersetzerarbeit oder er schaltete den Fernseher ein, manchmal, wenn die Gedanken zu intensiv gewesen waren, war er zu Giuseppe gegangen und bis zur Sperrstunde geblieben. Erst dann war er nach Hause zurückgekehrt und betrunken in tiefen Schlaf gefallen. Er wollte jedes Mal an einem Ort, der nur selten von Menschen aufgesucht wurde, Suizid begehen. Sobald er sich aber besser fühlte, vergaß er seine Gedanken. Diesmal fand er es logisch, dass er, sobald er wieder zu Hause war, die Pistole aus der Kommode nehmen und sich ins Herz schießen würde. Vielleicht war es jedoch besser, mit dem Fahrrad zum Leuchtturm hinter dem kleinen Flugplatz zu fahren und dort sein Leben zu beenden, überlegte er.

Vor »Gullivers Reisen« hatte er den frühen Science-Fiction-Roman »Der Unsichtbare« von H. G. Wells übersetzt, in dem ein Wissenschaftler, Dr. Griffin, eine chemische Formel entdeckt, die seinen Körper unsichtbar macht. Dr. Griffin probiert es an sich selbst aus, wird unsichtbar, kann sich aber nicht mehr zurückverwandeln. Er vermummt sich daher mit Verbänden und trägt eine Sonnenbrille, als er das Universitätsgebäude verlässt und in einem verschneiten Dorf untertauchen will. Während der Arbeit an seiner Übersetzung hatte Lanz sich in den Unsichtbaren versetzt, wie damals, als er die Geschichte im Gymnasium zum ersten Mal gelesen hatte. Der Wunsch, unsichtbar zu sein, hatte ihn durch seine gesamte Kindheit begleitet und dadurch die Neugier, auf diese Weise mehr über die Menschen zu erfahren als jemals ein anderer, genährt. Lügen, Intrigen, Betrug, Gewalt, glaubte er schon als Gymnasiast, waren vermutlich so alltäglich wie das Atmen.

Zerstreut wie er war, hatte er gar nicht bemerkt, dass die Unbekannte ihn auf der Seite der Sonnenschirme wieder überholt hatte. Sie begrüßte dort einen älteren Mann mit einem Kuss auf die Wange. Seine Habichtsnase war eindrucksvoll wie sein schwarzgrauer Vollbart. Aus seinem Haar und seiner Gestik schloss Lanz, dass er Amerikaner oder Italiener war – und ein Leitwolf. Lanz machte kehrt, da er sich schon vor dem Hotel Excelsior befand. Seine Füße, sein Rücken, die Ober- und Unterschenkel brannten von der Sonne, und der Sand war jetzt so heiß, dass es fast nicht mehr möglich war, darauf zu gehen. Also war es wohl das Beste, umzukehren. Zwei Stunden nachdem er aufgebrochen war, um der Unbekannten zu folgen, erreichte er wieder den Lungomare D'Annunzio und seine Badekabine, legte die Baseballkappe ab, duschte mit kaltem Wasser und lief in das Meer hinaus. Er kraulte bis zur weißen Hütte der Strandwache. Die zwei ganz in Rot gekleideten jungen Männer saßen nicht weit davon entfernt am Ufer, zwischen einem Motor- und einem Ruderboot, die ebenfalls rot waren und wie die beiden Helfer die weiße Aufschrift »Salvataggio« – »Rettung« – trugen.

Das Wasser war warm, vermischt mit einer kühlenden Unterströmung, die ihn belebte. Er ließ sich von der Strömung an den Strand treiben, doch er schwamm nicht noch einmal auf das offene Meer hinaus, wie in seiner Jugend. In Gedanken versunken, schwebte er auf dem Rücken im Meer. Die Unbekannte ging ihm nicht aus dem Kopf, obwohl er sich dagegen wehrte. Er hatte ungeschickt reagiert, als sie ihm sein Bild auf dem Display ihrer Kamera gezeigt hatte, fiel ihm wieder ein. Hätte er sie nicht fragen sollen: »Who is this man?« Oder sie auf ein Getränk einladen und um das Bild bitten? Er hätte eine Bemerkung machen können, dass jetzt er an der Reihe sei, sie zu fotografieren oder irgendetwas anderes, irgendetwas … Vielleicht war der Zwischenfall aber ein Hinweis gewesen, dass er allein bleiben würde, weiter der einsame Fisch im Aquarium, der Sonderling, der die Bücher von Schriftstellern in eine andere Sprache übersetzte und in dieser Zeit zu einer oder mehreren erfundenen Figuren in einer erfundenen Welt wurde.

Einer der Räume in seiner kleinen Villa war vollgestopft mit Büchern, seiner Droge, wie er sich sagte, die ihn den Alltag ertragen ließ. Jetzt, da er die Übersetzung von »Gullivers Reisen« abgeschlossen hatte, fühlte er sich nutzlos. Die Lesewelt wurde für ihn nur dann wirklich lebendig, wenn er gerade Romane, Theaterstücke und Gedichte übersetzte oder wenn sie ihn von der ersten Zeile an verschlangen. Jeder Leser, dachte er, war ein Jonas, den ein Monster verschluckte und tief unter der Oberfläche eines Gedankenmeeres in seiner fremden Innenwelt einschloss. Das schützte ihn eine Zeitlang vor den Misslichkeiten des Alltags und vor der Leere und Gleichgültigkeit der Einsamkeit.

Aber das war nicht der wahre Grund, weshalb er zugleich an die unbekannte Frau denken musste, ihre Lippen, ihre Haare, die Zähne, ihre Finger und Zehen vor sich sah. Es war das Bewusstsein, dass er nicht mutig gewesen war. Er war bei Frauen kein Versager, sondern verlor, wenn er sich verliebte, seine Schlagfertigkeit. Er empfand in der ersten Phase seiner Verliebtheit kaum sexuelle Gefühle, sondern nur eine tiefe Zuneigung, die sich erst allmählich in Begierde verwandelte. Hatte er hingegen Bekanntschaften gemacht, bei denen es ihm nur um das Eine gegangen war, war er seltsamerweise von Anfang an ein guter Liebhaber gewesen.

Während er, am Strand liegend, auf das Wasser und die Wellen blinzelte, spukte ihm die fotografierende Unbekannte weiter durch den Kopf.

Dann dachte er wieder an seine Pistole, an den Tod und das Nicht-Sein. Er würde zu einem Tropfen im Meer werden, sagte er sich. Nichts würde sich durch seinen Tod ändern – andere Menschen würden sein Haus bewohnen, sich am Strand sonnen und glücklich oder traurig sein, an ihr Alter denken, an ihre Kindheit und nicht zuletzt an ihren Tod.

Vom kleinen Flugplatz Venezia-Lido flog, wie er wusste, später wieder ein einmotoriges Flugzeug zuerst den Strand entlang und dann aufs Meer hinaus und zuletzt über die Häuser zurück zum Flugplatz. Jedes Mal, wenn es über ihn hinwegflog, dachte er an den Tod. Die Quallen, die an den Strand gespülte Taube, die Muschelschalen und vor allem das tote Kind fielen ihm wieder und wieder ein. Ihre Wahrnehmungen und Empfindungen waren erloschen.

Auf dem morgendlichen Weg über den Lungomare D'Annunzio bemerkte er an einem Baumstamm die

Todesanzeige mit dem Farbfoto einer greisen Frau. Sie war, wie er aus den Geburts- und Todesdaten errechnete, 94 Jahre alt geworden. Er überlegte, wie alt er selbst sein würde, wenn seine Mutter mit 94 Jahren stürbe. Würde ihm dann ihr Tod mehr oder weniger gleichgültig sein? Vor allem, wenn sie vorher zum Beispiel an Alzheimer erkrankte? War es nicht herrlich, am ruhigen, schönen Lidostrand zu liegen und noch am Leben zu sein? Jetzt erst fiel ihm auf, wie sehr seine Empfindungen und Urteile schwankten. Einerseits liebte er das Dasein, andererseits kam es ihm vor, als führte er ein totes Leben. Wenn die Unbekannte mit ihm gesprochen hätte, wäre er jetzt vermutlich glücklich, dachte er.

Eine Möwe saß auf der Spitze eines der großen Zelte der Strandbar. Der junge Bademeister langweilte sich augenscheinlich, er stapfte herum, gähnte entspannt in seiner Kabine, dann kratzte er sich am Kopf, pfiff, gähnte wieder und machte sich auf den Weg, um die Sonnenschirm- und Liegestuhlreihen zu kontrollieren. Kaum war er verschwunden, kam ein älterer Strandhändler mit weißem Bart auf Lanz zu und wollte ihm angeblich original indischen Schmuck verkaufen. Es war Ramschware, sah Lanz, der Mann tat ihm jedoch leid, und so hörte er ihm zu. Aber er wollte weder einen Ring noch ein Armband kaufen, die aus Silber und mit teuren Edelsteinen bestehen sollten – tatsächlich jedoch aus Kunststoff und gefärbtem Glas waren. Er gab dem Mann schließlich zu verstehen, was er davon hielt. Ohne zu zögern, griff dieser daraufhin in die Brusttasche seines Hemdes und bot ihm getrocknete Pflanzenstücke an.

»Tea!«, flüsterte er beschwörend. »You make tea and you dream to be in paradise.«

Als er Lanz' Interesse bemerkte, erklärte er, dass es sich um getrocknete Teile von Pilzen handle, aus denen ein Tee gemacht werde, der seine Welt verändern würde.

»Only a pretty small part« – er ließ ein Stück des Pilzes zwischen den Fingern hervortreten: »Not too much or you become crazy.« Er bog sich kurz vor Lachen und verlangte dreißig Euro.

»Sind Sie morgen auch noch da?«, fragte Lanz.

»Ja, morgen. Und übermorgen. Die ganze Woche.«

»Wenn es gut ist, kaufe ich dir morgen alles ab, was du eingesteckt hast. Aber jetzt zahle ich dir nichts dafür.«

»Oh no! You must pay thirty Euro!«

»Für ein einziges Stück?«

»Nein, für drei.«

»Gut, ich nehme eines.«

Der Inder war sichtlich enttäuscht. »I don't know, if I have something tomorrow«, antwortete er trotzig. Wortlos reichte er ihm ein Papiersäckchen, steckte den Zehn-Euro-Schein ein und ging grußlos davon.

Am Abend korrigierte Lanz wie immer mit dem Mont-Blanc-Kugelschreiber, den ihm sein Vater zum Schulabschluss geschenkt hatte, den zweiten Teil von »Gullivers Reisen« weiter, der im Königreich der Halbinsel Brobdingnag an Kaliforniens Küste spielt: eine Stelle im Buch, an der ihm jedes Mal eine gewisse Ähnlichkeit mit Lewis Carrolls »Alice im Wunderland« auffiel, da Alice selbst abwechselnd riesig groß und winzig klein wird. Außerdem dachte er daran, dass das Pilzstück des Inders in einer Teeschale auf dem Küchenregal lag. Er wusste natürlich, wie man Tee zubereitet, aber er wollte zunächst das Manuskript fertig korrigieren, und da war es gescheiter, Kaffee zu trinken. Er fand auch eine angebrochene Schachtel mit Keksen und arbeitete, bis er zur Episode kam, in der Gulliver plötzlich zwanzig riesigen Wespen ausgesetzt ist, jede so groß wie ein Rebhuhn. Sie »brummten lauter als die Basspfeifen von ebenso vielen Dudelsäcken … Ich hatte jedoch den Mut … meinen Hirschfänger zu ziehen und sie in der Luft anzugreifen«. – Die Wespen: meine Gehirngespinste, sagte sich Lanz. »Vier von ihnen tötete ich, die übrigen entwischten aber, und ich schloss sogleich das Fenster«, las er weiter. Die Menschen im Buch waren Riesen und an die zwölf Meter groß, die Getreidehalme zehn Meter hoch, die Hagelkörner achtzehnmal so groß »wie anderswo«. Die Räume des Königspalastes hatten eine Höhe von siebzig Metern, der Tempelturm maß neunhundert Meter, und seine Wände waren dreißig Meter dick. Bis zu 48 Kilometer türmten sich die Berge auf, und die einzelnen Bücher in der Bibliothek des Königs hatten eine Länge von sechs Metern. Um eine einzige Zeile zu lesen, musste Gulliver zehn Schritte gehen. Lanz wusste die ungefähren Maße noch aus seiner Kindheit, als er die englische Fassung für Zehnjährige gelesen hatte. »Eines Tages ließ die Gouvernante unseren Kutscher bei mehreren Läden anhalten«, hatte Lanz übersetzt, »wo die Bettler die Gelegenheit ergriffen, sich von beiden Seiten an die Kutsche zu drängen; sie boten mir den schrecklichsten Anblick, den ein europäisches Auge jemals gesehen hat.« Swift beschrieb auch die Hinrichtung eines Mörders. »Der Verbrecher war auf einem Stuhl festgebunden worden, und der Kopf wurde ihm mit einem riesigen Schwert abgehauen. Die Venen und Arterien spritzten eine so große Menge Blut hoch in die Luft hinauf, dass er die Fontäne aus dem Spritzbrunnen des Schlosses von Versailles bei weitem übertraf … Und als der Kopf des Verurteilten auf den Boden der Hinrichtungsstätte fiel, klatschte es so, dass ich erschrocken aufsprang, obwohl ich eineinhalb Kilometer weit entfernt war.«

Bis Lanz das Kapitel fertig korrigiert hatte, war es ein Uhr früh, und er legte sich erschöpft auf sein Bett und stellte sich vor, Gulliver zu sein und unter den Riesen zu leben, deren Gleichgültigkeit seine eigene gewaltig übertraf.

Gegen drei Uhr morgens erwachte er von einem Geräusch, aus dem er schloss, dass jemand in sein Haus eingedrungen war. Er hatte das angelehnte Fenster in seinem Bibliothekszimmer gegen das andere schlagen hören und das dumpfe Geräusch eines auf den Boden springenden Menschen wahrgenommen, war er überzeugt. So leise er konnte, stand er auf und schlich in den Vorraum und von dort in den ersten Stock hinauf, wo er die Pistole aus der Schublade der Kommode nahm. Da er den Militärdienst abgeleistet hatte, konnte er mit der Waffe umgehen. Er lud das vorbereitete Magazin, begab sich immer noch im Dunkeln die Stiegen hinunter, entsicherte die Pistole und wartete auf ein weiteres Geräusch. Abermals vernahm er, wie das Fenster zuschlug … Lautlos öffnete er die Tür und betätigte den Lichtschalter. Sofort erkannte er, dass sich draußen ein Unwetter zusammenbraute. Zwar konnte er noch keinen Donner hören, doch sah er in der Ferne Blitze aufleuchten, und Windböen ließen die Fenster erzittern. Er legte die Pistole auf einen Stuhl, schloss die Läden und ging zurück ins Schlafzimmer, nicht ohne die Waffe mitzunehmen und neben dem Bett auf das Tischchen zu legen.

Als er erwachte, war es still, und der Himmel hellte sich gerade auf. Das Unwetter hatte sich offenbar verzogen, stellte er fest, als er hinausblickte. Da alles ruhig und der Himmel von anziehender Schönheit war, fiel ihm ein, dass es ein guter Tag war, um zu sterben. Er duschte, putzte sich die Zähne und kleidete sich an, denn er spürte, dass er jetzt wirklich bereit war, sich das Leben zu nehmen. Er blickte auf die Uhr: Es war elf Minuten nach sechs, also war es einfach, in ein Vaporetto zu steigen und irgendwo hinzufahren, wo es ruhig war. Der Lido oder das offene Meer waren ihm zu pathetisch für einen Abgang. Es sollte wie das Allerselbstverständlichste passieren und kein Aufsehen erregen. Eigentlich wollte er nur endlich aus seinem eigenen Leben verschwinden. Am besten sich in Luft auflösen wie der Unsichtbare von H. G. Wells, dachte er.

Er steckte die geladene Pistole in die Tasche seiner olivgrünen Windjacke, vergaß auch nicht das Portemonnaie mit seinem Ausweis, die Bankkarten und genügend Bargeld. Das Fahrrad ließ er zu Hause und brach ohne Hast zur Vaporetto-Station Santa Maria Elisabetta auf. Er empfand nichts als das gewohnte Gefühl der Einsamkeit und Leere.

Wohin sollte er fahren? Eigentlich wollte er es dem Zufall überlassen, aber dann ging er in Gedanken alle Möglichkeiten durch und entschied sich für die Insel Torcello. Sie hatte ihn bisher weniger angezogen, weil er keine Neugier auf Kirchen hatte. Sein Vater war Atheist gewesen, und seine Mutter hatte ihm stets gesagt, sie habe keine Zeit für Religion, während seine Frau Alma ihm bis zu ihrem Tod vorgeworfen hatte, dass er daran desinteressiert war. Was Lanz jedoch niemandem gesagt hatte, war der Umstand, dass er in den schwersten Momenten seines Lebens stumm mit dem Schöpfer sprach. Er hatte sogar eine Stimme im Kopf wahrgenommen und sich an ihre Anweisungen gehalten. Nach außen hin war er manchmal Atheist, manchmal Agnostiker gewesen. Er hatte die großen Religionen als »Fließbandreligionen« bezeichnet und es immer abgelehnt, über den Glauben, das Jenseits oder die Wiedergeburt zu sprechen, denn zwangsläufig reihte sich dann eine Banalität an die andere. Religion war für ihn eine Innensprache, die nur in der Musik ihren Ausdruck fand – in Mahler- und Bruckner-Symphonien, Schubert-Quartetten, Weberns akustischen Splittern, Johann Sebastian Bachs Passionen oder Arvo Pärts und Sofia Gubaidulinas Klängen. Doch hatte er in den letzten beiden Jahren keine Musik mehr gehört, sie war nur noch fragmentarisch in seinem Gedächtnis erhalten. Seine Leidenschaft für Bücher und Bilder hatte dafür zugenommen.

An der Station Elisabetta musste er nicht lange warten. Nachdem er aus der Wartehalle auf den Steg getreten war, sah er schon das Vaporetto kommen, in dem, wie er beim Einsteigen registrierte, Migranten saßen, die irgendwo Schwarzarbeit verrichten würden. Ihr Anblick erfüllte ihn mit Scham darüber, dass er dabei war, sein Leben wegzuwerfen, obwohl es ihm, verglichen mit den Flüchtlingen und Zuwanderern, mehr als gut ging. Einige stiegen jetzt aus und machten sich stumm davon, und Lanz blickte ihnen nach, als gingen sie in den Tod und nicht er. Sie waren, um ihr Leben zu verbessern, nach Europa gekommen, voller Träume und Hoffnungen wie Franz Kafkas Karl Roßmann im Roman »Der Verschollene«, dachte er. Darin verlässt der sechzehnjährige Karl seine Heimat und gelangt in Amerika unschuldig auf die berühmte schiefe Bahn. Der Roman hatte sich für Lanz wie ein Slapstik-Film mit Untertiteln gelesen. Immer wieder in seinem Leben hatte er das Buch zur Hand genommen und sich – wie auch bei den Erzählungen und anderen Romanen Kafkas – gefragt, woher der Dichter das alles wusste, denn jede Zeile kam ihm wie das Untersuchungsprotokoll vor, das ein Psychiater über seinen Patienten verfasst und sich dabei jedes Kommentars enthalten hatte. Roßmann schlittert von einer Katastrophe in die nächste, bis er endlich – angelockt von einem Plakat, auf dem Arbeitskräfte gesucht werden – in das »Naturtheater von Oklahoma« reist, wo er von Engeln mit Posaunen empfangen wird. Tatsächlich sind die Engel aber verkleidete Frauen in einem riesigen Wandertheater, mit dem er zukünftig auf Tournee gehen wird. Oder aber Karl ist bereits gestorben und befindet sich im Jenseits.

Lanz fiel unvermittelt ein, dass er auf einer Reise nach Hamburg auch in Bremerhaven haltgemacht und dort das berühmte »Deutsche Auswandererhaus« besucht hatte. Zuerst hatte er eine hohe Ausstellungshalle betreten, in der die riesige Bordwand des Dampfers »Lahn« im Wasser zu sehen gewesen war. Davor, am nachgebauten Kai, standen im Halbdunkel an die dreißig wartende Männer, Frauen und Kinder in Form lebensgroßer Puppen. Die Männer mit Kappen, Mützen, Hauben oder barhäuptig, die Frauen mit Kopftüchern. An der Kleidung war die Armut der Auswanderer zu erkennen. Lanz hatte den Eindruck gehabt, er befände sich im Jahr 1888, mitten unter den Flüchtlingen »aus allen Regionen Europas«, wie der Katalog vermerkte. Er hatte über einen Lautsprecher die Stimmen der Wartenden, die Geräusche des Hafens gehört und Gepäckstücke – Koffer, Taschen, Kisten – gesehen. Die Besucher des Museums hatten sich unter die Figuren gemischt, so dass alles einen lebendigen Eindruck machte. Er war, wie die Figuren es scheinbar vorhatten, die Gangway hinaufgestiegen und hatte auf die großen Puppen und Menschen unter sich hinuntergeblickt.

Später betrat er die »Galerie der 7 Millionen Auswanderer«, einen langgestreckten Raum im Dämmerlicht, der mit blauen Kästen voller Schubladen, in denen Briefe, Fotografien, Passagierlisten, Erinnerungs- und Fundstücke von namentlich genannten Exilanten aufbewahrt werden, die von 1880 bis zum Jahr 1913 zurückreichen. Er zog einige Laden heraus und erblickte einen Kamm, Schlüssel, eine Schwarzweißfotografie eines Paares mit Kind in einem Garten, einen Aschenbecher, eine Bürste, Ausweise und ausländische Münzen, aber auch eine Bibel und eine kaputte Taschenuhr. Alles kam ihm wie Beweisstücke aus einem Gerichtsverfahren vor, das klären sollte, warum die Betreffenden Europa verlassen hatten.

Im spärlich besetzten Vaporetto dahinfahrend, erinnerte sich Lanz jetzt weiter an das Auswandererschiff und an den schmalen weißen Gang zu den Kajüten. Vor den auf Höhe der Meeresoberfläche liegenden Bullaugen wurden die Wellenbewegungen des Wassers vorgegaukelt, und der Gang schwankte außerdem hin und her. Die kleinen, niederen Kabinen waren vollgestopft mit Stockbetten, Menschenpuppen und Gepäckstücken und nicht weniger mit einem Gemisch aus Angst, Verzweiflung und Hoffnung. Die Auswanderer kamen aus Deutschland, Österreich, Irland, England und den meisten damals existierenden Staaten Europas. Insgesamt zwanzig Millionen, hatte man geschätzt. Sie hatten alles zurückgelassen – sogar ihre geliebten Menschen – und waren lieber ins Ungewisse geflüchtet, als in der Gewissheit des Elends weiterzuleben, das sie zu verschlucken drohte.

Er staunte, im Vaporetto sitzend, darüber, was in ihm vorging und mit welcher Geschwindigkeit sich alles in seinem Kopf abspielte. Das Zwischendeck auf dem Schiff im Auswanderermuseum von Bremerhaven mit den Hunderten gestapelten, verschiedenfarbigen Koffern und Holzkisten der Passagiere tauchte jetzt vor ihm auf, Modelle der Dampfschiffe in gläsernen Vitrinen und zuletzt die vergitterten Zellen auf Ellis Island vor New York, die »Menschenkäfige«, wie er sich damals gesagt hatte. Schließlich folgte – ähnlich wie in Kafkas »Naturtheater in Oklahoma« – ihr Eintritt in die andere Welt, die jedoch nur im Kopf existierte und in der Wirklichkeit zumeist wohl vergebens gesucht wurde.

Das alles fiel ihm ein, während er die nächsten müden Migranten das Vaporetto verlassen sah, und zugleich wurde ihm bewusst, dass er gerade dabei war, in den Tod auszuwandern. Das Vaporetto nahm wieder Fahrt auf, und er bemühte sich, seinen Kopf zu beruhigen, denn es fielen ihm andere Reisen ein, andere Museen, andere Begegnungen, die ihn allesamt verwirrten und womöglich die innere Leere, die er empfand, auflösten, was zur Folge haben konnte, dass er seinen Entschluss, sich das Leben zu nehmen, in Frage stellte.

Die Fahrgäste saßen bewegungslos und stumm auf ihren Sitzen, die meisten blickten hinaus auf die Lagune. Ein jüngerer Mann las einen offenbar umfangreichen Artikel in einer Zeitung, ein Arbeiter in Anorak und Kapuze war eingeschlafen, sein Kopf zur Seite gefallen, und sein Nachbar starrte abwesend vor sich hin. Auch Hausfrauen, übergewichtig und müde, mit Taschen oder Einkaufstrolleys, zwei mit Kinderwagen, in denen Babys schliefen, und verloren wirkende Alte befanden sich unter den Passagieren.

Das Meer war grüngrau, Möwen schwammen auf dem ruhigen Wasser, und nicht weit entfernt erblickte er die Friedhofsinsel San Michele, die er früher oft besucht hatte. Vor der Ziegelmauer, die die Insel umgab, erblickte er die schwarze Bronzeskulptur der »Barca della Morte« im Wasser – ein einfaches Boot, darauf zwei Männerfiguren mit kleinen Köpfen, in Mänteln. Einer von beiden zeigte mit ausgestrecktem Arm auf den Friedhof. Er vermutete, dass sie Vergil und Dante auf ihrer Reise in die Hölle, durch das Fegefeuer und zuletzt in das Paradies darstellten.

Seine Angst vor dem Tod hatte sich, als er erwachsen wurde, allmählich verflüchtigt. Nur wenn er die kleinen Gräber von Kindern sah, erinnerte er sich daran, dass ihm – besonders als Volksschüler und in der Unterstufe des Gymnasiums in Bozen – die Auseinandersetzung mit dem Tod düstere und unheimliche Gedanken beschert hatte. Während seiner Pubertät hatte er sich dann mit dem Selbstmord auseinandergesetzt und ihn später sogar mehrmals und ernsthaft in Betracht gezogen. Natürlich hatte er sich auch mit der Literatur, die dieses Thema behandelt, beschäftigt, mit Goethe, Dostojewski oder Camus. Bald war er sich darüber im Klaren gewesen, dass er sich nicht aus Verzweiflung umbringen würde, sondern in einem Moment der Gleichgültigkeit und Leere. Sosehr ihn die Gleichgültigkeit der Menschen gegenüber anderen Schicksalen wütend machte, so sehr wünschte er sich, dass bei seinem Sterben alles um ihn das Nebensächlichste ausstrahlte und er Monate später wie ein toter Bergsteiger in einer Gletscherspalte aufgefunden würde, der sich bereits in einen Teil der Landschaft verwandelt hatte.

Vor einiger Zeit, fiel ihm jetzt wieder ein, hatte er auf Wikipedia gelesen, dass die Insel Sant'Ariano in der »Laguna morta« im Nordosten hinter Torcello und Murano bis 1837 als Ossarium, als Schädelstätte »unter freiem Himmel«, wie es hieß, für die Friedhöfe der Umgebung gedient hatte. Eine zwei Meter hohe Mauer umfasste noch immer das Areal von der Größe eines Sportplatzes. Hinter undurchdringlichem Brombeergestrüpp seien dort bis heute die Gebeine Verstorbener »meterhoch aufgetürmt«. Aber er hatte nicht die Absicht, sich neben Tausenden Schädeln und Gebeinen zu erschießen, das kam ihm abgeschmackt vor. Er beabsichtigte nur, einfach zu verschwinden.

Ein großer Bagger mit Saugrohr, der den Lagunenboden vertiefte, lenkte Lanz ab. Rundherum entdeckte er keine Menschen, kein Leben, auch nicht auf dem automatisch arbeitenden Schiff, und am Himmel sah er keine Vögel. Ohne das Dröhnen des Vaporettomotors und des Baggers, fiel ihm ein, würde man sich auf einem Wasserfriedhof wähnen. Er dachte tatsächlich »wähnen«, weil er seine Gedankenspinnereien nur zu gut kannte. Doch sein Gehirn überrumpelte ihn gleich darauf mit dem Einfall, alle Passagiere seien Tote, die auf der Fahrt ins Jenseits unterwegs waren.

Das Vaporetto erreichte die »Gemüseinsel« Sant'Erasmo. Vom Schiff aus betrachtet, ähnelte sie einem flachen landwirtschaftlichen Gebiet mit Bäumen, Sträuchern, Äckern, alles erdfarben und in allen Schattierungen von Grün, das sich im Vorbeifahren in monochrome Monotonie verwandelte. Beim Anblick der Magazingebäude fielen ihm dann abwechselnd Gefängnisse und Hütten ein. So früh am Morgen war alles noch unbelebt, und Sant'Erasmo machte auf ihn den Eindruck, für immer von Menschen verlassen zu sein wie ein unwirkliches Gestade am Meer.

Er war im vergangenen Sommer mit seinem Außenbordmotorboot vom Lido aus zur Insel gefahren und dann bis Sant'Erasmo Chiesa gewandert, vorbei an den verstreuten kleinen Villen mit zum Trocknen aufgehängter Wäsche, den Gewächshäusern unter Biofolien, vorbei an freundlich grüßenden Radfahrern und kleinen Transportwagen mit drei Rädern, den Ape, an Feigenbäumen, Pinien, Ginstersträuchen und großen Gemüseäckern. Er hatte die Ruhe genossen und durch die Abgeschiedenheit ein Gefühl der Sicherheit empfunden. Bäume und Sträucher umgaben die Grundstücke und spendeten Schatten. Mitten in die kurzen idyllischen Abschweifungen hinein war ein Schwarzweißbild in seinem Kopf aufgetaucht wie aus einem Dokumentarfilm: Er hatte die Insel für einen Augenblick entlaubt, zerstört und tatsächlich menschenleer gesehen.

Häufig dachte er an eine atomare Katastrophe, die das Leben zum Stillstand bringen würde und Tod und Zerstörung zur Folge hätte, wie in Fukushima oder Tschernobyl. Er fand die Fahrt mit dem Vaporetto, die er eigentlich liebte, plötzlich nur noch anstrengend. Die Einförmigkeit der gewohnten Eindrücke verstärkte in ihm noch das Wissen, unterwegs in die Zeitlosigkeit zu sein.

An der Station Punta Sabbioni stiegen alle Passagiere aus und verließen die Anlegestelle, nur er blieb zurück und wartete auf das Vaporetto, das nach Torcello fahren würde. Eigentlich hätte er sich hier gleich erschießen können, um dann ins Wasser zu fallen, aber auch das war ihm zu dramatisch. Vor ihm breitete sich weit die Lagune aus, nur in der Ferne erkannte er noch die Umrisse von Sant'Erasmo, aber so klein wie ein Vermerk, der auf einer bunten Ansichtskarte von der Lagune in winziger Handschrift zwischen Himmel und Erde geschrieben war. Hinter ihm ein trostloser Erdhügel und noch weiter dahinter der Badeort Jesolo.

Auf einer Tafel las Lanz, dass das Vaporetto nach Torcello erst in einer Viertelstunde anlegen würde, das bedeutete auch, dass er vielleicht eine Viertelstunde länger am Leben blieb. Vom angrenzenden Betongebäude führten Stiegen zu zwei weiteren Anlegestellen. Die Betonpfähle, auf denen die Stege ruhten, sah Lanz, waren unter der Wasseroberfläche von einer dicken Kruste Muscheln bedeckt.

Ein älteres Ehepaar hatte sich ihm unbemerkt genähert, und als er gerade eine verrostete Eisenkette – ebenfalls mit Muscheln bedeckt – betrachtete, fragte ihn die Frau auf Englisch, was es hier zu sehen gäbe.

Als Lanz »nothing« antwortete, blieben beide ernst und mit einem Ausdruck von Langeweile stehen. Sie seien mit Freunden nach Venedig gefahren, die den ganzen Tag schliefen, sagte die Frau. Sie redete offenbar gern, der Mann hingegen schwieg. Von der Accademia, dem Museum mit Renaissance-Bildern, wolle er »nichts mehr hören«, sagte er schroff, als seine Frau mit Lanz darüber ein Gespräch beginnen wollte. Das Ca'Rezzonico mit dem Blick in das 17. und 18. Jahrhundert sei »terrible«, von all den Museen und Palästen wolle er »nichts mehr wissen«. Er sei mit seiner Frau, bemerkte er herablassend, einmal vom Bahnhof, wo sich ihr Hotel befinde, bis zum Markusplatz gegangen. »Furchtbar.« Auch in Murano, wohin er gestern gefahren sei, sei es »entsetzlich langweilig« gewesen. Lanz hörte ihm schweigend zu, ohne Absicht, sich darauf einzulassen. Als die Frau ihrem Mann gegenüber den Friedhof San Michele erwähnte, blitzte Verachtung in seinem Gesicht auf, und bei ihrer Bemerkung über »das faszinierende Ghetto« schloss er nur noch peinlich berührt die Augen und blies aus vollen Wangen Luft aus. »Wir haben doch einen Henry James, der über Venedig geschrieben hat, und einen Ruskin!«, warf sie ihm vor. »Was hast du?« Der Mann drehte sich zur Seite, spuckte ins Wasser, und das Gespräch erstarb.

Im Vaporetto setzte sich das Paar zwar in dieselbe Reihe wie Lanz, sie redeten jedoch nicht mehr miteinander. Angestrengt blickte er hinaus. Die Lagune war von gelbem Schilf bewachsen, rechter Hand erschienen flache kleine Inseln – auf denen er weder Menschen noch Tiere noch Arbeitsgeräte entdeckte –, die sich weiter bis zum Horizont fortsetzten und den Eindruck vermittelten, dass die sumpfige Landschaft alles verschluckte. Wenn sie anderen Vaporetti begegneten, blendeten ihn auf deren Frontscheiben fließende Spiegelungen von Wasser und Sonne.

Linker Hand erkannte er jetzt den Glockenturm von San Francesco del Deserto. Das Kloster auf der winzigen Insel – eigentlich »mitten im Wasser« gelegen – musste ein seltsamer Ort sein, dachte er. Hier konnte man vielleicht das Leben einer Möwe führen. Rund um das Ufer waren Zypressen gepflanzt, die den Eindruck eines Vogelnestes erweckten. Fast überall in der Lagune gab es grün bewachsene Sandbänke im flachen Wasser, die, vom Schiffsdeck aus gesehen, das Bild einer dreidimensionalen Landkarte erzeugten und im Betrachter das Gefühl hervorriefen, sich in einem riesigen maritimen Landschaftsmodell zu bewegen. Sie kamen an einer kleinen Insel vorbei mit einem ehemals großen, verfallenen Gebäude. Es hatte kein Dach mehr. Anstelle der Fenster sah er eine Serie rechteckiger, schwarzer Löcher: Pflanzen überwucherten die Ziegelruine. Die folgende, noch kleinere Insel wies nur noch das Fragment einer Mauer auf, die nächste nichts als Schutt, Abfall, Gebüsch, ein zerstörtes Ruderboot und die Reste eines bemoosten, hüttenartigen Baus. Gute Orte, um sich zu erschießen, ging es ihm durch den Kopf.

Sie überholten sechs Paddelboote mit Männern und Frauen. Gleich darauf erkannte er den schiefen Glockenturm der Insel Burano, die er am Anfang der

Bekanntschaft mit seiner späteren Frau Alma besucht hatte.

Damals hatten ihn das Dorf im Meer, die blauen, roten und gelben Häuser und die Spitzenklöppelarbeiten beeindruckt, sie waren ihm bis heute in Erinnerung geblieben. Er hatte, als er noch in Wien lebte, Englisch und Französisch studiert, Deutsch und Italienisch sprach er schon fließend, da sein Vater, Johann, aus Südtirol stammte und zuerst als Assistent am Institut für Angewandte Mathematik in Mailand tätig gewesen war. Später dann hatte er als Professor an der Universität Bozen Vorlesungen über Computer Science gehalten. Seine Mutter, Elisa, stammte aus Padua, wo sie eine Ausbildung zur Osteopathin gemacht hatte, und eröffnete nach ihrer Heirat in Bozen eine Praxis. Den ganzen Tag über waren Patienten mit »Kreuzbeschwerden« in ihre Ordination gekommen, und fast alle – so behauptete sie – seien Menschen gewesen, denen das Leben »über den Kopf gewachsen« wäre. Sie wusste viele Geschichten über Krankheitsfälle zu erzählen. Als Emil Lanz neunzehn Jahre alt war, wurde sein Vater an die Universität Wien berufen, und seine Mutter hatte über ihrer Wohnung Am Heumarkt 7 zusätzlich eine Garçonnière gemietet und dort ihre Praxis aufgemacht. Sein Vater war überaus stolz darauf gewesen, im ehemaligen Oberkommando der k. u. k.-Monarchie ein Zuhause gefunden zu haben. Emil selbst hatte seine Sprachstudien fortgesetzt, die er schon in Bozen begonnen hatte. Seinen Militärdienst hatte er bereits in Italien bei der Marine abgeleistet.

Als er noch ein Kind war, hatte der Vater ihm den »Zauberwürfel« – eines von vierhundert Millionen Exemplaren, wie er dann über Google herausfand – zum fünfzehnten Geburtstag geschenkt. Der Zauberwürfel des ungarischen Architekten Ernő Rubik faszinierte ihn, so dass er sich eine Zeitlang fast ausschließlich mit ihm beschäftigte. Schon damals hatte Emil, als er vergeblich versuchte, das Würfelrätsel zu lösen, das Gefühl der Unendlichkeit kennengelernt, und er wollte es – obwohl es jedes Mal mit Scheitern verbunden war – von da an immer wieder erfahren. Der Würfel ließ sich, das wusste er noch genau, in 43 Trillionen Stellungen verdrehen, und nur eine einzige war die richtige Lösung. Das war ihm immer wieder eingefallen, wenn er Schwierigkeiten in seinem Leben gehabt hatte. Stets musste die Grundstellung gefunden werden, mit den Seitenwänden in jeweils einer einheitlichen Farbe. Lanz gelang das erst nach nahezu zwei Jahren, wobei ihm sein Vater, der ihn so lange hatte zappeln lassen, behilflich war. Obwohl er damals erst in der Pubertät gewesen war, hatte er gewusst, dass er den Wunsch seines Vaters, sein Sohn möge wie er selbst Mathematik studieren, nicht erfüllen würde. Aber gerade weil sein Vater es über sich gebracht hatte, ihm zu zeigen, wie er das Rätsel lösen konnte, hatte er sich folgsam weiter mit Mathematik beschäftigt und sich von ihm ganze Nachmittage lang die Chaostheorie erklären lassen oder die Koch-Schneeflocke, die Entropie, Einsteins Relativitätstheorie und sein Paralleluniversum, die Leviathan-Zahl oder die mathematische Konstante Pi, benannt nach dem sechzehnten Buchstaben des griechischen Alphabets, der zugleich der Anfangsbuchstabe des Wortes »Perimetros« – »Umfang« – war, und ohne deren Wert 3,1415926535 … weder Umfang noch

Fläche eines Kreises berechnet werden konnte. Er hatte die Zahl so oft gehört, dass er sie wie ein Gedicht hätte automatisch aufsagen können. Es war eine irrationale, transzendente Zahl, wie sein Vater ihm vorgetragen hatte, ohne dass Emil diesen Teil der Ausführungen jemals verstanden hatte. Aber das Gehörte hatte von da an in seinem Kopf weitergewirkt. Er hatte außerdem im Gedächtnis behalten, dass die Zahl Pi inzwischen schon bis zur billionsten Stelle hinter dem Komma ermittelt war und dass die Geburts- und Todesdaten aller toten, lebenden und zukünftig existierenden Menschen in ihr enthalten waren.

Jetzt, da er von weitem schon die Insel Burano sah und wieder verstärkt an Alma dachte und die Pistole in seiner Jackentasche fühlte, hatte er so etwas wie eine Erleuchtung. Da er überzeugt war, bald zu sterben, und mit dem Leben abgeschlossen hatte, musste etwas in seinem Gehirn vor sich gegangen sein, das er mit Logik nicht erklären konnte. Es war ihm plötzlich klargeworden, dass Gott so etwas wie die mathematische Konstante Pi war, ohne die niemand seinen Lebenskreis verstehen konnte. Er war erstaunt darüber, wie beruhigend dieser Einfall auf ihn wirkte, und es war ihm, als habe er etwas begriffen, das ihm vielleicht half, die Ereignisse besser zu deuten.

Als er Alma kennenlernte, hatte er den »Zauberwürfel« endlich auf den Schreibtisch gestellt und ihn seither nicht mehr angerührt.

Die Insel Burano kam ihm an diesem Morgen, wenn er den plötzlich wolkenfrei gewordenen Himmel betrachtete, wie ein schönes Déjà-vu vor, auch wenn noch kaum Leben auf ihr zu bemerken war. Und selbst die

Erinnerung an Alma wurde davon beeinflusst, denn ihm fiel ein, wie sehr er sie die erste Zeit über geliebt hatte. Wenn eine Liebe zerbrach, löste sich zumeist auch das Wissen um die anfängliche Verliebtheit auf, wusste er. Man hasste es oft sogar, dass sie zum eigenen Leben gehörte, jetzt aber gestand er sich auch das ein.

An der Anlegestelle warteten nur wenige Passagiere auf die Rückfahrt, und keiner seiner Mitreisenden suchte wie er selbst das zweite Wartehaus für die Weiterfahrt nach Torcello auf, sondern alle beeilten sich, nach Hause oder an ihre Arbeitsplätze zu kommen. Von innen erweckte das andere hüttenartige Wartehaus den Eindruck einer schwimmenden Veranda mit einer offenen Terrasse und zwei großen seitlichen Fenstern zum Meer hinaus. Hier hätte er sich ungestört eine Kugel in den Kopf oder ins Herz schießen können, überlegte er etwas später. Es wäre vielleicht sogar das Beste gewesen, am Ufer des Meeres aus einem Wartehaus die Reise in das Nichtsein anzutreten, aber wieder dachte er gleich darauf an Alma, deren Eltern ein Weingut in der Südsteiermark besessen hatten, weshalb ihre Tochter die Weinbauschule in Klosterneuburg besucht hatte. Er hatte sie beim Heurigen in Nußdorf kennengelernt, als er nach einem Sonntagsspaziergang allein an einem Tisch im Gastgarten saß und ein Begleiter und Mitschüler aus ihrer Gesellschaft ihn eingeladen hatte, bei ihnen Platz zu nehmen. Sogleich hatte er sich in Alma verliebt, und sie hatte ihn schon am nächsten Abend von seiner Wohnung Am Heumarkt abgeholt. Eine Woche später, als seine Eltern nach Bozen gefahren waren, war sie seine Geliebte geworden. Durch das Fenster der Wohnung im zweiten Stock, fiel ihm jetzt, als er im Wartehaus ebenfalls durch eine Glasscheibe blickte, ein, hatten sie in die Baumkrone einer Platane geblickt, so als schwebten sie selbst auf einer Wolke. Dieses Bild erschien in seinem Kopf, auf den schon die Kugel in seiner Pistole wartete. Im gleichen Atemzug nahm er sich vor, sich ins Herz zu schießen, das befreite ihn von seiner gerade aufsteigenden Angst. Rundherum herrschte Stille, auch die Schmatzgeräusche des Meeres waren nicht mehr zu hören, nur ab und zu das Kreischen einer Möwe. Er sah sich für einen Augenblick selbst in einer Glasscheibe gespiegelt … auf der leeren Bank im Wartehaus sitzend … als sei er gerade von einem eintretenden Touristen mit einem Schnappschuss aufgenommen worden.

Ein Jahr, nachdem sie sich kennengelernt und ihre Studien abgeschlossen hatten, heirateten sie standesamtlich in Wien und dann auf Wunsch seiner Frau kirchlich in Gamlitz. Bald verbrachten sie den Großteil des Jahres in St. Leonhard in den Weinbergen, die, soweit er sehen konnte, grün bewachsene erloschene Vulkane waren. Vor Jahrtausenden waren sie noch unter dem Meer, das sie damals bedeckt hatte, tätig gewesen. Davon sprachen die Weinbauern jedoch nie. An gesellschaftlichen Veranstaltungen nahm er von Anfang an nicht teil, erinnerte er sich, sie langweilten ihn. Während er damals immer mehr Bücher in seinem Arbeitszimmer angesammelt hatte, blieb Alma bei ihrem Kindheitsgott, ihrem Kindheitsjesus, ihrer Kindheits-Maria-Muttergottes. Sie zerbrach sich über den Schöpfer nicht den Kopf, er sei ohnedies unbegreiflich, sagte sie. Nur einmal hatte er sie sonntags in die Kirche begleitet. Auch hatte er kein Interesse daran, sich mit Weinbau und der Kellerkunst zu beschäftigen. Er unterhielt sich deshalb kaum mit ihren Freundinnen und Freunden und mied Hochzeiten, Begräbnisse oder Umzüge. Bei seiner Übersetzungsarbeit sprach er insgeheim mit den toten Dichtern, dachte über jedes der von ihnen aufgeschriebenen Wörter nach, jedes Satzzeichen, jede sprachliche Wendung, und war abends, wenn er erschöpft aufhörte, unansprechbar. Das halbe Jahr betrank er sich auf der Terrasse, die andere Hälfte in der Stube. Hatte er zu viel getrunken, wurde er gesprächig, aber darauf ließ sich dann niemand mehr ein. Da die meisten von Sonnenaufgang bis Sonnenuntergang im Weinberg und im Herbst im Keller arbeiteten, gingen sie früh schlafen. Er blieb deshalb allein in der Stube sitzen und folgte – weiter trinkend – dem Fernsehprogramm.

Alma begann ihn, erinnerte er sich, zuerst versteckt, dann offen zu kritisieren und schließlich zu hassen. Sie hasste es, dass sein Innenleben so kompliziert war, wie sie sagte, und es nichts gab, was er mit ihr teilen konnte. Eines Tages begann er, nachdem er zufällig mit einem Imker gesprochen hatte, in seiner Freizeit Bienen zu züchten. Er schützte sich mit einem weißen Mantel, einem Imkerhut – durch dessen Netz er die Welt wie durch eine Rasterbrille in vielen Einzelteilchen sah – und Arbeitshandschuhen, die er mit der Zeit aber ablegte, bis er später auch keinen weißen Mantel mehr trug. Einmal stachen ihn sechs Bienen in die rechte Wange, und es sah kurzfristig aus, als würde ein Tumor die betroffene Gesichtshälfte verunstalten. Kurz darauf war ein offener Streit zwischen Alma und ihm ausgebrochen, denn seine Frau warf ihm vor, die Familie und Nachbarn zu provozieren, indem er ihnen offen zeigte, dass er sich für ihre Arbeit und ihr Leben nicht interessierte. Sie machte wirklich gute Weine der Sorten Sauvignon Blanc, Weißburgunder, Muskateller und Welschriesling, die zumeist schon vor Beginn des darauffolgenden Sommers ausverkauft waren. Für Alma musste »alles biologisch gearbeitet« werden, sie stritt darüber heftig mit ihrem Vater Franz – ihre Mutter Irmgard war schon sieben Jahre zuvor an einer Autoimmunkrankheit gestorben.

Sein Schwiegervater Franz ging seit seiner Jugend im nahe gelegenen Wald auf die Jagd. Im Haus war davon keine Spur zu sehen, es gab nirgendwo an der Wand ein aufgehängtes Geweih. Irmgard und Alma hatten sich seinem Ansinnen widersetzt, weshalb der Ehemann und Vater all seine Trophäen in einem alten Presshaus an den Balken befestigt hatte. Franz besaß auch mehrere Gewehre und zwei Pistolen. Er war ein Mensch, der mit Worten verletzen und sogar töten konnte. Auch das fiel Lanz, weil er gemeinsam mit ihm im Haus wohnte, bald auf. Der Schwiegervater wagte es jedoch nicht, sich mit Emil anzulegen, dessen Sprachkenntnisse ihn in Erstaunen versetzten. Und die Imkerei und der Honig, den er jeden Morgen zum Frühstück aß, erregten seine Bewunderung, besonders weil sein Schwiegersohn sich das Imkern selbst beigebracht hatte. Franz starb an einem Sonntag, als er vom Kirchgang zurückkam, vor der Haustür an einem Schlaganfall. Von da an war Alma allein und auf ihre Freunde und Bekannten angewiesen, die ihr aushalfen, bis sie einen Arbeiter aus Slowenien, Marco, aufnahm, der an den Wochenenden und Feiertagen nach Hause fuhr, aber, wenn es notwendig war, auch seinen Bruder oder einen seiner Nachbarn mitbrachte.

Nach Wien reisten Alma und Emil nicht mehr, weshalb er seine Bibliothek vom Heumarkt mit einem Transportwagen nach St. Leonhard kommen ließ. Schon seit er zu Alma gezogen war, hatte er jeden Tag Bücher über verschiedene Versandhändler bezogen, was ein zweiter Grund für Konflikte mit seiner Frau gewesen war, da er nach kurzer Zeit drei Zimmer mit seinen Büchern vollgestopft hatte: Zuerst füllte er die Regale, die er bei IKEA gekauft hatte, zuletzt, da kein Platz mehr vorhanden war, verstaute er sie in Einkaufstaschen, die er auf den Fußboden stellte, so dass er kaum noch einen Weg zu den Regalen fand. In kurzer Zeit hatte er auch den Schreibtisch und alle Stühle mit Büchern vollgeräumt und musste sich nach einem neuen Platz für seine Arbeit umsehen. Der Briefträger von St. Leonhard war ihm inzwischen ein guter Bekannter geworden, den er hin und wieder auf ein Glas Wein einlud, wenn dieser gegen Mittag mit den Kartons, Kuverts und Schachteln ankam. Er bewunderte Lanz und berichtete den Nachbarn ausführlich über die Menge an Büchern, die er ihm zugestellt hatte. Er wusste über alles Bescheid, was im Ort geschah, machte manchmal eine Bemerkung und erzählte Lanz schließlich, dass die Gemeinde St. Leonhard aus Priestermangel keinen neuen Pfarrer mehr zugewiesen bekäme, woraufhin Emil das obere Stockwerk des Pfarrhauses mietete und sich immer häufiger in den drei Zimmern und der Küche der ehemaligen Pfarrwohnung aufhielt. Obwohl er jetzt mitsamt seiner Bibliothek umgesiedelt war, kamen weiter Bücher mit der Post in das Haus Almas, weshalb am Abend, spätestens wenn er betrunken war, jedes Mal ein Streit zwischen ihnen ausbrach. Trotzdem machte er sich am Ende jedes Tages, wenn die Glocke vom gegenüberliegenden Kirchturm sechs Uhr läutete, auf den Weg nach Hause. Vor Begräbnissen flüchtete er tagsüber zu seinen Bienen, denn in einem Anbau des Pfarrhauses befand sich die Totenkammer, in der die Leichname der verstorbenen Dorfbewohner drei Tage lang aufgebahrt lagen, damit alle von ihnen Abschied nehmen konnten.

Bald war die Pfarrhauswohnung zur Bibliothek geworden, denn Lanz bestellte unablässig Bücher, die er wegen der großen Anzahl nicht mehr lesen konnte. Das begriff natürlich auch Alma, weshalb sie ihm vorwarf, ein süchtiger Sammler zu sein. Was seine Frau nicht verstand, war, dass er auf einer lebenslangen Expedition in seine Unterwelt war. Zuletzt hatte er, als er noch nicht in den Weinbergen lebte, von einem italienischen Verlag den Auftrag angenommen, eine englischsprachige vierbändige Enzyklopädie der Weltliteratur zu übersetzen. An diesem Projekt aber drohte er zu scheitern, denn inzwischen lag er mit Alma im offenen Streit, der sich sogar in Anwesenheit des slowenischen Arbeiters Marco abspielte, weil der immer größer und größer werdende Lavastrom an Büchern, der sich täglich in das Haus ergoss, auch vor dem Schlafzimmer nicht haltgemacht und dort größere und kleinere Türme gebildet hatte, von denen der größte eines Tages vom Kleiderschrank auf Alma herabstürzte, als sie gerade nach einer Bluse suchte. Sie hatte daraufhin zwei Tage kein Wort mit ihm gesprochen und ihn von da an noch häufiger kritisiert. Immer öfter übernachtete er also, wenn er ein Buch übersetzte, im Pfarrhaus und sobald er am nächsten oder übernächsten Tag zurückkehrte, lagen die Kartons mit Büchern, CDs oder DVDs ungeordnet wie ein Mahnmal auf dem großen Speisezimmertisch. Jedes Mal begrüßte ihn seine Frau dann mit der Frage: »Wo warst du?«, obwohl sie wusste, dass er sich im Pfarrhaus aufgehalten hatte. Schließlich hatte er sie jeden Abend und Morgen, die er in seinem »Archiv«, wie er es nannte, im »Pfarrhaus«, wie sie sagte, verbrachte, angerufen und sich mit dem Hinweis, dass er die ganze Nacht übersetzen müsse, um einen Termin einzuhalten, entschuldigt. Im Nachhinein betrachtete er das als einen Fehler, weil es den Eindruck erweckt hatte, er habe ein schlechtes Gewissen. Er versäumte es hingegen nie, nach den Bienen zu sehen. Wenn er mit dem Smoker arbeitete oder die schwer gewordenen Rahmen mit ihren Hunderten sechseckigen Wabenzellen herausnahm, war er mit seinen Gedanken in seiner Innenwelt, die für ihn seit seiner Kindheit ein unbekannter Planet war. Manchmal weinte Alma aus Wut, Verzweiflung und Selbstmitleid, und die ohnehin spärlichen gegenseitigen Umarmungen wurden weniger, bis sie schließlich ganz aufhörten. Dabei liebte er sie immer noch, doch hatte sie ihre festen Vorstellungen vom Leben, das für ihn wiederum ein Wirrwarr aus Interesse und Desinteresse, aus Zuneigung und Abneigung war. Er versuchte, sagte er sich, im Gegensatz zu ihr, das Leben aus seinem Inneren heraus zu gestalten, während sie es annahm, wie es kam und mit großem Eifer bewältigte. Davor hatte er den größten Respekt, er lobte auch öfter ihre »Lebensintelligenz«, wie er ihre

Eigenschaften, die Probleme zu lösen, bezeichnete, doch fehlte es ihm gänzlich an Willen, es ihr gleichzutun.

Langsam näherte sich das schwarzweiße Vaporetto, auf das er wartete, und Lanz empfand abermals den Wunsch nach einem nebensächlichen Tod, einem undramatischen, von Gleichgültigkeit begleiteten Sterben. Darüber hatte er übrigens mit Alma einmal gesprochen, wobei sie bemerkte, dass es ein Weiterleben nach dem Tod gebe, während er darüber gelächelt hatte. »Die Märchen werden eines Tages nicht mehr geglaubt«, hatte er ihr geantwortet und: »Sie verwandeln sich zuletzt in Lügen, wie auch alle Ideologien«, worauf sie in die Küche verschwunden war und von da an nicht mehr mit ihm darüber geredet hatte. Das alles ging ihm in der Viertelstunde, die er auf das Vaporetto nach Torcello wartete, durch den Kopf, ein Wachtraum, der aus Gedanken und Erinnerungsbildern bestand wie ein von ihm selbst gezeichnetes Comicheft.

Vor der Ankunft des Wasserbusses hatte sich im Wartehaus ein weiterer Fahrgast eingefunden, ohne dass Lanz ihm Aufmerksamkeit geschenkt hätte. Erst jetzt musterte er ihn flüchtig. Er war groß, korpulent und glatzköpfig und ganz in Schwarz gekleidet: schwarze Hose, schwarzes Sakko, schwarzes Hemd und schwarze Windjacke. Er sah für Lanz aus wie ein Türsteher vor einer Diskothek oder der Sargträger eines Bestattungsunternehmens. Das ließ ihn wieder an sein Vorhaben denken.

Eine Woche bevor Alma verunglückte, hatte er entdeckt, dass alle Bienen tot am Boden der Magazine lagen. Anstelle des Gesumms und der lebhaften Bewegungen hatte er nur noch Haufen von Insektenkörpern vorgefunden. Das Bienensterben hatte ihn mehr getroffen, als er dachte. Es war ein Vorzeichen gewesen, wie er erst später bemerkt hatte …

Nachdem das Vaporetto nach Torcello angelegt hatte, folgte Lanz dem Glatzkopf über den Bootssteg und ließ sich auf einem der Sitzplätze im Wasserbus nieder – immer noch die toten Bienen vor Augen. Anfangs hatte er Alma verdächtigt, dass sie die Bienen vergiftet habe. Oder dass es der slowenische Arbeiter Marco gewesen sei, der in ihrem Auftrag gehandelt hatte. Aus Almas Betroffenheit über das Bienensterben und ihrer Sorge um die Rebstöcke hatte er jedoch geschlossen, dass sie ahnungslos gewesen war. Am nächsten Tag hatte sie ihm erklärt, dass sie mit einer Freundin einen Charterflug nach Hurghada in Ägypten gebucht habe, um eine Woche am Meer auszuspannen. Auch das hatte ihn irritiert, denn es war das erste Mal, dass sie nicht gemeinsam verreisen würden. Als er ihr zu verstehen gegeben hatte, dass er an der Übersetzung der vierbändigen Enzyklopädie der Weltliteratur arbeitete, hatte sie ihm geantwortet, er wolle sich offenbar alle Bücher kaufen, von denen im Text die Rede sei, denn es kämen immer mehr und mehr Pakete. Am Nachmittag vor ihrer Abreise hatte sie ihn umarmt und gefragt, ob er nicht doch mit ihr gemeinsam fliegen wolle. Sie hatte sich vor ihren Computer gesetzt und ein Telefonat mit dem Reisebüro geführt, jedoch die Auskunft erhalten, dass der Flug ausgebucht war. Lanz nahm schließlich ihre Reise zur Kenntnis. Einerseits hätte er sonst seine Arbeit nicht termingerecht fertigstellen können, andererseits hatte es ihn wütend gemacht, dass Alma den

Beschluss gefasst und umgesetzt hatte, ohne sich mit ihm abzusprechen.

In der Nacht hatten sie nach längerer Zeit wieder miteinander geschlafen, und er hatte sie gebeten, nicht zu fliegen, ihr sogar angeboten, für die Kosten aufzukommen, aber sie hatte darauf beharrt, die Reise anzutreten. So blieb es am nächsten Morgen bei einem wortkargen Abschied. Zu Mittag erreichte ihn ein Anruf des Reisebüros, dass die Chartermaschine über Bulgarien abgestürzt sei. Er hatte sich sofort auf den Weg gemacht und die Unglücksstelle in den Bergen aufgesucht. Nie hatte er gedacht, dass er so etwas erleben würde. In einigem Abstand vor den Trümmern hatte er angehalten, ohne zu begreifen, was geschehen war. Bei seiner Rückkehr las er noch am Flughafen in einer Zeitung die abgedruckte Passagierliste. Die von Alma angegebene Freundin war nicht an Bord gewesen, dafür aber der Sohn eines großen Weinbauern in der Nachbarschaft, mit dem sie, wie er dann erfuhr und alle anderen offenbar längst wussten, schon seit einiger Zeit ein Verhältnis gehabt hatte. Ihr Geliebter hatte zu Hause gleichfalls angegeben, mit einem Freund nach Ägypten fliegen zu wollen.

Da Lanz der einzige Erbe war, hatte er den Weinberg mit dem geräumigen Haus an den größten und angesehensten Winzer der Umgebung verkauft, woraufhin seine Mutter, die zu Almas Begräbnis »wegen der Umstände« nicht gekommen war, für ihn am Lido eine Villa ausfindig gemacht hatte, in der er seither lebte. Als sie aber kurz darauf bei einem Kurs den Osteopathen Giorgio aus Neapel kennenlernte und heiratete, riss der Faden, der sie bisher verbunden hatte, und er war, nachdem er auch seinen Kater Johann dem Nachbarn übergeben hatte, auf sich allein gestellt gewesen … Ein Großteil seiner Bücher war ihm in die Villa am Lido zugestellt worden, den Rest hatte er der Gemeindebibliothek vermacht. Bevor er das Bauernhaus in St. Leonhard endgültig verließ, steckte er die Pistolen seines verstorbenen Schwiegervaters ein. Seither bewahrte er eine davon in der Kommode im ersten Stock seiner Villa am Lido auf. Er fühlte sie jetzt in der Tasche seines Anoraks, als er daran dachte. Die zweite Pistole, ebenfalls ein Fabrikat der Waffenfirma Walther, hatte er – nachdem er sie zerlegt hatte – in einer Schachtel auf dem Dachboden verstaut. Beiden hatte er noch im Haus in St. Leonhard die Seriennummern ausgefräst, als wollte er mit ihnen ein Verbrechen begehen.

II
MORD UND SELBSTMORD

Es würde ein heißer Tag werden, fand er, als er auf Torcello das Vaporetto verließ und in einiger Entfernung hinter dem schwarzen Mann herging, der es eilig zu haben schien.

»Wer fürchtet sich vorm schwarzen Mann?«, hörte er sich als Kind im Schulhof rufen. »Niemand!«, antworteten seine Schulkameraden und Freunde, die an der anderen Seite des Hofes Aufstellung genommen hatten. Und schon liefen sie davon, und er ihnen nach, und sobald er sie berührt hatte, waren sie zu »schwarzen Männern« geworden, die ihm helfen mussten, auch alle anderen Mitspieler zu »schwarzen Männern« zu machen. Er war ein schneller Läufer gewesen und hatte sich hin und wieder sogar an kleineren Raufereien beteiligt, die in der Volksschule unvermeidlich gewesen waren.

Plötzlich war der Mann, der vor ihm hergeeilt war, verschwunden – Lanz konnte es sich nicht erklären. Er blieb stehen, schaute sich um und ihm fiel ein, dass das Kinderspiel »Der schwarze Mann« mit der Pest zu tun hatte. So hatte es ihm jedenfalls seine Mutter erklärt. Jeder, der mit dem »schwarzen Tod« in Berührung kam, wurde selbst zum Träger des Virus und vergrößerte das Heer der Kranken, bis alle dahingerafft waren.

Lanz ging den Kanal mit grünem Wasser entlang, auf

dessen anderer Seite Ziegen grasten und ein Traktor unter einem Obstbaum abgestellt war. Einige Schritte weiter entdeckte er ein blaues Motorboot mit dem Bug nach oben in einer Vertiefung der Wiese und noch ein Stück weiter ein weißes Boot zwischen den Stämmen hoher Bäume. Linker Hand verlief ein Drahtzaun, dahinter sah er maigrüne Gärten mit bunten Blumenbeeten, Laub- und Obstbäumen, Gras und Bohnenstangen. Ziegel, die im Muster eines Parkettbodens verlegt waren, pflasterten den Weg, auf dem er ging, und weiter vorne glitt eine kleine Motoryacht langsam und fast lautlos den Kanal hinunter. Auf der gegenüberliegenden Seite entdeckte er im Wall aus weißblühendem Holunder- und Akaziengebüsch Türen aus Holzlatten und Steinstufen, die alle zum Kanal führten. Er roch den süßen Duft der Sträucher, und ihm fiel ein, dass es eine geeignete Stelle war, an der er sich verkriechen und erschießen konnte.

Dort, wo der schwarze Mann verschwunden war, erhob sich ein zwei Stockwerke hohes Gebäude, im Wasser davor registrierte er Pfähle und ein hölzernes Bootshaus, dahinter zwei Lastenboote, die sich, alle gleichsam auf den Kopf gestellt und verdoppelt, im Kanal spiegelten. Aber diesmal nahm er die Spiegelungen anders wahr als bisher, denn sie waren nicht bloß Spiegelungen, sondern schienen ihm zu beweisen, dass die Welt auf dem Kopf stand.

Die meisten Trattorien und Alberghi, an denen er, nachdem er vor dem hohen Gebäude nach links abgebogen war, vorbeiging, waren schon geöffnet, die Gäste schliefen vermutlich noch oder kamen erst mit dem Vaporetto an. Das war für sein Vorhaben günstig, dachte er, jetzt musste er nur noch einen geeigneten Platz finden. Er erreichte einen Gemüseacker, auf dem Blätter aus der Erde wuchsen, und überlegte, ob es eine passende Stelle wäre. Jetzt erst sah er zwei Baracken, vor denen eine Frau und ein Mann Zigaretten rauchten. Die Insel, wusste Lanz, diente nur fünfundzwanzig bis dreißig Personen als ständiger Wohnsitz.

Vorbei an Häusern, in deren Räume er beim Vorbeigehen durch die verglasten Fenster blicken konnte und hinter deren Spiegelungen er nur Möbelstücke sah, erreichte er das gepflegte Ristorante Locanda Cipriani, wie auf dem grünen Schild in weißen Buchstaben zu lesen war. Die dunkelgrünen Fensterläden waren geschlossen. Auf schiefen Pfählen hockten zwei Möwen, die ihn an den Heiligen Geist in der Mitte des Deckenfreskos der katholischen Kirche in St. Leonhard erinnerten. Auch ein Möwenschwarm, der über die Insel flog, ließ ihn an Heilige Geister denken. Sie begleiteten ihn auf seinem Weg, dachte er, und als einige der weißen Vögel in der Luft kreischten, war ihm, als ob sie ihn von seinem Vorsatz abbringen wollten.

Lanz wanderte allein über die scheinbar von Menschen verlassene Insel. Der Möwenschwarm machte einen Schwenk und, seinen eigenen Kopf drehend, erkannte er jetzt den Glockenturm hinter der Kirche Santa Fosca, der vielleicht fünfzig Meter hoch war, wie er schätzte, und alles überragte. Er beschloss, von ihm aus später noch einmal über die Insel und die Lagune zu schauen. Auch vor der Kirche Santa Fosca standen alte hohe Bäume und Sträucher, und in einer von einem Eisengitter und einer niederen Steinmauer umgebenen kreisförmigen Senke kräuselte sich Wasser. Er blieb stehen, betrachtete die Säulenfragmente, ging weiter und gelangte an die Mauer vor dem Museo Archeologico di Torcello mit Fundstücken von der Insel.

Als er wieder zurückkehrte, hatten sich die lärmenden Möwen vor dem Becken niedergelassen, und Lanz wandte sich dem Kirchengebäude zu. Der Boden des Säulengangs vor dem halboffenen Tor war mit Backsteinen gepflastert, die neuerlich ein Fischgrätmuster bildeten, und er sah durch einen Spalt den Altar aus weißem Marmor, dahinter einen greisenhaften, winzig kleinen Priester in einer grünseidenen, mit goldenen Ornamenten geschmückten Kasel und den Mesner, wie er vermutete, der Jeans und eine Windjacke trug. Musik ertönte von irgendwoher, aber Lanz konnte niemanden sonst in der Kirche Santa Fosca ausmachen. Dann tauchten plötzlich zwei Chormitglieder vor dem Altar auf, die mit dem Gesicht zum Eingang ein sakrales Lied anstimmten. Noch immer konnte Lanz nicht ausmachen, wo sich das Orchester, dessen Musik den hallenden Raum erfüllte, befand. Er trat näher und fürchtete zugleich, zu stören, wurde jedoch nicht beachtet, als existierte er gar nicht. Natürlich kam ihm der Gedanke, dass er sich sofort töten konnte, doch er wusste zugleich, dass er es nicht tun würde.

Offenbar handelte es sich um eine Musikprobe, vermutete er. Der Priester drehte sich um, blickte zum Messdiener und flüsterte ihm etwas zu, während die beiden Sänger, vom unsichtbaren Orchester begleitet, weitersangen. Eine Zeitlang lauschte Lanz der Musik, dann trat er in den Säulengang, ohne jedoch einen Besucher in der Kirche gesehen zu haben. Bis jetzt, dachte er, lief alles ab, wie er es sich gewünscht hatte. Die Möwen draußen hatten sich beruhigt und suchten in der Wiese nach Futter oder putzten ihr Gefieder. Nach wie vor sah er keine Touristen. Im Säulengang entdeckte er an den Ziegelmauern große Flächen mit schwarzem Schimmel. Lanz hielt die Flecken für Zeichen, zuerst sogar für Buchstaben, als er aber einen Schritt zurücktrat, erkannte er, dass an der betreffenden Stelle ein Kreuz gewesen sein musste und links und rechts je eine Figur mit einem Heiligenschein. Auch sah er Reste von Stuckaturen, die offenbar ein Bild umgeben hatten, von dem aber nicht mehr zu sehen war als die fragmentarischen Umrisse dreier weiterer Figuren. Oder es waren die Feuchtigkeit und ein Gewebe aus Sprüngen, die ein unsymmetrisches Spinnennetz bildeten. Das große alte, ehemals weißgraue Taufbecken war aus Stein und wies, wie die danebenstehenden Weihwasserbecken, eine etwas dunklere Maserung auf, sie waren außerdem von gelben und grünen Flechten bedeckt, als wollten sie sich zurück in Natur verwandeln. Er betrachtete sie lange und wandte sich erst ab, als der uralte kleine und nun völlig in Schwarz gekleidete Pfarrer in einem Mantel, hohen Schuhen und mit einer Einkaufstasche in der Hand über ein quergelegtes Brett ins Freie balancierte. Der Priester deutete auf Lanz und fragte ihn im Vorbeigehen nach seinem Namen. Als er nicht antwortete, blieb er stehen und wollte wissen, woher er komme.

»Aus Wien«, sagte Lanz höflich und beeilte sich, von dem Geistlichen wegzukommen, da er entschlossen war, sich nicht von seinem Vorhaben abbringen zu lassen. Er schlug die entgegengesetzte Richtung zur Basilika Santa Maria Assunta ein. Je näher er dem Gebäude kam, desto mehr ähnelte der Ort einer Baustelle, da auch hier der Verputz von den Wänden abgeschlagen worden war. Werkzeuge lagen herum, daneben war eine Schubkarre abgestellt. Plötzlich erhoben sich die Möwen und flogen mit knatternden Flügeln davon. Lanz schaute sich um, aber er fand keine Ursache für ihr Aufschrecken als sich selbst.

Um die Basilika betreten zu dürfen, musste er ein Ticket lösen. Die junge, unansehnliche Frau an der Kasse hatte, wie ihm auffiel, ein noch vom Schlaf verschwollenes Gesicht. Das Kirchenschiff lag im Halbdunkel, trotz der zahlreichen Fenster an einer Seite. Was ihn als Erstes beeindruckte, war der alte Mosaikfußboden, der einem Teppich aus Stein ähnelte: Geometrische Formen gingen ineinander über, Kreise, Quadrate, Rhomben. An einer Stelle erinnerte er ihn an das Bett eines seichten, klaren Baches, an einer anderen glich er der Haut einer exotischen Giftschlange, dann wieder einem Muster aus bunten Muscheln oder einer in ein Bild verwandelten mathematischen Formel. Die Moscheen in Istanbul fielen ihm ein, die er besucht hatte und deren Ornamente ihm wie Wegweiser in das Unsichtbare vorgekommen waren. Ähnliches hatte er sonst nur empfunden, wenn er Musik hörte oder als Kind Federn vom Weg aufhob, ohne zu wissen, von welchem Vogel sie stammten. Als er noch im Weinberghaus in St. Leonhard wohnte, hatte er wieder damit angefangen, sie zu sammeln und auf seinen Schreibtisch im Pfarrhaus zu legen, allerdings hatte er inzwischen gewusst, von welchem Tier sie stammten und sogar aus welchem Teil seines Gefieders. Die Federn kamen ihm vor wie kurze Gedichte oder Versfragmente, einzelne Zeilen oder Wörter, vielleicht aus einem der Werke von Paul

Celan: gänzlich weiße Federn eines Höckerschwans, die er von einem Besuch im Grazer Stadtpark mitgenommen hatte, bleigraue aus den Armschwingen der Türkentaube, schwarz-weiße aus den Handschwingen von Elstern, an der Basis schwarz gefärbte und an der Spitze leuchtend gelbe Steuerfedern des Pirols und die schwarzen eines Buntspechts, dunkel- und hellbraun gestreifte Schwimmfedern eines Fasans, die hellblauschwarze Musterung einer Außenfahne des Eichelhähers, das strahlend blaue Kleingefieder eines Eisvogels ... – alle Bilder der Federn gingen ihm durch den Kopf, und abermals nahm er sich vor, den Kirchturm zu erklimmen und aus der Vogelperspektive auf die Insel hinunterzuschauen, bevor er sich erschießen würde.

Die Wand hinter der ursprünglichen Tür der Basilika zierte jetzt ein gewaltiges Goldmosaik des Jüngsten Gerichts. Am liebsten wäre es ihm gewesen, wenn es nur noch in Fragmenten erhalten gewesen wäre, denn das erschien ihm dem rätselhaften Unsichtbaren, das es andeutete, angemessener. Riesige Engel bliesen in Hörner, und aus den Wellen eines Gewässers tauchten Ertrunkene und Fische auf, die Menschenleichen ausspien. Auf einem Fabeltier, dessen Kopf ein Horn trug, saß eine Frau, und unter der Erde warteten Begrabene mit offenen Augen. Während oben riesige Engel mit Blasinstrumenten schwebten, würgten in der Unterwelt Löwen, Tiger, Hyänen und unbekannte Wesen, möglicherweise Fabeltiere, Teile von Menschenkörpern aus – er sah Hände, Füße, einen Kopf und einen Rumpf. Lanz betrachtete das Mosaik an der Wand wie ein Archäologe, der auf Zeugnisse einer unbekannten Religion gestoßen war. Als er den schwarzen Luzifer sah, mit seinem »Sohn« auf dem Schoß – dem nackten, kindlichen Antichrist, den Satan als Dämon gezeugt hatte –, fiel Lanz wieder das Kinderspiel »Wer fürchtet sich vorm schwarzen Mann« ein, und er musste seinen Vorsatz, alles aus der Sicht eines unwissenden Archäologen zu betrachten, aufgeben, denn es kam ihm Dantes »Göttliche Komödie« in den Sinn, die er zuletzt auszugsweise für das vierbändige Lexikon der Weltliteratur übersetzt hatte: der schwarze Satan mit Hörnern und Flügeln – hoch über ihm, im Himmel eine Schar Märtyrer, Mönche, Nonnen und Heilige. In winzigen Kammern der Hölle jedoch die Schar der Verdammten: nackte Völler, die gerade ihre Hände aufaßen, nackte Jähzornige, die in tiefes, eisiges Wasser getaucht wurden, Neidische, die siebzehn – er hatte sie abgezählt – Totenschädel vor sich sahen, aus deren leeren Augenhöhlen Schlangen krochen, Geizige, die durch elf Köpfe, die abgehauen wirkten, im ewigen Feuer dargestellt waren, und Verdrossene: wiederum Köpfe, diesmal zehn, gebrochene Arme und Beine.

Noch einmal versuchte er das Mosaik so zu betrachten, als könne er es nicht interpretieren. Das ergab eine völlig andere Sichtweise, sie erinnerte ihn jetzt daran, wie er Hieronymus Boschs »Der Garten der Lüste« zum ersten Mal in einem Buch aus der Bibliothek seines Vaters gesehen und seine Mutter lachend versucht hatte, ihm verschiedene Einzelheiten zu erklären. Lanz schaute das Mosaik nicht in der logischen Reihenfolge an, sondern ließ sich von seiner Neugier leiten, immer zwischen Wissen und einer versuchten Verständnislosigkeit schwankend: zuerst die Hölle in all ihren Einzelheiten und dann jedes Detail des Himmels. Das Paradies mit Adam und Eva, die betende Jungfrau Maria, die guten Schächer, die von einem Cherub bewachte Himmelspforte, Petrus, die Erzengel Gabriel und Michael und der siegreiche Messias – sie waren für ihn jetzt nur noch das Publikum in einem gigantischen Kolosseum, während zu ihren Füßen die Menschen in der Arena zur Erbauung der Zusehenden gefoltert und zerstückelt wurden.

Er lenkte seinen Blick neuerlich auf den Fußboden, wo ihm noch einmal besonders schöne, abgetretene Steine des Mosaiks auffielen, aus denen sich durch ihr Alter und die Schritte der Besucher ein eigenes Muster gebildet hatte. Er ging nicht nach vorne zum Altar. Wie aus großer Ferne sah er Maria in blauem Gewand mit Jesus, umgeben vom Gold des Mosaiks an den Wänden, und zu ihren Füßen das geöffnete Bogenfenster, durch das Sonnenlicht fiel und den Eindruck erweckte, die Gottesmutter schwebe auf einer Lichtsäule zwischen Himmel und Erde. Als er den goldgeschmückten Raum hinter sich ließ, glaubte er für einen Augenblick, dass er das Universum von innen gesehen habe.

Von der Basilika Santa Maria Assunta ging Lanz zu einem Haus, in dem ein Antiquitätenladen untergebracht war, und blickte durch die Eisenstäbe eines Zauns. Ein beleibter Bauer in blauer Arbeitshose beäugte gerade versunken das Wachstum der Reben und berührte die Pflanzen.

Der Weingarten war von alten Säulenresten, steinernen Vasen und vereinzelten Figuren umgeben. Ein paar Schritte weiter sah er zahlreiche Gartenfiguren, die aus dem 19. Jahrhundert zu stammen schienen. Sie ließen ihn an einen Friedhof denken, auf dem die vergangene

Zeit begraben war. Dann umkreiste er die Kirche Santa Fosca, auf der Suche nach dem Eingang zum Glockenturm. Auch dort war noch kaum jemand anzutreffen. Diesmal war es der Mesner selbst, der ihm die Eintrittskarte verkaufte.

Lanz wusste, dass er sich nicht vom Turm in die Tiefe stürzen würde, denn er hatte Angst vor den Wahrnehmungen und Gedanken, die ihm beim Sturz durch den Kopf gehen konnten. Er wollte nur Abschied nehmen. Der unverputzte Innenraum des Turms, der keine Stufen, sondern nur Rampen aufwies, kam ihm wie eine riesige Orgelpfeife vor. Er sah sich darin in Gedanken nach oben schweben, als sei er eine Note aus einer Messe von Bach, Mozart oder Messiaen. Gleich darauf aber verwandelte er sich in einen Orgelton, der im Himmel verschwand.

Die Aussicht von oben überwältigte ihn. Auch der Möwenschwarm tauchte plötzlich auf, und kurz empfand er sich selbst als Möwe, unter der die Lagune sich ausbreitete. Wenn er wiedergeboren würde, ging es ihm durch den Kopf, würde er vielleicht ein Vogel sein.

Das Wasser hatte verschiedene Farben, je nachdem durch welches Turmfenster er schaute. Zur Meerseite hin verschiedene Varianten von Blau: indigo, kobaltfarben, veilchenblau, mitternachtsblau, kosmosblau, lavendelfarben, marineblau – zur Landseite hingegen Grün: blassgrün, krokodilgrün, vitriolgrün, jaspisgrün, bleigrün und schilfgrau. In den Kanälen, zwischen den Büschen und im sumpfigen Teil war es lehmfarben, umbrabraun, topasfarben, kohlfarben, jodbraun, ackerbraun, sandfarben, sofern es aber im Schatten lag dschungelschwarz, orchideenschwarz, sepiafarben.

Und am Horizont schließlich, wo der Himmel und das Meer sich trafen, war es wolkenweiß, zartweiß, ziffernblattweiß, albinoweiß, pigmentweiß, schafgarbenweiß, und zuletzt dort, wo es das Sonnenlicht reflektierte, golden und silbrig. Dann fiel ihm ein, wie er – so oft es ging – am Weinberg im Herbst die Stare beobachtet hatte, wenn sie Schwärme bildeten, die am Himmel schrieben und zeichneten. Sie verdichteten sich zu einem sich stetig verformenden Gespensterwesen, lösten sich auf und zerfielen zu einem Termitengewimmel, fanden sich wieder, bildeten einen gigantischen Riesenpilz, Fingerabdrücke in einer imaginären daktyloskopischen Kartei, zerfielen neuerlich und ballten sich wieder zusammen, atmeten, erschienen als Figur am Himmel, durchdrangen einander, bildeten einen Kelch, Blüten, Schlangen, schienen einander zu verschlucken und wieder auszuspeien, nahmen die Form von Spermienwolken an, zeigten, dass alles, was auf der Erde existierte, aus Atomen und Molekülen bestand, aus Zellen, aus Leuko- und Erythrozyten, aus Photonen, die sich zu Staubwolken formten, aus denen Blütenpollen, Schattengebilde, Wassertropfen, Schneeflocken, Plankton, Lichtpartikel wurden.

Stimmen aus einem unteren Stockwerk des Turms lenkten ihn ab, und er empfand nur noch den Wunsch, zu flüchten wie Tiere in der Natur, wenn sie entdeckt werden. Er lief hinunter, blickte zu Boden, als die Menschen auf ihn zukamen, und eilte einen anderen Weg zurück, auf dem er hoffte, niemandem zu begegnen. Zuerst kehrte er zum Eingang der Santa Fosca-Kirche zurück, und als er von weitem den Marktstand auf der gegenüberliegenden Seite bemerkte, schritt er auf ihn zu und entdeckte kleine Briefbeschwerer, die Abfallprodukte der Glasbläsereien in Murano waren, Postkarten, eine Broschüre über die beiden Kirchen, T-Shirts, Baseballkappen und Rosenkränze. Daneben befand sich das Antiquitätengeschäft, das er bereits kannte. In seinen Auslagenfenstern hatte er sich sogleich gespiegelt gesehen, dahinter alte Möbel und Lampen. Er konnte all das gewissermaßen nur als Collage innerhalb der Fläche sehen, die der Schatten seines Körpers auf der Glasscheibe einnahm, so dass er den Eindruck hatte, er erblickte in seinem Körper die Gegenstände als seine Eingeweide. Der von der Sonne beschienene Teil reflektierte hingegen die beiden Kirchen und die archäologischen Fundstücke sowie die drei Tauf- und das Weihwasserbecken, die vor den Gebäuden standen.

Dann erschien der Antiquitätenhändler in seinem Laden wie auf der Bühne eines Kasperltheaters. Er stellte verschiedene Gegenstände, die er aus einer Kommodenschublade nahm, in die Vitrine darüber: bemalte Teller, ein Schachspiel, ein altes Schiffsmodell, Kerzenleuchter, zwei Obstschüsseln, Bücher neben eine Vase mit einer Schwertlilie, eine Weltkugel.

Über der Vitrine sah er Schwarzweißfotografien von Menschen aus der zweiten Hälfte des 19. Jahrhunderts. Er war fasziniert von dem alltäglichen Leben, das er wie zum ersten Mal betrachtete. Vielleicht, weil es zum letzten Mal ist, dachte er. Gleich darauf wurde er von einer Schar Touristen überrascht, die sich, ohne dass er es bemerkt hatte, genähert hatte, und er machte sich eilig und grußlos, wie er in seinem Kopf las, aus dem Staub, als hätte er etwas gestohlen. Er vermied es, den weiter eintreffenden Touristen entgegenzugehen und befand sich bald vor einem weiten, flachen Acker, auf dem kein Mensch zu sehen war. Es war warm geworden, und er entledigte sich seiner olivgrünen Windjacke, indem er sie um seine Hüfte band.

Der Weg führte an der Hinterseite der Locanda Cipriani vorbei und hierauf an einer anderthalb Meter hohen Ziegelmauer, über der rote, gelbe und weiße Rosenbüsche blühten und durch Lücken im Gesträuch kurze Blicke in den mit Sonnenschirmen bestückten Gastgarten erlaubten. Er vermutete, dass dahinter der Kanal verlief. Auf der linken Seite waren nur noch die Reste einer Steinmauer erhalten und niedrige Büsche auszumachen. Gleich nach dem Gastgarten der Locanda Cipriani stieß er auf einen Garten mit gepflegten Blumenbeeten. »Ich sehe alles wie zum ersten Mal«, sagte er sich. Jedes Detail sprang ihm ins Auge, doch in seinem Innersten wusste er, dass er das alles nie mehr wiedersehen würde. An den Garten schloss ein gelbes Haus mit unverputztem zweitem Stockwerk und rostigen Eisentoren an, die einmal dunkelgrün gestrichen waren, vermutlich ein Wirtschaftsgebäude für Gartenwerkzeug und -maschinen, daneben ein riesiger blühender Holunderbusch, der ihn zwar sofort anzog, jedoch hinter einer Mauer stand. Die Mauer, fiel ihm auf, war mit runden Dachziegeln gedeckt. Jetzt erst hörte er ein Motorengeräusch und bemerkte den Mann, der mit einem Rasenmäher das Gras stutzte. Er trug Ohrenschützer gegen den Lärm, ein schwarzes Hemd und Jeans. Als er ihn erreichte, konnte er auf einen dicht belaubten Weg zu einer Bootsanlegestelle blicken. Dort war ein weißes, luxuriöses Motorboot angeleint. Ein glatzköpfiger, ebenso schwarzgekleideter Mann wie der, mit dem er von Burano nach Torcello gefahren war, rauchte eine Zigarette. Lanz verstand es selbst nicht, weshalb er »das Weite suchte«, wie er wieder in seinem Kopf las. Suchte er nicht vielmehr das Nahe?

Von da an weitete sich der Blick, und rechter Hand erschien ein schmaler Nebenkanal. Mit größerem Abstand zum Ufer waren jetzt vereinzelte Villen zu erkennen. Er schritt als Erstes auf ein rotes Haus zu, und als er näher kam, entdeckte er in einem Gebüsch einen mit einem rostigen Blechdach gedeckten Schuppen. Gepflegte Sträucher säumten das Ufer. Lanz dachte sofort: Das war der Platz, den er für sein Vorhaben suchte. Baumaterial war neben dem Schuppen aufgeschichtet, und weiter hinten, im hohen Gras, lag ein aufgebocktes Motorboot, das mit Planen bedeckt war und ihn einlud, sich in ihm zu verkriechen. Er blickte sich um. Niemand war zu sehen. Aber wie konnte er unbemerkt über den schmalen Nebenkanal kommen und sich im Gebüsch das Leben nehmen? Er hörte ein fernes Gelächter, drehte sich in die Richtung und sah weiter weg eine weiße Villa mit einem auffallend großen roten Kamin, davor einen Baum zwischen gepflegtem Gebüsch. Am Ende des Grundstücks ein Zaun und dahinter unter einem großen Baum junge Menschen, die zusammensaßen, aßen und tranken, versunken in ihre eigene Welt. Der Nebenkanal, bemerkte er erst jetzt, war mit Holzpfählen an den Ufern abgesichert, die eine oder andere Steintreppe führte zum Wasser, und ein windschiefes Bienenhaus mit Platz für mehrere Stöcke stand verlassen da.

Erst jetzt fiel ihm wieder die Kunststofftasche in seiner Hand ein, er hatte tatsächlich vergessen, dass er im

Antiquitätengeschäft ein Schachspiel gekauft hatte. Der Antiquar mit Sonnenhut und Lesebrille hatte ihm die kostbare Ware aus Elfenbein freudig verkauft, jedoch war die Summe so hoch gewesen, dass Lanz seine Mastercard hatte verwenden müssen. Hierauf hatte er überlegt, sie zurückzugeben, aber die Touristen hatten ihn vertrieben. Seltsam, dass er sich erst jetzt wieder daran erinnerte, noch seltsamer, dass er das Schachbrett und die Figuren überhaupt gekauft hatte, wo er doch gar nicht gut spielen konnte. Er stellte die Tasche auf den Boden, nahm verschiedene Figuren aus der Verpackung und betrachtete sie, dann entschied er sich dafür, dass er ein Läufer war, der sich nur diagonal über die schwarzen oder weißen Felder bewegen konnte.

Er packte das Spiel ein und schritt eine Gebüschreihe entlang, bis er zu einem einstöckigen und langgestreckten Gebäude kam, mit einer Fernsehschüssel und einer Klimabox an der Außenwand. Das Ziegeldach war mit einer Plastikplane überdeckt, der Garten verwildert. Schon glaubte er, den gesuchten Platz gefunden zu haben, da erschien ein blondes Mädchen in Jeans mit langen Haaren, in der Hand eine Eistüte, und ließ ihn nicht aus den Augen. Nervös schritt er weiter, auf ein fernes Gebäude mit hohen, weißumrahmten Fenstern, vier Kaminen und einem Balkon zu, dessen Garten Pinien und Zypressen zierten. Er drehte sich um, sah von weitem den Turm der Kirche Santa Fosca, die Masten mit der Stromleitung entlang des Weges und dann das Mädchen, das ihn noch immer beobachtete. Weiter entlang des grünen Nebenkanals erreichte er dichtes Gebüsch, dann befand er sich plötzlich vor einer Holzbrücke. Er schlug den Weg zum großen Kanal ein, ging zwischen Kirschlorbeersträuchern und blühenden Akazienbäumen an zwei Ziegelsäulen vorbei, auf denen je eine weiße Löwenskulptur ins Nichts schaute. Der Weg wurde schmal und schien durch eine Schrebergartensiedlung zu führen: viel Gebüsch, Wiesen, Obstbäume ohne Blätter und Sträucher.

Mit einem Mal stand er vor der berühmten Ponte del Diavolo, der »Teufelsbrücke«. Die Touristenkolonne, sah er, streifte den Weg von der Vaporetto-Station zur Kathedrale entlang. Motorboote lagen am Kai eines Gasthauses. Er las auf dem Schild über dem Eingang, dass es sich um die Osteria Al Ponte del Diavolo handelte. Zunächst nahm er den Touristenpfad zum Wartehaus an der Station Torcello und bewunderte unterwegs einen Garten mit blauen Schwert- und weißen Madonnenlilien. Nach einer Art Kreuzung, an der der Kanal sich in zwei Richtungen teilte und an der weitere Motorboote lagen, entdeckte er einen Gastgarten mit Sonnenschirmen und einem freien Tisch im Schatten eines Apfelbaums. Da man sich selbst bedienen musste, kaufte er an der Theke eine Flasche Rotwein und Calamari fritti mit Bratkartoffeln – die »Henkersmahlzeit«, wie er sich sagte. Ein blaues Ruderboot mit einem Segelmast stand mit Kinderturngeräten vor einem der üppig blühenden Holunderbüsche. Er genoss es, dass Menschen kamen, aßen und tranken und wieder verschwanden.

Nach der zweiten Flasche Rotwein packte er das Schach aus und begann gegen sich selbst zu spielen. Bei der dritten Flasche wurde es langsam Nacht und still, und er brach schwankend mit dem Schachspiel in der Nylontasche zur Satansbrücke auf. Sie hatte kein Geländer, war über das Wasser gewölbt und nur über flache Stufen begehbar. Dadurch kam sie ihm wie eine Einladung vor, von ihr aus ins Wasser zu springen und sich zu ertränken. Himmel und Hölle lagen auf der Insel offenbar nahe beisammen und vereinten sich sogar, dachte er spöttisch. Vielleicht war das der Grund, weshalb er nach Torcello gefahren war, überlegte er weiter. Und kaum hatte sich der Gedanke gebildet, löste er sich auch wieder auf und ballte sich zum nächsten Gedanken zusammen, wie die Starenschwärme es taten.

Er hatte die Windjacke längst wieder angezogen, knipste die Lampe seines Handys an und der Lichtstrahl fiel auf Bäume, Gras, Pflanzen und Steine. In der Dunkelheit leise vor sich hin schimpfend, erreichte er einen besonders großen Holunderbusch, der ihn mit süßem Duft lockte und unter den er sich legte. Es war still. Gleich neben dem Strauch erkannte er ein hölzernes Gatter, dahinter Steinstufen zum Wasser. Auf der einen Seite der Kanal, auf der anderen eine Wiese. Nur einige Insekten ließen sich blicken oder hören. Noch immer etwas außer Atem, holte er die Pistole aus der Windjacke, und plötzlich schien alles einfach zu sein. Es ging geradezu wie von selbst. Er legte die Pistole dort an, wo er das Herz vermutete, aber vernahm plötzlich ein Motorengeräusch vom Kanal her. Es war ein weißes Boot, wie er gleich darauf sah, und es hielt nur wenige Schritte von dem Gebüsch entfernt, in dem er sich versteckte. Einige Augenblicke brummte noch der Motor, dann wurde er abgestellt.

Das Weitere ereignete sich so schnell, dass er zuerst nichts begriff. Zwei schwarzgekleidete Männer schleppten vom Motorboot her eine ohnmächtige Gestalt die Stiegen vom Kanal zum Gartentor hinauf, öffneten es und schlugen auf der Wiese auf den Bewusstlosen ein, während ein Mann mit einer NY-Baseballkappe vom Boot aus zuerst das Geschehen beobachtete und anschließend die Scheinwerfer ausschaltete, bevor er mit der Taschenlampe seines Smartphones und einem gelben Kunststoffsack in den Händen vorsichtig das Schiff verließ. Lanz sah, wie er näher kam, stehen blieb, lauschte und sich schließlich vor den Ohnmächtigen stellte. Als Nächstes vernahm er einen dumpfen Laut, dann ein Keuchen, ein Stöhnen und ein gurgelndes Geräusch. Als Lanz vorsichtig zwischen den Blättern und dem Geäst in die Richtung blickte, aus der die Laute kamen, sah er im Lichtstrahl der Taschenlampe des Mannes mit der NY-Baseballkappe, der gerade den gelben Kunststoffsack fallen ließ, wie einem graumelierten Mann, der gekrümmt auf der Wiese lag und einen dunkelblauen Blazer trug, die Kehle durchgeschnitten wurde. Der Fremde, der sich nicht mehr gewehrt hatte, lag jetzt schlaff auf dem Boden, für einige Atemzüge war noch sein Röcheln zu vernehmen, dann verstummte es. Lanz starrte auf die schwarzen Schuhe des Mannes mit der Baseballkappe und seine schwarzen Hosenbeine.

»Was machen wir mit ihm?«, fragte die Gestalt mit dem Messer in der Hand.

»Wir warten«, erhielt er zur Antwort.

Und plötzlich wusste Lanz, wen er vor sich hatte: Er hatte den Mann auf dem Lido unter den Sonnenschirmen des Hotels Excelsior gesehen, als er mit der hübschen Fotografin, die vermutlich seine Geliebte war, gesprochen hatte. Auch einen der beiden schwarzgekleideten Männer erkannte er wieder: Es war derselbe, der mit ihm auf dem Vaporetto von Burano auf die Insel Torcello gefahren war. Der Mann mit der NY-Baseballkappe löschte das Licht seiner Handylampe, und die Männer standen eine Weile stumm da, rauchten eine Zigarette und warteten. »Wasch dir die Hände, Manuel«, befahl der Mann mit der NY-Baseballkappe. Lanz warf einen Blick auf die Leiche, die vor ihnen in einer Blutpfütze lag und von der Brust abwärts mit Blut beschmiert war. Er konnte noch immer nichts begreifen.

»Steck ihn in den Sack!«, befahl der Mann mit der NY-Baseballkappe endlich und warf die Zigarette auf den Boden. Er spuckte verächtlich aus.

Dann schaltete er wieder das Licht seines Smartphones ein. Währenddessen steckten die beiden Männer in den schwarzen Anzügen den Toten in den gelben Nylonsack, schleiften ihn im Laufschritt ans Ufer, warfen ihn an Bord und sprangen selbst nach. Der Anzug des Mannes, der dem Opfer die Kehle durchgeschnitten hatte, sah Lanz im Schein der Taschenlampe, war mit Blutflecken beschmutzt. Er schlüpfte aus dem Sakko und seinem Hemd und setzte sich mit nacktem Oberkörper auf eine der Bänke. Erst jetzt begab sich der Mann mit der NY-Baseballkappe, der die ganze Zeit über konzentriert den Kanal und das Gebüsch im Auge behalten hatte, an Bord, legte sofort ab, wendete und fuhr mit eingeschalteten Scheinwerfern davon.

Unterwegs hatten sie wohl genügend Gelegenheit, den Toten loszuwerden, zum Beispiel auf einer der verlassenen Inseln, ging es Lanz durch den Kopf. Alles erschien ihm unwirklich, denn er spürte, dass er nach wie vor betrunken war. Noch immer lag er bewegungslos da, die Pistole in der Hand. Er steckte sie ein, aktivierte jetzt auch die Taschenlampe seines Handys und kroch zur Stelle, an der der Mann mit dem Blazer getötet worden war. Eine große Blutlache und abgerissene kleine Blätter bedeckten das Gras. Niemand war zu sehen. Der Gedanke, sich das Leben zu nehmen, kam Lanz jetzt absurd vor, und dass er sich soeben hatte erschießen wollen, erfüllte ihn mit Scham. Er war »sich selbst peinlich«, wie er es stumm formulierte, aber auch dieses Gefühl löste sich auf. Als Erstes würde er zur Polizei gehen, überlegte er. Wie aber würde er es den Beamten erklären, dass er ausgerechnet in einem Gebüsch versteckt den Mord beobachtet hatte? Dass er sich hatte gerade selbst töten wollen?

Während er zurück auf die Straße wankte, war er ratlos. Es war, wie wenn er das Rätsel des Zauberwürfels hatte lösen wollen. Die Absicht, sich das Leben zu nehmen, war ihm jetzt so unverständlich, als hätte sie nie zuvor bestanden. Genauso selbstverständlich und nebensächlich, wie er hatte sterben wollen, ging das Leben im Augenblick für ihn weiter. Er bereute nichts, er machte sich keine Vorwürfe, er hatte nicht den Eindruck, dass er in das Leben zurückkehrte, sondern überlegte nur, dass es gut sein würde, wenn er sich seiner Pistole entledigte, bevor er zur Polizei ging. Warum hatte er die drei Männer nicht erschossen? Es war alles zu schnell gegangen, sagte er sich. Bis er realisiert hatte, dass der Unbekannte umgebracht werden sollte, hatte einer der Männer den Bewusstlosen schon getötet. Und was sollte er dann aussagen? Er wusste keine Antwort. Er würde angeben, dass er betrunken gewesen sei und unter dem Holunderbusch hatte schlafen wollen, als er von den Ereignissen überrascht worden sei. Das kam ihm zwar nicht gut vor, aber häufig waren die dümmsten Ausreden, die einen selbst zum Narren machten, die wirksamsten.

Er taumelte über die Satansbrücke zurück auf den Ziegelweg, der zur Vaporetto-Station führte, und schaltete die Handylampe wieder aus, da der Weg beleuchtet war. Nichts regte sich auf dem menschenleeren Gehsteig. Als er am langgestreckten Gebäude der Locanda Cipriani vorbeikam, das er schon am Morgen gesehen hatte, fiel ihm an einem Fenster im ersten Stock eine Frau auf, die außer sich telefonierte. Er hörte sie dreimal wütend »Perché?« fragen und dann »No!« ausrufen und hierauf das Gespräch beenden. Es war die Fotografin vom Lido, stellte er zu seiner Überraschung fest, als er ihr Gesicht sah. Die Erkenntnis versetzte ihm einen Schmerz in der Brust, der ihn augenblicklich die Bilder vor seinem inneren Auge sehen ließ, wie die schwarzgekleidete Gestalt ihrem Opfer die Kehle durchgeschnitten hatte. Nach wie vor war das Ereignis, so brutal es auch gewesen war, für ihn wie eine Filmszene, die man für immer im Kopf behielt. Er zählte automatisch die Oleanderstöcke, die in großen Töpfen vor der Laube neben dem Eingang standen – es waren fünf. Ohne zu wissen warum, öffnete er die Tür zur Locanda und betrat den Gang, bis er wieder auf die Fotografin stieß, die gerade aufgelöst an einem der Tische im Gastraum Platz nahm und nervös ihre Rechnung verlangte. Der Kellner fragte höflich, aber dennoch in bestimmtem Tonfall, weshalb sie so überstürzt abreise. Sie habe doch für zwei Nächte gebucht? Lanz war so fasziniert von ihrem Anblick, dass er sich nur widerwillig davon lösen konnte. Draußen tauchte eine Schar angeheiterter Touristen auf, die mit dem Vaporetto nach Venedig zurückfahren wollte, wie er annahm. Abermals lief das Geschehen, dessen Zeuge er geworden war, in seinem Kopf ab: zuerst, wie dem Opfer die Kehle durchgeschnitten wurde, dann sah er den Liebhaber der Fotografin, als er wie ein Scharfschütze das Umfeld erkundet hatte, dann den Mörder mit den Blutflecken auf seinem Jackett und zuletzt, wie das Boot gewendet hatte und in der Nacht verschwunden war. Er erinnerte sich, dass er in seiner Studentenzeit geraucht hatte, und empfand plötzlich das Bedürfnis nach einer Zigarette … Ein Glas Grappa aber musste er unbedingt zu sich nehmen … Er setzte sich an einen der Tische unter der langen Laube und wartete. Er wusste im nächsten Augenblick nicht mehr worauf, aber er dachte, er habe keine andere Wahl, als auf das zu warten, was sich ereignen würde. Im selben Augenblick trat der Kellner ins Freie, und die Fotografin verließ mit einem kleinen Koffer die Locanda. Sie tat so, als würde sie ihn nicht sehen. Lanz sprang auf, stellte sich ihr – ohne lange nachzudenken – in den Weg und sah sie an.

Obwohl er betrunken war, erkannte er, dass sie vom Mord erfahren haben musste, denn ihre Augen bewegten sich hastig und unkontrolliert, und ihre Gedanken schienen ganz woanders zu sein.

»Ich möchte mit Ihnen sprechen«, sagte Lanz mit Zungenschlag.

»Ich habe keine Zeit«, antwortete sie verwirrt und versuchte ihm auszuweichen. Als er nicht zur Seite wich, wollte sie offenbar zwischen den Oleanderbüschen hindurch flüchten.

»Ich habe gesehen, wie der Mann ermordet wurde«,

sagte Lanz halblaut, und seine Stimme kam ihm, da er betrunken war, fremd vor.

Sie schaute ihn nur erschrocken an. »Was wollen Sie …?«

»Es ist nicht weit von hier. Ein Motorboot hat am Ufer angelegt, und einer von drei Männern hat einem vierten die Kehle durchgeschnitten. Ich kann Ihnen die Stelle zeigen –«

»Nein –«, sie machte einen Schritt zurück, als wollte sie in das Gebäude flüchten.

»Wir sollten zur Polizei gehen …«, sagte er mit tonloser Stimme.

»Ich weiß nicht, wovon Sie sprechen«, versuchte sie ihn abzufertigen.

»Sie haben vorhin in Ihrem Zimmer am Balkon telefoniert. Dreimal haben Sie gefragt ›Warum?‹ und dann haben Sie laut ›Nein!‹ gerufen. Es war Ihr Liebhaber, mit dem Sie gesprochen haben, er hat den Mord befohlen.«

»Sie sind betrunken!«, fuhr sie ihn an.

Gerade als Lanz sie wieder auffordern wollte, ihn zur Polizei zu begleiten, erblickte er den schwarzgekleideten Mann, mit dem er von Burano nach Torcello gefahren und der an der Ermordung des Unbekannten beteiligt gewesen war. Er wusste jetzt, dass sein Name Manuel war. Manuel stand mit dem Rücken zu ihnen im Halbdunkel nicht weit von der Teufelsbrücke und musste wissen, dass sie auf ihn aufmerksam geworden waren, denn auch die Fotografin hatte ihn entdeckt und starrte in seine Richtung. Lanz fragte sie, ob sie ihn kenne, und als sie nicht antwortete, setzte er fort, dass er den Mann während des Mordes beobachtet habe. »Vermutlich soll er Sie zurück zum Lido bringen.«

Betrunken, wie er war, ging Lanz auf den Mann zu, als wollte er ihn niederschlagen. Manuel verharrte neben dem Kanal, drehte sich dann plötzlich um und machte sich eilig davon.

Ohne sich abzusprechen, beeilten Lanz und die Fotografin sich daraufhin, zur Anlegestelle für das Vaporetto nach Burano zu gelangen, und sobald sie diese erreicht hatten, gingen sie an Bord.

Vom Heck aus beobachteten sie stumm die Umgebung, bis das nächtliche Vaporetto losfuhr, dann erst setzten sie sich in die Kabine. Lanz fühlte wieder seine Pistole in der Tasche seiner Windjacke, und je weiter sie sich von der Insel entfernten, desto unglaubwürdiger erschien ihm das, was geschehen war. Alles hatte sich verändert. Das Wasser war wieder zu Wasser geworden, der schwarze Himmel zum schwarzen Himmel. Die Gedanken und Wahrnehmungen, die ihm noch vor zwei Stunden durch den Kopf gegangen waren und ihn geradezu überwältigt hatten, gab es nicht mehr. Auch die Fotografin war ihm fremd geworden. Sie war ihm anfangs, am Lidostrand, zu nah gewesen, und jetzt schien sie ihm zu fern.

Sie hatte sich inzwischen von ihm abgewandt und blickte durch die Fensterscheibe auf die Lagune.

»Ich hätte mit dem Leibwächter zurück zum Lido fahren und von dort aus abreisen können«, sagte sie, ohne sich umzudrehen. Er schwieg, und sie fuhr fort: »Ich habe nichts gesehen, und ich weiß nichts.«

»Sie können mich zu nichts zwingen«, setzte sie nach einer Pause fort.

Vielleicht wollte sie es in strengem Tonfall sagen, aber sie hatte es nicht zuwege gebracht, dachte Lanz.

»Nein«, antwortete er, »aber ich werde zur Polizei gehen.«

Sie drehte ihren Kopf zu ihm und warf ihm einen hasserfüllten Blick zu. Dann stand sie auf und beeilte sich, zum Ausgang des Vaporettos zu kommen. Gleichzeitig kicherten im vorderen Schiffsteil die angeheiterten Touristen, die er an der Locanda Cipriani hatte vorbeigehen sehen. Draußen suchte er das Wartehaus für die Linie auf, die zurück nach Venedig fuhr, ohne sich darum zu kümmern, was die Fotografin machte. Beinahe war er froh, dass er sie los war.

Ein junges Paar und eine alte Dame saßen im halboffenen Raum, die kichernden Passagiere hatten wahrscheinlich ihr Quartier in Burano aufgesucht, eine andere Touristengruppe hatte sie jedoch nicht weniger gut gelaunt im Wartehaus abgelöst. Er drehte sich kurz um, da er einen Blick auf die Insel Burano werfen wollte, und erkannte, dass ihm die Fotografin gefolgt war und ebenfalls auf einer der Bänke Platz genommen hatte. Mitten in seine Überlegungen platzte plötzlich ein beleibter alter Mann, der mit einer zu kleinen Hose, einer zerrissenen Weste und einem zerdrückten Sonnenhut bekleidet war. Er schloss die breite Schiebetür zum Wasser hin, wandte sich einzelnen Wartenden zu und fing mit kläglicher Greisenstimme an, Arien zu singen, und, wenn ihm die Stimme versagte, die Texte pathetisch zu deklamieren. Dabei machte er die Gestik der Opernsänger nach – die Arme halb nach vorne ausgestreckt, die Hände geöffnet, als empfange er gerade ein kostbares Geschenk. Sein Gesicht war vom Alkohol gezeichnet, und er war sichtlich betrunken; er sang, sprang auf eine Touristin mit einer Kamera zu, als ob er sie anbetete, dann drehte er sich zu dem jungen Paar und der alten Dame, die sich angewidert abwandte, was den Mann jedoch nur noch mehr aufstachelte. Zuletzt trug er »Nessun dorma« aus Puccinis »Turandot« vor, verstummte und setzte mit Verdis »La donna è mobile« fort. Lanz dachte flüchtig, es handle sich um einen ehemaligen Chorsänger aus der Oper. Der Mann erklärte zwischendurch, dass er achtzig Jahre alt sei, und sang und krächzte, winselte und deklamierte weiter, bis endlich das Vaporetto N – das bis zum Markusplatz fuhr – anlegte. Der Opernsänger blieb bis zur Abfahrt des Schiffs im beleuchteten Wartehaus stehen, das über dem Meer zu schweben schien wie eine Seebühne, und sang »Arrivederci Roma«, so lange, bis das Vaporetto ablegte und Fahrt aufnahm.

Lanz beobachtete den Mann durch die Glasscheibe weiter, wie er das Wartehäuschen verließ und sich den Steg hinauf ans Land abmühte.

Die meisten Fahrgäste des Vaporettos schienen jetzt schläfrig zu sein, und auch Lanz war so erschöpft, dass er nur mit Mühe die Augen offenhielt. In Venedig würde er etwas essen und trinken und dann zur Polizei gehen, nahm er sich vor. Er musste den Beamten nichts erklären, und die Ausrede, dass er unter dem Holunderbusch am Kanal habe schlafen wollen, schien ihm jetzt plausibler als früher. Unerwartet setzte sich die Fotografin neben ihn, starrte aber, ohne ihn anzusehen, angestrengt aus dem Seitenfenster. Nach einer kurzen Pause schlug sie ihm vor, gemeinsam zur Polizei zu gehen. Er reagierte nicht darauf, und sie beteuerte, dass sie nicht mehr zum Lido zurückkehren, sondern von Venedig aus weiter nach Berlin reisen wolle und später nach Amerika. Sie würde alle ihre »Sachen«, wie sie sagte, im Hotel Excelsior zurücklassen, die Kamera und ein Objektiv habe sie ohnedies bei sich.

Sie heiße Julia Ellis, sagte sie nach einer Pause. Er nickte nur, und sie fragte ihn nach seinem Namen. Und welchen Beruf er ausübe … Übersetzer … Ob man davon leben könne? … Er schwieg.

»Sie sind auf mich böse, ich weiß, aber alles kam so unerwartet … ich verstehe auch jetzt noch nichts.«

Lanz war zu müde für ein Gespräch und fragte sie im Halbschlaf, ob sie ihrem Partner vertraut habe.

Sie antwortete nicht.

»Hatten Sie nie den Verdacht, dass er miese Geschäfte macht?«, stieß er hervor.

Wieder antwortete sie nicht.

Plötzlich erzählte sie, dass er ein großer Name im Wettgeschäft sei, welches er in Hongkong, New York, Mailand und Paris betreibe. Schon seit einigen Jahren fördere er aber ihre Arbeit und verstehe ihre Kunst.

Lanz konnte sie nicht mehr weiterfragen, und sie erwartete auch nicht, dass er mit ihr sprach. Ohnehin würde sie keine Ruhe finden, war ihm klar: Wenn er zur Polizei ging, hatte sie nicht nur ihren Lebensgefährten am Hals, sie musste auch untertauchen, um nicht selbst verhaftet zu werden.

»Wo werden Sie Anzeige erstatten?«, fragte sie.

»In Venedig.«

Lanz wusste vor Müdigkeit nicht mehr, was er sagte. Julia Ellis aber – er hatte sich ihren Namen sogar gemerkt – sprach ruhig weiter. Er erfuhr, dass ihr Freund Will Mennea hieß und dass er in letzter Zeit voller Unruhe gewesen sei. Schließlich habe er ihr vorgeschlagen, ein paar Tage auszuspannen und ihn nach Torcello zu begleiten. Am frühen Morgen sei er mit ihr aufgebrochen, um, wie er gesagt habe, zuerst allein einen Geschäftsmann aus Serbien mit Namen Borsakowski zu treffen. Sie hätten dann im Ristorante Locanda Cipriani speisen wollen und anschließend die Insel Torcello erkunden. Man habe sie daher in der Locanda abgesetzt, doch sei den ganzen Tag über niemand erschienen, um mit ihr etwas zu unternehmen.

Lanz hörte ihr von da an nicht mehr zu. Erst als sie an einer Station durch den heftigen Anprall des Vaporettos an den Landesteg durchgeschüttelt wurden, kam er zu sich und richtete sich erschrocken auf. Er wusste nicht, wie lange sie inzwischen gefahren waren. Die Fotografin – er hatte ihren Namen wieder vergessen – saß noch immer neben ihm, und er gab, von Unruhe getrieben, seinem Drang auszusteigen nach und wankte, ohne sich um sie zu kümmern, von Bord. Offenbar musste sie ihm gefolgt sein, denn sie lief neben ihm her und redete auf ihn ein.

»In diesem Zustand können Sie nicht zur Polizei gehen … Sie sind betrunken … Niemand würde Ihnen Glauben schenken!«

Er blieb stehen, öffnete umständlich die Hose und urinierte. Dabei bemerkte er, dass er sich in einem Park befand, der sich neben den Giardini erstreckte und über eine Brücke mit diesem verbunden war. Also war er in Sant'Elena gelandet. Er fühlte Erleichterung.

»Kommen Sie!«, hörte er, dann führte Julia – er erinnerte sich wieder – ihn aus dem Park heraus zu einem ihm unbekannten Gebäude, in dem ein Portier ihn nach seinem Ausweis fragte.

Gegenüber der Rezeption hing ein großer, breiter Spiegel, in dem er sich auf dem wie ein Schachbrett gemusterten Boden stehen sah, und sofort fiel ihm das Schachspiel in seiner Einkaufstasche ein und die Figur des Läufers, die er selbst war.

Als er am Morgen die Augen aufschlug, war es bereits hell. Sein Kopf schmerzte. Er schloss die Augen und glaubte zu träumen, doch es war die Erinnerung, die ihm jetzt Bilder zeigte, welche am Vortag seinen Kopf überflutet hatten. Mit einem Schlag wusste er wieder, was geschehen war. Oder hatte er sich erschossen und war in einer Parallelwelt erwacht?, fragte er sich verdutzt. Das erschien ihm glaubwürdiger, als das, woran er sich erinnerte. Gleich darauf redete er sich ein, dass er sich tatsächlich erschossen hatte und in einem chaotischen Jenseits erwacht war, welches ihn mit einem Mord und wirren Ereignissen empfangen hatte. Auch dass ihn die Fotografin – dass Julia Ellis – ihn in der Nacht umarmt hatte, gehörte dazu, und dass sie inzwischen verschwunden war.

Erst jetzt bemerkte er, dass er nackt war, seine Kleidung lag verstreut vor ihm auf dem Fußboden. Benommen kleidete er sich an, und nachdem er in seine Windjacke geschlüpft war, merkte er, dass seine Pistole fehlte. Er schaute sich sofort im Zimmer um, das mit seinen weißen Wänden und den großen weißen Vorhängen, einem Doppelbett, zwei Lederfauteuils und einem Fernsehapparat einen eleganten Eindruck machte. Selbst unter das Bett warf er einen Blick, aber er entdeckte nichts außer Staub ... Hatte ihm Julia Ellis die Pistole gestohlen? Er überlegte, ob er ihr erzählt hatte, dass er Selbstmord begehen wollte, aber er erinnerte sich nicht mehr, was sich vom Betreten des Hotels an bis zu seinem Erwachen ereignet hatte … Nur der Eindruck, dass er und Julia sich umarmt hatten, geisterte weiter in seinem Kopf herum.

Als er sich vom Boden erhob, wurde ihm schwindlig, und er fiel zurück auf das Bett. Es dauerte eine Stunde, bis er wieder halbwegs denken konnte. Sein Portemonnaie war unberührt, auch seine Mastercard war da. Seinen Ausweis und das Geld fand er ebenso – abgesehen von den Beträgen, die er auf Torcello für die Eintrittskarte in die Basilica Santa Maria Assunta entrichtet hatte, für die Calamari fritti und den Wein. Selbst das Schachspiel, das er mit der Einkaufstasche auf einem der Fauteuils abgelegt hatte, entdeckte er. Er nahm alles an sich und trat ins Freie. Der ebenerdige Anbau zum alten Gebäude sah von außen wie ein Motel aus oder eine Reihe luxuriöser Badekabinen mit je einem runden Lüftungsfenster über der Glastür. Die Wiese, die mit Sträuchern und Blumenbeeten in kleine Inseln geteilt war, auf denen Liegen standen, und die sorgfältig angelegten Wege, die englischen Bänke an der Wand des alten Gebäudes und die hohen Bäume, die hinter dem Vorbau in den Himmel ragten, vermittelten einen gutbürgerlichen Eindruck.

Er ging zur Rezeption und wurde mit »Guten Morgen, Signor Ellis« begrüßt, erwiderte aber nichts und wollte alles so schnell wie möglich hinter sich bringen. Während der Portier die Rechnung fertig machte, fiel Lanz' Blick durch eine offene Tür in den leeren Speisesaal und auf eine gerahmte Information über die Geschichte des Hotels, das früher ein Kloster gewesen war. Daneben hing eine detailliert beschriftete Stadtkarte von Venedig. Soweit er sich erinnern konnte, lag die Questura am Campo San Lorenzo. Er suchte auf dem bunten Plan nach dem Platz und fand ihn gerade, als er seine Mastercard zurückerhielt. Ihm fiel jetzt erst auf, dass die Fenster des ehemaligen Klosters vergittert waren.

Zuerst wusste er nicht, was er als Nächstes tun sollte. Vielleicht würde es ihm schaden, wenn er zur Polizei ging … Er war Zeuge gewesen, wie Will Mennea – er hatte sich den Namen trotz allem gemerkt – einen Mann hatte ermorden lassen, er hatte die Leibwächter in ihren schwarzen Anzügen gesehen, die ohne Hemmung einem Fremden die Kehle durchschnitten hatten, als sei es etwas wie Schuheputzen oder eine Glühbirne auswechseln. Er wusste den Namen eines der Täter, Manuel, war von Julia Ellis hereingelegt worden und besaß keine Waffe mehr. Dann fiel ihm die zweite Pistole ein, die auf seinem Dachboden versteckt lag und die er nun zusammenbauen musste. Er durfte nichts unternehmen, ohne vorher alle möglichen Folgen zu bedenken, nahm er sich vor.

Automatisch war er durch den kleinen Park, von dem aus er die Giardini sehen konnte, zur Vaporetto-Station geeilt, und als er das Schiff auf das Wartehäuschen zukommen sah, entschloss er sich, nicht zum Lido, sondern in Richtung Ospedale Santi Giovanni e Paolo zu fahren, von wo aus er, wie er auf der Stadtkarte im Hotel gesehen hatte, den Campo San Lorenzo mit der Polizeistation erreichen konnte.

III
AUF DER FLUCHT

Das Vaporetto der Linie 4.1 war halb leer. Er setzte sich ans Fenster, klemmte die Einkaufstasche zwischen seine Unterschenkel und blickte unentwegt hinaus, ohne wahrzunehmen, was sich vor seinen Augen abspielte. Natürlich war er die Strecke schon oft gefahren, aber seine Gedanken waren jetzt anderswo. Immer wieder sah er den Mord vor sich, wie einer der Leibwächter Menneas dem Fremden die Kehle durchschnitten hatte, aber von da an sprangen die Erinnerungsbilder unchronologisch durcheinander. Er sah weiter, wie die Männer rauchten, wie sie mit dem Motorboot abgelegt hatten, seine eigene Pistole, die Blätter des Holunderbuschs, das Mosaik der Basilika, den Nachmittag im Garten des Lokals, die Flaschen Rotwein und vor allem Julia vor der Locanda Cipriani und die Fragmente einer Umarmung mit ihr im Hotelzimmer. Noch immer spürte er die Wirkung des Alkohols.

Als sie nach den endlosen hohen Mauern um den Gebäudekomplex des Arsenale das Ospedale SS Giovanni e Paolo erreichten, erstaunte ihn, dass eine gut aussehende Frau mit großer Sonnenbrille sich unbemerkt neben ihn gesetzt hatte und außerdem das Vaporetto gedrängt voll war. Vor ihm nahm gerade ein Mann mittleren Alters mit Schultertasche ein entzückendes

Hündchen auf den Schoß. Es war von orangebrauner Farbe und hatte kleine schwarze Augen wie eine Spielzeugpuppe. Das Hündchen schmiegte sich, sobald Lanz es betrachtete, noch enger an seinen Besitzer, der jedes Mal, wenn Lanz einen Blick auf ihn warf, wegschaute. Der Hund gab die gesamte Fahrt über keinen Laut von sich. Eine Bank weiter auf der anderen Seite des Vaporettos saß ein schwarzgekleideter junger Mann mit Rucksack und gähnte.

Lanz verspürte, bevor er ausstieg, plötzlich einen Krampf in der Wade, der so heftig ausfiel, dass er vor Schmerz die Zähne zusammenbiss. Zuerst versuchte er, ihn im Sitzen loszuwerden, aber er verschlimmerte sich nur noch durch die Muskelanspannungen, mit denen er sich bemühte, ihn loszuwerden. Erst als Lanz die Einkaufstasche mit dem Schachspiel in eine Hand nahm, sich erhob und hinkend ausstieg, löste sich der Schmerz nach einigen Schritten auf. Der Großteil der Passagiere aus dem Wasserbus war schon dabei, das Krankenhaus zu betreten, was ihm recht war, denn er scheute sich davor, allein hindurchzugehen, nur weil er den Weg zum Campo San Lorenzo abkürzen wollte. Ihm fiel jetzt der Schriftsteller Philipp Artner ein, der ihn einmal bei einer zufälligen Begegnung in Wien, Am Heumarkt, eingeladen hatte, sich im Hof neben ihn auf eine Bank unter den hohen Platanen zu setzen. Offenbar war ihm langweilig gewesen, denn er hatte einen längeren Monolog über Venedig gehalten, wie er als Kind in das Ospedale eingeliefert worden war und von seinem Zimmer aus die Möwen über dem Meer und dem Friedhof San Michele beobachtet habe.

Lanz hielt sich am Geländer des Landungsstegs fest, drehte sich um und betrachtete nun selbst die Mauern des Friedhofs in der Ferne und dann eine vereinzelte Möwe, die vom Dach eines Gebäudes aus wegflog.

Vor dem Ospedale Santi Giovanni e Paolo standen zwei Polizisten und musterten die Eintreffenden. Zuerst erschrak Lanz, aber offensichtlich waren sie nicht an ihm interessiert. Im selben Augenblick wurde ein Gefangener mit weißem Mundschutz, die Hände mit einer Eisenkette gefesselt, von zwei anderen Wachmännern im Eilschritt in ein Gebäude geführt. Sofort fiel ihm wieder der Mord ein und seine Absicht, Anzeige zu erstatten. In seiner Vorstellung sah Lanz sich selbst anstelle des Gefangenen, wie er gerade in ein Gefängnis gebracht wurde.

Als sei er eine aufgezogene mechanische Spielzeugfigur, ging er weiter, aber der Zweifel, ob er das Richtige tat, verunsicherte ihn aufs neue. Das Krankenhaus, sah er anhand der Baugerüste, wurde gerade renoviert. Zwischen den alten Gebäuden standen neue oder bereits sanierte, und in mehreren Höfen begegnete er Patienten, Besuchern und weißgekleideten medizinischen Assistentinnen und Assistenten, Pflegern und Laborantinnen. Er versuchte anhand eines großen, verwirrenden Wegweisers, auf dem die Gebäude als Grundrisse eingezeichnet und mit Abkürzungen und einzelnen Buchstaben dargestellt waren, den Ausgang auf den Platz vor der Chiesa Santi Giovanni e Paolo zu finden, betrat aber nur weitere größere oder kleinere Höfe. Manche sahen verwahrlost aus mit alten Ziegelwänden, von denen man den Verputz abgeschlagen hatte, und wie archäologische Fundstücke wirkenden verrosteten Regenrinnen. Die von Feuchtigkeit verfärbten Mauern mit den entsprechenden Flecken, die kaputten Steinplatten auf dem Boden und die Katzen, die auf ihnen herumlagen und sich an der Sonnenwärme erfreuten, vervollständigten das Bild des Verfalls. In St. Leonhard, auf dem Weingut seiner Frau, hatte es zahlreiche Katzen gegeben, erinnerte er sich, doch waren sie von jeher schon so scheu gewesen, dass sie vor Menschen flüchteten. Er blieb kurz stehen und sah sich jedes einzelne Tier an, eine rote Katze, eine schwarze, eine getigerte, mehrere schwarz-weißgefleckte und sogar eine dreifarbige. In einer Ecke lehnte ein altes, steinernes Kutschenrad, vermutlich der Rest eines Standbilds, daneben Treppchen aus Metall und Kunststoff und ein rostiger Schrank, der mit einer Eisenkette verschlossen war. Der Gefangene mit dem weißen Mundschutz ging ihm wieder durch den Kopf, aber er verdrängte das Bild, um nicht weitere auszulösen. Nach einigen Sackgassen, die Lanz zum Umkehren zwangen, stieß er endlich auf den großen Innenhof der einstigen Scuola Grande di San Marco mit Kreuzgängen, einer Wiese, alten Laubbäumen und, unter den Bögen des Säulengangs, größeren Töpfen voll roter Zyklamen.

Er versuchte, an nichts zu denken und nur zu schauen. Zwischen den Bäumen und einem Kirschlorbeerstrauch tauchten wieder die Katzen auf, er war davon überzeugt, dass es dieselben wie vorhin im Hof waren. Wie aber waren sie ungesehen hierhergekommen? Also mussten es doch andere sein. Das Grün, in das er blickte, war nur im Frühling so hell, dachte er. Er fand einen verglasten Warteraum, ein Aquarium, in dem er sich sofort allein als kleiner Fisch vorstellte, wie er es so häufig getan hatte, nahm Platz und versuchte, ein Augenmensch zu sein, der alles aufnahm wie eine Kamera. Doch allein die Absicht, innerlich zur Ruhe zu kommen, zerstörte seinen Wunsch. Bald suchte er weiter nach dem Ausgang aus dem Krankenhausgelände und folgte schließlich einem schwarzgekleideten jungen Mann mit Rucksack, den er schon im Vaporetto bemerkt hatte. Nach wenigen Schritten befand er sich in einem hohen Raum mit zwei Reihen von Säulen und einem breiten roten Kokosläufer. »Läufer!«, fiel ihm ein. Er hatte ja den Läufer aus dem Schachspiel, das er noch immer mit sich trug, als seine Figur gewählt. Durch die bunten Fenster auf der rechten Seite fiel das Licht auf den Steinboden und bildete ein helles Muster aus blauen, weißen und gelbbraunen Vierecken. Der Kokosläufer führte zum Ausgang, durch den der schwarzgekleidete junge Mann das Gebäude gerade verließ. An dem Platz mit der von Grünspan befallenen Bronzestatue eines Condottieres lagen mehrere Cafés und Ristorantes, und Lanz, dessen Zweifel und Ängste zugenommen hatten, setzte sich vor das nächstgelegene, um in Ruhe nachzudenken.

Auf dem mit Steinplatten ausgelegten Boden, hatte jemand mit Kreide ein Herz gezeichnet, und eine Gruppe von jungen Frauen nahm sich mit Handstativen gegenseitig vor der Kirche auf. Immer wieder erschienen Touristengruppen und -paare von irgendwoher und fotografierten mit Smartphones und kleinen und großen Kameras.

Lanz bestellte Cola und Chips, trank rasch die Flasche aus, ohne die Chips anzurühren, und legte einen Geldschein auf den Tisch, da er plötzlich den Drang verspürte, sich davonzumachen. Kurz darauf verlor er sich in einem Winkelwerk von Gassen, die sich ausweiteten und ins Endlose zu führen schienen, steinernen Brücken mit Treppen zu beiden Seiten sowie offenen Toren, durch die er trat und auf einmal nicht mehr wusste, wo er sich befand. Er fragte Passanten nach dem Weg, und die Finger zeigten immer in die gleiche Richtung, die er daher weiter einschlug, vorbei an Auslagen mit Tourismuskitsch, einer schwarzen Katze mit weißen Pfoten, Mauern, Graffitis an Wänden und Türen, kleinen aufgeklebten Plakaten und Plakatresten, vorbei an einem Geschäft für handbemalte Teller, Kannen und Tassen, an Kanälen, in denen sich die alten Gebäude spiegelten, und in so enge Durchgänge hinein, dass er einem entgegenkommenden Passanten nicht ausweichen konnte und daher wieder zurückging, um es neuerlich zu versuchen, bis er sich endlich auf einen kleinen roten Hydranten setzte und nachdachte, wie er ans Ziel gelangen konnte.

Er kam jedoch zu keinem Ergebnis, daher ging er »der Nase nach« und stand zu seiner Überraschung plötzlich vor dem Campo San Lorenzo mit der eindrucksvollen alten, braun in braun gestreiften Kirche in Form eines mauerfarbenen Quaders, mit einem prismenförmigen Dach, einem hohen Haupttor und zwei kleineren Nebeneingängen, darüber in der Mitte der Gebäudefront zwei Arkadenfenster, durch die Tageslicht in das Kirchenschiff einfallen konnte. Zusätzlich war im Zentrum der Dachkonstruktion, wie er bemerkte, ein kleines rundes Fenster vorhanden, das ihm wie ein voyeurhafter Türspion vorkam – das Auge Gottes, sagte er sich automatisch. Da es sonst keine Verzierungen gab, erinnerte ihn der sakrale Bau stark an einen geometrisch-surrealen Tempel. Das wurde noch dadurch verstärkt, dass auf beiden Seiten des Platzes ebenfalls streng geometrisch entworfene gelbe und weiße drei- oder vierstöckige Gebäudekomplexe mit hohen rechteckigen Fenstern zu sehen waren, die zur Kirche führten und in ihm, während er die Steinbrücke über den grünen Rio di San Lorenzo hinaufschritt, das Gefühl hervorriefen, er betrete gerade ein Bühnenbild des Malers de Chirico. Die Bühne war abnorm groß und wunderbar für Massenszenen geeignet, doch fand er sich anfangs dort allein, als müsse er eine Arie singen wie der achtzigjährige Mann im Wartehaus von Burano.

Neugierig drehte er sich um und stellte fest, dass er jetzt auf der anderen Seite des Rio di San Lorenzo vor dem schmutzig grauen vierstöckigen Gebäude stand, über dessen Eingangstor auf einem weißen ovalen Schild »Commissariato San Marco« zu lesen war. Darunter hing ein blaues rechteckiges mit der Aufschrift »Polizia di Stato«. In einem der geöffneten Fenster telefonierte ein Mann in einem langärmeligen T-Shirt, neben ihm an einer Fahnenstange hing eine italienische Flagge, die sich durch den Wind, den Lanz kaum bemerkt hatte, im Zeitlupentempo bauschte. Über und unter dem Fenster liefen je eine Zeile mit Ziersäulen, und vor dem Eingang war ein Polizeiboot an einem blau und weiß gestreiften Pfosten befestigt.

Er wandte dem Polizeigebäude wieder den Rücken zu und betrat den noch immer leeren Platz vor der Kirche. Ihr Mauerwerk war von unzähligen Simsen durchzogen, sah er, und an jedem von ihnen waren Nägel befestigt, um den Tauben keinen Platz zu bieten, auf dem sie sich niederlassen konnten. Das Tor war versperrt. Soviel er wusste, lag in der gotischen Kirche Marco Polos Leichnam. Er sei allerdings bei einer der Umbauten verschwunden, hatte er gelesen. Lanz kannte das Buch über Marco Polos Reise nach China, seine Schilderungen über die Türkei, das Zweistromland und Afghanistan, wo er angeblich Menschen mit Hundeköpfen begegnete, bizarre Luftspiegelungen gesehen und sogar Einhörner beobachtet habe oder Zeuge nie gesehener Wunder geworden sei. Marco Polo und Gulliver ... jetzt waren sie im Nichts verschwunden, wohin er selbst noch gestern hatte aufbrechen wollen, dachte er. Vor den Gebäuden auf beiden Seiten waren Bäume gepflanzt, dazwischen Bänke aufgestellt und in der Mitte war ein alter, steinerner Brunnen. Von einer der Bänke aus beobachtete er dann neuerlich das Polizeigebäude. Noch immer stand der Mann im langärmeligen T-Shirt am Fenster und telefonierte. Inzwischen erschienen zwei alte Menschen, eine Frau und ein Mann, die in Rollstühlen zu einer Bank fuhren, wo sie von Pflegerinnen, die sie begleitet hatten, herausgehoben und hingesetzt wurden. Andere Alte folgten, sie stützten sich auf Pfleger oder Spazierstöcke, und Lanz begriff, dass das Haus, aus dem sie alle kamen, ein Altenheim war. Gleichzeitig entdeckte er wieder den schwarzgekleideten jungen Mann mit Rucksack, der gerade im Gebäude verschwand. Von der Brücke über den Rio schob zur gleichen Zeit eine Frau mühsam einen Kinderwagen über die Stufen auf den Platz hinunter. Schüler und Studenten kamen aus einer Seitengasse und setzten sich auf die steinernen Stiegen vor der Kirche. Noch immer hielt Lanz an der Vorstellung fest, sich auf einer Bühne zu befinden. Er versuchte sich jedoch gleichzeitig auf das zu konzentrieren, was er zu Protokoll geben würde, wenn er das Polizeikommissariat betreten und nach dem Tathergang gefragt würde. Sollte er über seine Absicht, Selbstmord zu begehen, sprechen? Aber was konnte er darauf antworten, wenn er nach seiner Pistole gefragt wurde? Musste er etwas von Julia Ellis erzählen oder seine Bekanntschaft mit ihr verschweigen? Er konnte auch vorgeben, nichts über Will Mennea zu wissen, und den Vorfall so schildern, als ob er keinen der Beteiligten erkannt hätte. Doch empfand er jetzt immer stärker den Wunsch, die Wahrheit zu sagen. Es gab keine andere Möglichkeit, wenn er nicht weiter in das Geschehen hineingezogen werden wollte. Andererseits wollte er Julia nicht in Gefahr bringen. Er war sich auf einmal ganz sicher, dass sie sich in der Nacht umarmt hatten, und empfand den Wunsch, sie wiederzusehen … sie wiederzusehen und Zeit mit ihr zu verbringen, ergänzte er für sich.

Bei dem Wort Zeit fiel sein Blick auf einen weißen, zwischen die Bodenplatten, die den Campo bedeckten, eingearbeiteten Stein, auf dem in alter Schrift »Anno 1747« stand. Vielleicht befand er sich nun wirklich in der vierten Dimension, weil er sich am Vortag erschossen hatte, ging es ihm durch den Kopf, bevor er den Gedanken wieder verwarf.

Seine Pistole war ein weiteres Problem. Was hatte Julia Ellis dazu bewogen, sie aus der Tasche seiner Windjacke zu stehlen?

Er betrachtete wieder die Kirche und klammerte sich an den Gedanken, dass in ihr die Gebeine Marco Polos ruhten. 24 Jahre war der venezianische Kaufmannssohn unterwegs gewesen, er hatte auch vom Riesenvogel Roch berichtet, fiel ihm ein, von Geld aus Papier, unermesslichen Schätzen, fremdartigen Religionen, Tropeninseln und nicht zuletzt von seinem Aufenthalt unter Mongolen am Hof Kublai Khans, des damaligen Kaisers von China. Einmal war Lanz zufällig bei einem Sonntagsspaziergang an Marco Polos Wohnhaus in der Nähe der Rialtobrücke und dem Teatro Malibran vorbeigekommen und hatte sich dort gleich mit dem Weltreisenden identifiziert. Außerdem hatte er den Entschluss gefasst, das Buch mit dem Titel »Il Milione« zu übersetzen. Nach dem Bericht eines frühen Biographen gab die Bevölkerung Marco Polo selbst diesen Namen, da er angeblich unaufhörlich von den Millionen des Kublai Khan und seinem eigenen Reichtum redete. Seine Zeitgenossen fassten die Schilderungen als Märchensammlung auf. In seiner letzten Lebensphase wurde der Entdecker von seinen Verwandten und Freunden und sogar von Priestern aufgefordert, den »Lügengeschichten abzuschwören«. Auf seinem Sterbebett entgegnete er den Drängenden allerdings: »Ich habe nicht die Hälfte dessen erzählt, was ich gesehen habe.« Und in einer ähnlichen Situation stellte Lanz fest, befand wohl auch er sich jetzt. Man würde seine Aussagen analysieren, ihnen widersprechen und ihm zuletzt keinen Glauben schenken. So oder so würde er unter Verdacht stehen. Wenn sich seine Pistole nicht auffinden ließ, würde man ihm nicht abnehmen, dass er sich habe erschießen wollen. Wieso aber hätte er sich sonst unter den Holunderbusch legen sollen? Weil er nach dem Genuss von drei Flaschen Wein seinen Rausch habe ausschlafen wollen? Und wenn Julia die Waffe längst der Polizei übergeben hatte? Erst nachträglich zu bekennen, dass er sich habe erschießen wollen, würde man als Ausrede werten und ihn vielleicht selbst zum Mordverdächtigen machen. Also war es notwendig, dass er zuerst Julia Ellis wiedersah. Wie hypnotisiert betrachtete er, während er nachgrübelte, das Gebäude des Commissariato San Marco und den Beamten, der noch immer zum Fenster hinaus telefonierte. Als Lanz sich zur Seite drehte und wieder auf die Kirche San Lorenzo schaute, fiel ihm ein, dass Marco Polo seinen Reisebericht aus China im Gefängnis von Genua einem Mitgefangenen diktiert hatte, weil er nach seiner Rückkehr in der Seeschlacht bei Curzola eine Galeere der Venezianer anführte und dabei in genuesische Gefangenschaft geriet. Beim Wort »Gefängnis« hatte er sich sogleich selbst als Verhafteten gesehen.

Gerade erschien ein jüngerer Mann, den er für einen Studenten hielt, auf dem Campo und löste eine alte, fette englische Bulldogge von der Leine. Sie glich einer zwergenhaften Mischung aus einem Nashorn und einem Mops und trottete, gutmütig und traurig vor sich hinschauend, zum Steinbrunnen. Keine der auf dem Platz herumkrabbelnden und hüpfenden Tauben flatterte auf. Der Hund tat sich beim Laufen wohl schwer, er hinkte sogar ein wenig. Um das Maul war sein Fell grau geworden, ansonsten war sein Schädel braun und weiß gefleckt, sein Körper braun, eine der Pfoten weiß. Die Schüler, die vor der Kirche saßen und das Tier offensichtlich kannten, näherten sich ihm und streichelten es. Der Hund ließ alles über sich ergehen, stieg dann zwei flache Stufen zum Brunnen hinauf und betrachtete von dort aus den Boden.

Lanz warf noch einen letzten Blick auf die Kirche, die ihm nur noch als ein gigantisches Grab für Marco Polo erschien, und auf die Gebäude der Polizia di San Marco, eilte über die Brücke, hob den Kopf und erkannte, dass der Beamte neben der Flagge nach wie vor telefonierte. In diesem Moment entschied Lanz sich endgültig, nicht zur Polizei zu gehen. Er schlug den Weg zurück ein, holte die Stadtkarte heraus, die er, wie ihm erst jetzt wieder einfiel, in der Windjacke eingesteckt hatte, faltete sie auf und dachte dabei: »Gedankenwege«. Auch auf diesem Stück Papier ging es darum, ein Ziel zu finden und Zusammenhänge herzustellen. Doch ebenso unbekannt wie die Zukunft war ihm der Ort, den er aufsuchen wollte. Außerdem befielen ihn wieder Zweifel, ob er nicht doch zur Polizia di San Marco zurückgehen und alles erklären sollte, schließlich hatte ihn Julia Ellis ja überhaupt erst in seine Lage gebracht. Ihm fiel überdies ein, dass er keinen Waffenschein besaß und dass er die Waffennummer der Pistole in St. Leonhard weggefeilt hatte. Allein dadurch war er straffällig geworden und konnte nicht zur Polizei gehen. Der Gedanke beruhigte ihn sogar, während er zurück durch das Gassengewirr zum Ospedale Santi Giovanni e Paolo ging. Einmal blieb er erstaunt an einer Haustür stehen, weil er daneben vier kleinere Bronzeköpfe mit Zipfelhauben sah. Sie hatten lange Nasen und geöffnete Münder, so dass zumindest andeutungsweise die Zungen zu erkennen waren. Es handelte sich, befand er, um antisemitische Spottfiguren. In der Mitte der Tür war eine schwarze, perforierte Scheibe aus Eisen angebracht, dahinter: die Sprechanlage. Die Namensschilder verwiesen auf eine Rechtsanwaltskanzlei. Er bezog alles gleich wieder auf sich: die Rechtsanwaltskanzlei erschien ihm ebenso wie die bronzenen Judenköpfe wie ein Albtraum. Er sagte sich: keine Polizei, keinen Anwalt, kein Gericht!

Irgendwo verschlang er eine Pizza und trank – um die Nachwirkungen des Alkohols einzudämmen – zwei Dosen Cola. Diesmal nahm er nicht mehr den Weg durch das Ospedale zur Vaporetto-Station, sondern ging neben dem Gebäude der Krankenanstalt am Ufer des Rio dei Mendicanti entlang. Auf der gegenüberliegenden Seite sah er eine Bootswerft, und er erinnerte sich daran, dass er dort im vergangenen Frühjahr eine Menge Boote – er dachte: »einen Schwarm« Boote – gesehen hatte, mit Frauen und Männern im Sportdress, die gerade von der Lagune hereingekommen waren. Die einstige Scuola Grande di San Marco im Ospedale, an deren Mauern er weiter entlangschritt, mit der Biblioteca Medica hatte er schon auf einer Busfahrt mit seinen Stiefeltern besucht. Der Reiseführer hatte Vorträge gehalten, aber er erinnerte sich noch an den rötlich-braunen Marmorboden, die prunkvolle, üppige Kassettendecke, die eindrucksvollen Fresken, die Bücher in den Regalen, an den Saal mit dem Altar und vor allem an die in Vitrinen zur Schau gestellten alten anatomischen Atlanten mit Illustrationen, die ihn irritiert hatten. Auch die nicht weniger unheimlichen alten chirurgischen Instrumente, die ihm wie Folterwerkzeuge erschienen, waren ihm eine Zeitlang nicht aus dem Kopf gegangen. Sie hatten für ihn eine Gegenwelt dargestellt. Einmal hatte er sogar geträumt, dass er sich als Kind in einer großen, reich verzierten Schachtel aus Gold befände, die innen wie die Säle in der Scuola Grande di San Marco ausgesehen hatte. Dort hatte ihn ein Fremder mit der Frage, was er hier treibe, gequält, bis er sich plötzlich, wie schon öfter im Traum, erhoben hatte und zur goldenen Decke hinaufgeschwebt war, von wo aus er auf das Mosaik des Fußbodens und den kleinen tobenden Mann geblickt hatte, bevor er erwacht war.

Lanz drehte sich um und sah auf den ersten Blick, dass ein Mann ihm folgte. Er war glatzköpfig, jung, athletisch und trug einen Rucksack, fast gleichzeitig fiel ihm ein, dass er ihn auf seiner Fahrt mit dem Vaporetto, dann im Ospedale und zuletzt auf dem Campo San Lorenzo gesehen hatte. Bisher war er ihm nicht verdächtig erschienen, doch jetzt, auf den schmalen Fondamenta Mendicanti, zwischen der Scuola Grande di San Marco und dem Kanal, der still unter dem Geflatter eines Möwenschwarms lag, dachte er sogleich an Flucht. Er schämte sich, schneller zu gehen, und verlangsamte daher seine Schritte. Es überholte ihn jedoch niemand. Nervös blieb er stehen, warf einen Blick hinter sich und erkannte, dass der junge Mann mit dem Rucksack gerade vorgab, den Kanal zu beobachten, als habe er etwas erblickt, das sein Interesse erweckte. Da Lanz nichts Besonderes auffiel, beeilte er sich, weiterzukommen, bis er schließlich zu laufen anfing. Der junge Mann mit dem Rucksack musste ihm jedoch nachgelaufen sein, denn er hörte Schritte und einen keuchenden Atem hinter sich. Als Lanz abrupt anhielt und sich umschaute, wurde er von einer Joggerin im Trainingsanzug überholt, während der junge Mann noch immer an der gleichen Stelle stand und jetzt aufmerksam die Möwen zu beobachten schien. Abermals überfiel ihn Scham, dennoch lief er hinter der Joggerin bis zu den Fondamente Nuove her und machte erst hinter der Ecke halt. Er war unglücklich und hasserfüllt. Noch am Vortag hatte er Selbstmord begehen wollen, und jetzt war er sogar bereit, um sein Leben zu laufen. Er beschloss, sich nicht mehr umzudrehen, und zugleich ärgerte er sich darüber, dass er keine Pistole mehr besaß und Julia Ellis kennengelernt hatte.

Von weitem sah er endlich die Vaporetto-Station und davor den Wasserbus, der Richtung Lido fuhr und dabei war, anzulegen. Daher fing er neuerlich zu laufen an, erreichte den Landungssteg, eilte in das Wartehaus und musste sich zunächst vom Strom der gerade aussteigenden Passagiere zur Seite drängen lassen. Dann erst konnte er sich an Deck begeben, wo er sich in der letzten Sitzreihe verkroch und den Vorsatz fasste, nach seiner Rückkehr auf den Lido mit unterdrückter Nummer die Polizei anzurufen und ihr anonym mitzuteilen, dass er Zeuge eines Verbrechens geworden sei. Nein, überlegte er, es war besser, er tat es jetzt, an Bord des Vaporettos. Es hatte sich bereits in Bewegung gesetzt, und da nur wenige Fahrgäste zugestiegen waren, stellte er sein Smartphone auf »anonym«, suchte im Internet nach der Nummer und gab mit halblauter und heiserer Stimme an, dass er am Vorabend Zeuge eines Mordes geworden sei. Er nannte den Ort, die Uhrzeit und den Namen Will Mennea.

»Will Mennea wurde vor einer Stunde in seinem Segelboot tot aufgefunden. Wer sind Sie?«, antwortete eine Stimme voller Misstrauen.

Sofort beendete Lanz das Gespräch. Er schwitzte, und als das Vaporetto an der nächsten Station hielt, senkte er seinen Kopf, damit ihn niemand erkennen konnte, sah aber auf der Weiterfahrt, dass er sich umsonst gefürchtet hatte. Erst jetzt erkannte er, dass er vorhin in das falsche Vaporetto gestiegen sein musste, denn statt an der Ziegelmauer des Arsenals entlangzufahren, erblickte er rechter Hand wieder die Skulptur von Dante und Vergil. Es war lachhaft. Wie zur Strafe war er über das Krankenhaus und das Commissariato di San Marco bis hin zu dem Vaporetto geflüchtet, das zum Friedhof fuhr. Jetzt musste er sich abermals daran erinnern, wie er sich am Vortag selbst hatte töten wollen.

Dann erblickte er weit vorne im Wasserbus den jungen, glatzköpfigen Mann mit dem Rucksack, der ihn offensichtlich weiter verfolgte. Der Glatzkopf versuchte nicht einmal zu verbergen, dass er es auf ihn abgesehen hatte, denn er nickte ihm zynisch lächelnd zu und machte keine Anstalten, sich von ihm wegzudrehen. Lanz ließ sich nicht auf einen »Augenzweikampf«, den er noch von der Schule her kannte, ein, er stand auf und ging zur vorderen Plattform, entschlossen, entweder auszusteigen, wenn der junge Mann sitzen blieb, oder weiterzufahren, wenn er ausstieg.

Laut brummend verlangsamte der Wasserbus seine Geschwindigkeit, die Ziegelmauer des Friedhofs zog vorbei, und vorne, auf der Plattform vor der Station, wartete bereits eine Menschenansammlung, die vielleicht von einem Begräbnis kam, wie er dachte. Kaum hatte das Vaporetto angelegt, warf er einen Blick auf den jungen Mann, der ihm wieder lächelnd zunickte, sich jedoch nicht von seinem Sitz erhob. Rasch sprang Lanz hinaus, passierte die Wartenden, die ihm Platz machten, und lief, so schnell er konnte, durch das gemauerte Tor auf der rechten Seite. Über seinem Kopf hörte er das Gekreisch eines Möwenschwarms, der unter dem Himmel kreiste. Er konnte aber keinen der Vögel zwischen oder auf den Grabsteinen sehen. Das war ungewöhnlich.

Gerade dachte er an Alfred Hitchcocks Film »Die Vögel«, als er wieder den jungen Mann mit Rucksack entdeckte, der offenbar erst ausgestiegen war, nachdem sich die vor der Station wartenden Passagiere an Bord begeben hatten. Sein Verfolger, sah Lanz jetzt, hinter einem Grabstein kauernd, war inzwischen stehen geblieben und musterte argwöhnisch die Gegend, hob den Kopf, betrachtete die Möwen und kontrollierte wieder die Friedhofsabschnitte. Dann schlug er entschlossen die Richtung ein, in der sich Lanz befand. Doch bevor er ihn erreichte, machte er halt und verschwand, weiter aufmerksam die Gegend absuchend, auf der langen Geraden mit den Kindergräbern.

Lanz wartete. Es war unsinnig, zurück zur Vaporetto-Haltestelle zu eilen, dort würde er sofort gesehen werden, und außerdem gab es auch keine Gelegenheit auszuweichen. Zu Lanz' Überraschung kam der Fremde jedoch zurück, gerade als er selbst in das Innere des Friedhofs flüchten wollte, doch bog sein Verfolger nicht in seine Richtung ein, sondern stieg diesmal die Treppen hinunter zum Kloster der Kamaldulenser, in dessen Hof er sich umschaute. Lanz nutzte die Gelegenheit und machte sich hastig auf den Weg zwischen die Gräber – mit offenen Augen und argwöhnisch, ob ihm der Fremde nicht doch folgte. Er hatte den Friedhof schon mehrmals besucht, um die Gräber der Dichter Ezra Pound und Joseph Brodsky sowie der Komponisten Igor Strawinsky und Luigi Nono zu besuchen. Daran dachte er jetzt aber nicht einmal. Er beabsichtigte nur, eine Menschenansammlung zu finden, jemanden vielleicht in ein Gespräch zu verwickeln, indem er ihn um eine Auskunft bat, was seinen Verfolger abhalten würde, ihm weiter nachzustellen. Sich in die Gefühle des Verfolgers, des Täters, seine Neugierde, seine Lust hineinzudenken, fiel ihm nicht schwer, oft genug war er ja selbst Fremden hinterhergegangen, jetzt aber bekam er selbst zu spüren, was er in ihnen vielleicht ausgelöst hatte, wenn sie sich von ihm gestalkt gefühlt hatten. Überall, wusste er, konnte der athletische Mann auf ihn lauern, hinter einem Grabstein, einem Baum oder einem Strauch.

Der Möwenschwarm hoch am Himmel kreischte noch immer vor Empörung und Zorn, und Lanz brachte die Warnrufe der Tiere mit dem Mann in Verbindung, der hinter ihm her war. Auf einer Grabplatte lag anstelle eines Grabsteins ein großer rostiger Anker.

Zu seiner Erleichterung erblickte er kurz darauf zwei Männer mit gelben Hemden, in Jeanshosen. Sie tuckerten langsam mit einem kleinen Traktor, der einen Anhänger zog, auf einem der Hauptwege entlang, hielten an, sprangen heraus, griffen nach den Gartenwerkzeugen, stützten sich auf Schaufel und Rechen und begannen, miteinander zu reden. Hinter ihnen öffnete sich unter dem Gekreisch der Möwen am Himmel das riesige Gräberfeld, umgeben von Pinien, Zypressen und der Mauer aus Ziegeln. Jede Ruhestätte war mit einem Aufsatz und einer Steinplatte versehen, die Lanz an Lesepulte erinnerten, und darauf schräg angebrachten

Gedenktafeln mit Namen und Daten. Als Nächstes waren ihm Laptops in den Sinn gekommen, die nicht in Betrieb waren, und schließlich Notenpulte, die ihn an ein Symphonieorchester der Toten denken ließen, das gerade stumm ein Requiem intonierte. Dazu überall Schnittblumen in Vasen als Ausdruck einer langsam verblassenden Feierlichkeit.

Die Grabplatte des Komponisten Luigi Nono war von hellgrünem Efeu überwuchert. Auf der Namensinschrift »Luigi« lag eine Smaragdeidechse in der Sonne, und ein großes Felsstück überragte am Kopfteil – als habe ein Meteor eingeschlagen – das Heer der übrigen Grabsteine. Das Felsstück war mit Betonmasse ausgebessert worden, und eine Eisenkette verband es mit einem Baumstamm. Lanz glaubte schon, in Sicherheit zu sein, als eine Gestalt hinter einer Kapelle verschwand und nicht mehr auftauchte. Er hatte nicht genau gesehen, ob es wirklich der Fremde war, möglicherweise handelte es sich nur um einen Friedhofsbesucher. Lanz trat hinter einen Baum und ließ unter dem fortwährenden Geschrei der Möwen die Kapelle nicht aus den Augen. Da sein Verfolger nirgends auftauchte, schritt er auf die beiden Männer neben dem Traktor zu und fragte sie nach dem Grab des ehemaligen Fußballtrainers Helenio Herrera, das sich irgendwo in der Nähe befinden musste.

»Dort drüben«, antwortete der erste.

»Hinter der Kapelle«, ergänzte der andere. Lanz nahm einen Fünf-Euro-Schein aus seinem Portemonnaie und bat den älteren, ihm den Weg zu zeigen.

»Ja!«, antwortete der jüngere, nahm die Banknote, die Lanz in der ausgestreckten Hand hielt, und führte ihn zur Kapelle, wo ein Tourist in ähnlicher Kleidung wie sein Verfolger gerade mit seinem Smartphone die Allee fotografierte. Über ihnen lärmten ohne Unterbrechung die Vögel. Eigentlich hätte Lanz erleichtert sein müssen, dass der glatzköpfige junge Mann nicht mehr zu sehen war, stattdessen schämte er sich wegen seiner Ängstlichkeit.

»Hier«, rief der Friedhofsgärtner, streckte den Arm aus und wies auf ein gemauertes Tor, das Lanz bekannt vorkam. Als sie es gleich darauf passierten, erinnerte er sich sofort wieder, dass sich dort die Ruhestätten des amerikanischen Lyrikers Ezra Pound und des russischen Dichters Joseph Brodsky befanden. Helenio Herreras Grab hatte er noch nicht entdeckt.

Der Friedhofsgärtner hatte sich verabschiedet. Mehrere Touristen standen vor Gräbern, und Lanz drehte sich wieder um, da er sicher sein wollte, dass ihm niemand folgte.

Mauereidechsen kamen aus Hohlräumen, in denen sie Unterschlupf gefunden hatten, und durch Fugen und Spalten der Gräber, verschwanden wieder oder lagen bewegungslos in der Sonne und ließen sich, wenn er sich ruhig verhielt, betrachten. Ihre Pfoten hatten aus der Nähe etwas Dämonisches, aus größerem Abstand hingegen machten sie einen lieblichen Eindruck. Besonders die Muster in grünen und schwarzen Farben, die ihre Körper zierten, erregten seine Aufmerksamkeit. Zwischendurch aber blickte er immer wieder auf, um festzustellen, ob sich etwas verändert hatte. Die Touristen unterhielten sich jedoch weiter vor den Gräbern, spazierten herum, und die Möwen kreischten noch immer am Himmel. Er entdeckte aber nach wie vor keine einzige auf dem Boden.

Ein schwarzer Grabstein wies mehrere große weiße Flecken auf, sie erschienen Lanz wie Farbkleckse. Vermutlich war er von Flechten oder einem Pilz befallen, dachte er. In einer Nische stieß er endlich auf eine steinerne Kopie des Weltpokals, der mit verschiedenfarbigen Fanschals, einer Baseballkappe und einem Dress mit der Ziffer 24 geschmückt war; daneben fand sich eine schlecht lesbare Tafel mit dem Namen Helenio Herrera. Der Fußballtrainer hatte zweimal den Weltpokal für Inter Mailand gewonnen. Lanz fiel sogleich ein wuchtiger Behälter aus Stein auf, vermutlich der Sarg des legendären Mannes, oder vielleicht war der Weltpokal die Urne für seine Asche, überlegte Lanz. Sein Blick fiel auf einen am Boden liegenden Efeuzweig, der in eine steinerne Schüssel mit gelben Hibiskusblüten mündete.

Die Touristen hoben jetzt die Köpfe, einzelne zeigten mit dem Finger in den Himmel und warteten. Auch Lanz blieb zwischen den steinernen Kreuzen, den blanken Marmorplatten, den Kirschlorbeersträuchern und Pinien stehen und schaute auf die lärmenden, insektenkleinen Lebewesen am Himmel. Er staunte darüber, was ihm dabei alles durch den Kopf ging: seine tödlich verunglückte Frau, deren Grab er nach der Beisetzung nicht mehr besucht hatte, der Mord, den er unter dem Holunderbusch beobachtet hatte, die Absicht, sein Leben zu beenden, seine Umarmung mit Julia, die Fahrt mit dem Vaporetto nach Torcello, der Blick vom Kirchturm auf die Lagune, das Mosaik des Jüngsten Gerichts in der Basilika Santa Maria Assunta, die der »zum Himmel auffahrenden Maria« geweiht war, der junge athletische Mann, der ihm nachstellte …

Lanz bemerkte, dass es still geworden war, und

schaute sich um: die Touristen hatten inzwischen das Areal verlassen, nur er war zurückgeblieben. Gerade als er sich davonmachen wollte, hörte er ein leises, aber deutlich sirrendes und pfeifendes Windgeräusch, dann das dumpfe Auftreffen eines Gegenstandes auf dem Boden, und kurz darauf wiederholten sich diese Geräusche. Er vermutete, dass sie aus einer leeren Fläche hinter einem Gebüsch kamen, zwischen dessen Blattwerk er blaue und schwarze Flecken sah. Hoch oben am Himmel kreischten jetzt die Möwen wieder lauter. Auf Torcello hatten sie ihn noch an den Heiligen Geist erinnert, jetzt schienen sie ihn vor einer Gefahr zu warnen.

Vorsichtig näherte er sich der Stelle und stieß nach einigen Schritten auf einen anderen jungen athletischen Mann mit Glatze und einem schwarzen T-Shirt. Gerade warf er einen Gegenstand mit Hilfe eines Lassos in die Krone eines hohen alten Baumes. Plumpsend fiel der Gegenstand wieder zu Boden. Der Mann hatte das Seilende mit seiner Hand, über der er einen weißen Handschuh trug, festgehalten. Zuerst dachte Lanz, der Gegenstand sei ein kleiner Beutel, erst als er näher kam, entdeckte er, dass es ein Netz war, in dem sich Stücke rohen Fleisches befanden. Der junge Mann ließ das Lasso mit dem Netz wieder und wieder wie ein Windrad kreisen, so dass es das sirrende und pfeifende Geräusch von sich gab, das Lanz gehört hatte. Plötzlich war ein greller Laut aus den Blättern zu hören, es klang, als würde ein schartiges Messer an ein Schleifrad gedrückt. Mehrmals erklang dieser Laut, »giiij-gjiii«, und gleichzeitig fingen wieder die Möwen hasserfüllt zu kreischen an. Im nächsten Augenblick flatterte ein

Raubvogel aus der Baumkrone, ein Falke, der sich auf die andere, mit einem Handschuh aus Leder geschützte Hand des Falkners niederließ und dort mit den Flügeln flatterte.

Lanz trat näher und fragte neugierig, was hier vor sich gehe. Der junge Mann – offenbar ein Bayer – antwortete, dass er seit drei Wochen auf dem Friedhof San Michele arbeite, um die Möwen zu vertreiben. Überraschenderweise lautete sein Name »Richard Vogel«, wie er sich lachend vorstellte. Natürlich sei es ein Zufall, dass er Vogel heiße und Falkner sei, aber es störe ihn nicht, wenn die Leute deswegen Späße über ihn machten, fuhr er fort. Zweitausend Möwen gebe es auf dem Friedhof, die gewöhnlich zwischen den Gräbern dahinstolzierten. Die Möwen, erzählte der Falkner, seien in letzter Zeit allerdings aggressiv geworden, sie hätten vereinzelt sogar Kinder und alte Menschen angegriffen, daher habe ihn die Stadtverwaltung engagiert. Er würde jetzt so lange mit dem Falken auf Beizjagd gehen, bis die Tiere verschwänden. Das werde nicht länger als eine Woche dauern, denn der Greifvogel töte bei einem Einsatz für gewöhnlich mehrere Möwen. Richard Vogel trug auch einen Sender am Gürtel, mit dem er seinen Falken, dem ein Chip eingepflanzt worden war, orten konnte. Der Falke, erfuhr Lanz, stammte aus Österreich. Er war wunderschön, mit schwarz-weißen Querstreifen auf der Brust, bernsteinfarbenen Augen und großen schwarzen Pupillen. Sein Kopf war klein, der Schnabel vorne spitz gekrümmt, das Rückengefieder braun, die Zehen waren gelb und die langen Schwanzfedern schwarz-braun gestreift. Er sah streng aus, fand Lanz. Unwillig wollte der Falke mehrmals davonfliegen und gab dabei ein lautes »Gjäjä« von sich. Richard Vogel machte dann mit der linken Hand, auf deren Lederhandschuh der Greifvogel noch immer saß, eine kurze Bewegung, mit der er ihn zuerst scheinbar abwarf, dann aber wieder auffing. Außerdem beruhigte er ihn mit Lauten, die wie ein leises, kaum hörbares »keteck« klangen, wobei der Falkner sein Gesicht verzog, als ob er absichtlich Grimassen schneiden würde. Weil er sich zwei Finger gebrochen habe, erläuterte Richard Vogel weiter, sitze der Falke auf seiner linken Hand. Den weißen Unterarm des Falkners zierte die kunstvolle Tätowierung eines fliegenden Greifvogels. Es schien Lanz, als würde sich der Mann sein ganzes Leben lang nicht von dem Tier trennen wollen. Der Falke drehte jetzt seinen Kopf um mehr als 180 Grad, wie Lanz verblüfft wahrnahm – denn noch nie hatte er einen Falken aus der Nähe beobachten können. Unwillkürlich drehte er sich selbst um und sah zu seinem Schrecken, wie sich der junge Mann mit dem Rucksack im Zugangstor gerade eine Hundemaske über den Kopf stülpte.

»Ich werde verfolgt«, stieß Lanz heftig hervor.

Schon lief der Mann mit der Hundemaske auf ihn zu, doch Richard Vogel gab geistesgegenwärtig ein seltsames Geräusch von sich, auf das hin der Falke seine Flügel schwang, sich von oben auf den verdutzten Anstürmenden stürzte und ihm mit seinem Schnabel wuchtig in den nackten Kopf hackte. Der Falke krallte sich sodann am Rucksack des Fremden fest, flatterte mit den Flügeln, hackte weiter mit dem Schnabel auf den Schädel des Hundemenschen ein, bis dessen Maske blutbespritzt war und rote Rinnsale seitlich an ihr herunterliefen. Gleichzeitig lief Richard Vogel mit seinem

Messer, das er aus einer Scheide im Gürtel zog, auf den Mann zu. Der Fremde wollte, mit den Händen um sich schlagend, durch das Friedhofstor flüchten, aber der Falke ließ nicht von ihm ab. Jetzt erst registrierte Lanz, dass auch die Möwen über ihnen panisch reagierten, als würden sie sich im nächsten Augenblick herunterstürzen, um Richard Vogel und seinen Falken aus dem Friedhof zu vertreiben. Erst als der Glatzköpfige stürzte und zu schreien begann, ließ der Greifvogel von ihm ab, und der Fremde konnte die Flucht ergreifen. Der Falkner hatte rasch das Messer wieder in seine Gürtelscheide gesteckt, das Tier auf den Arm befohlen, ohne das Mauertor aus den Augen zu lassen.

»Ich kenne ihn. Er heißt Giorgio Fermi. Bleiben Sie hier«, sagte er ruhig. Lanz rührte sich nicht. Richard Vogel ging daraufhin mit dem Falken auf dem Arm vorsichtig auf das Mauertor zu, verschwand aus dem Friedhofsabschnitt und erschien erst einige Minuten später wieder. Die Möwen kreischten weiter hoch am Himmel. Aus Vogels Gang und Lächeln glaubte Lanz zu erkennen, dass keine Gefahr mehr bestand.

»Fermi ist weg!«, rief der Falkner, kam auf ihn zu und packte seine Sachen zusammen.

»Ich kenne auch Sie«, sagte er dann.

Er holte ein kleines Lederhäubchen aus der Tasche, die er unter dem Baum abgelegt hatte, und setzte es geschickt auf den Kopf des Falken und bedeckte damit zugleich dessen Augen, an deren Stellen Ausbuchtungen am Häubchen angebracht waren. Der Falke sah nun aus wie ein riesiges gefährliches Insekt. Anfangs flatterte er noch mit seinen Flügeln und gab dabei eindringliche Laute von sich, womit er die Möwen hoch über ihren

Köpfen aufs neue reizte. Sie kamen Lanz jetzt vor wie ein betrunkener Frauenchor, bei dem jede für sich und alle durcheinander schrien. Als der Falke sich kurz darauf beruhigt hatte, nahmen sie den gleichen Weg, den Lanz schon nach seiner Ankunft auf dem Friedhof eingeschlagen hatte.

»Sie sind ein Nachbar von Egon Blanc, und ich weiß auch, wer der Mann mit der Hundemaske und dem Rucksack ist. Er heißt, wie gesagt, Giorgio Fermi und gehört zu Will Menneas Clan. Mennea wurde heute erschossen in seinem Segelboot aufgefunden.«

Lanz nickte und antwortete, er wisse, wer Mennea sei. Auch von Egon Blanc, seinem Nachbarn, habe er schon viel gehört, ihn aber noch nie gesehen. Man sagte, dass er über hundert Jahre alt sei und ein Milliardär. Der Grund, auf dem seine riesige Villa stand, sei früher angeblich ein Lunapark gewesen.

»Soweit ich informiert bin«, fuhr Richard Vogel fort, »geht man im Fall Mennea wegen der Fingerabdrücke auf der Waffe von Selbstmord aus. Aber die Pistole, mit der er sich erschossen haben soll, ist mehr als vierzig Jahre alt. Und außerdem hat die Waffe keine Seriennummer. Sie wurde entfernt. Weshalb sollte Mennea ausgerechnet diese Pistole mit sich herumtragen und woher stammt sie? – Menneas Freundin, Julia Ellis, wird gerade von der Polizei am Lido einvernommen, aber angeblich hat sie ein Alibi. Es heißt, sie sei mit Mennea zu Mittag in sein Segelboot gestiegen, um einen Ausflug nach Pellestrina zu unternehmen. Nach einem Streit mit ihrem Geliebten, bei dem sie ihm erklärt haben soll, sie werde ihn verlassen, sei sie in Pellestrina geblieben und von einem Bodyguard Menneas, er heißt übrigens Manuel Saltesi, mit dem Motorboot abgeholt worden. Beide seien später auf Pellestrina im Restaurant Le Valli gesehen worden, aber Saltesi ist in der Zwischenzeit verschwunden. Mennea war angeblich eine große Nummer im Glücksspiel, das habe ich von einem Freund erfahren, der bei der Polizei arbeitet. Ich werde ihm von dem Zwischenfall vorhin berichten … Aber weshalb hat Giorgio Fermi Sie angegriffen?«

»Ich weiß es nicht«, erwiderte Lanz nervös.

Er war inzwischen überzeugt, dass Richard Vogel nicht mit dem Falken und ihm im Vaporetto zurückfahren konnte, also musste er ein Motorboot besitzen.

»Woher kennen Sie mich?«, fragte Lanz.

»Ihr Haus war früher das Personalgebäude und Gästehaus von Signor Blancs Villa. Den Kellergang zum Anwesen von Signor Blanc müsste es noch geben …«

Lanz nickte. Sie hatten bereits das Kloster der Kamaldulenser erreicht und bogen zu den Stiegen hin ab.

»Sie gehen am besten zur Polizei«, setzte Richard Vogel fort, »so schnell wie möglich.« Er sagte das in einem beiläufigen Ton, als wolle er sich in Wahrheit aus der Angelegenheit heraushalten. Der Falke war so ruhig, als schliefe er.

Gerade wurde durch einen Ausgang zum Meer hin ein blumengeschmückter Holzsarg in ein blaues Begräbnisboot verladen. Eine Gruppe von Trauergästen löste sich auf, und nur die engsten Angehörigen begleiteten den Leichnam übers Meer nach Mestre, wohin die Toten überführt wurden, die nicht in San Michele begraben werden konnten, da die Kapazität des Friedhofs auf der Insel nicht ausreichte.

Richard Vogel, immer noch mit dem Falken auf dem Arm, zeigte Lanz – von den Trauergästen mit unverhohlener Neugierde betrachtet – den eindrucksvollen Kreuzgang des Klosters. Ein Mönch in brauner Kutte mit Sandalen über seinen Socken, den weißen Strick um den Leib gebunden, kehrte gerade die Stiege vor dem Eingang zum Konvent. Die Kirche war leer und roch stark nach Weihrauch, vermutlich war der Tote im Sarg hier kurz zuvor eingesegnet worden. Ein weiterer Mönch räumte in der Sakristei, wie sie durch eine offene Tür sahen, eine Kasel weg und hatte noch eine Menge weiterer Handgriffe zu tun, weshalb er seinen Kopf nicht hob und die Eintretenden mit dem Greifvogel nicht bemerkte. Die Kirche war bescheiden ausgestattet, Lanz fiel ein verblassendes Fresko auf.

Als sie wieder ins Freie traten, war das blaue Bestattungsboot bereits abgefahren, und sie erblickten es durch ein geöffnetes Tor am Ende des dunklen Ganges wie durch ein Fernrohr, das auf ein Insekt am Himmel gerichtet war. Je näher sie dem Ausgang kamen, desto mehr hatte Lanz den Eindruck, dass er auf ein Bild mit einem bewegten blauen Meer, einer darüber stillstehenden Wolke und einem Vaporetto zuging, das gerade vorüberfuhr. Er dachte auch an die beiden Mönche: den einen, der vor dem Konvent die Stiege gekehrt, und den anderen, der gerade die Kasel gefaltet hatte. Er bildete sich jetzt ein, dass es sein eigenes Begräbnis war, das er miterlebt hatte, denn wieder hatte er den Eindruck gehabt, sich nicht mehr im Diesseits zu befinden. Dann fragte er sich, wie viele Begräbnisse die Mönche wohl jeden Tag sahen. Woran dachten sie dabei, falls sie sich überhaupt noch Gedanken darüber machten? Aus der Perspektive eines Menschen, der auf einem Friedhof lebte und in einem fort Trauernde und Begräbnisse sah, musste das Leben eine nebensächliche Staubwolke sein oder ein Mönchsgewand, das man zusammenfaltete und in eine Truhe legte.

Sie befanden sich jetzt selbst im »Fernrohr«, dachte Lanz, während er das Tor zum Meer und zum Himmel hinaus weiter nicht aus den Augen ließ. Sein Blick fiel auf das rätselhaft schöne und mit kleinen Wellen geschmückte Meer und den unbeweglich hohen Himmel, der, wie er wusste, immer weiter zurückwich, sobald man versuchte, sich ihm zu nähern. Erst als sie aus dem Gang hinaustraten und Richard Vogel mit seinem ruhigen Falken ein gedecktes Motorboot bestieg, verschwand der Zauber und ließ ihn in der Überzeugung zurück, den eigenen Tod tatsächlich noch einmal erfahren zu haben. Er war jetzt so müde, dass er wortlos das Boot bestieg und nur noch an den Falken dachte, der ruhig mit seiner Haube auf dem Kopf und einer Eisenkette an der Kralle auf einer verchromten Stange hinter dem Rücksitz hockte.

Lanz erwachte durch das Rütteln an seiner Schulter.

»Wir sind da«, hörte er Vogel rufen.

Tatsächlich hatten sie in einem der zahlreichen Kanäle auf der Lagunenseite des Lido angelegt, und der Falkner stand schon mit dem Greifvogel am Arm vor einem Hang, der zur Straße hinaufführte. Mit seiner geschulterten Tasche erweckte er den Eindruck eines Biologen bei der Arbeit. Lanz ließ sich, vom Schlaf noch immer halb bewusstlos, zu einem VW-Kombi führen, wo Vogel zuerst den Falken verfrachtete und erst dann ihn. Offensichtlich wollte er Lanz nicht mehr einschlafen lassen, daher redete er auf der Fahrt pausenlos über die Falkenhaube, die aus Leder hergestellt und sodann innen versteift worden sei. Sie erinnerte Lanz an einen arabischen Ritterhelm, den ein falscher Federbusch aus Lederstreifen zierte. Man tauche den Falken in Dunkelheit, führte Vogel aus, damit er glaube, es sei Nacht. In freier Wildbahn verbleibe er sonst bis zum Tagesanbruch regungs- und lautlos im Horst. Er sei nämlich nachtblind und beispielsweise einem Graumarder oder Uhu, die in der Nacht aktiv seien, wehrlos ausgeliefert.

Lanz sah zu Hause den Kopf des Falken mit und ohne Haube, das schöne Gefieder und seine Krallen noch vor sich, bevor er einschlief …

Erst durch das Läuten der Türglocke erwachte er. Er sperrte das Schloss auf, trat ins Freie und spürte, dass es ein heißer Vormittag war. Er wusste nicht mehr, wie er in das Haus zurückgekommen war, stellte er fest, vielleicht hatte er die Geschichte mit dem Falken und Richard Vogel nur geträumt?

Es war der Briefträger Samuel Oboabona, der ihm einige Buchpakete brachte, für die er mit einem Stift seine Unterschrift auf dem Display eines unhandlichen Gerätes leisten musste.

»Wie geht es Ihnen?«, fragte Lanz gedankenlos.

Der Briefträger kämpfte sofort gegen Tränen an und schüttelte den Kopf. Kleine Schweißtropfen bedeckten seine Stirn.

»Was ist geschehen?«, wollte Lanz wissen.

Wieder schüttelte der Briefträger den Kopf. Er nickte Lanz zu und verließ die Wohnung. Gleich als er Oboabona nach seinem Befinden gefragt hatte, fiel Lanz wieder das tote Kind am Strand ein, seine eigene Absicht, Selbstmord zu begehen, und der Mord in Torcello. Er empfand Scham und Reue über seine Gedanken und sein Verhalten.

Später sah er aber den Wanderfalken auf dem Arm von Richard Vogel vor sich, und er erinnerte sich, was dieser über das Haus und den Keller und über Giorgio Fermi, seinen Verfolger, gesagt hatte.

Automatisch stieg Lanz die Treppe hinunter und schaltete die Leuchtstoffröhre ein. Die Waschmaschine und der Trockner standen an ihren Plätzen, wie auch der Tisch für die Schmutzwäsche und die darauf abgestellten Körbe aus Kunststoff, das Regal für das Waschpulver und andere Chemikalien und der alte Holzschrank mit leeren Blumentöpfen, einem Kübel, einer Gießkanne und Ersatzziegeln für das Dach sowie ein Regal mit zwei Dutzend Weinflaschen. Inzwischen tauchte das Gesicht des weinenden Briefträgers Oboabona wieder vor ihm auf, und der Anblick lähmte ihn. Ohne lange zu überlegen, zog er den Schrank ein Stück nach vorne, der vor einer der Ziegelwände stand, und erblickte zu seiner Überraschung eine rotlackierte Stahltür, die versperrt war. Lanz überlegte kurz, dann begab er sich über die Treppen zurück in die Wohnräume und suchte nach den alten Schlüsseln, ohne aber die nassen Augen des Briefträgers und die albtraumhaften Ereignisse der beiden letzten Tage vergessen zu können. Doch wichen schließlich die bedrückenden Erinnerungen der Neugierde, was ihn hinter der Stahltür erwartete.

Noch nie hatte er die alten Schlüssel in der Hand gehabt. Nachdem er das Schloss untersucht hatte, entschied er sich für einen, der zu seiner Verwunderung passte. Er öffnete die Tür, die in eine Ziegelwand führte, wie sie auch im Keller zu sehen war, doch wollte er jetzt nicht aufgeben. Er eilte zurück auf den Dachboden, setzte eine LED-Stirnlampe auf, fand die zweite Walther-Pistole, die zerlegt war, in einer Schachtel und endlich die Spitzhacke unter einer Plane.

Die Schachtel mit der Walther-Pistole verstaute er auf dem Rückweg in seinem Schreibtisch, bevor er im Keller anfing, mit der Spitzhacke ein Loch in die Ziegelwand zu schlagen. Er legte all sein Unbehagen, seinen Zorn und sein Gefühl der Aussichtslosigkeit in seine Hiebe, bis er keuchend innehielt und die Öffnung betrachtete, hinter der sich Dunkelheit auftat. Sie war so groß, dass er gerade durchkriechen konnte, stellte er befriedigt fest. Er knipste die LED-Lampe an und schlüpfte in den Gang auf der anderen Seite.

Rasch fand er einen Schalter, worauf grelles Neonlicht mit hellem Klingen und einem leisen Klicken aufflackerte und die Sicht freigab auf einen Tunnel, in dem es muffig roch. Der Tunnel war mit Beton ausgekleidet, etwa drei Meter hoch und vielleicht hundert Meter lang. Wenn er in ihm sein restliches Leben verbringen müsste, sagte er sich, würde er den Verstand verlieren. Er sah sich eingeschlossen in einer Eprouvette als ein Wesen, das für medizinische Experimente verwendet werden sollte, vielleicht weil man an ihm studierte, wie der Wahnsinn allmählich von ihm Besitz ergriff. Endlich erreichte er die Stiege zum Gegentor am Ende des Tunnels, das, wie sich herausstellte, jedoch ebenfalls versperrt war, und sosehr er sich auch bemühte, gelang es ihm nicht, es mit einem der alten Schlüssel aufzusperren. Daher kehrte er um, kroch durch das Loch in seinen Keller zurück und flüchtete von dort in sein Arbeitszimmer, wo er sich auf die Couch warf und die Augen schloss.

Nach einigen Minuten der Untätigkeit, in denen ihn seine Erinnerungen beherrschten, erhob er sich wieder und blickte aus dem Fenster. Auf der Straße parkten Fahrzeuge. Sie reflektierten mit ihren Windschutzscheiben und verchromten Stoßstangen das Sonnenlicht. Jugendliche gingen mit Badetaschen zum Strand, später sah er eine junge Frau mit Sonnenbrille einen Kinderwagen schieben und ein kleines Mädchen nebenher hopsen, während ihr offensichtlich älterer Bruder sich bemühte, mit Rollschuhen zu fahren, doch verlor er rasch das Gleichgewicht und musste sich abwechselnd an einem Mast, einem Baum oder einem geparkten Fahrzeug festklammern.

Lanz nahm vor seinem Schreibtisch Platz und fing an, die zerlegte Pistole zusammenzusetzen. Abermals musste er den Dachboden aufsuchen, um den kleinen Werkzeugkoffer aus Blech zu holen, den er ebenfalls vom Bauernhof in St. Leonhard mitgenommen hatte, und dabei kontrollierte er auch die Patronen, die er in einem Karton aufbewahrt hatte. Sie waren unterschiedlich groß. Er wusste noch, welche Patronen in den Lauf der Pistole passten, die Julia ihm gestohlen hatte, und nahm daher die anderen. Auch lag im Karton eine Bedienungsanleitung mit der Beschreibung der Waffe und Abbildungen der Einzelteile, die nummeriert waren.

Als er sich wieder an den Schreibtisch setzte, sah er auf der vergilbten Skizze, die als »Explosionsdarstellung« bezeichnet wurde, dass es 38 Einzelteile waren, die er zuerst sortierte und dann in der angegebenen Reihenfolge und anhand der genauen Anweisungen reinigte und zusammensetzte und mit dem Waffenöl, das er in der Werkzeugkiste entdeckte, behandelte. Er ging äußerst vorsichtig mit dem »Präzisionsinstrument«, wie es in der Beschreibung hieß, um, und es dauerte den ganzen Nachmittag, bis er alles begriffen und umgesetzt hatte, obwohl er das Zerlegen, Ölen und wieder Zusammensetzen einer Handfeuerwaffe beim Bundesheer geübt hatte. Sein Kopf war jetzt voll mit Wörtern wie »Kornschraube«, »Rastbolzen«, »Schießfedereinheit«, »Fanghebelstift« oder »Druckfeder zum Laufhalter«. Das war ihm nicht unrecht, denn es lenkte ihn von den Gedanken ab, die ihn in den letzten beiden Tagen beherrscht hatten. Zuletzt lud er die Waffe, wie es die Bedienungsanleitung beschrieb, sicherte sie und stieg wieder in den Keller hinunter.

Als er im Tunnel Licht machte, sah er gerade mehrere Ratten hintereinander über den Gang flüchten und, einige Schritte weiter in einem Spalt, der ihm vorher nicht aufgefallen war, verschwinden. Er trat neugierig an die Stelle heran und stand vor einer kleinen Eisentür in der Wand, die er mit demselben Schlüssel, der in das Schloss der Eisentür hinter dem Schrank gepasst hatte, öffnen konnte. Zu seiner Überraschung blickte er in eine Kammer, in der sich auf Regalen Geschirr, Aschenbecher, Bestecke, Vasen und mehrere Koffer stapelten, die er herauszog und öffnete. Im ersten waren Geburts-, Tauf- und Sterbeurkunden aufbewahrt – vermutlich des Personals, das früher in seinem Haus untergebracht gewesen war. Jetzt verstand er auch, weshalb es keine Fenster zum Hof und dem Herrenhaus gab – es sollte niemand Gelegenheit haben, etwas auszuspionieren, was im Herrenhaus vor sich ging. Auch alte Schwarzweißfotografien fand er, auf denen die bediensteten Männer und Frauen in uniformierten Kleidungsstücken Aufstellung genommen hatten und mit ernstem Gesicht in die Kamera blickten. Vermutlich ein Kind hatte über jede und jeden der Angestellten mit blauer Tinte und ungelenker Hand Flügel gezeichnet, auch beim weißgekleideten Küchenpersonal mit seinen Kochmützen und Kopftüchern. Als Nächstes fand Lanz das Bild zweier uniformierter Chauffeure vor zwei alten Luxusmodellen, die ebenfalls, wie auch die Automobile, mit Flügeln versehen waren. Neugierig suchte er zwischen Speiseplänen, alten Kochbüchern und einer alten illustrierten Ausgabe der Märchensammlung von Hans Christian Andersen, in der wieder alle Personen und Tiere mit kindlich gezeichneten Flügeln versehen waren, weiter und fand das postkartengroße Bild eines weißbärtigen Mannes, der vielleicht achtzig Jahre alt war. Seine rechte Hand war mit einem Lederhandschuh geschützt, auf dem ein kleiner Wanderfalke saß, der vermutlich noch ganz jung und doch bereits abgerichtet war.

Lanz nahm die Fotografien zunächst an sich und öffnete einen weiteren Koffer, in dem er Kinderspielzeug sah. Da war eine Gans, die aussah wie Walt Disneys Glückspilz Gustav. Sie saß auf einem Fahrrad und trug einen Kreissägen-Strohhut mit einem großen roten Propeller aus Kunststoff. Der Schlüssel steckte noch in der Figur, und als Lanz die Mechanik aufzog und das Spielzeug wieder auf den Boden stellte, kreiste Gustav Gans mit Propeller auf dem Boden des Verbindungsgangs. Es gab einen alten Kreisel aus bunt bemaltem Blech mit einem Holzgriff, den man zum Pumpen benötigte, worauf das Spielzeug sich rasend schnell drehte und dabei Klänge wie ein Harmonium von sich gab. Obwohl er längst erwachsen war, fühlte er die Magie, die von den Hunden, Katzen, Kälbern und Kindern ausging, welche über den farbigen Regenbogen auf dem Kreisel gemalt waren und durch die rasend schnelle Drehung gänzlich in ihm verschwanden. Darüber hinaus fand er eine Puppe, einen Teddybären, ein fernlenkbares Schuco-Auto mit einem langen Draht, der zu einem kinderhandgroßen roten Lenkrad führte, mit dem man das Wunderding steuern konnte, sowie einen aufziehbaren Zinnsoldaten, das Modell eines Passagierschiffs und »Schwarze-Peter«-Karten.

Sorgsam packte er das Spielzeug wieder ein, verstaute den Koffer, holte noch einmal den anderen heraus, aus dem er die drei Fotografien genommen hatte, und gab auch sie zurück hinein, bis alles so geordnet war, wie er es vorgefunden hatte, und versperrte wieder die Tür der Kammer. Eine Weile stand er da und dachte nach, dann ging er zurück zum Loch in der Mauer, holte die Walther-Pistole aus der Hosentasche, lud sie durch und feuerte, einem plötzlichen Einfall nachgebend, einen Probeschuss auf die Rückseite des Schrankes ab. Der Knall war so laut, dass er zuerst glaubte, seine Trommelfelle seien zerrissen. Er setzte sich auf den Boden, wartete, bis sein Kopf wieder klar war, und stieg dann durch die Öffnung zurück, um zu untersuchen, was der Schuss angerichtete hatte. Das

Projektil hatte eine Holzwand und die Tür des Schranks durchschlagen, zwei Blumentöpfe, die im Schusskanal lagen, zersplittert und musste in der gegenüberliegenden Wand stecken. Er suchte nach ihm und fand schließlich das Einschussloch. Einerseits war er mit der Waffe zufrieden und andererseits hoffte er, dass er durch den Lärm kein Aufsehen erregt hatte. Er eilte wieder in sein Arbeitszimmer, sah, dass die Straße leer war, schloss die Vorhänge, legte die Waffe in eine der Schubladen des Schreibtischs und legte sich ein weiteres Mal auf seine Couch.

Als es bereits dunkel war, trieb es ihn hinaus an den Strand. Er steckte seine LED-Stirnlampe in das Sommersakko, und sobald er das Meer erreicht hatte, entschloss er sich, nicht wie gewohnt bis zum Hotel Excelsior zu gehen, sondern in die Gegenrichtung, damit er besser nachdenken konnte. Noch nie hatte er das Areal vor dem aufgelassenen Krankenhaus, dem »Ospedale al Mare«, betreten. Eine seltsame Scheu hatte ihn bisher daran gehindert, denn er vermutete und hatte auch schon davon gehört, dass sich dort Obdachlose und illegale Migranten aufhielten. Doch jetzt, sagte er sich, wo er bereits versucht hatte, sich das Leben zu nehmen, hinderte ihn nichts mehr daran. Er hatte die Absicht, darüber nachzudenken, was er der Polizei, die er am nächsten Tag aufsuchen wollte, sagen würde, und sich nebenbei dem unbekannten Terrain zu nähern.

Natürlich wusste er, dass es leichtfertig war, aber er steckte bereits so tief in den unheimlichen Verwicklungen, dass es nicht mehr darauf ankam, was er tatsächlich unternahm. Im Gegenteil fühlte er sich durch den ungewohnten Leichtsinn befreit. Argwöhnisch blickte er, aus der Seitengasse tretend, den Lungomare D'Annunzio hinauf und hinunter, sah, dass der kleine Chiosco Bahiano noch beleuchtet war und die zwei Marokkaner dort rauchten und Bier tranken. Er wartete, bis zwei Autos mit eingeschalteten Scheinwerfern die Fahrbahn passiert hatten, und trat dann einige Schritte entfernt von der Straßenbeleuchtung in die Dunkelheit, um zuerst das Haus von Egon Blanc zu betrachten. Längst kannte er die hohe gelbe Mauer, die auch andere Gebäude umfasste, sie war für ihn bisher eine Selbstverständlichkeit gewesen. Dahinter das zweistöckige Herrenhaus mit Balkons und Terrassen, Palmen und Laubbäumen, welche die gelbe Mauer überragten. An manchen Tagen hockten auch Möwen auf dem gemauerten, topfförmigen Kamin, der einer großen Vase ähnelte, oder flogen von dort laut schreiend aufs Meer hinaus. Nur ein Fenster im ersten Stock war erleuchtet. Um die ebenerdigen zu sehen, musste er den Lungomare einige Schritte hinuntergehen und durch das Gitter des Eisentors schauen. Rasch näherte er sich dem Eingang, überquerte die Fahrbahn und blickte auf das Gebäude und die Kieswege – alles andere war verdeckt. Im Erdgeschoss war kein Fenster erhellt, bemerkte er, und machte sich wieder in die entgegengesetzte Richtung davon. Neuerlich überquerte er die Straße und spazierte jetzt an der langen Reihe mit Badekabinen und den davorstehenden Thujenhecken und Bänken entlang. Weiter draußen das Meer, das in der Dunkelheit nahezu verschwunden war. Lanz hörte nur das sanfte Klatschen der Wellen – offenbar war gerade Flut.

Er musste nicht weit gehen, um den Eingang zum Ospedale al Mare zu erreichen. Auch dieser Anblick war ihm bekannt. Anschließend an das gelbe Verwaltungsgebäude, dessen Fenster mit schmutzigweißen Jalousien verschlossen waren, erstreckte sich das Eingangstor, das ihm wie eine Tankstelle ohne Zapfsäulen vorkam und zu beiden Seiten Portierslogen aufwies. Als er näher kam, bemerkte er die Regenrinne des Gebäudes und eine Reihe grauer Kabel, die den Eindruck von Verwahrlosung vermittelten. Ein gelbes Blechschild mit einem schwarzen Pfeil wies darauf hin, dass sich das neue Krankenhaus in der Nähe befand. Der breite Durchgang und das silbergraue Eingangstor, das aus zwei Flügeln bestand, waren mit der Bezeichnung »Ospedale al Mare« versehen, die Mauer darüber war weiß gestrichen und in schwarzen, eigenwilligen Buchstaben stand zu lesen: REALITY IS NOT WHAT YOU THINK IT'S AN ANCIND LYNK A.♀ …

Er hatte es sich noch nie genauer angesehen, aber jetzt stellte er fest, dass der erste Teil in seltsamen Blockbuchstaben ausgeführt war, während der zweite in lateinischer Schreibschrift hinzugefügt worden war. Es war nicht schwer zu übersetzen: »Wirklichkeit ist nicht, was du denkst«, aber der zweite Teil war kryptischer: »Sie ist ein uraltes, zentrales Überwachungssystem …«

Die folgenden ineinandergreifenden Kreise stellten ein Genogramm dar, einen Begriff aus der medizinischen Familientherapie, der Verhaltensmuster ausdrückte. A. interpretierte Lanz als Anfangsbuchstaben eines Namens. Schließlich das Venussymbol als Zeichen für das weibliche Geschlecht.

Obwohl die Straßenbeleuchtung trüb war, hatte er

keine Mühe, die Sätze zu lesen, schließlich hörte er auf, weiter herumzurätseln. Er setzte die Stirnlampe auf und schaltete sie ein. Der Kopf einer riesigen Ratte sprang ihm ins Gesicht, die mit Sprayfarben auf eine Wand gemalt war. Ihr geöffnetes Maul mit spitzen Zähnen, das fast zur Gänze mit blauen Buchstaben gefüllt war, und eine überdimensionierte Sprechblase, in der das Wort ODIOTA in Blockbuchstaben stand, drückten Zorn aus. ODIOTA war vermutlich ein Kunstwort, das so viel wie Hass (odio) und Idiot (idiota) bedeuten konnte. Auch einen Internetnamen Odiota mit der Fotografie eines Hundes fand er später auf seinem Laptop. Davor lagen die große, leere Spraydose, ein umgestürzter Stahlrohrsessel ohne Lehne und Sitzteil und auf der gegenüberliegenden Seite Müllhaufen aus weißen, blauen und gelben Kunststoffsäcken, aus zerbrochenen, weiß furnierten Brettern, wie sie in Küchen verwendet wurden, aus Blechstücken, ausgeschiedenen Aktenordnern und dem Flügelrad eines Ventilators. Hohes Gras und kleine Büsche wuchsen aus dem teilweise mit Katzenkopfpflaster und großen Betonplatten ausgelegten Weg, der eher eine vergammelte Straße war. Links und rechts Gebäude, soweit er sehen konnte. Geschlossene Jalousien vor den Fenstern, zum Teil heruntergerissen oder geöffnet, vermutlich um besser in die Räume zu gelangen oder den Einfall von Tageslicht zu ermöglichen. Zwischen den großflächigen Flecken von abgefallenem Verputz fielen ihm zahllose Graffiti und Sprüche auf und darunter eine rotgerahmte dreieckige Tafel, die nur ein schwarzes Rufzeichen auf weißem Grund zeigte. Dort wo eine Stiege in die unterirdischen Geschosse mit den Wäschekellern, Bügelräumen, Medikamentenlagern und den vergessenen Untersuchungsergebnissen und Befunden hinabführte, waren Geländer aus grauen Rohren angebracht.

Gerade als Lanz sich abwenden wollte, fiel ihm am Balkon des nächstliegenden Gebäudes eine männliche Gestalt auf, die rauchte. Als der schlanke Jüngling erkannte, dass er von Lanz beobachtet wurde, verschwand er lautlos. Lanz war davon überzeugt, dass er sich nicht getäuscht hatte, und wollte schon über das silbergraue Eingangstor hineinklettern, konnte sich dann aber selbst nicht erklären, weshalb er das tun sollte und was er sich davon erwartete. Das Außengebäude bildete zugleich eine Seite des Weges, von dem er nur ein kleines Stück sah. Der Boden um die Stahlgittertüren, vor denen er noch immer stand, war von Haufen weißer Pflanzensamen und abgefallenen Blättern bedeckt, dazwischen Zigarettenschachteln, Getränkedosen und Kunststoffflaschen.

Lanz drehte sich um und ging zurück auf die Straße, wobei ihm noch zwei zugemauerte Eingänge auffielen. Einer war in roten Buchstaben mit FUCK THE SYSTEM beschriftet, der andere mit einem gleichfarbenen Graffito, welches das Symbol des altägyptischen Gottes Horus – das Sonnenauge – darstellte. Horus selbst hatte in der Mythologie die Gestalt eines Falken oder Menschen mit Falkenkopf angenommen. Lanz fiel sofort der Falke vom Friedhof San Michele ein. Er erkannte darin keinen Zusammenhang, doch dachte sein Kopf selbständig weiter, während er den Weg zwischen den letzten Badehütten des öffentlichen Strandes einschlug, der von einem Drahtzaun umgeben war. Auf der Krankenhausseite ebenfalls ein Drahtzaun, zum Teil mit einer grünen Plane verhängt, die wiederum mit dem Satz »fuck the police« in weißer Farbe beschriftet war. Dahinter ein möglicherweise bewohnter Betonklotz. Über dem Zaun waren nämlich einige Badetücher, Bettüberzüge und eine blaue Badehose zum Trocknen aufgehängt. Er trat näher und sah abgestellte Fahrräder hinter der Plane, jedoch keine Menschen. Neugierig wartete er ein paar Minuten, ohne die Stirnlampe abzudrehen, doch es blieb still. Hinter dem Betonwohnklotz erhoben sich hohe Kastanienbäume, die gerade zu blühen begonnen hatten. Lanz wandte sich wieder dem Strand zu und ging vorsichtig weiter, denn der Weg war aus Sand und Kies. Beinahe wäre er über einen langgezogenen, weißgestrichenen Steinblock gestürzt, auf dem in Blockbuchstaben OAMTOPIA zu lesen war. Lanz verstand, dass es sich um ein zusammengesetztes Wort aus »Ospedale al Mare« – OAM – und »Utopia« – TOPIA – handelte. Und er war jetzt davon überzeugt, dass das Areal bewohnt war.

Gedankenversunken schritt er auf das Ende des Weges zu, der, wie er aus dem sanften Rauschen des Meeres schloss, zum Strand führen musste. Zuerst durchquerte er noch eine Wiese, in der er wieder beinahe gestürzt wäre, denn dort stand eine Reihe von viereckigen, für Blumen gedachte Betonblöcke, die mit Erde und Abfall gefüllt waren. Zwischen den Bäumen auf beiden Seiten des Weges war es dunkel, aber schon kurz darauf betrat er den verwilderten Strand. Er schaltete die Stirnlampe aus, um seine Augen an die Dunkelheit zu gewöhnen. Über ihm am Himmel leuchteten die unzähligen Sterne der Milchstraße, und Lanz setzte sich auf ein umgedrehtes, altes Boot, das zwischen Unkraut lag, und dachte darüber nach, ob er wirklich am nächsten Tag zur Polizei gehen würde. Er hatte nichts zu verlieren, überlegte er, und unsinnigerweise fiel ihm jetzt das verfallene Krankenhaus ein, in dem er sich verstecken konnte. Aber während er sich mit seinen Einfällen und Gedanken weiter auseinandersetzte, gab ihm sein Körper mit einer kurzen Ekel- und Angstattacke zu verstehen, dass das für ihn nicht in Frage kam … Außerdem war noch ungeklärt, was mit der Pistole geschehen war, die Julia ihm entwendet hatte. Er besaß keinen Waffenschein. Wenn er also angab, dass sie aus seinem Besitz stammte, bedeutete das für ihn und sie, befürchtete er neuerlich, eine Gefängnisstrafe. Er konnte also die Polizei aufsuchen, durfte aber nicht über die Waffe und seine Selbstmordabsichten sprechen … Also musste er angeben, dass er einen Ausflug nach Torcello unternommen habe, betrunken gewesen sei und sich unter dem Holunderbusch hätte ausschlafen wollen.

Er blickte hinauf in den Sternenhimmel. Mit ihm hatten alle seine Zweifel begonnen, ob es nicht doch einen Schöpfer gab. Aber je intensiver er sich mit diesen Fragen beschäftigte, desto schwerer verständlich wurden die physikalischen und mathematischen Erklärungen, die er in Büchern fand. Längere Zeit hindurch hatte sein Vater mit ihm über die Paralleluniversen und die vierte Dimension gesprochen, fiel ihm jetzt ein, und alle Erklärungen erschienen ihm angesichts des über seinem Kopf funkelnden Sternenhimmels nur als Ausdruck von Hilflosigkeit. Auch die Naturwissenschaften waren – neben den Religionen, der Kunst, Musik und Literatur – Sprachen, mit denen man sich einen Begriff von etwas machen, es verstehen und sich darüber mitteilen konnte. Der Wunsch zu verstehen, umfasste jede Erscheinung, das Auf-der-Hand-Liegende ebenso wie das Verborgene. Alles war Teil eines unendlichen, komplizierten Rätsels, das, wenn man glaubte, es gelöst zu haben, nur weitere Rätsel zum Vorschein brachte, und hatte man diese und noch weitere gelöst, stieß man auf Widersprüche, woraufhin man die Hypothesen, die Theorien, die man gefunden hatte, in Frage stellte und durch neue ersetzte. Er begriff jetzt auch das, was ihm widerfahren war, als Rätsel, und sogar im Augenblick, als er das dachte, befand er sich, der selbst ein Rätsel war, in einem geradezu unendlichen Rätsel. Er war in einen Irrgarten hineingeboren worden, dachte er, aus dem er sein gesamtes Leben vergeblich einen Ausgang suchte. Das Labyrinth war sein eigenes Gehirn, in dem er zwangsweise herumirrte. Auch die Sterne am Nachthimmel vermittelten ihm dieses Bild und ließen ihn beim Betrachten so müde werden, dass er sich in den Sand legte, kurz dem Rauschen des Meeres lauschte, die Augen schloss, dann, von einem plötzlichen Schwindel ergriffen, in den Sternenhimmel stürzte und dabei erkannte, dass er ein Vogel war – ein Falke, der am Himmel einen Entenschwarm verfolgte – oder ein Fisch, der versuchte die Lichtspiegelungen der Sterne auf der Oberfläche des Meeres zu verschlucken.

Er erwachte frierend. Noch immer flimmerte der Nachthimmel über ihm von Sternen. Auch das Meer rauschte nach wie vor, und die Wellen, sah er, liefen vor ihm im Sand aus und schwemmten die eine oder andere Muschelschale an Land. Er schaltete die Stirnlampe wieder ein, schüttelte den Sand von seiner Hose und seiner Jacke ab und ging am Ospedale al Mare vorbei zurück zum Lungomare Gabriele D'Annunzio, wo er unter den Pinien die Seitengasse erreichte, in der sich sein Haus befand. Es war erst eine halbe Stunde vor Mitternacht, stellte er nach einem Blick auf die Uhr fest. Der Chiosco Bahiano war längst geschlossen, und im Schein der Straßenbeleuchtung sah alles verlassen und leer aus, als sei durch ein Leck in einem Atomkraftwerk Strahlung freigesetzt und die Bevölkerung evakuiert worden. Er hatte zahlreiche Bücher gelesen und Dokumentarfilme gesehen über die Katastrophen von Tschernobyl und Fukushima, und sie waren ihm immer wieder und zu den verschiedensten Anlässen eingefallen.

Während er nach dem Schlüssel in der Hosentasche griff und das Schloss aufsperrte, hatte er das Gefühl, beobachtet zu werden. Er drehte sich rasch um, doch fiel ihm nichts auf, alles lag wie ausgestorben vor ihm, in keinem der Häuser brannte Licht, niemand war auf der Straße, nichts bewegte sich. Dann fiel sein Blick auf ein abgestelltes Auto, einen roten Mitsubishi, hinter dessen Windschutzscheibe er jemanden sitzen sah. Aus Neugierde trat er an das Fahrzeug heran und beugte sich zum Seitenfenster hinunter. Zu seiner Überraschung saß dort Julia Ellis hinter dem Lenkrad und schlief. Ihr Kopf war nach hinten gefallen, und ihr Mund stand offen, als sei sie tot. Er klopfte an das Fenster, und im nächsten Augenblick schaute sie ihn erschrocken an. Sie öffnete die Tür, stieg aus, musterte ängstlich die Umgebung und forderte ihn auf, rasch mit ihr in das Haus zu gehen. Er war plötzlich hellwach, eilte voraus, ließ sie herein und sperrte hinter ihr ab. Erst dann schaltete er die Deckenbeleuchtung an und sah sie wirklich vor sich stehen. Sie war noch verschlafen, und ihr Make-up war kaum noch vorhanden, trotzdem war sie schön.

Automatisch legte er seine Arme um ihre Schultern und zog sie an sich, und auch sie umarmte ihn. Lange standen sie so da.

Sie verbrachten die Nacht im Gästezimmer, das sich im ersten Stock befand, und schliefen, noch bevor sie ihre Kleider abgelegt hatten und ohne sich zu lieben oder miteinander zu sprechen, erschöpft ein.

Als Lanz bei Tageslicht wieder die Augen öffnete, duschte er, richtete ein Frühstück aus Zwieback, Knäckebrot, Butter, Honig, Orangenmarmelade und Tee – mehr hatte er nicht zu Hause – und fand dabei wieder die getrockneten Pflanzenstücke, die er dem Inder am Strand abgekauft hatte. Auch daraus bereitete er Tee in einer Extrakanne zu, legte Zucker und Kandisin auf die Untertasse und alles auf ein Serviertablett. Dann verstaute er die Walther-Pistole in seiner Windjacke, bevor er wieder das Gästezimmer betrat und das Frühstück auf einen Hocker stellte. Julia schlief immer noch, er stieg daher zum Dachboden hinauf, legte die Pistole in die Kommode, um sicherzugehen, dass Julia sie nicht finden konnte, und legte sich dann neben sie auf das Bett. Erschrocken hob sie ihren Kopf und sank, als sie ihn erkannte, erleichtert zurück. Dabei legte sie ihren Kopf auf seine Schulter, nahm eine seiner Hände und küsste sie. Er zog sie rasch zurück.

»Hast du Mennea erschossen?«, fragte er dann und blickte hinauf zur Zimmerdecke.

»Nein«, antwortete sie nach einer Pause.

Er wartete, bevor er seine nächste Frage stellte.

»Wo ist meine Pistole? Und was hast du damit gemacht?«

»Du stellst mir dieselben Fragen wie die Polizei«, sagte sie aufgebracht.

»Und?«

»Ich sage dir dasselbe, was ich auf der Kommandantur gesagt habe«, antwortete sie trotzig.

»Nämlich?«

»Was willst du hören? Ich werde nicht etwas erfinden, damit man mir glaubt«, gab sie ungehalten zur Antwort.

»Willst du mir etwas vom Verhör erzählen?«, fragte er.

Sie schüttelte den Kopf, fing aber gleich darauf zu erzählen an, dass ein Commissario Galli versucht habe, sie in Widersprüche zu verwickeln. Sie habe sich nicht konzentrieren können, nach all den Ereignissen, und einen Anwalt verlangt. Da sie jedoch keinen in Venedig kenne, habe sie verzweifelt nach einem Ausweg gesucht, bis ihr Will Menneas Anwalt eingefallen sei: Ignazio Capparoni. Sie habe bezweifelt, dass er ihr würde helfen wollen, doch sei er sofort auf die Kommandantur in der Via Dardanelli gekommen. Dort habe er Galli wegen seiner schwachen Beweise in die Enge getrieben, bis sie schließlich habe gehen können.

»Was hast du ihm gesagt?«, fragte Lanz weiter.

»Dasselbe, was ich auf der Kommandantur gesagt habe«, antwortete sie und fügte »die Wahrheit« hinzu.

»Wer hat Mennea erschossen? Und weshalb befand sich meine Waffe im Segelboot neben der Leiche?«, verhörte Lanz sie weiter.

»Das weiß ich nicht –«

»Du hast mir die Pistole gestohlen und bist zurück auf den Lido gefahren, um Mennea zu erschießen.«

Sie schwieg und dachte nach.

»Ich muss wissen, was vorgefallen ist, sonst kann ich dir nicht helfen.«

»Heißt das, dass ich gehen soll?«, fragte sie leise.

»Nein«, antwortete Lanz nach einer Pause.

Sie dachte wieder nach.

»Warum soll ich dir vertrauen?«, fragte sie dann.

»Ich habe mich noch nicht bei der Polizei gemeldet, weil ich nicht aussagen wollte, dass du mir die Pistole gestohlen hast«, antwortete Lanz.

Sie blickte kurz in sein Gesicht. »Ich weiß«, sagte sie dann.

»… aber ich weiß nichts von dir«, entgegnete er scharf.

Als sie weiter hartnäckig schwieg, fing er an, in sie zu dringen. Er sprach jetzt einfach aus, was ihm einfiel. Es war seine Angewohnheit gewesen, wenn er mit seiner Frau Alma Meinungsverschiedenheiten gehabt hatte, dass er sich einfach etwas zusammenreimte, und er hatte sich damit oft genug aus einer unliebsamen Affäre ziehen können.

»Du hast mir also die Waffe gestohlen … Dann hast du Mennea überredet, mit dir einen Ausflug nach Pellestrina zu machen. Und du hast ihm vorgeschwärmt, wie schön es wäre, mit dem Segelboot und allein dorthin zu fahren. Er hat eingewilligt. Ihr habt in Pellestrina ein Ristorante aufgesucht. Dort hast du mit ihm einen Streit begonnen, indem du ihm gesagt hast, dass du zurück nach Amerika fliegen wirst. Schließlich hast du seinen Leibwächter Manuel angerufen, dass er dich abholt. Er ist tatsächlich mit dem Wagen gekommen. Du hast dich daraufhin hinter das Lenkrad gesetzt und bist allein davongefahren. Inzwischen hat Manuel, wie ausgemacht, Mennea erschossen und ihm die Waffe, die du ihm gegeben hast, in die Hand gedrückt. Dann hat er das Steuerruder von Menneas Boot in Richtung offene See fixiert und ist zurückgeschwommen, und zwar dorthin, wo du auf ihn gewartet hast. Vorsorglich hat Manuel die nassen Kleidungsstücke in den Kofferraum geworfen und gegen unbenutzte ausgetauscht. Hierauf seid ihr zuerst zurück in ein Lokal gefahren und später ins Hotel Excelsior.«

Er hatte seine Theorie tatsächlich erst beim Sprechen aufgestellt. Er war jedoch erstaunt, was ihm alles eingefallen war.

»Es bleibt nur die Frage offen«, fuhr er fort, »ist Manuel jetzt der Nachfolger von Mennea? War das schon länger geplant, und du hast ihm gezielt den Kopf verdreht? Das sind nur Vermutungen, aber sie würden zusammenpassen.«

»Was du dir alles zusammenreimst!«, brauste sie auf.

»Also hast du Mennea selbst umgebracht? Dann muss Manuel schon längere Zeit vorher mit dir liiert gewesen sein.«

»… wie kommst du auf Manuel?«, empörte sie sich.

»Was hast du der Polizei gesagt. Erzähle es mir, sonst muss ich …«

»Wer sagt, dass du zur Polizei gehen musst?«, unterbrach sie ihn.

»Niemand.«

»Und warum möchtest du es dann? Willst du deine

Pistole identifizieren? Mennea ist tot und Manuel verschwunden, und ich fliege nach Amerika zurück, sobald ich die Genehmigung dafür habe.«

»Hat man dir nicht gesagt, dass du den Lido nicht verlassen darfst, bis die Ermittlungen abgeschlossen sind?«

»Doch.«

»Wohnst du nach wie vor im Hotel Excelsior?«

»Nein, im Hungaria, es ist …«

»Weshalb hast du dann heute Nacht vor meiner Haustür auf mich gewartet?«

»Ich hatte Angst –«

»Vor wem?«

»Vor allen … vor den Leibwächtern, der Polizei, den Journalisten. Ich habe mein Smartphone im Hotelzimmer gelassen, dadurch können sie mich hier nicht orten.«

»Weiß die Polizei von dem Mord in Torcello?«

»Nein. Ich glaube nicht, dass sie es je erfahren wird. Der Mann hieß Borsakowski und war ein Partner von Will, ein Dreckskerl, der seine Geschäfte übernehmen wollte.«

»Welche Geschäfte?«

»Den Spielbetrieb …«

»Und?«

»Mehr weiß ich nicht.«

»Was hast du der Polizei gesagt?«

»Dasselbe wie dir, dass ich nichts weiß. Alles, was ich angegeben habe, kann ich belegen.«

»Und was hast du gemacht, nachdem du Will Mennea mit dem Auto von Manuel, den du angerufen hast, dass er dich abholen soll, verlassen hast?«

»Eine Tankstelle gesucht, aufgetankt und den Tankwart und die Tankstelle fotografiert.«

»Und Manuel?«

»Ich bin allein zurückgekommen. Ich habe im Excelsior auf ihn gewartet, bis er endlich aufgetaucht ist, weil Mennea auch mit ihm gestritten und ihn auf halber Strecke an einem Landungssteg aus dem Boot geworfen hat.«

»Hat das jemand gesehen?«

Sie zuckte mit den Achseln und schwieg.

»Und woher weißt du das?«

»Manuel hat es mir erzählt.«

»Das alles hast du bei der Polizei angegeben?«

»Nein, was Manuel betrifft, habe ich geschwiegen.«

»Also muss nach deiner Darstellung er es gewesen sein, der Mennea erschossen hat?«

»Ich weiß es nicht.«

»Das heißt weiter, dass die Polizei nach ihm fahndet?«

Sie zuckte mit den Achseln, stand auf, ließ das Frühstück unberührt zurück und verließ das Haus. Lanz sah vom Fenster aus noch, wie sie die Straße überquerte, in den roten Mitsubishi stieg, vermutlich ein Leihwagen, und davonfuhr.

Was für ein Idiot ich bin, warf Lanz sich jetzt vor. Weshalb hatte er sie ausgefragt und nicht umarmt und ihr Unterschlupf angeboten. Weil ich ein Idiot bin, hörte er in seinem Kopf, immer wieder denselben Satz: Weil ich ein Idiot bin. Er trank den Tee, dessen trockene Blätter der Inder ihm verkauft hatte, und verspürte nichts außer Bitterkeit im Mund. Daher zuckerte er das Getränk nach und leerte, plötzlich durstig geworden, fast die ganze Kanne.

Jedenfalls hatte er sich jetzt zum Mitwisser gemacht – zumindest das hatte er sich eingebrockt. Andererseits war er selbst überrascht, dass er mit seinem Reden ins Blaue hinein offenbar der Wahrheit nahegekommen war ... Oder Julia hatte ihm alles nur vorgespielt, während in Wirklichkeit etwas ganz anderes geschehen war. Er überlegte weiter, ob er jetzt bei einer Befragung durch die Polizei die Pistole und die Selbstmordgedanken weglassen und die Variante mit dem Alkoholrausch und dem Wunsch, unter einem Holunderbusch zu schlafen, auftischen solle. Er würde damit auch Julia helfen, denn er würde mit seiner Aussage vor allem Manuel belasten.

Plötzlich wurde Lanz klar, weshalb Giorgio Fermi, Menneas anderer Leibwächter, ihn den ganzen gestrigen Tag über verfolgt und sich schließlich die Hundemaske über den Kopf gezogen hatte, um ihm einen Denkzettel zu verpassen oder ihn sogar zu ermorden. Er, Lanz, war der einzige Zeuge des Verbrechens in Torcello gewesen, und die Täter wussten es offenbar schon. Aber woher? – Es gab nur eine Antwort darauf: Manuel, der in Torcello nach dem Mord an Land gegangen war, hatte Julia mit ihm gesehen, bevor sie mit dem Vaporetto zurückgefahren waren. Und Julia hatte ihm und den anderen verraten müssen, dass er, Lanz, Augenzeuge des Verbrechens geworden war, denn sonst hätte sie ihnen kaum eine Antwort darauf geben können, weshalb sie die Locanda Cipriani so plötzlich verlassen und mit ihm zur Fähre geflohen war. Jetzt bestand die Gefahr, dass er selbst getötet würde, damit keine Zeugen des Verbrechens vor der Polizei aussagen konnten.

Es wurde ihm schwindlig und übel, er stürzte auf die Toilette und übergab sich, kurz darauf läutete das Handy. Er wischte sich mit Toilettenpapier den Mund ab, spülte das Erbrochene hinunter und suchte das Smartphone in seiner Windjacke, doch fand er es dort nicht. Schließlich entdeckte er es auf seinem Schreibtisch. Er hob ab und hörte Julia weinen.

»Bist du noch da?«, fragte sie zwischendurch.

Als er bejahte, stieß sie zugleich flüsternd und schluchzend hervor, sie habe in der Nacht vor seinem Haus gewartet, um ihn vor Menneas Leuten zu warnen. Es habe sich alles anders entwickelt, als sie gedacht habe. Sie rufe ihn aus einer Trattoria an, um der Polizei keinen Hinweis zu geben, der zu ihm führe.

»Ich kann nicht weitersprechen, ich rufe dich heute Abend –«, hörte er noch, dann war plötzlich die Leitung unterbrochen, und Lanz dachte als Erstes darüber nach, woher sie seine Telefonnummer hatte. Dann fiel ihm wieder ein, dass sie im Hotel in Sant'Elena vermutlich seine Sachen durchsucht hatte, sein Portemonnaie, seine Ausweise und seine Schlüssel. Dabei musste sie auch sein Notizbuch gefunden haben, in das er seinen Namen, seine Adresse und seine Telefonnummer eingetragen hatte, für den Fall, dass er es verlieren sollte und es jemand fände, der es ihm zurückbringen würde. Er holte es aus seiner Windjacke und blätterte es kurz durch, fand seine Anmerkungen zu Übersetzungen und zuletzt die Eintragung »Marco Polos Entdeckung der Welt«. Da er sich immer noch nicht endgültig entschieden hatte, zur Polizei zu gehen, beschloss er, mit dem Fahrrad der Buslinie nach Alberoni zu folgen. Erst auf der Rückfahrt würde er dann einen Entschluss fassen. Die Strecke war nicht neu für ihn. Er hatte sie im ersten Jahr des Öfteren mit dem Rad erkundet, um sich am Lido besser auszukennen. Auch nach seinem Boot wollte er dann schauen, er hatte sich schon länger nicht darum gekümmert.

Vor allem aber musste er sich vor Menneas Leibwächtern hüten, nahm er sich vor.

Er empfand noch immer Durst und trank die Kanne mit dem Tee, den der Inder ihm verkauft hatte, endgültig leer. Dann setzte er sich auf den Sattel seines Fahrrads, froh darüber, im Freien zu sein und sich zu bewegen. Während er auf dem Lungomare in die Pedale trat, wurde es für ihn immer klarer, dass die Polizei die einzige Lösung war, wie er über die Runden kommen konnte. Schon der Falkner, Richard Vogel, hatte ihm auf dem Friedhof San Michele nahegelegt, nichts auf eigene Faust zu unternehmen.

Zwischendurch wurde ihm leicht übel, und er wartete auf einer Bank, bis es ihm wieder besserging.

Von der Gran Viale Santa Maria Elisabetta fuhr er die Via Lepanto bis zur Via Vettor Pisani hinunter in einen Stadtteil, der ihn entfernt an Amsterdam erinnerte, mit Cafés und Geschäften, mit rot-weiß-gestreiften Sonnendächern, Bäumen, grünen Vorgärten und zwischendurch Neubauten, dazu die stillen, spiegelglatten Kanäle mit Ziegelmauern am Ufer, vor dem Motor- und Außenbordmotorboote an Pfählen festgemacht waren. Alle waren mit blauen Planen vor Regen geschützt, und alle machten einen verlassenen Eindruck. Auf den schmalen Straßen gab es auffällig viele Verkehrszeichen und Schilder, große Müllbehälter unter den Bäumen und vor den Villen. Die hübschen, alten Brücken mit den tunnelartigen Durchfahrten gaben dem Stadtteil etwas Verträumtes.

Als das Wort »verträumt« in seinem Kopf aufblinkte, bemerkte er, dass er wie ein Falke mit aufgespannten Flügeln lautlos über der Straße schwebte, ohne recht zu wissen, wie ihm geschah. Sollte er wieder anhalten? Dann fielen ihm erneut die getrockneten Pflanzenstücke ein, die er am Strand gekauft und in seiner Teekanne verarbeitet hatte. Er hatte sie allein geleert ... Ihm war kurz übel geworden ... Jetzt hatte sich sein Magen aber wieder beruhigt ... Und er saß auf dem Rad und segelte dahin ... Er dachte noch, er befände sich in einer anderen Zeitdimension. Die Pflanzen vor und an den Häusern, die Bäume, die Spiegelungen auf dem Wasser und die Erinnerungen an den Sternenhimmel in der Nacht, ein schmiedeeisernes schwarzes Tor mit einem netzförmigen Gitter aus eisernen Blättern, die Rundbögen und schmalen Säulengänge eines alten Hauses, die Hecken aus Liguster, Eiben und Hibiskus, die Weißdornsträucher, die schlafenden Motorboote, die fahrenden Autos und die spärlichen Fußgänger waren Bilder, die sich in einem fort wandelten und ihn in ihrer Vielfalt an indische Buchmalereien erinnerten, wie er sie im New Yorker Metropolitan Museum gesehen hatte.

Durch seine Einsamkeit kam es immer wieder vor, dass sich seine Innenwelt mit der Außenwelt verband. Es war allerdings das erste Mal, dass er sich seine Einsamkeit ohne Verzweiflung eingestand. Aber das spielte jetzt keine Rolle mehr, denn er schwebte gerade den Canale hinauf, in dem er sein Außenbordmotorboot an einem der Pfähle festgemacht hatte, und spielte mit dem Gedanken, einzusteigen und aufs offene Meer hinauszufahren. Der Einfall verwirrte ihn zwar, aber er folgte ihm nicht. Ein Schwarm Pfaue kam über einen gelben Forsythienstrauch geflogen und weitere und weitere und weitere. Lanz schob das Fahrrad jetzt nur noch, doch flog er in Wirklichkeit noch immer den Canale entlang, auf seinen Tod zu. Das Motorboot hatte ein blaues Gefieder, er schlüpfte unter seine Flügel, die sich sanft über ihn legten. Im Boot drehte sich alles. Er war in einen Sog geraten, und er lieferte sich der Naturgewalt ohne Widerstand aus …

Allmählich begriff er, dass die Wirklichkeit BLAU war. Er entschlüpfte der Bläue und kniff die Augen zusammen. Als er auf die Uhr blickte, sah er, dass es spät am Nachmittag geworden war. Er war noch immer benommen und verwirrt … Dennoch hatte er den Eindruck, er sei bei Verstand. Er sah sich selbst aus dem Boot an Land klettern, die blaue Plastikplane spannen, er sah sich das Fahrrad zurück auf die Straße schieben und aufsteigen. Ein Schmetterling flatterte vor ihm her … Er erkannte sofort, dass es ein Tagpfauenauge war … Seltsam, ging es ihm durch den Kopf, zuerst Pfaue, die über den Forsythienstrauch geflogen waren, und jetzt der Schmetterling, der ihn umgaukelte.

Er schwebte, stellte er fest, gerade die Via Lepanto hinunter, immer entlang dem Canale und der Ziegelmauer, hinter der er weitere Mauern aus Thujen und Liguster entdeckte, dazwischen blühenden Hibiskus und Villen, Häuser und im Canale wieder die unter Planen schlafenden Motorboote … Das war schön … Und es wiederholte sich in einem fort. Kurz darauf bog er zur Via Sandro Gallo ab, auf der die Busse durch lange

Alleen schaukelten und die Radwege Sicherheit boten. Er hielt vor einem Drahtzaun an, hinter dem ein Sportplatz zu sehen war. Jugendliche spielten mit Schutzhelmen auf dem Kopf und in grünweißen Trikots Rugby. Es war ein Match, bemerkte er, mit fortlaufenden Unterbrechungen … Die jungen Männer ballten sich zusammen wie Vogelschwärme, erstarrten und lösten sich auf, um sich sofort wieder aufeinander zu stürzen. Lanz hatte den Eindruck, dass er alles wie in einem Kaleidoskop sah. Jeder winzigste Einzelteil bildete zusammen mit den anderen ein ineinanderfließendes, fortlaufend sich veränderndes Mosaik, ein lebendes Kunstgebilde aus alltäglichen Szenen, die er so noch nie gesehen hatte. Durch den Zaun hatte er den Eindruck, als würden sich die Rugbyspieler hinter Gittern befinden. Die Tribüne war leer, einige Gestalten lungerten vor dem Clubhaus, und die Geräusche, die vom Sportplatz zu hören waren, wirkten gedämpft. Das Seltsame war, dass er glaubte, die Welt zum ersten Mal richtig zu sehen. Sie bestand aus mikroskopisch kleinen und makroskopisch großen Wahrnehmungspartikeln, die permanent im Fluss waren – angebliche Ruhe und Abgeschiedenheit waren ein Trugschluss, das Ergebnis einer von der Logik bestimmten Sichtweise. Ihm fielen die Bäume in St. Leonhard ein, das Sonnenlicht, das durch das Grün der Blätter schien, das Wachsen der Pflanzen, der Flug der Vögel und Insekten, der Blütenstaub, die Tiere unter der Erde und im Wald. Inzwischen war er weiter unterwegs, und auf jeder größeren Lichtung zur Lagune hin und in jedem kürzeren Canale zum Meer hinaus sah er kleinere und größere Motor- und Segelboote, daneben umgedrehte Kähne auf den Wiesen, einmal eine lange Reihe geparkter weißer Kühlwagen ohne Aufschrift. Er hielt an und verspürte plötzlich den Drang, sich alles zu merken; er zählte neun Kühlwagen, 23 Motorboote und 32 Segelschiffe.

Als er weiterfuhr, war der Canale verschwunden, oder es fiel ihm erst jetzt auf, doch in Richtung der Lagune sah er noch immer kleine Häfen, einmal im Wasser ein Werftgebäude. Auf die Fahrbahn war in weißer Farbe ein Radfahrer gemalt, er sagte sich, »eine Signatur, die den Radweg kenntlich macht«. Dann wieder eine Wiese, ein hohes blaugestrichenes Stahlgerüst, ein Kran. Die meisten Schiffe waren mit grünen Folien bedeckt und erinnerten ihn jetzt an Särge. Er hielt abermals an, um sich alles präzise zu merken. Er wusste nicht, warum – er musste es einfach tun. Er zählte zwölf Särge. Ein abgestellter Lastwagen, registrierte er weiter, verschiedene Transportgeräte mit Rädern, rechts ein langgestrecktes Gebäude aus Stein und darüber Wellblech und ganz weit hinten, auf einer hohen Vorrichtung, eine weiße Segelyacht mit hohem Mast.

Langsam schwebte er weiter. Ein Hund lief neben ihm her, und er verstand plötzlich, was ein Tier war, denn er sah in dessen Körper zugleich auch Vögel und Schnecken, Fische, Krebse, einen Zwergelefanten, eine Kobra, eine Weinbergschnecke, Maikäfer, Hühner, einen Ochsen und eine Schildkröte. Noch nie, schien es ihm, hatte er die Wirklichkeit so gesehen, so verstanden, so begriffen, schwärmte er, während er immer schneller dahinflog. Ein verrostetes Fahrrad mit Einkaufskorb lehnte an einem ausgeschlachteten, mit Dingen angefüllten, weißen Boot. Im Hafenbecken zählte er 21 Motorschiffe, drei verschiedenfarbige Kräne und auf der Wiese davor ein mit einer schwarzen Plane abgedecktes, eindrucksvoll großes Motorboot, das er für sich KATAFALK nannte. »Schiffskatafalk«, »Schiffssärge« – er verstand nicht, weshalb diese Begriffe noch in keinem der Bücher, die er gelesen oder übersetzt hatte, vorgekommen waren. Erst jetzt bemerkte er, dass er die hohen Masten von Segelbooten im Hafenbecken übersehen hatte, es waren vier. Ihnen gegenüber ein altes Gittertor zwischen zwei Säulen, durch das er einen hässlichen blockförmigen Würfel von Haus sah – außerdem Gestänge, Bretter, eine Leiter und mehrere rot-weiße Rettungsringe. Dann fielen ihm zwei große Donald-Duck-Köpfe in einer offenen Garage auf. Oder waren es weiße Tretautos für Kinder? Oder bloß Gartenstühle aus Kunststoff? Auf der Seite das Gebüsch, oder war es ein Abfallhaufen? Es war besser, wenn er rasch weiterfuhr … Erst vor Malamocco hielt er an. Er war in eine Seitenstraße geraten, wusste aber nicht, warum. Es sah plötzlich aus wie in St. Leonhard. So weit war er gefahren? Ein grüner Canale – er dachte »Bach« –, blühendes Weißdorngebüsch, dessen Zweige bis über die Wasserfläche hingen, Steine am Ufer, die grün waren von Algen, eine Ziegelmauer und Schießscharten auf der anderen Seite, neben dem schmiedeeisernen Tor ein viereckiger, nicht sehr hoher Turm mit einem vergitterten Fenster und auf die Kanalseite hinaus ein zweites, ebenfalls vergittert. Als er auf die Brücke mit Stahlrohrgeländer und einer Fahrverbotstafel trat, sah er hinter dem Tor dicht über dem Boden mehrere mit Blechplatten abgedeckte Kisten, vor denen zwei Katzen saßen. Ihre Verstecke?, fragte er sich. Hinter den Mauern waren weiße, nackte Gebäude mit

Flachdächern zu erkennen. Und: Über dem Kanal hingen Äste von Spiersträuchern mit weißen Blütenrispen, »wie Tentakel eines schlafenden Albinopolypen«, gab ihm sein Gehirn ein.

Vor der Brücke stand ein rostiger weißer Wohnwagen, und er las über der Windschutzscheibe das Wort LAIKÁ in Großbuchstaben. Er wusste, dass es sich um eine Firma handelte, die Wohnmobile für Italienreisen vermietete. Das Fahrzeug war vermutlich nur noch Schrott, denn es war von grünen Flechten befallen, weshalb es aussah wie ein dicht bemooster Stein, auch dieser Vergleich entstand unbeabsichtigt in seinem Gehirn. Es war ein Ford, las Lanz auf der Motorhaube, und er hatte sogar ein kleines Nummernschild auf der Stoßstange. Lanz entzifferte die weißen Zahlen auf schwarzem Grund und war dabei so aufmerksam, als handle es sich um die Nummer eines Kontos, auf das er Geld überweisen sollte. 73555CD, stand da. Die Flechten, fiel ihm auf, bestanden aus kleinen, dichten grünen Inseln und dazwischen zumeist grünen Farbflecken über dem weißen Lack, den man kaum noch erkennen konnte. Er versuchte, die Zahl der dichten grünen Flechteninseln zu ermitteln, aber er verlor mehrmals den Faden. Einmal wusste er die Zahl nicht mehr, bis zu der er gelangt war, dann zweifelte er, ob er eine kleinere Insel mitzählen oder weglassen sollte, oder er hatte vergessen, ob er bestimmte Inseln schon gezählt oder sie übersehen hatte. Er hätte sich jetzt eine Angel gewünscht – Angel / englisch Engel, ging es ihm durch den Kopf –, um sich ans Ufer zu setzen und zu fischen, doch er fand weder einen passenden Ast noch eine Schnur oder eine Sicherheitsnadel, die er als Angelhaken verwenden konnte … Außerdem besaß er keine Angelerlaubnis – Engel-Erlaubnis, hörte er in seinem Kopf und ein Gelächter. Und: Gab es überhaupt Fische im Wasser?

LAIKÁ bedeutete auf Lettisch ZEIT, fiel ihm ein. Er wusste das, weil ihm ein Verlag einmal irrtümlich ein Buch mit diesem Titel für eine Übersetzung geschickt und er gefragt hatte, was LAIKÁ auf Deutsch heiße. Es hatte sich um eine Verwechslung der Sekretärin gehandelt, die das für ihn bestimmte Buch einem anderen Übersetzer hatte zukommen lassen und umgekehrt. Da eine berühmte Firma für Kameras LEICA heißt, hatte er sich das Wort und seine Bedeutung gemerkt. Die ZEIT stand still, begriff er. Allerdings hatte sie sich trotzdem verändert. Und er selbst befand sich im Jenseits, in dem alle möglichen Erinnerungen wie Trümmer herumlagen.

Zwanzig oder dreißig Meter weiter – von der Brücke aus gesehen – tauchte ein einstöckiges Wohnhaus mit einer Mauer auf, über welche die Spitze eines zusammengefalteten weißen Sonnenschirms ragte. Er dachte an das Weiß im Inneren einer riesigen Muschelschale. Diesen Gedanken hatte er zwei Mal.

Inzwischen schob er sein Fahrrad durch das Eingangstor in das Dorf Malamocco. Der große Platz neben dem Hafen für – er zählte die Schiffe ab – siebzehn Motorboote war fast menschenleer. Drei junge Männer kamen ihm entgegen – zwei in Jeans und beschrifteten T-Shirts und eine junge Frau in einer blau-weiß-gestreiften, dünnen Jacke und modischen Rissen und Löchern in ihrer Jeans – alle drei mit weißen Sneakers an den Füßen. Er hasste die vorfabrizierten Löcher und Risse in den Jeans. Reich verkleidet sich als Arm, dachte er. Als

Nächstes kamen ihm zwei entzückende weiße Malteserhündchen entgegen, während er sein Fahrrad in einem der zahlreichen Ständer abstellte. Die Häuser waren älter, zwei- oder dreistöckig, mit hohen Kaminen wie auf den Bildern von Piero della Francesca, fiel ihm ein. Sie vermittelten einen romantischen Eindruck. Vielleicht war er wirklich verrückt geworden, dachte er weiter. Möglicherweise durch die getrockneten Pflanzenteile, die er dem Inder abgekauft und zu Tee verarbeitet hatte … Aber hatte er denselben Gedanken nicht schon einmal gehabt, bevor er in seinem Motorboot geschlafen hatte? Er war ein Weltenbummler, dachte er sich. Er bummelte von der Außenwelt in seine Innenwelt und von seiner Innenwelt in die Außenwelt.

Die Gassen waren, wie er gleich darauf feststellte, gepflastert. Eine Piazza hieß »Delle Erbe«, las er an einem der Gebäude, welches die Fläche zum Meer hin begrenzte. Unter einem Fenster im dritten Stock hingen an einer Wäscheleine vier Paar Kindersneakers zum Trocknen, aus einem anderen eine Jeans und zwei orangefarbene T-Shirts und aus dem nächsten ein kleiner hellblauer Teppich. Weiter zum Meer hin führte eine breite Straße, die mit Betonplatten ausgelegt war. Er machte kehrt und setzte sich auf eine niedrige Mauer und betrachtete von dort aus den Landesteg aus Holz, die Lichtstreifen darunter, die auf der Wasseroberfläche durch die Ritzen der Bretter entstanden, das grüne, trübe Wasser, in dem Grashalme und weiße Blütenblätter trieben, die Algen und ein paar kleine Muscheln, wie er sie schon oft auf Pfählen im Wasser gesehen hatte. Jetzt erst bemerkte er das Schild, das darauf hinwies, dass das Zentrum des Ortes eine Fußgängerzone war – trotzdem waren vor den Häusern einige Vespas und zwei Motorräder abgestellt, und auf der Straße davor parkten zahlreiche Autos. Weshalb begriff er alles so langsam? Und andererseits: Weshalb verstand er so vieles neu?

Wieder und wieder fielen ihm die getrockneten Pflanzenteile ein, die er zu Tee verarbeitet hatte. Angestrengt überlegte er auch, was ihm der Inder am Strand beim Kauf der unscheinbaren Ware gesagt hatte … Er hatte auf die berauschende Wirkung hingewiesen, so weit konnte er sich erinnern. Aber es war noch ein Wort gewesen, das seine Aufmerksamkeit erregt hatte: »Chakra«. Nein, aber es hatte so ähnlich gelautet … »Chacruna mit Yage« und »Ayahuasca«, fiel ihm ein. Er hatte gleich nach dem Kauf gelesen, dass es ein »Schamanengetränk« war, aber es gleich darauf wieder vergessen … Auch fiel ihm ein, dass »chacra« auf Spanisch »Bauernhof« hieß, aber auch etwas mit Yoga zu tun hatte. Merkwürdig, sagte er sich, dass er sich in diesem Augenblick wieder daran erinnern konnte … ein etwa zwölfjähriger Bub mit umgedrehter Baseballmütze fuhr auf einem Skateboard an ihm vorbei … Jedenfalls klang es verdächtig nach Esoterik, nach Hinduismus und Buddhismus, dachte er weiter. Er wusste nur so viel, dass es um sieben Energiezentren des menschlichen Körpers ging oder so ähnlich …

Das Wasser zu seinen Füßen roch faulig. Zwei ältere Männer in gelben Jogginganzügen liefen vorbei, zwei Frauen mittleren Alters spazierten, in ein Gespräch vertieft, über den Platz, und der Junge mit dem Skateboard sprang gerade über eine Rampe und krachte auf den Boden. Lanz lief zu ihm hin und half ihm auf die Beine.

Er hatte sich an der Hand verletzt, blutete aber nicht und kämpfte mit den Tränen.

»Du hast dich verletzt«, sagte Lanz bestürzt.

Der Junge schüttelte den Kopf. »Ich bin schon oft über die Rampe gesprungen«, antwortete er trotzig.

»Ich glaub dir's, aber diesmal hast du dich verletzt … Zeig her!«

Der Bub streckte den Arm aus, und Lanz sah, dass das Gelenk geschwollen war. Tatsächlich lief eine Träne über seine Wange.

»Wo sind deine Eltern?«

Der Junge streckte den Arm wieder aus und zeigte auf ein Haus in der breiten Straße.

»Kannst du allein gehen?«, fragte Lanz.

Der Bub zog sich die Baseballmütze in die Stirn und nickte.

»Soll ich dir das Skateboard tragen?«

»Nein, danke.«

Auf seine Füße und den Boden blickend ging er rasch davon und fing nach ein paar Schritten zu laufen an.

Das Wasser und die Lichtstriche unter dem Landesteg bewegten sich unhörbar und sanft. Eine große, weiß-braungefleckte Katze putzte sich auf der Stiege zum Hafenbecken das Fell. Je genauer Lanz hinschaute, desto überraschender war für ihn, welchen Schönheiten er im Alltag keine Beachtung schenkte. Doch gerade dieses Übersehene war voller Wunder, begriff er jetzt: Unkraut, das zwischen Betonplatten aus dem Boden wuchs, eine Wolke, ein Regentropfen, das Muster in einem Stein, das Geflimmer von Partikeln in der Sonne. Es war, als wollte ihm sein Gehirn zeigen, wie das Übersehene selbst eine Welt für sich darstellte. Er blickte einem vorbeibrausenden Bus mit einer jungen Frau als Fahrgast nach, hörte ein Gelächter, ohne dass sich Menschen zeigten, sah das Pflaster auf der Lippe eines Kindes, einen übervollen Müllkübel, eine halbverbrannte Zeitung, einen toten Kohlweißling. Doch das waren nur Glassplitter unter einem Küchenschrank, also etwas, das irgendwann ans Tageslicht kommt. Wie aber hatte das zersplitterte Gefäß ausgesehen, und wie sah die verborgene Welt überhaupt aus? Die Dunkle Materie, wie die Physik sie bezeichnete? Sie nahm drei Viertel des gesamten Universums ein, wusste er. Gott war die Dunkelheit, das Rätsel, das Unsichtbare, das Geheimnis, nicht das Licht, kam es ihm in den Sinn, es war eine Erklärung, die offenbar niemandem eingefallen war, und er nahm sich vor, sie für sich zu behalten. Auch im Alltag wurde für jeden Menschen nur ein winziger Bruchteil des Geschehens sichtbar. Das meiste blieb verborgen, die unzähligen Komödien der sogenannten ANDEREN, hinter den Mauern der Häuser und in den Herzen und im Geist der Menschen.

Da er spürte, wie verwirrt er war, beschloss er, erst wenn es dunkel wurde, zurückzukehren. Inzwischen ging er auf eine schmale Gasse zu, die – wie er feststellte – Calle del Paradiso hieß. Fahrräder lehnten an den Mauern neben den Eingangstüren der Häuser. Vor einer winzigen Trattoria saßen Frauen um einen Tisch und lachten. Er fürchtete, sie könnten über ihn Bemerkungen machen, und beeilte sich weiterzukommen. Gleich darauf erreichte er das Ende der Gasse in Form einer Ziegelbrücke, welche Ponte del Paradiso hieß, wie er an einer Hauswand las. Das Gegenstück zur Teufelsbrücke, fiel ihm ein. Um im Paradies zu bleiben, machte er kehrt und bemerkte dabei unter einem Balkendach eine bäuerliche Mutter-Gottes-Figur mit dem Jesuskind am Arm. Sie schritt durch ein Holztor. An ihrem Arm hing ein Rosenkranz, und auch dem Jesuskind mit Krone hatte man mehrere Rosenkränze umgehängt. Davor Vasen und Blumentöpfe mit Margeriten, Rosen, Lilien, Zyklamen und Vergissmeinnicht. Diesmal störte es ihn nicht, Kontakt mit den Frauen aufzunehmen. Weil er sich nicht in die dunkle Trattoria setzen wollte, fragte er eine von ihnen, ob er an ihrem Tisch Platz nehmen dürfe, was sie ihm freundlich gestattete, und wie schon einige Male bei anderen Gelegenheiten gab er vor, kein Italienisch zu verstehen.

»Am Ende kann er es doch!«, rief eine der Frauen und blickte ihn an, worauf er nur höflich lächelte wie ein Tourist ohne Sprachkenntnisse. Er bestellte Knoblauch-Calamari, Pommes Frites und eine Flasche Cola und suchte, bevor das Essen serviert wurde, die Toilette auf. Dort spürte er eindringlich, dass die Welt sich drehte, nicht nur die Außenwelt, sondern auch seine Innenwelt. Wieder draußen, sah er gerade noch, wie die Frauen sich fröhlich davonmachten. Er bezog es zuerst auf sich, dann wieder nicht, und vergaß es gleich darauf.

Langsam brach der Abend herein, und er spürte, wie er allmählich zu sich kam. Das war nicht nur erfreulich für ihn, denn ihm kam auch seine Situation wieder zu Bewusstsein: Julia Ellis, Mennea, der Mord in Torcello und die Entscheidung, die er treffen musste, ob er wirklich die Polizei aufsuchen würde. Er war noch immer gespalten, doch hatte er nicht mehr viel Zeit, es sich zu überlegen. Bei dem Begriff »Zeit« fiel ihm der Campingwagen der Firma LAIKÁ ein und die Dunkle Materie. Er wollte es an sich herankommen lassen und sich erst entscheiden, wenn er den Posto di Polizia erreicht hatte. Zurück auf der Heimfahrt die Via Malamocco entlang, trat er kräftig in die Pedale. Über ihm der Sternenhimmel und rundherum Stille, die nur durch die wenigen vorbeifahrenden Autos und den Bus unterbrochen wurde. Während er sich allmählich dem Polizeiposten näherte, nahm er sich vor, den Mord anzuzeigen, in der Variante, dass er selbst ohne Pistole unterwegs gewesen sei. Ein Ausflug nach Torcello, dachte er ironisch, und ohne dass er es wollte, schob sich vor die Sonne der Eingebung eine Wolke des Zweifels, denn er begriff, dass er in diesem Fall auch die Begegnung mit Julia Ellis verschweigen musste. Gleichzeitig versuchte er sich auf das Fahren zu konzentrieren, denn noch immer war er benommen. Mit Sicherheit von dem Tee, an dessen Wirkung er nicht mehr zweifelte. Bei diesem Gedanken hielt er an und schlug sein Wasser an einer Pinie ab, bevor er weiterfuhr. Er hatte die beiden Villensiedlungen Ca'Bianca und Città Giardino bereits hinter sich gelassen und ebenso den Garten mit Skulpturen von ungewöhnlich dicken Menschen, die den Künstler Botero zum Vorbild hatten. Je länger er im Sattel saß, umso mehr erstaunte es ihn, was auf der Radtour vorgefallen war. Im Nachhinein erschien es ihm, als sei er ein Kind gewesen und habe alles nur geträumt. Auch an seinen Selbstmordversuch dachte er, an das, was daraufhin vorgefallen war und wie er den Eindruck gewonnen hatte, er habe sich tatsächlich erschossen und befände sich bereits im Jenseits. Noch immer kam ihm das nicht unrealistisch vor. Vielleicht musste er sich erst daran gewöhnen, überlegte er, vielleicht musste er einfach akzeptieren, was mit ihm geschah. Da er sich noch nie in einem solchen Zustand befunden hatte, zweifelte er auch nicht an seinem Verstand, während er zur Via delle Quattro Fontane abbog und den Kanal entlangfuhr, vorbei an den hässlichen Neubauten um das Casino Municipale und den Palazzo del Cinema, um endlich die Via Dardanelli zu erreichen.

Er folgte einem Wegweiser zur Polizeistation und hielt vor der Villa mit Ziegelmauern und Rundbogenfenstern an. Unter alten, großen Bäumen standen zwei blau-weiße Polizeifahrzeuge. Er wollte sich jetzt nicht in der Realität verlieren. Die Wirklichkeit, erkannte er, spielte sich im Augenblick nur in seinem Kopf ab und nicht in seinen Wahrnehmungen. Er gab sich noch ein paar Minuten Zeit, um eine Entscheidung zu treffen, aber er konnte nicht in Ruhe nachdenken, ein Hagel von Einfällen prasselte auf ihn nieder, bis er zufällig, wie es ihm schien, eine Antwort gefunden hatte: Wenn er das Gebäude betrat, musste er die ganze Wahrheit sagen, er durfte daran nichts ändern, sonst würde er sich selbst schaden. Und weiter: Er war Zeuge eines Mordes geworden und deshalb gezwungen, die Polizei aufzusuchen. Einem Impuls nachgebend, setzte er sich jedoch wieder auf das Fahrrad und beeilte sich, auf die Hauptstraße hinaus zu kommen und anschließend weiter hinauf bis zu seinem Haus. Dabei spürte er, wie er müde wurde und wie schwer seine Beine sich anfühlten.

Linker Hand die lange gelbe Mauer vor dem Besitz des Signor Egon Blanc. Er warf einen Blick auf sie, während er sich abmühte, noch schneller zu fahren. Scheinwerfer kamen von hinten näher, vermutlich von einem Auto, das ihn überholen wollte, registrierte Lanz. Es war das Letzte, woran er sich später erinnern konnte.

Kopfschmerzen und wirre Gedanken weckten ihn. In dem weißen kleinen Zimmer befand er sich allein in einem Stahlrohrbett, und vor seinem Gesicht baumelte eine Triangel – ein Bettgalgen, wie seine Großeltern es genannt hatten. Also befand er sich im Krankenhaus.

Er schlief zwei Tage.

Einmal beugte sich Julia zu ihm hinunter und flüsterte ihm ins Ohr, dass sie ihn liebe.

Als er wieder zu sich kam, war er davon überzeugt, dass es nicht Julia gewesen war, die ihn aufgesucht und ihm ihre Liebe gestanden hatte, sondern dass er sich nur an die Nacht im Hotel Sant'Elena erinnert hatte. Zu seiner Erleichterung stellte er auch fest, wie günstig für ihn sein »Unfall« gewesen war. Er konnte ab jetzt behaupten, dass er alles vergessen hätte. Er konnte neu anfangen. Immer wieder fiel ihm jedoch Julia ein und ihre Worte, dass sie ihn liebte. Auch er liebte sie. Er hatte sie von Anfang an wunderbar gefunden. Egal, was sie auch getan hatte, er wollte sie nicht vergessen.

Bei der Visite erfuhr er vom Professore, dass ihn ein Auto von hinten angefahren habe. Ein Unbekannter habe die Rettung und die Polizei verständigt, vielleicht sei es ein Spaziergänger gewesen. Jedenfalls hätte man ihn, Lanz, unter einer Pinie gefunden, wohin man ihn über die Asphaltstraße geschleift haben musste. Nichts passe allerdings zusammen ... Wenn der Fahrer geflüchtet sei, fuhr der Professore fort, wer habe sich dann um ihn gekümmert? Lanz sei vierzehn Meter von der

Unfallstelle entfernt aufgefunden worden, noch dazu fachmännisch auf die Seite gelagert, damit er während seiner Ohnmacht nicht ersticke. Und weshalb sei, wenn ihn ein Spaziergänger versorgt habe, dieser geflüchtet, bevor die Rettung eingetroffen sei?

»Wo bin ich?«, fragte Lanz den Professore.

»Im Ospedale Psichiatrico e Neurologico.«

»Am Lido?«

»Ja, am Lido … nördlich des geschlossenen Ospedale al Mare, wenn Sie wissen, wo das ist.«

Am selben Nachmittag erhielt er Besuch von einem Commissario Galli, von dem er sich einbildete, dass er seinen Namen bereits einmal gehört habe. Der Kriminalbeamte machte auf ihn einen intelligenten Eindruck. Er kannte bereits Lanz' Namen, wusste, dass er seit zwei Jahren in seinem Haus am Lido wohnte und Übersetzer war.

Nachdem der Commissario ihn gefragt hatte, wie es ihm gehe und ob er sich imstande sehe, mit ihm zu sprechen, wollte er wissen, ob ihm jemand nachstelle.

Lanz fiel sofort der junge glatzköpfige Mann mit dem Rucksack ein, der ihn verfolgt und auf dem Friedhof San Michele mit einer Hundemaske vor dem Gesicht überfallen wollte, aber er hütete sich davor, etwas preiszugeben, weil er glaubte, dadurch noch tiefer in das Geschehen hineingezogen zu werden, das er selbst nicht verstand.

»Was unternehmen Sie den ganzen Tag, wenn Sie wieder gesund und zu Hause sind?«, fragte der Commissario.

»Ich bewege mich von Wort zu Wort.« Er staunte selbst über seine Antwort.

Der Commissario überlegte kurz und schaute ihn an, während er ihm die nächste Frage stellte: »Wie geht es Ihrem Kopf?«

»Das müssen Sie den Professore fragen«, antwortete Lanz leise.

»Haben Sie Schmerzen?«

Nur wenn er den Kopf rasch zur Seite drehte oder anhob, verspürte er so etwas wie Migräne, dachte Lanz, aber das ging die Polizei nichts an.

»Ja.«

»Noch eine Frage: Haben Sie zufällig den Fahrer des Wagens, der Sie angefahren hat, erkannt?«

»Nein«, flüsterte Lanz.

»Und auch nicht den anderen Menschen, der Sie an den Straßenrand gezogen und dann die Polizei verständigt hat?«

»Nein.« Lanz schloss die Augen und schwieg.

»Gut«, sagte der Commissario wie zu sich selbst und legte seine Visitenkarte auf das Nachtkästchen neben dem Bett.

»Erholen Sie sich!«

Kaum hatte er die Tür hinter sich geschlossen, glaubte Lanz zu wissen, wer ihm nach dem Unfall geholfen hatte. Es war für ihn wie ein Lichtstrahl, der plötzlich in einen dunklen Raum fällt und für den Bruchteil einer Sekunde die Sicht freigibt. Niemand anderer war es gewesen, als der Mann, der Richard Vogel hieß. Und sofort glaubte er zu wissen, dass ihn sein Verfolger hatten töten wollen und vom Falkner daran gehindert worden war. Hatte Vogel ihn auf dem Friedhof San Michele nicht aufgefordert, den Mann, der, wie ihm erst jetzt wieder einfiel, Giorgio Fermi hieß, anzuzeigen?

Aber weshalb hatte er nach dem Unfall nicht gewartet, bis die Rettung erschienen war? Und jetzt erinnerte er sich auch daran, dass Richard Vogel ihn, als er ihn von der Fahrbahn zog, wiedererkannt hatte. Er hatte sich über sein Gesicht gebeugt und wütend »Scheiße!« ausgerufen.

»Aber so heiße ich nicht«, dachte Lanz, bevor er einschlief.

Er fand die Visitenkarte von Commissario Galli auf dem Nachtkästchen, als er erwachte. Sie kam ihm vor, wie einen Hinweis darauf, dass er sich jedes Wort überlegen musste.

Allmählich besserte sich sein Zustand. Er gab auf die Fragen des diensthabenden Arztes an, sich nur mehr daran zu erinnern, dass er mit dem Fahrrad unterwegs gewesen sei, nicht aber, wohin und warum.

»Haben Sie jemanden, der sich um Sie kümmert?«, fragte der diensthabende Arzt am Vortag seiner Entlassung.

»Ja«, log Lanz. »Ich habe eine Mutter, die ich verständigt habe.«

Spät am Abend öffnete Julia Ellis die Tür zum Krankenzimmer. Als Erstes wollte sie wissen, ob er noch einen Besuch Erwarte. Als er verneinte, umarmte sie ihn und flüsterte ihm wieder ins Ohr, dass sie ihn liebe. Er sagte nichts, aber er glaubte ihr, weil er ihr glauben wollte.

IV
DAS MULTIVERSUM

Lanz lag noch am späten Nachmittag in seinem Bett. Zwei Tage und zwei Nächte hatte ihn Julia jetzt in seinem Haus betreut. Sie hatte mit ihm zärtlich geschlafen, warmes Essen von einer Pizzeria geholt, Lebensmittel eingekauft und alles mit ihm wieder und wieder besprochen. Zuletzt waren sie sich einig geworden, dass er nicht zur Polizei gehen würde, denn es war ungewiss, welche Folgen das für sie beide haben würde.

Julia versuchte ihn auch davon zu überzeugen, dass sie mit Manuel Saltesi keine gemeinsame Sache gemacht habe. Sie habe Mennea schon öfters angedroht, dass sie sich von ihm trennen wolle, erzählte sie. Er sei dann jedes Mal ausgerastet und habe sie geschlagen. Bei der letzten Auseinandersetzung sei Manuel Saltesi Zeuge des Geschehens geworden, und er habe ihr später versichert, dass er ihr beistehen werde, wenn es in seiner Anwesenheit zu einem ähnlichen Vorfall komme. Dann gestand sie Lanz, dass sie sich mit Manuel Saltesi verabredet habe, gemeinsam nach Amerika zu fliegen.

»Also hattest du doch ein Verhältnis mit ihm?«, fuhr er sie an.

»Nein. Ich habe es ihm erst versprochen, als alles schon vorüber war …, weil ich selbst nicht mehr bleiben will.«

»Du hast nicht mit ihm … geschlafen?«

»Nein.«

»Schwöre es mir.«

»Ich schwöre.«

Sie fing an zu weinen, und er umarmte und küsste sie, bis auch sie ihn umarmte und küsste. Sie hatten in den beiden vergangenen Nächten nichts anderes getan, als sich abwechselnd zu lieben und über die beiden Morde und die Polizei zu sprechen. Noch immer zweifelte er, dass sie ihm die Wahrheit sagte. Außerdem war er eifersüchtig, doch versuchte er, es vor ihr zu verbergen. Und was verbarg sie vor ihm?, fragte er sich die ganze Zeit über. Es gab Ungereimtheiten und Details, die nicht zusammen passten, aber Julia war bei ihrer Darstellung geblieben.

Sie schilderte leidenschaftlich die Einzelheiten des Geschehens, wenn Lanz sie ausfragte, doch passten jedes Mal andere Teile des Puzzles nicht zusammen, worauf sie sich auf die jeweilige Frage konzentrierte und erneut eindringlich schilderte, wie es gewesen war, und erst einige Stunden später fiel ihm dann auf, dass wieder etwas nicht zusammenpasste. Anschließend wiederholte sich der Vorgang, bis sie sich liebten oder etwas zu sich nahmen, um ihren Hunger und Durst zu stillen, oder sie aus Erschöpfung einschliefen. Sobald sie erwachten, bat Lanz sie wieder darum, ihm alles von vorne und genau zu erzählen, bis sie aufbegehrte oder zu weinen anfing. Er spürte, dass er nahe daran war, die Wahrheit herauszufinden. Vermutlich hatte sie Mennea erschossen und dann Saltesi angerufen und um Hilfe gebeten, glaubte er, aber vorläufig stritt sie es weiter ab. Während er wieder nachdachte, kam Julia vom Einkaufen zurück und legte den Gazzettino vor ihn hin. Lanz sah die Fotografie von Will Mennea auf der Titelseite und daneben ein Bild, das Julia gemeinsam mit ihrem Liebhaber im selben Segelboot zeigte, in dem der Tote gefunden worden war. Zu seiner Überraschung ging der Bericht davon aus, dass Mennea vermutlich Selbstmord begangen habe.

Er hörte, dass es an der Eingangstür läutete, und nahm an, dass der Briefträger Oboabona ihm ein Paket zustellte, doch gleich darauf rief Julia im Flur eindringlich seinen Namen. Er sprang aus dem Bett, schlüpfte in den japanischen Morgenmantel mit dem gestickten Drachen auf dem Rücken, den er sich in London gekauft hatte, und sah, als er den Flur betrat, außer Julia zwei Polizeibeamte und den Commissario vor der Tür stehen. Sie blickten ihn stumm an und warteten offensichtlich ab, wie er sich verhalten würde.

»Erinnern Sie sich noch an mich?«, fragte der Commissario und fügte »Commissario Galli« hinzu.

»Nein«, log Lanz in mürrischem Tonfall.

»Wissen Sie auch nicht mehr, worüber wir gesprochen haben?«

Inzwischen war Lanz hinter Julia getreten und hatte ihr seinen Arm auf die Schultern gelegt.

»Worum geht es?«, fragte er unfreundlich.

»Dürfen wir eintreten?«

Lanz nahm den Arm wieder von Julias Schultern und führte den Commissario und die beiden Polizisten in das Wohnzimmer, in dem er sich nur aufhielt, wenn er vor dem Fernsehapparat saß.

Da er schon länger nicht gelüftet hatte, öffnete er die Fenster.

Zwei Wände des Wohnzimmers wurden bis zur Decke von weißen Regalen mit Hunderten Büchern eingenommen, an der dritten Wand hing ein Poster des amerikanischen Malers Cy Twombly, das aussah wie flüchtige Aufzeichnungen und Skizzen im Notizbuch eines Künstlers oder Geistesgestörten. Lanz liebte dieses Bild. Es war für ihn die Aufnahme einer Tausendstel-Sekunde des Hirnprozesses, und es spiegelte seine Glücks-, aber auch seine Traum- und Angstgefühle wider. Commissario Galli warf einen flüchtigen Blick darauf, bevor er und die beiden Polizisten auf der Sitzbank und den Fauteuils Platz nahmen.

»Ich bin nicht überrascht, Sie hier zu treffen«, sagte Galli zu Julia. »Sie haben Signor Lanz im Krankenhaus besucht, jedenfalls sagte uns das die Nachtschwester, die Sie gesehen hat. Sie hat heute Morgen den Zeitungsbericht gelesen, sich an Sie erinnert und uns verständigt. Gehören Sie zusammen?«

»Herr Lanz ist ein guter Freund von mir«, antwortete Julia lapidar.

»So? Wie lange schon?«

»Noch nicht so lange.«

»Zwei Tage und zwei Nächte, die Sie nicht im Hotel Hungaria waren?«

»Was soll das?«, fuhr Lanz dazwischen.

»Stehe ich unter Verdacht?«, fragte Julia aufgebracht.

»Es haben sich neue Aspekte ergeben …«, Galli wandte sich Julia zu und fuhr fort: »Es könnte sich bei Menneas Tod um einen Racheakt handeln. Oder vielleicht haben Sie ihn erschossen, Signora Ellis, um von jetzt an mit Ihrem neuen Freund zusammenzusein.«

Der Commissario sprach wie zu sich selbst. Er blickte

Julia ins Gesicht und fügte hinzu: »Das sind nur Überlegungen, Theorien, natürlich. Aber ich muss alle Möglichkeiten in Betracht ziehen, wenn ich Gewissheit über den Tathergang haben will. Würden Sie mir bitte meine Frage beantworten?«

»Wir haben uns zum ersten Mal am Strand getroffen, als Signora Ellis vom Ufer aus Quallen im Meer gesehen und fotografiert hat. Ich habe sie dabei beobachtet, und wir sind miteinander ins Gespräch gekommen.« Lanz staunte, dass er Halbwahrheiten so leicht über die Lippen brachte. »Worauf wollen Sie hinaus, Signor Commissario, was machen Sie hier?«

Commissario Galli schaute noch immer Julia ins Gesicht und fiel ihm ins Wort: »Sie waren also mit Ihrem Mann und seinen Freunden dort und haben die Bekanntschaft von Signor Lanz gemacht«, vernahm er Julia weiter.

»Und?«, fragte Julia. »Herr Lanz hat sich für meine Fotografien interessiert und nach den Quallenbildern gefragt …«

»Sie fotografieren auch?«, wandte sich Galli an Lanz.

»Warum fragen Sie mich?« Noch immer spielte er den Ahnungslosen.

»Oder wollten Sie mit ihr nur ins Gespräch kommen?«

»Ich kann mich nicht genau erinnern«, antwortete Lanz abweisend.

»Wie ich sehe«, Galli blickte auf Lanz' Morgenmantel, »sind Sie noch rekonvaleszent. Ich will von Ihnen nur wissen, ob Sie mit Signora Ellis eine Beziehung aufgenommen haben oder nicht. Signora Ellis hat Sie als Ihren guten Freund bezeichnet …«

»Soweit ich mich erinnere«, log Lanz, »habe ich mich mit Signora Ellis in Torcello verabredet. Wir sind am Abend gemeinsam wieder zurückgefahren … Sie hat mir andeutungsweise von ihren Problemen erzählt. Und ich habe versucht, sie aufzumuntern … Jedenfalls sind wir bis Sant'Elena gefahren …«

»Und dann?«

»Ich kann mich nicht mehr erinnern«, antwortete Lanz zynisch. »Am nächsten Tag bin ich jedenfalls in Venedig zur Kirche San Lorenzo gefahren, weil dort Marco Polo begraben ist und ich sein Buch »Il Milione« ins Englische übersetzt habe.« Er log und spürte große Lust, weiter zu lügen.

»Und?«

»Dann bin ich wieder zurück zur Vaporetto-Station Ospedale gegangen und nach San Michele gefahren.«

»Darf ich fragen, weshalb?«

»Ich wollte nachdenken.«

»Am Friedhof?«

»Ja, ich war durcheinander …«

»Ach ja? Wie lange waren Sie dort, und wie lange waren Sie durcheinander?«

»Ich habe einen Zeugen. Herr Richard Vogel, er ist Falkner bei Signor Blanc im Haus gegenüber. Er hat mit seinem Falken im Auftrag der Stadt Venedig Möwen vom Friedhof vertrieben.«

»Wir alle wissen, wer Herr Vogel ist. Ich werde mich mit ihm in Verbindung setzen … Und dann, was haben Sie dann gemacht?«

»Ich weiß es nicht mehr … Wahrscheinlich hat Herr Vogel mich mit seinem Motorboot zum Lido gebracht und von der Bootsanlegestelle nach Hause geführt.«

»Ich verstehe. Wir werden das überprüfen. Sie sehen, ich verdächtige Sie nicht, obwohl Mennea alle Gründe hatte, Sie zu hassen …«

»Er wusste nichts davon!«, unterbrach ihn Julia. »Wenn Sie mich schon verdächtigen: Ich besitze keine Waffe!«

»Das haben Sie schon bei der ersten Vernehmung angegeben … Aber eine Waffe kann man sich beschaffen … Das dürfte im Umkreis von Signor Mennea nicht schwer gewesen sein.«

»Wollen Sie mir immer noch unterstellen, ich hätte ihn umgebracht? Weshalb befragen Sie nicht die Mitarbeiter von Mennea?«

»Das tun wir gerade. Signora Ellis, ich muss Sie jetzt bitten, mich auf die Questura zu begleiten.«

Sie begriff, dass es keinen Sinn hatte, wenn sie sich dagegen wehrte, nahm ihre Einkaufstasche und die leichte Jacke, dann umarmte sie Lanz flüchtig und verließ noch vor den Polizisten und dem Commissario das Haus.

Lanz schloss die Eingangstür, denn er wollte nicht sehen, wie Julia in das Polizeiauto stieg. Noch immer war er sich nicht sicher, ob sie Mennea nicht doch erschossen hatte, aber er wollte es andererseits auch nicht mehr wahrhaben. Mit einem Schlag war es wieder so wie vor seinem geplanten Selbstmord. Nur durfte er jetzt keinen Alkohol trinken, fiel ihm ein, die Ärzte hatten es ihm untersagt. Und an den Strand zu gehen, hatte er auch keine Lust. Er würde im Haus auf Julia warten, beschloss er und ging ins Bad, holte die Morgentoilette nach und hörte es abermals an der Tür läuten. Diesmal war es Oboabona, der ihm die briefliche Anfrage eines großen italienischen Verlags überbrachte, ob er Shakespeares Werke ins Italienische übersetzen wolle. Das Angebot belief sich auf eine Arbeitszeit von 25 Jahren mit einem monatlichen Salär von viertausend Euro. Lanz glaubte zuerst an einen Scherz, und als er in Gelächter ausbrach, machte Oboabona kehrt und blieb in der Haustür stehen.

»Alles gut?«, fragte er besorgt.

»Ich weiß nicht«, sagte Lanz, holte das Portemonnaie aus der Windjacke und gab ihm einen Geldschein, den der Briefträger nicht annehmen wollte.

»Sie haben mir Glück gebracht, Samuel.«

»Ich weiß nichts darüber. Ich habe nur gesehen, dass die Polizei bei Ihnen gewesen ist. Und der Commissario. Deshalb habe ich zuerst die Post für Herrn Blanc zugestellt.«

»Bitte, setzen Sie sich«, lud Lanz ihn ein. »Und nehmen Sie endlich das Geld!«

Der Briefträger ließ es in der Hosentasche verschwinden, und Lanz bot ihm ein Getränk an, das Oboabona aber ablehnte, da er keine Zeit habe, wie er sagte. Auf seiner Stirn hatten sich Schweißtropfen gebildet. Lanz holte eine Flasche Cola aus dem Kühlschrank und stellte sie vor ihn hin.

Folgsam nahm Oboabona einen langen Schluck.

»Herr Blanc kauft noch mehr Bücher als Sie …«, sagte er dann.

»Wie alt ist er?«

»Manchmal sechs, manchmal siebzig, manchmal hundert, manchmal vierzehn … wie er will … Das Haus ist voller Bücher und Bilder, wie ein Museum. Mister

Ashby … er ist aus England … pflegt den Garten und das Glashaus mit den allerschönsten Pflanzen! Signora Caecilia Sereno kümmert sich um das Planetarium …« Auch einen Imker gebe es, einen blinden Pfarrer aus Slowenien, Herrn Pedar Janca, fügte er hinzu.

»Und Herr Vogel?«

»Er ist unheimlich … hat Falken … hat eine Eule … einen jungen Adler … im alten Planetarium … es war früher alles ein Lunapark … und Signor Blanc hat das alte Planetarium für die Vögel renoviert … Ich habe ihn viermal gesehen, einmal hat er mit dem Gärtner geschimpft, weil eine Orchidee im Glashaus verstorben ist … Ein anderes Mal schlief er unter einem Sonnenschirm, er hatte zu viel getrunken … Manche sagen, er hat den Verstand verloren … Ich weiß nicht, ob er verrückt ist …«

Oboabona nahm einen weiteren Schluck aus der Flasche und erhob sich.

Lanz stand ebenfalls auf. »Sie kennen den Commissario, der mit den beiden Polizisten in mein Haus gekommen ist?«, fragte er unvermittelt.

»Den Commissario? Er heißt Galli. Er gehört zu meinem Revier …«

»Und?«

»Sehr clever …«

Oboabona lachte. »Nur einmal hat er sich an einem Mordfall in Venedig … Zähne ausgebissen … Die Leute sagen, fünf Personen tot und später noch ein Mann von der Mafia – der Mann von der Mafia nur schwer verletzt. Man hat ihm das Gehirn herausgeschlagen mit einem Hammer … Signor Galli hat den Täter nicht gefunden … zu wenig Beweise.«

»Ich habe davon gehört. Kennen Sie übrigens einen Rechtsanwalt Capparoni?«

»Dottore Capparoni. Ja … sehr reich … aber sein Ruf ist nicht so gut … Er macht Fragezeichen-Geschäfte, Sie verstehen? Hilft komischen Leuten vor Gericht … Sehr erfolgreich, sehr clever!«

»Wo wohnt er? In Venedig oder am Lido?«

»Hat überall Wohnung! Am Lido, in Città Giardino, Via Manin …«

Lanz begleitete den Briefträger zur Tür, schloss ab, nahm den Brief des italienischen Verlages und wählte die angegebene Telefonnummer. Rasch wurde er mit Direktor Occhini verbunden, der das Angebot unterschrieben hatte, und er staunte, dass ihm dieser das Schreiben bestätigte.

»Woher wissen Sie, dass ich der geeignete Mann bin?«

»Wir haben uns umgehört und sind auf Sie gekommen. Sie werden doch den Vertrag unterschreiben?«

Lanz dachte nach, und Direktor Occhini lud ihn ein, zu ihm nach Umbrien zu kommen, in die Region Perugia, wo er den Sommer verbringe. »Dort können wir alles in Ruhe besprechen.«

Lanz konnte nicht glauben, dass alles so schnell und ohne Schwierigkeiten gehen und er für viele Jahre an einem einzigen Projekt arbeiten sollte, noch dazu gegen ein unverhältnismäßig hohes Honorar, wie er dachte.

»Weshalb haben Sie mich nicht einfach angerufen und vorher mit mir gesprochen?«, fragte er.

»Jetzt habe ich ein schlechtes Gewissen, wenn Sie mir solche Fragen stellen … Ich wollte Sie einfach mit meinem Angebot überraschen. Ist Ihnen das unangenehm?«

»Nein. Aber ein so langfristiges und riesiges Projekt … Ich muss mich erst an den Gedanken gewöhnen.«

»Signor Lanz: Sie sind ein ehrenwerter Mann. Und Sie sind ein Sprachgenie. Ich sage Ihnen das als erfahrener Verleger, und ich weiß, was ich sage. Machen wir etwas Ungewohntes: ein Geistesblitz und die sofortige Umsetzung einer Idee. Sind Sie einverstanden?«

Lanz konnte das Glücksgefühl, das er verspürte, nur mit Mühe beherrschen. Er schluckte und antwortete: »Ja.«

»Dann schicken Sie mir am besten noch heute den Vertrag unterschrieben zurück.«

»Womit soll ich bei der Übersetzung beginnen?«, fragte Lanz.

»Wie wäre es mit Der Sturm? Oder mit dem Sommernachtstraum?«

»Darf ich darüber nachdenken?«

»Gut. Sobald Sie unterschrieben haben, können Sie beginnen.«

Occhini verabschiedete sich freundlich, wünschte ihm alles Gute und bat ihn, der Sekretärin seine Kontonummer mitzuteilen, damit sie die erste Überweisung durchführen könnten.

Auch als er der freundlichen Dame seine Daten übermittelte, konnte er es immer noch nicht glauben, dass er über Jahre hinaus mit »Shakespeare würde zusammensein dürfen«, wie er es für sich formulierte. Und wenn man mit seiner Arbeit nicht zufrieden sein würde? Jedenfalls besaß er einen Vertrag.

Er las ihn genau durch, fand keine verräterischen Fußnoten, keine Zweideutigkeiten oder sonstige Bemerkungen, die ihn misstrauisch machten, und unterschrieb daher die Dokumente. Dann kleidete er sich an, bestellte ein Taxi, fuhr mit den unterschriebenen Verträgen zum Postamt, gab das Kuvert auf und überlegte, ob er gleich zur Questura fahren und nach Julia fragen sollte. Er ließ sich aber wieder nach Hause bringen, da er ihr, wie er annahm, mit seiner Anwesenheit nur schaden konnte. Das Wichtigste war, dass sie einen Anwalt hatte. Ihn irritierte allerdings, dass Ignazio Capparoni Menneas Anwalt gewesen war. Andererseits war es vielleicht das Beste, was Julia passieren konnte, denn Capparoni kannte auch die Leibwächter, die Geschäfte Menneas und Julias Beziehung zu seinem Klienten.

Er bezahlte den Chauffeur und wollte sein Haus betreten, musste aber feststellen, dass ein neues, verpacktes Sportrad vor der Tür stand. Seine Verwirrung war groß ... Was bedeutete das alles? An der Lenkstange war ein kleiner Brief festgebunden, der an ihn adressiert war. Er riss ihn herunter, öffnete ihn und las: »Im Auftrag von Herrn Richard Vogel«, und den Namen des Geschäfts, von dem das Fahrrad zugestellt worden war.

Erregt stellte er das Sportrad in den Vorraum und versuchte, klaren Kopf zu bewahren. Also war es doch Richard Vogel gewesen, der den Unfall verursacht hatte! Er verbot sich jetzt, Zusammenhänge zu konstruieren, um keine falschen Schlüsse zu ziehen. Er musste zuerst herausfinden, ob der Anwalt Capparoni bereits bei Julia war. Dann würde er Richard Vogel anrufen ... oder aufsuchen, um von ihm das Geständnis zu hören, dass er es gewesen war, der ihn mit dem Auto niedergefahren hatte ... Der Falkner hätte ihm natürlich das

Fahrrad anonym zustellen lassen können … Lanz sah jetzt Vogels Gesicht, das sich über ihn gebeugt hatte, als er am Lungomare kurz zu Bewusstsein kam. Dann fiel ihm der Falke ein. Nein, dachte Lanz weiter, das passte nicht zusammen. Es gab zwar keinen logischen Grund für seine Vermutung, vielmehr sprach alles dagegen, aber er spürte Zuneigung für ihn.

Er rief, nachdem er die Telefonnummer herausgefunden hatte, in der Questura an, und als sich eine Männerstimme meldete, fragte er, ob Julia Ellis noch verhört werde.

»Wer spricht?«, wollte die fremde Stimme wissen.

Lanz erklärte, dass er ein Freund von Julia Ellis sei und vor einigen Stunden mit Commissario Galli geredet habe.

»Commissario Galli ist derzeit nicht erreichbar.«

»Ich verstehe«, antwortete Lanz und wollte schon auflegen, als ihm Julias Verteidiger einfiel.

»Kann ich vielleicht Dr. Capparoni sprechen, den Anwalt von Signora Ellis?«

»Ich kenne Herrn Dr. Capparoni.«

»Ist er im Augenblick bei der Befragung von Signora Ellis?«

»Nein.«

»Nein?«

»Er ist nicht im Haus.«

Lanz legte auf und ließ sich von der Auskunft die Telefonnummer des Anwalts geben – es war jedoch nur die aus der Kanzlei verfügbar. Auch dort hieß es, man wisse nicht, wo er sich befinde, sie hätten vergeblich versucht, ihn zu erreichen.

»Auf gut Glück«, wie Lanz sich sagte, würde er den Anwalt privat aufsuchen. Er orderte ein Taxi, wartete auf der Straße, bis es eintraf, und fragte den Fahrer, sobald er Platz genommen hatte, nach der Wohnadresse des Anwalts in der Via Manin.

»Ich weiß die Hausnummer nicht, aber ich kenne die Villa«, sagte der Fahrer.

Sie fuhren los, und Lanz war es inzwischen gleichgültig, dass Richard Vogel ein Rad vor seine Tür hatte stellen lassen, und er dachte nicht mehr an das Angebot aus Rom. Zwar hatte er zugesagt, aber er begriff es immer noch nicht. Er erinnerte sich allerdings sehr genau daran, dass er sich noch vor ein paar Tagen das Leben hatte nehmen wollen, weil es ihm nur noch ereignislos erschienen war. Und dass sich seither alles geändert hatte …

Er konnte jetzt nur an Julia denken – in welcher Verfassung sie war und ob Galli sie in die Enge getrieben hatte. Dann kam ihm seine Fahrt in die Via Manin plötzlich absurd vor … Was wollte er dort? Vermutlich war Dr. Capparoni gar nicht zu Hause. Schon wollte er dem Taxifahrer die Anweisung geben, wieder zurückzufahren, als er Sekunden später das Gegenteil beschloss: das Haus aufzusuchen und nach dem Juristen zu fragen. Das Taxi sollte so lange vor dem Gartentor warten, bis er zurückkehrte. So konnte er von der Via Manin gleich zur Commandantura fahren und sich um Julia kümmern.

Sie fuhren durch das Gassengewirr zwischen Villen und Gärten, in dem Lanz sich auch nach zwei Jahren Anwesenheit nicht zurechtfand. Er sah im Vorüberfahren Stiefmütterchen in Blumenkästen, auf einer Rasenfläche war buntes Spielzeug verstreut, ein verlassenes Schwimmbecken aus Kunststoff stand in der Sonne, schlafende Katzen, Häuser, die von fetten Baumkronen halb verdeckt waren, und rosafarbene Pfingstrosen – »Peonia«, dachte er, wie die Italiener sie nannten.

Das Taxi hielt vor einem geschmiedeten Gartentor, durch das er Büsche und herunterhängende weiße Glyzinien erkannte. Er stieg aus, versuchte das Tor zu öffnen und fand es unversperrt. Ohne Übergang befand er sich in einem großen Garten. Unter den Glyzinien gehend, erinnerte er sich sofort an eine Eishöhle und Stalaktiten. Er liebte Glyzinien ... waren sie blau gefärbt, hießen sie »Blauregen«, fiel ihm ein. Während er weiter dem Gartenweg zum Haus folgte, verwandelten sich die Glyzinien in Hunderte Augen, die ihn anstarrten. Einen Moment zögerte er, weil er wusste, dass er sich blamieren konnte, aber er war sich im Klaren, dass er Dr. Capparoni fragen musste, weshalb er Julia in der Questura nicht zur Seite stand. Hatte er die Verteidigung zurückgelegt? Und wenn ja, weshalb? War er erkrankt? Hatte er keinen Stellvertreter? Steckte er am Ende mit den beiden Bodyguards Manuel Saltesi und Giorgio Fermi unter einer Decke? Hatten diese Mennea erschossen und dessen Selbstmord vorgetäuscht? Vielleicht war es doch Julia gewesen, die die Tat begangen hatte? Oder hatte Mennea tatsächlich Selbstmord verübt? Möglicherweise waren ihm auch die Leute des Ermordeten von Torcello, der Borsakowski oder so ähnlich hieß, auf die Spur gekommen und hatten sich an ihm gerächt?

Es war nur ein Reflex gewesen, der Lanz dazu gebracht hatte, den unbekannten Anwalt aufzusuchen, das Bedürfnis, Julia zu helfen und zugleich selbst Gewissheit zu erlangen. Die Hunderte Blütenaugen im Rücken, versuchte er vor dem Eingang zum Haus den Druckknopf einer Klingel zu finden, doch vergeblich. Aber wie das Tor, war zu seiner Überraschung auch die Haustür nicht verschlossen. Beim Eintreten sah er noch auf der rechten Seite eine Car Box mit einem blauen Alfa Romeo Mito … Möglicherweise war Capparoni also anwesend …

Im Haus war es still. Nicht einmal Küchengeräusche hörte er, kein leises Telefongespräch, keine gedämpfte Stimme aus einem Fernsehapparat oder Radio, keine Musik, keine Klospülung. Lanz rief den Namen des Anwalts. Zuerst in normalem Tonfall, dann lauter, schließlich schrie er ihn – aber es blieb nach wie vor still. Das Haus war teuer möbliert, sah er, modernes Mobiliar mit chinesischen und indischen Möbeln gemischt. Bilder verschiedener Künstler der Gegenwart sowie Luster aus Murano, indische, afghanische und marokkanische Teppiche, Kelims, Parkettböden … Lanz öffnete zuerst die Tür zur eleganten Küche, dort war alles aufgeräumt und an seinem Platz, als sollte es fotografiert werden, ebenso im prunkvollen Bad und dem Wohnraum mit Ledergarnituren, einem Fernsehapparat und einer Bibliothek. Er stieg die Holztreppe hinauf in den ersten Stock und rief noch einmal den Namen des Anwalts, bevor er eine Tür öffnete und in das Schlafzimmer trat. Die Rollos waren heruntergelassen. Auf den zweiten Blick sah er im dämmrigen Raum Füße, die mit schwarzen Socken bekleidet waren, und gleich darauf einen Mann von der Decke hängen.

Der Tote musste Dr. Capparoni sein, schoss es ihm

durch den Kopf. Seine Augen waren geschlossen, das Gesicht sah friedlich aus, aus seiner Nase war Blut gelaufen und hatte auf dem weißen Hemd einen großen Fleck hinterlassen. Eine Fliege summte und setzte sich auf Lanz' Wange, bis er sie mit einer Handbewegung verscheuchte. Bevor er davonlief, bemerkte er noch den Luster, der zersplittert auf dem Boden lag, und die aufgeklappte Stahlleiter hinter dem Erhängten. In Panik eilte Lanz die Treppen hinunter durch das Vorhaus bis zum Gartenweg und von dort unter den weißen Blüten der Glyzinien, die ihm jetzt wegen ihrer Unbeweglichkeit und Gleichgültigkeit »dumm« erschienen, auf die Straße hinaus, wo er die Tür zum Fahrersitz des Taxis aufriss und den Chauffeur aufforderte, die Polizei zu verständigen. Der Anwalt habe sich im Haus das Leben genommen.

»Dr. Capparoni?«, fragte der Chauffeur erschrocken.

»Ja –«

Der Taxifahrer schlug die Tür zu, startete den Motor, wendete mit kreischenden Reifen und raste die Straße hinunter in Richtung Questura. Lanz fluchte ihm hinterher, dann beschloss er zu warten. Er hatte sein Telefon seit der Fahrt nach Torcello und dem Aufenthalt auf dem Friedhof San Michele zu Hause gelassen, denn er wollte nicht, dass er geortet werden konnte. Auch seinen Laptop hatte er nicht mehr geöffnet, obwohl er vorher immer die eingehenden Mails kontrolliert und die Nachrichten von Zeitungen online gelesen hatte. Aber seit der Fahrt nach Torcello hatte sich sein Leben so verändert, dass er nicht einmal mehr daran gedacht hatte.

Er war froh, dass ihm der Vertrag mit dem römischen Verlag einfiel, weil er ihn kurz von seinen »schwarzen

Gedanken«, wie er sie nannte, ablenkte. Schwarze Materie … der riesige Raum des Universums, der zum größten Teil aus schwarzer Materie bestand – und sein Gehirn jetzt ebenso, ging es ihm erneut durch den Kopf. War es wirklich Dr. Capparoni, der sich erhängt hatte oder erhängt worden war? Er wollte ohne Begleitung nicht noch einmal den Garten betreten, sondern weiter auf seinem Platz stehen bleiben, von dem aus er das Haus beobachten konnte. Vielleicht versteckte sich noch jemand in einem der oberen Zimmer oder im Garten? Er überquerte die Straße und ließ die Villa nicht aus den Augen. Kein Auto fuhr vorbei, kein Kind rief nach seiner Mutter, kein Hund bellte, kein Vogel war zu hören.

Plötzlich sah er von Weitem Oboabona an der Kreuzung auftauchen mit dem gelben Postwagen an seinem Moped … Er hielt im selben Augenblick an, stieg ab, nahm die Post aus dem Anhänger und steckte sie in einen Briefkasten. Dann überquerte er die Straße und wiederholte vor dem gegenüberliegenden Gebäude den Vorgang.

Lanz schwankte, ob er sich vor ihm verstecken oder ihn rufen sollte.

»Goodluck!«, rief er, »Samuel!«

Irritiert schaute sich Oboabona um, entdeckte Lanz, schwang sich auf das Moped und beeilte sich, zu ihm zu fahren. Er hielt mit einem Gesichtsausdruck an, als erwartete er etwas Unangenehmes, etwas Verstörendes.

»Dr. Capparoni hat sich erhängt!«, stieß Lanz hervor und strich sich mit dem gestreckten Zeigefinger über den Kehlkopf.

»Tot? Dottore Capparoni?«

»Ja … ich war im Haus … ich wollte ihn aufsuchen … Er ist nicht auf dem Commissariato erschienen.« Lanz führte sodann in wenigen Worten aus, dass er mit dem Taxi gekommen und der Chauffeur auf seine Nachricht hin mit dem Wagen entsetzt verschwunden sei.

»Ich rufe Polizia an, gut?«

Lanz nickte, und Oboabona zog sein Handy aus der Hosentasche und gab die Nummer ein. Bevor er jedoch verbunden wurde, blitzten die Warnlichter zweier Polizeiautos auf, die auf sie zukamen.

»Wir bleiben«, sagte Oboabona mit fester Stimme und: »Alles gut.«

Die beiden Wagen bremsten scharf vor der Villa. Vier Polizeibeamte liefen in den Garten und auf das Haus zu, während zwei weitere die Straße überquerten. Sie stellten Straßensperren auf, erblickten Lanz und fragten ihn, ob er der Mann sei, den das Taxi hierhergebracht habe.

Lanz nickte.

»Und Sie haben den Fahrer zur Polizei geschickt?«

»Ja.«

»Ihr Name?«

Man forderte ihn auf, sich in einen der Wagen zu setzen, wo er eine Reihe von Fragen beantworten musste, bevor man ihn nach Hause brachte, wo seine Papiere kontrolliert wurden. Dann wurde er zur Questura mitgenommen.

Commissario Galli kam ihm in seinem Zimmer entgegen und bot ihm einen Stuhl an.

»Fangen wir noch einmal von vorne an«, sagte er. »Wo genau haben Sie Signora Ellis auf Torcello wiedergesehen?«

»Das habe ich Ihnen schon erzählt.«

»Ich möchte es trotzdem noch einmal hören.«

Lanz wiederholte wörtlich und widerwillig seine Aussage und fragte zuletzt nach Julia.

»Wir haben sie gehen lassen, damit sie sich einen neuen Anwalt sucht, aber sie darf Venedig nicht verlassen.«

»Und wo ist sie jetzt?«

»Das wissen wir nicht.«

»Ist sie noch im Hotel Hungaria gemeldet?«

»Sie hat nichts Gegenteiliges gesagt. Und sie muss für uns erreichbar bleiben!«

»Sie ist unschuldig«, sagte Lanz zu seiner eigenen Überraschung.

»Wir werden das herausfinden. Wir werden auch herausfinden, welche Rolle Sie in der ganzen Angelegenheit spielen.«

»Ich weiß nicht, worauf sie hinauswollen.«

»Was haben Sie mit Dr. Capparoni zu tun?«

»Ich habe in der Commandantura angerufen und dann in seiner Kanzlei, aber keiner wusste, wo er sich befand. Also habe ich ihn persönlich aufgesucht, um Signora Ellis zu helfen.«

»Sie haben ihn also nicht gekannt? Haben Sie ihn vorher nicht wenigstens einmal gesehen?«

»Nein.«

»Und woher haben Sie seine Adresse?«

Lanz überlegte nicht lange, er wollte vermeiden, dass Oboabona in die Angelegenheit mit hineingezogen würde, und antwortete daher, er habe sie von Signora Julia Ellis – da er annahm, dass sie mit Mennea vielleicht schon einmal dort gewesen war.

»Sie sagte mir aber, sie hätte nur einmal und nur beiläufig mit Ihnen über Dr. Capparoni gesprochen.«

»Ja.«

»Und da hat sie Ihnen gleich seine Adresse, die Sie in keinem Telefonbuch finden, gegeben?«

»Ja.«

»Und Sie haben sich die Adresse und die Hausnummer gemerkt?«

»Sie hat »Via Manin« gesagt, und ich weiß, wer Manin ist.«

»Und wie haben Sie sein Haus gefunden?«

»Der Taxifahrer hat Dr. Capparoni gekannt ...«

Lanz fiel abermals ein, dass er einen Vertrag mit einem Verlag auf 25 Jahre abgeschlossen hatte, und das machte ihn wieder sicherer.

»Kommen wir noch einmal zu Ihrem Unfall zurück. Wie hat er sich genau abgespielt? Können Sie sich inzwischen besser daran erinnern?«

»Nein ... das Fahrzeug kam ja von hinten«, sagte Lanz unfreundlich.

»Wer?« Der Commissario gab vor, von Lanz' steigender Abneigung nichts zu bemerken. »Konnten Sie etwas erkennen? Den Fahrer? Oder die Autonummer?«

»Nein, ich habe das Bewusstsein verloren, wie Sie wissen.«

»Und wer hat die Rettung und die Polizei verständigt? Wir haben es bisher nicht herausgefunden.«

Lanz sah das Gesicht des Falkners Richard Vogel wieder vor sich, wie er sich über ihn beugte. Und er sah das neue Sportrad vor seiner Haustür stehen, aber er wollte sein Wissen nicht preisgeben, nicht bevor er mit

Vogel selbst darüber gesprochen hatte. Falls es sich als notwendig erweisen sollte, konnte er ja angeben, dass er sich erst dann daran erinnert habe.

»Meine Erinnerung hört mit Malamocco auf«, antwortete er kurz.

Den restlichen Tag verbrachte Lanz mit Warten auf einen Anruf von Julia. Er hatte mehrmals versucht, sie zu erreichen, aber ohne Erfolg. Von der Rezeption des Hotels Hungaria erhielt er die Auskunft, sie hebe das Zimmertelefon nicht ab, und auf dem Commissariato war sie auch nicht, wie Galli ihm bereits mitgeteilt hatte. Er beschloss, das Smartphone künftig mit sich zu tragen, und las die lange Liste der Mails auf seinem Laptop. Es war die Unruhe, die ihn dazu antrieb. Einerseits war er müde, erschöpft und von den Ereignissen verwirrt, andererseits litt er unter dem Nichtstun. Neben anderen verrückten Einfällen kam ihm der Gedanke, er sei für seine Selbstmordabsichten bestraft worden. Aber von wem? Lanz wollte nicht zugeben, dass es religiöse Gedanken waren, die, ohne dass er es wollte, in seinem Kopf auftauchten. War ihm vorher nicht alles zu ereignislos erschienen? Und jetzt, wo er bis zum Hals in einer Geschichte steckte, die er nicht verstand, fühlte er sich da nicht überfordert? Seine Verfassung und seine Laune besserten sich nicht, aber seine Überlegungen, ob er für seine Selbstmordabsichten bestraft würde, lösten sich allmählich auf.

Mitten in seinen düsteren Gedanken läutete es an der Tür. Er klappte den Laptop zu, hoffte, dass es Julia war, befürchtete, dass es der Commissario sein könnte, und glaubte, dass es Oboabona sei, aber es war Richard Vogel, der ihn aufsuchte. Das neue Sportrad lehnte noch in der Verpackung neben der Tür – Vogel sah es offenbar, denn er entschuldigte sich sofort, dass er nicht früher mit ihm gesprochen habe, aber –

»Kommen Sie herein!«, unterbrach ihn Lanz und führte ihn in das Wohnzimmer, wo sie Platz nahmen.

»Ich habe es eilig«, begann Vogel, »ich kann nur ganz kurz bleiben!«

»Sie haben es immer eilig«, bemerkte Lanz süffisant.

»Sie haben recht, wenn Sie mich kritisieren. Ich hatte mein ganzes Leben keine Zeit.«

»Wenn man nie Zeit hat, spürt man die Zeit nicht … Man schaut nie rückwärts«, antwortete Lanz.

Vogel überging die Bemerkung und wechselte das Thema: »Signor Blanc möchte Sie einladen, zu ihm zu kommen.«

»Ja? Und warum?«

»In einer Stunde, aber ich müsste vorher nach den Falken sehen. Begleiten Sie mich?«, überging Vogel die Frage.

Lanz zog die Schuhe an, nahm die Windjacke, legte sie über einen Arm und folgte ihm.

»Danke für das neue Sportrad«, sagte er noch immer in ironischem Tonfall.

Auch diesmal überging Vogel die Bemerkung und schritt rasch voran.

Erst im botanischen Garten hinter der Villa von Signor Blanc auf einer von der Witterung grau gewordenen Teakholzbank, die zwischen Feuer-, Schwert- und Königslilien stand, begann Vogel wieder zu sprechen. Rundherum blühten Gartenschwertlilien, blaue und rote Rhododendron-, weiße Holunder- und dunkel-

und blassviolette Fliederbüsche, sprossen gelbe Tulpen, rote und orangefarbene Rosen, gelber Raps, rosa Akelei, violette, rosafarbene, weiße Lupinen und roter Fingerhut. Und während Richard Vogel die Namen der entsprechenden Pflanzen nannte und mit dem Finger auf sie wies, roch Lanz den süßen Duft der Blumen und Blüten und hörte das Summen der Bienen.

»Ich bitte Sie um Geduld. Signor Blanc ist sehr impulsiv«, fuhr Richard Vogel fort, »manchmal geht ihm alles zu langsam, dann wieder zu schnell. Wie Sie vielleicht gehört haben, ist er schwierig und gleichzeitig einfach. Er ist ein sehr wohlhabender Mann, vor allem besitzt er Aktien.«

»Welche Aktien?«

»Aktien von Uhrenfirmen, pharmazeutischen Betrieben, Fluglinien, auch von Spielbetrieben in Las Vegas, Monaco oder hier am Lido …«

»Casinos?«, fragte Lanz verwundert und fügte hinzu, »er muss sehr reich sein.«

»Ich verwende das Wort reich nur ungern, weil es negativ besetzt ist, aber Signor Blanc hat Land in Afrika erworben, es fruchtbar gemacht und Armen geschenkt. Er spendet große Beträge für Erdbeben- und Überschwemmungsopfer, Flüchtlinge und den Tierschutz …«

»Hat er einen Beruf? Ich meine außer Bankspekulationen?«

»Signor Blanc spekuliert nicht, er ist ein hellsichtiger Fachmann. Ursprünglich hat er Archäologie studiert … Er hat Ausgrabungen finanziert und Museen und hat sich die letzten Jahrzehnte mit Kryptoanalyse befasst. Im Augenblick entziffert er das Voynich-Manuskript,

eine fünfhundert Jahre alte Handschrift, die durch die Hände des Alchimisten John Dee gegangen ist, vom Habsburger Kaiser Rudolf II. in Prag erworben wurde und von Athanasius Kircher nicht übersetzt werden konnte. Zuletzt ist es angeblich in der Bibliothek des Jesuitenordens in Rom gelandet, von dem es der amerikanische Büchersammler und Antiquar Wilfrid Michael Voynich gekauft hat. Schrift und Sprache sind bisher nicht identifiziert worden, so dass niemand weiß, ob der Text überhaupt einen Sinn ergibt. Die in der Handschrift vorhandenen genauen Abbildungen sind botanischen, anatomischen und astronomischen Themen gewidmet. Das Original befindet sich zwar an der Yale-Universität in Amerika, aber Signor Blanc besitzt eine sehr gute Kopie …

Außerdem beschäftigt sich Signor Blanc mit den 64 Hexagrammen des I-Ging, die den 64 Codons, dem Variationsmuster des genetischen Codes, entsprechen.«

»Ich habe vom Voynich-Manuskript schon gehört«, unterbrach Lanz, »das Ganze soll eine Narretei sein.«

»Sie werden staunen, aber Signor Blanc hat nicht nur die Handschrift entziffert, er spricht sogar die Sprache, in der sie abgefasst ist. Er nennt sie ›Bacon‹ – nach dem Mönch Roger Bacon, von dem John Dee das Manuskript erhalten hat. Er hat mich selbst in Bacon unterrichtet, es ist sehr kompliziert.«

Lanz erinnerte sich daran, dass er in den zwei Jahren, die er am Lido wohnte, mehrmals gehört hatte, Blanc habe sein Vermögen vor allem im Waffengeschäft erworben. Er kam daher auf die Aktien zurück und fragte in gleichgültigem Tonfall: »Besitzt Herr Blanc nicht Aktien von Waffenfirmen?«

»Davon weiß ich nichts«, entgegnete Vogel schroff. »Sehen Sie sich den botanischen Garten an«, forderte er Lanz auf und erhob sich.

Das langgestreckte Glashaus, das von außen nicht zu sehen war, befand sich mitten im Blütenmeer in einem Becken, zu dem einige Stufen hinunterführten. Vor dem

Becken durchschritten sie einen Garten mit Palmen, und der Gärtner James Ashby, ein aus London engagierter, ergrauter, älterer Gartenarchitekt, der offenbar Migranten beschäftigte und liebevoll mit ihnen umging, wie Lanz aus dem Lachen und der Fröhlichkeit seiner Gehilfen schloss, gesellte sich zu Richard Vogel, wechselte mit ihm einige Worte und begleitete Lanz zuletzt in das Glashaus, während sich der Falkner zu seinen Tieren begab. Eine Chinesin, wie Lanz annahm, lief Mr Ashby hinterher und fragte ihn etwas, worauf ihr Ashby lachend in ihrer Muttersprache antwortete.

Das Glashaus war ausschließlich – wie Mr Ashby Lanz erzählte – den Pflanzen der Bibel gewidmet. Es begann mit einem Brombeerstrauch, dem »brennenden Dornbusch, in dem Gott Moses erschien«, es folgten die weißen Dolden des Gefleckten Schierlings – Ashby zitierte dazu das fünfte Buch Moses: »Ihre Trauben sind giftige Trauben, sie haben bittere Beeren. Drachengeifer ist ihr Wein und grausames Otterngift« –, Alraunen, zu denen er aus dem Hohelied Salomos 7,14 zitierte: »Es duften die Liebesäpfel, vor unseren Türen sind köstliche Früchte, frische zusammen mit vorjährigen, die habe ich, mein Geliebter, Dir aufgespart.« Er schien Spaß an seiner Rolle als Führer durch das Pflanzenlabyrinth zu haben und achtete nicht weiter auf Lanz, der zu müde war, um seinen Worten weiter folgen zu können und sich in der warmen Luft geistig treiben ließ. Ashby zeigte auf Myrten, Koriander, Granatäpfel und belegte sie mit Bibelzitaten, von Nehemia und Moses, spazierte weiter und weiter, verschwand in einer Schmetterlingswolke und winkte Lanz zu, ihm zu folgen …

Er führte ihn zum alten, aufgelassenen Planetarium

der ehemaligen Vergnügungswiese. Es war ein gelbes Gebäude, das Signor Blanc hatte renovieren lassen. Als Mr Ashby die Tür öffnete, sah Lanz, dass darin große Volieren mit Greifvögeln aufgestellt waren und arabische Tierpfleger sie betreuten. Alle Vögel hatten Lederhäubchen auf dem Kopf und waren friedlich. Gerade erschien einer der Tierpfleger mit einem Gestell aus zwei Stangen, auf denen sechs Falken mit Lederhäubchen saßen, und setzte sie mit Hilfe zweier anderer Männer, die respektvoll mit den Tieren umgingen, und, wie Lanz sah, stolz auf die Vögel waren, in die Volieren zurück.

Hinter dem alten Planetarium befand sich – im Boden eingelassen – ein niedriges neues Planetarium mit runder Kuppel und noch weiter im Hintergrund eine Wiese, die von Bäumen umsäumt war. Mitten im Grün stand Richard Vogel und schwang das Seil mit einer Beuteattrappe, einem »Federspiel«, wie Lanz es mit einem anderen Köder schon am Friedhof San Michele gesehen hatte. Das Federspiel bestand aus einem Lederkissen mit Federn und war an dem langen Seil befestigt, das Vogel mehrmals um seinen Kopf kreisen ließ, als Zeichen, dass das Tier zu seinem Falkner zurückkehren solle, wie ihm Mr Ashby noch erklärte, bevor er sich verabschiedete. Als der Falke wieder auf Richard Vogels Arm saß, bemerkte Lanz kurz darauf, fraß er ein Fleischstück, das zuvor am Kopfende des Federspiels befestigt gewesen war.

Lanz beobachtete die Übung, bis ihn Caecilia Sereno, eine Astronomin, wie Vogel sie vorstellte, einlud, ihm das neue Planetarium zu zeigen. Eigentlich sei der Imker, Herr Janca, an ihrer Stelle vorgesehen gewesen, aber er sei zu Kunden unterwegs und komme erst im Laufe des Abends zurück.

Lanz war erleichtert. Kein Polizist fragte ihn aus, niemand setzte ihn unter Druck. Überdies gefiel ihm Caecilia Sereno. Sie hatte langes dunkles Haar, ein ebenmäßiges Gesicht, weiße Zähne, eine schlanke Figur und trug rote Pumps.

»Was wollen Sie sehen? Eine Sonnenfinsternis? Die Entstehung des Universums?«

»Ich weiß nicht«, sagte Lanz, »vielleicht die Dunkle Materie?«

»Dann sitzen wir selbst im Stockdunklen.«

»Das kann schön sein«, sagte Lanz.

Sie lachte.

»Im Planetarium gibt es übrigens auch ein Elektronenmikroskop … Wir beschäftigen uns nicht nur mit dem Universum, sondern auch mit dem Mikrokosmos.«

Ihre Finger waren lang wie die einer Pianistin, und der rote Nagellack ließ sie aussehen wie zehn selbständige Wesen.

Im Vorraum befanden sich gläserne Ausstellungsvitrinen, in denen Nachbildungen von Himmelsmaschinen zu sehen waren.

»Ich weiß, Sie werden müde sein, deshalb betrachten Sie nur das Gesamte«, führte sie aus. »Es sind Vorläufer von Planetarien, die die Kreisbahnen der Planetenläufe um die Erde darstellen.

Es folgten Globusuhren. »Jede neue Entdeckung, wie beispielsweise die der Ellipsenbahnen der Planeten durch Kepler, fand sofort Berücksichtigung in der Himmelsmaschine«, erklärte sie weiter.

Sie standen sodann vor einer hohen Erdkugel, auf die alle Gebirge, Flüsse, Seen, Städte, Länder dreidimensional projiziert waren. Mit Hilfe eines Computers konnten in einem dunklen Nebenraum beliebige Landstücke so weit vergrößert werden, dass man zuletzt auf einem Bildschirm jedes Detail sah. Caecilia Sereno zeigte ihm auf seinen Wunsch das Dorf St. Leonhard zuerst als geographische, dreidimensionale Landkarte, dann wie aus dem Cockpit eines Flugzeugs gesehen. Im nächsten Augenblick konnte Lanz durch alle Mauern hindurch in die Häuser von St. Leonhard sehen, in die Schlafzimmer und Keller, in die Gasthäuser und die Kirche oder das Pfarrhaus. Als er anschließend mit dem Programm die Stadt Venedig aufrief und durch die Wände blickte und die Menschen ohne Kleider, nackt und arglos, beobachten konnte, die ohne Sorge, dass es einen Augenzeugen für ihre Verrichtungen gab, waren und ihrer Gier, ihrem Hass oder ihrer Verzweiflung freien Lauf ließen oder einfach ihren Gewohnheiten nachgingen, erschrak er.

Er entdeckte den Kopfhörer, mit dem er die Geräusche vernehmen konnte, doch das Bild verschwand sofort, und auf dem Display erschien die Aufforderung, den »Code« einzugeben: Caecilia lachte darüber und schlenderte ihm voraus, um ihm den »begehbaren Himmelsglobus« zu zeigen. Sie schloss, als Lanz eingetreten war, die Tür hinter sich und klärte ihn auf, dass man »von hier aus den Sternenhimmel seitenrichtig, also wie in der Natur« sehen könne. Gleich darauf nahmen sie in einer Raumkapsel auf den ledergepolsterten Pilotensitzen Platz. Inzwischen hatte er seine Müdigkeit überwunden und auch seine Zweifel, seine Ängste, seine Wut und seine Trauer vergessen. Die Zeit hatte sich in eine Aneinanderreihung von Momenten zurückverwandelt, von denen jeder seine Aufmerksamkeit in Anspruch nahm.

Caecilia schaltete das Licht aus, unmittelbar darauf rasten sie in den Weltraum – mit einer Geschwindigkeit, dass er anfangs die Augen schließen musste. Als er sie wieder öffnete, flog er direkt auf den Schmetterlingsnebel im Sternbild Skorpion zu, wie Caecilia ihm erklärte.

Die Sternenansammlung besaß einen Körper von schillernder violetter Farbe, die auf den Flügeln allmählich in ein feuriges Orange überging, sie kam Lanz aus größter Nähe wie eine riesige, bunte Eisblume vor.

Als Nächstes zeigte das sich über die gesamte Raumkapsel wölbende Planetarium die Entstehung des Universums aus einem grenzenlos großen Ganzen, das sich wie ein aufschlagendes Geschoss in Materiepartikel auflöste und mit und ohne Kometenstreifen zersplitterte, um sich sodann in einem Funkenregen, der feuerwerksgleich Muster bildete, im All zu verlieren.

Dann steuerte Caecilia das Zentrum »unserer Galaxie«, wie sie es nannte, an, ein riesiges schwarzes Loch mit einer Größe von einer Milliarde Lichtjahren und der Masse von drei Millionen Sonnen. Es bildete eine Grenze, über die keine Strahlung mehr nach außen dringen konnte.

Zuletzt kletterten sie eine Eisenleiter hinunter in den Mikroskopierraum. An einem Elektronenmikroskop zeigte Caecilia Sereno dem erstaunten Lanz durchsichtige Rüsselkrebschen und gelbe, vergrößerte Flöhe mit Körpern aus Fischschuppen sowie engelförmige, mit vier Flügeln und einem Körper wie aus feinem Draht ausgestattete Milben und bunte Collagen aus verschiedensten Pflanzen-, Tier- und Menschenzellen.

Gedämpft meldete sich Caecilia Serenos Handy, woraufhin sie den Weg in die große Villa einschlugen. Unterwegs fragte Lanz seine Begleiterin, ob er sie anrufen dürfe, und sie gab ihm freundlich lächelnd ihre Visitenkarte, worüber er Glücksgefühle verspürte.

Im grünen Vorzimmer, das eigentlich eine Bibliothek war, wartete schon Richard Vogel. Er führte ihn über eine Steintreppe in das oberste Stockwerk und bat ihn, in einem Warteraum Platz zu nehmen. Eine der Wände des großen Zimmers bestand aus vielleicht hundert gläsernen Bienenkästen, in denen es vor Leben wimmelte. Die Wand gegenüber wurde aus einem ebenso großen Tropenaquarium mit Korallen und Fischen gebildet. Und die dritte und vierte Wand mit angelehnten Eingangstüren gehörten zu einer Bibliothek. Lanz schloss die Augen und öffnete sie erst wieder, als Richard Vogel ihm ins Ohr raunte, er dürfe jetzt eintreten.

Das Zimmer, das er betrat, war leer und weiß. Vor den Fenstern hingen weiße, vom Abendlicht beschienene Leinenvorhänge. Ein weißer Schreibtisch wurde von einer Deckenlampe weiß beleuchtet, und Signor Egon Blanc, der ihm den Rücken zukehrte, saß auf einem weißen Stuhl, über seine Papiere gebeugt. Der weiße Steinboden glänzte und duftete nach Wachs.

Blanc trug eine Hausjacke aus Brokat, deren Ornament aus abwechselnd auf den Kopf gestellten und auf dem Boden stehenden Bienenkörben bestand, welche auf diese Weise ein Schildmuster bildeten. In der rechten Hand hielt er einen schwarzen Mont-Blanc-Füllhalter mit dem weißen, abgerundeten, sechsteiligen Stern, der den schneebedeckten Gipfel des höchsten Berges von Europa symbolisierte – Lanz besaß ja selbst einen Kugelschreiber dieses Fabrikats.

»Wie geht es Ihnen?«, fragte Blanc freundlich, ohne sich aber umzudrehen. »Sie sind schon wieder auf den Beinen?«

»Ja.«

»Ich möchte mich bei Ihnen entschuldigen und bedanken. Entschuldigen für den Schmerz, den ich Ihnen zugefügt habe, bedanken dafür, dass Sie nicht die Polizei eingeschaltet haben«, fuhr er fort. »Ich war es, der Sie ohne Absicht mit meinem Wagen angefahren hat und sich anfangs aus dem Staub machen wollte. Dann habe ich Herrn Vogel gebeten, für mich einzuspringen und für Sie zu sorgen. Hat Sie Direktor Occhini vom Verlag schon angerufen?«

»Ja.«

»Und sind Sie einverstanden?«

»Ja, natürlich –.« Erst jetzt begriff Lanz, was gespielt wurde.

»Sie haben ab heute ein eigenes Zimmer in meinem Haus, das Sie jederzeit benutzen können. Am besten wäre es, wenn Sie von Herrn Vogel den Schlüssel für die Tür, die von unserer Seite den Verbindungsgang zu Ihrem Keller abschließt, nehmen, dann brauchen Sie niemanden um Erlaubnis zu fragen, wenn Sie den Raum benutzen wollen.«

Lanz war sprachlos.

»Ich weiß, dass man Will Mennea erschossen hat. Mein Koch, Herr Min Chang, arbeitet im Hotel Excelsior. Er hat mir davon berichtet. Und Giorgio Fermi hat Sie auf dem Friedhof San Michele mit einer Hundemaske vor dem Gesicht überfallen wollen, wie mir Herr Vogel sagte. Bald ist Frau Julia Ellis wieder bei Ihnen, ich habe ihr die Anwältin Dr. Amanda Falchi vermittelt.« Er machte eine Pause, in der er nachzudenken schien. »Und dass Herr Ignazio Capparoni sich selbst erhängt hat«, fuhr er fort, »wird sich bald herausstellen. Manuel Saltesi, der zweite Leibwächter Will Menneas, möchte in seine Schuhe schlüpfen«, Blanc lachte kurz krächzend. »Er hatte Capparoni gedroht, alles, was er über ihn wisse – und das muss einiges gewesen sein –, den Medien preiszugeben, falls er nicht sofort aus Italien verschwinde. Mennea war ein Verbrecher – in letzter Zeit verdiente er das meiste mit der Prostitution von Flüchtlingen, dazu im Menschenhandel und Schleppergeschäft. Viele Migranten, die er gegen hohe Geldsummen nach Europa bringen sollte, sind im Mittelmeer ertrunken, weil die Boote, die er zur Verfügung stellte, überbesetzt waren. Diejenigen, die die Fahrt überlebten, brachte er auf Schleichwegen in das aufgelassene Ospedale al Mare, wo er sie mit Versprechungen so lange hinhielt, bis sie sich seinen Anweisungen fügten. Zuletzt hat Mennea seinen Konkurrenten Borsakowski umbringen lassen, denn er ist seit einer Woche verschwunden. Borsakowski hatte die Absicht, selbst im Schleppergeschäft mitzumischen. Was mir im Augenblick noch ein Rätsel ist, ist die Frage, warum Sie in diese Angelegenheit derart verwickelt sind, dass man Sie aus dem Weg schaffen will.«

Lanz schwieg.

»Haben Sie eine Erklärung dafür?«, fragte Signor Blanc sanft.

Lanz schüttelte den Kopf.

»Ich verstehe«, fuhr Blanc fort, ohne sich umzudrehen.

»Vielleicht ist es doch, wie vermutet, eine Eifersuchtsgeschichte. Man hört da Gerüchte.«

Noch immer schwieg Lanz. In die Stille hinein nickte Signor Blanc mit dem Kopf und wies Richard Vogel in einer für Lanz unbekannten Sprache an, etwas zu tun, worauf dieser Lanz »Wir gehen« zuflüsterte und ihn hinaus in einen anderen Raum führte. Dort bat er ihn um etwas Geduld und verschwand wieder.

Es war ein riesiges, mit Globen vollgestopftes »Klassenzimmer«, in dem er sich jetzt befand, dessen Wände und Decke mit Glas- und Kunststoffaugen ausgestattet waren. Neben den Erdgloben aus den verschiedensten Jahrhunderten fielen ihm die Himmelsgloben auf, die mit Figuren der Sternzeichen geschmückt waren. Auf den Erdgloben hingegen entdeckte er in die einzelnen Länder hineingemalte Tiere, Pflanzen und Menschen. Es waren auch die sieben Planeten Merkur, Venus, Mars, Jupiter, Saturn, Uranus und Neptun und der Mond in der kunterbunten Sammlung zu erkennen sowie eine kompliziert aussehende Anordnung von Sternen um eine gläserne Erdkugel. Manche Gestelle von Erdkugeln waren mit einem Kompass ausgestattet, es gab sogar das Schwarzweißfoto einer Fabrikhalle, an deren Wänden sich Regale voller Globen befanden: Im Arbeitssaal klebten gerade Arbeiterinnen bedruckte Landkarten-Folien auf leere, weiße Kugeln. Es gab weiße Himmelsgloben mit schwarzen Punkten auf einem Messinggestell, die aussahen wie Lampen, es gab schwarze Himmelsgloben mit gelben Punkten, nautische Himmelsgloben, geometrische und meteorologische Globen, Verkehrsgloben und Globen, die von einem Uhrwerk angetrieben wurden, nicht zuletzt auch völlig schwarze, sogenannte Induktionsgloben mit dem Hinweis: »Auf der mit einem schwarzen Schieferanstrich versehenen Kugel können mit Kreide die Aufgaben zeichnerisch gelöst und danach wieder abgewischt werden.«

Doch die Hunderten Glasaugen, die ihn aus allen Richtungen zu beobachten schienen – denn sogar der Boden war, wie er jetzt entdeckte, mit einem steinernen Muster aus Augen versehen –, zogen seine Aufmerksamkeit so auf sich, dass er sie wie hypnotisiert anstarrte. An der Decke gab es gänzlich weiße, die mit transparenten Pupillen ausgestattet waren, durch die das Licht in das große »Lehrmittelkabinett« fiel. An den Wänden wiederum waren gläserne Menschen- und Tieraugen mit verschiedenen Pupillenformen, ovalen, runden, schlitzförmigen, manche davon mit roten Adern oder weißer Augenhaut, zu sehen. Eine gedruckte große Karte vor einem der Fenster zeigte die verschiedenen Modelle mit erläuternden Tiernamen. Er las: Vogelaugen – Fasan, Gans, Habicht, Haushuhn, Kranich, Rebhuhn, Sperber, Stockente, Straußenvogel – und weiter unten: Fischaugen – Barsch, Forelle, Hecht, Saibling, Wels –, sie schimmerten silbrig und goldfarben an den Wänden. Wieder ein Absatz tiefer: Reptilien – Frosch, Waran, Krokodil, Schildkröte, Klapperschlange – und eine letzte Zeile darunter: Amphibien mit verschiedenen Pupillenformen, vor allem schlitzförmig. Auch Menschenaugen waren dabei – grün, blau oder braun. Alle diese Augen schienen auf ihn gerichtet zu sein, und aus der Faszination, die von ihnen für Lanz ausging, wurde allmählich

Unbehagen und zuletzt Angst. Sie erinnerten ihn an Verhöre, Hypnose und Lügen. Auch schweigen konnte lügen sein, verstand er, trotzdem blieb er dabei, dass das Schweigen ein Teil des Universums war – doch er fühlte sich bei diesem Gedanken hilflos.

Gerade als er erwog, zu verschwinden, erschien Richard Vogel wieder, bemerkte Lanz' Verunsicherung und führte aus, dass der Raum früher für die Präparierung von Tieren verwendet und dann zum Hypnose-Raum umfunktioniert worden sei.

»Signor Blanc ist eine Zeitlang als Hypnotiseur aufgetreten. Er hat ganze Säle in Trance versetzt, bevor er sich vor einigen Jahrzehnten zurückgezogen hat. Auch die Globensammlung hat er hierhergeräumt, weil er das Interesse daran verloren hat, seit er mit Computerprogrammen in seinem Planetarium arbeitet. Er hat mir übrigens aufgetragen, Ihnen die Schlüssel für Ihr künftiges Gästezimmer zu geben: Wir schlagen Ihnen vor, als Weg in unsere Villa weiter den Gang in Ihrem Keller zu benutzen.«

Vogel eilte sportlich in das Erdgeschoss, öffnete die Tür zum Gästezimmer und wies auf das Doppelbett, den Fernsehapparat, den Kühlschrank und die Kochnische mit Mikrowelle und schließlich den Schreibtisch. Das Bad war klein, aber hell und mit Fliesen aus Portugal – wie Vogel sagte –, auf denen weiße und blaue Ornamente zu sehen waren, geschmückt.

»Ihr Gästezimmer ähnelt jenen in Hotels … Sie brauchen nicht zusammenzuräumen – es kommt jeden Tag unsere Frau Susanna.«

Als sie wieder in den Garten traten, war es dunkel geworden, doch war es die seltsamste Dunkelheit, die Lanz je gesehen hatte: Überall, wohin er blickte, schwirrten Leuchtkäfer umher, bildeten kleine, in Zeitlupengeschwindigkeit wandernde Wolken. Oder waren es leuchtende Photonen? Lanz rührte sich nicht und beobachtete, wie sie sich verbanden oder auseinanderschwirrten, in der Luft zu stehen schienen und sich abermals verdichteten.

»Der Sternenhimmel im Garten«, lachte Richard Vogel.

Lanz verabschiedete sich und wankte durch den Kellergang zurück in sein Haus. Dort räumte er den Verputz und die Ziegel, die noch immer auf dem Boden lagen, durch die Öffnung zurück in den Gang, dann schob er den Schrank wieder davor und taumelte hinauf in seine Wohnung, wo er sich erschöpft auf das Bett warf.

Erst die Türglocke weckte ihn am Morgen. Bilder des vergangenen Tages erschienen in seinem Kopf und vermischten sich mit den Wahrnehmungen. Er konnte zuerst nicht unterscheiden, was gerade jetzt geschah und was Erinnerung war.

Als er die Haustür öffnete, übergab Oboabona ihm drei Kuverts. Automatisch riss Lanz das erste auf und fand darin eine Ansichtskarte, die einen Falken zeigte. Im zweiten Kuvert war es eine Fotografie von einem Hund – sofort war ihm klar, dass es eine Anspielung auf die Hundemaske seines Verfolgers war –, und auf der dritten war ein Fisch abgebildet.

Lanz bat Samuel Goodluck Oboabona herein.

»Sagen wir du?«

»Ja, Signor Lanz.«

»Komm herein«, lud Lanz ihn noch einmal ein.

»Ich habe wenig Zeit. Viel Post!«, rief er und beeilte sich, zu seinem Fahrzeug zu kommen.

Lanz schloss die Tür hinter ihm ab und las das Geschriebene auf den Rückseiten der nummerierten Ansichtskarten. Auf der ersten stand in blauer Kugelschreiberschrift und Blockbuchstaben:

»ERINNERST DU DICH?«, auf der zweiten: »Dein Hund« und auf der dritten: »Dorthin wirst du gehen.«

Es war klar, dass es sich um eine Drohung handelte, eine Erinnerung an die Begegnung auf dem Friedhof San Michele, und der im Wasser schwimmende Fisch stellte den Meeresgrund dar. Der Absender hieß mit Sicherheit … Giorgio Fermi …, begriff er sofort, und betrachtete die drei Ansichtskarten, die er sodann vor sich auf den Tisch legte.

Der Falke füllte nahezu die gesamte Karte aus und war eine Schwarzweißabbildung. Er hockte mit strengem Blick auf einem Podest. Der weiße Hals und das gemusterte Gefieder, der flaumige Bauch und die Krallen waren auf das Allerfeinste dargestellt. Als Jahr der Entstehung war 1619 angegeben, daneben stand in feiner Schrift: »Ustad Mansur, Museum of Fine Arts, Boston.« Es handelte sich um indische »Mogulmalerei«, wie er las. Schon immer hatte er die muslimische Kunst bewundert.

Das zweite Bild mit einem schwarz-weiß gefleckten Hund war eine Fotografie und entsprach vage der Maske, die Fermi getragen hatte. Das dritte Bild, wieder in Schwarzweiß, zeigte einen toten »Salzwasserfisch«, der auf dem Rücken über den Meeresboden schwebte, mit starrem, abgestorbenem Auge. »Red Fort

Museum, Delhi«, stand darunter und neuerlich »Ustad Mansur«.

Doch er war nicht ganz bei der Sache, denn beim Anblick des toten Fischauges – der Fisch war seitlich dargestellt – hatte Lanz sofort wieder das Glasaugenzimmer von Signor Blanc im Kopf gehabt und an Hypnose gedacht.

Als Nächstes fiel ihm auf, dass die Postkarten vermutlich aus dem Besitz von Mennea stammten, der ja, wie Julia Ellis ihm gesagt hatte, an Kunstwerken interessiert gewesen war, wenn auch nur als Kapitalanlage. Jedenfalls schloss Lanz aus, dass einer der Leibwächter

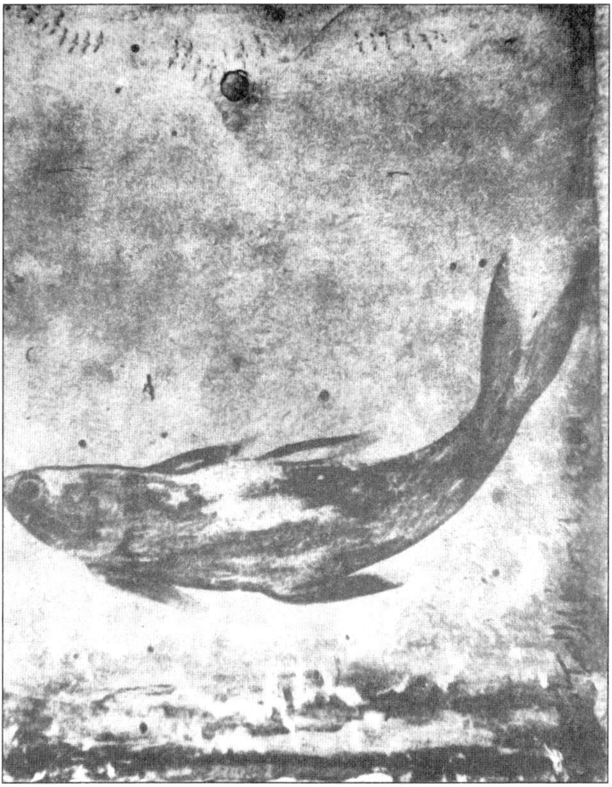

sich dafür erwärmen konnte … er blickte nach draußen: Die Sonne schien, alles war wie sonst. Er duschte, kleidete sich an und versuchte, Julia im Hotel Hungaria zu erreichen, aber sie meldete sich nicht. Natürlich konnte ihm auch die Empfangsdame keine Auskunft geben, doch erfuhr er nebenbei, dass Julia die Nacht im Hotel verbracht hatte und am Morgen ausgegangen sei.

Abermals läutete es an der Tür, und gleich darauf erhielt er einen Faustschlag auf sein Auge und verspürte einen stechenden Schmerz, von dem er glaubte, dass er das Ende seines Lebens bedeutete.

Als er das andere Auge wieder öffnete, fiel ihm der tote Fisch auf der Postkarte ein, dann beugte sich die bekannte Hundemaske über ihn, und eine männliche Stimme fauchte ihn an: »Schau in den Lauf der Pistole!«

Die Waffe näherte sich dem unverletzten Auge, bis er nur noch in die Mündung blickte.

»Da drinnen wartet eine Patrone auf dein zweites Auge, du Scheißkerl! Sie will nur noch in deinen Schädel hinein, nirgendwo anders hin als in dein beschissenes Gehirn!«

Die Waffe wurde aus seinem Gesichtskreis entfernt, und die Hundemaske erschien vor dem unverletzten Auge. »Verschwinde! Sobald du die Polizei ins Spiel bringst, bist du tot.«

Das Geräusch von bewegter Kleidung, Schritte … Die Haustür öffnete sich, nahm er wahr, und fiel wieder ins Schloss. Mühsam erhob er sich, verlor das Gleichgewicht und fiel um. Als er endlich das Fenster erreichte, war die Straße leer. Sein Auge schmerzte. Halb betäubt suchte er die Waffe, die er selbst zusammengebaut hatte, entsicherte sie und sicherte sie sogleich wieder.

Dann holte er einen Waschlappen aus dem Badezimmer, den er mit kaltem Wasser übergoss und sorgfältig auswrang, bevor er ihn auf sein schmerzendes Auge drückte.

Es dauerte eine Stunde, bis er wieder einen halbwegs klaren Kopf hatte. Alles, was er fühlte, war Leere. Er war nicht deprimiert, nicht verzweifelt, nicht bedrückt, er war einfach niemand.

Dann suchte er den Nylonsack, den er zum Aufbewahren von Medikamenten verwendete. Nach einigem Herumkramen fand er die Schmerztabletten, die ihm eine Zahnärztin, als er sich in Mestre ein Implantat hatte machen lassen, verschrieben hatte, und nahm zwei Stück mit einem Glas Wasser. Eilig verließ er das Haus, kaufte sich am Chiosco Bahiano Snacks und Cola und nahm sie in seine Wohnung mit. Während er aß, gewann er allmählich seine Fassung zurück. Er würde weder sein Haus noch den Lido oder Venedig verlassen, dachte er. Er musste wachsam sein und konnte die Nacht im Zimmer verbringen, das Signor Blanc ihm angeboten hatte. Zuerst wollte er jedoch Julia finden und irgendwann mit der Übersetzung der Shakespeare-Stücke beginnen. Er klammerte sich jetzt an seinen Auftrag, um nicht zu verzweifeln.

Der Schmerz im Auge ließ nach, und als er sich im Spiegel des Badezimmers betrachtete, sah er, dass die Hornhaut blutunterlaufen war und ihm das Aussehen eines Schlägers verlieh. Das war ihm jedoch nicht unangenehm. Er nahm die Walther-Pistole, warf einen Blick auf die beiden Schlüssel, die Richard Vogel ihm gegeben hatte, zog die leichte Windjacke an, packte das neue Sportrad im Flur aus, verstaute die Verpackungskartons im Altpapierbehälter am Ende der Gasse, ging zurück und fuhr, nachdem er die Haustür zweimal versperrt hatte, mit dem Sportrad zum Hotel Hungaria.

Das Rad war leicht, und er gewann mit wenigen Tritten rasch an Geschwindigkeit. Im Hungaria suchte er den Empfang auf und verlangte von der jungen Dame, dass sie ihn telefonisch mit dem Zimmer von Julia Ellis verband. Die Angestellte in dunkelblauer Uniform warf zuerst einen abschätzigen Blick auf sein Auge und dann auf das Fahrrad. Plötzlich legte sie den Hörer auf, um ihm mitzuteilen, dass sich Signora Ellis nicht auf ihrem Zimmer befinde. Außerdem sei es verboten, mit dem Fahrrad das Foyer zu betreten, fügte sie hinzu. Sie bemühte sich nicht einmal, ihr Misstrauen zu verbergen.

Auf der Rückfahrt entdeckte er an einem Zeitungskiosk eine Titelseite mit dem Gesicht des Anwalts Capparoni. Er bremste, kaufte sich ein Exemplar und las den Artikel, nachdem er das Fahrrad wieder im Flur an die Wand gelehnt hatte, in seinem Wohnzimmer. Noch immer lagen die drei Kuverts und die drei Postkarten auf dem Couchtisch. Er betrachtete sie vorläufig nicht, sondern vertiefte sich in seine Lektüre. Entweder hatte die Polizei den Journalisten angelogen, oder der Autor hatte seiner Phantasie freien Lauf gelassen. Vom Mord an Borsakowski auf Torcello war nicht die Rede, auch nicht von Migranten, Schleppern oder dem Ospedale al Mare. Das Blatt, das schon die Ermordung Menneas gemeldet hatte, schrieb von dessen Spielgeschäften und Casinos und als »Letzte Meldung« über den Selbstmord Capparonis. Eine Fotografie zeigte den toten Schäferhund des Anwalts, darunter war zu lesen, Dr. Capparoni habe ihn »mit auf seine letzte Reise genommen«. Es ärgerte Lanz vor allem, dass man nur von »Selbstmord« schrieb und keinen Zusammenhang mit dem Tod Menneas andeutete. Außerdem erinnerte er sich an den Tag auf Torcello, und wie er sich unter dem Holunderbusch hatte erschießen wollen. Was er dadurch erreicht hatte, ging es ihm durch den Kopf, war nur, dass er jetzt gleichsam jeden Quadratmeter, jedes Möbelstück, jeden Gegenstand in einem riesigen Gebäude nach ungezählten winzigen Puzzlesteinen durchsuchen musste, ohne zu wissen, ob sie dort überhaupt zu finden wären. Der verrückte Giorgio Fermi mit der Hundemaske wartete außerdem nur darauf, ihn zu überwältigen. Ich kann mich nicht wegzaubern, dachte er, bevor er auf die Toilette ging und anschließend nicht vergaß, sich beim Händewaschen ausführlich im Spiegel zu betrachten. Das Auge war jetzt nur noch einen Spalt breit geöffnet, die Hornhaut von Blut unterlaufen, und es zeigten sich die ersten roten Flecken auf der Haut, die sich in einen blauen Ring verwandeln würden.

Ihm fiel ein, dass er Richard Vogel von der Drohung und dem Überfall erzählen sollte, aber dieser, überlegte Lanz weiter, würde ihm vermutlich nur raten, sofort die Polizei zu verständigen. Außerdem beabsichtigte er, wenn er schon mit dem Falkner sprechen wollte, nicht, wie von ihm vorgeschlagen, den Kellergang dafür zu nehmen, sondern von vorne durch das eiserne Gartentor zu gehen. Es war Unsinn, war ihm klar. Er verstaute die Pistole in der Schreibtischlade und deponierte dort auch den Schlüssel für das Tor am Ende des Kellergangs, nahm das Sportrad, weil es ihm das Gefühl vermittelte, jederzeit flüchten zu können, und wollte zuerst die Apotheke, die sich in der Gran Viale Santa Maria Elisabetta befand, aufsuchen, um sich eine Augenklappe zu kaufen.

Als er am Eingangstor zum Garten und der Villa von Egon Blanc vorbeifuhr, stellte er fest, dass mehrere gelbe Möbelwagen am Randstein davor parkten und Arbeiter in Latzhosen Schachteln, Stühle und andere Möbelstücke aus dem Haus trugen und in den Laderäumen verstauten. Mr Ashby, der Gärtner, kümmerte sich gerade um zwei kostbare Bilder, die in Decken verpackt wurden. Lanz sah für kurze Momente Ausschnitte davon, bevor sie in einem eigenen, mit »Kunsttrans« beschrifteten weißen Lieferwagen verstaut wurden. Lanz stieg vom Sitz und schob sein Fahrrad durch die Einfahrt. Als er endlich Mr Ashby erreicht hatte, war dieser gerade dabei, die Laderaumtüren des Kunsttrans-Wagens zu schließen.

»Zieht Signor Blanc aus?«, wollte Lanz wissen, und Ashby nickte.

»Er ist heute Morgen aufgebrochen.«

»Wohin?«, fragte Lanz erstaunt.

»Er hat drei Flüge gebucht, aber keines der Tickets verwendet. So macht er es immer. Eigentlich wollte er nach Rio de Janeiro, dann nach Genf und zuletzt nach Hongkong reisen, wie wir diesmal herausgefunden haben, da er dort überall Villen besitzt. Wir haben allerdings vor einer Stunde die Nachricht erhalten, dass er sich in Damaskus ein Hotel gekauft hat, wohin die Einrichtung seines Hauses am Lido zugestellt werden soll. Herr Blanc hinterlässt vor einer Abreise genaue Anweisungen, doch diesmal haben wir nichts gefunden … was ist mit Ihrem Auge?«

»Nichts Besonderes.«

»Sagen Sie nicht, Sie hätten sich den Kopf am Türpfosten angeschlagen.«

»Nein«, antwortete Lanz.

»Es sieht übel aus.«

»Ja, ich bin gerade auf dem Weg zum Arzt.«

Der Kunsttrans-Wagen fuhr vorsichtig über die knirschenden, an die Karosserie des Fahrzeugs klopfenden und unter den Autoreifen wegspringenden Kieselsteine zum Lungomare Gabriele D'Annunzio hinaus, und die Arbeiter trugen weiterhin Kartons ins Freie, in denen sich, wie Mr Ashby bemerkte, die Bücher der Bibliothek befanden.

»Und die Tiere und Pflanzen?«, fragte Lanz bestürzt.

»Die Pflanzen werden an die Universität Padua gebracht, auch das Glashaus und die Bienen«, sagte Mr Ashby. »Das Planetarium wird abgebaut und ebenfalls nach Padua gebracht.«

»Und Sie?«

»Ich fahre zurück nach England.«

»Warum?«, fragte Lanz erstaunt.

»Die Zeiten ändern sich.«

»Ich verstehe nicht.«

»Manchmal schläft die Zeit, manchmal ist sie auf der Suche, dann wieder auf der Flucht.« Er lachte plötzlich, als habe er einen Witz gemacht, und verschwand.

Lanz blieb im Garten stehen und hoffte, Richard Vogel, Caecilia Sereno oder den Imker Pedar Janca zu sehen, doch keiner von ihnen erschien, nur ein kleiner, drahtiger Chinese in Jeans und weißem T-Shirt, der gerade aus dem Haus trat und es eilig zu haben schien.

»Sind Sie der Koch, Herr Chang?«, sprach Lanz ihn an.

Der Mann musterte ihn kurz und sagte: »Lanz?«

»Ja.«

»Herr Blanc lässt Sie grüßen. Soeben haben wir ein Mail erhalten, in dem er uns auffordert, Ihnen behilflich zu sein.«

Der Chinese gab ihm seine Visitenkarte und eilte »zurück ins Hotel Excelsior«, wie er sagte. Da sich niemand sonst zeigte und nur noch die Arbeiter die Bücherschachteln aus der Villa trugen, wollte er zuerst zurück nach Hause fahren, dann aber fiel ihm ein, dass er vergessen hatte, die Augenklappe zu kaufen, und er nahm den Weg zur Farmacia. Noch in der Apotheke band er sie sich um den Kopf und schlug den Rückweg ein. Es war seltsam: Zuerst das Augenzimmer, dann das Bild mit dem toten Fisch, von dem nur eines seiner Augen dargestellt war, und jetzt er selbst mit einem blauen Auge und einer schwarzen Augenklappe. Giorgio Fermi, der Leibwächter mit der Hundemaske, hatte ihm angedroht, ihn zu den Fischen zu schicken, und mit dem Schlag auf sein Auge den ersten Teil der Drohung wahrgemacht. Als Nächstes würde Giorgio Fermi ihn töten.

Lanz fuhr langsam an der gelben Mauer entlang bis zum Gartentor von Egon Blancs Villa. Die gelben Möbelwagen waren verschwunden und drei neue große parkten am Straßenrand. Andere Transportarbeiter schleppten gerade das Interieur eines Speisezimmers, einen überdimensionalen Fernsehapparat, Betten, Stehlampen und Küchengeräte aus der Villa. Alles geschah mit größter Präzision und ohne Umschweife.

Wieder schwang sich Lanz auf das Sportrad und fuhr ums Eck zurück zu seinem Haus.

Er sperrte das Schloss auf, zögerte kurz, da er es für möglich hielt, dass sich inzwischen jemand in das Haus geschlichen hatte und auf ihn wartete. Doch es blieb still. Er stellte das Sportrad im Flur ab und lauschte wieder. Dann begab er sich rasch in das Wohnzimmer, die Küche und das Arbeitszimmer, bevor er sich auf seinem Bett ausstreckte. Die Zeit war wie ein Lebewesen, hatte Mr Ashby sinngemäß zu ihm gesagt. Sie machte mit ihm, was sie wollte. Das Augenzimmer von Signor Blanc ging ihm durch den Kopf, und er hatte den Eindruck, dass die Zeit hypnotische Gaben besaß. Niemand merkte, wie man von ihr gelenkt wurde, obwohl ihr jeder in einem fort begegnete, denn man wollte sie keinesfalls verlieren. Erst wenn man sie gewinnen wollte, gab sie vor anzuhalten, um sich irgendwann wieder loszureißen und davonzustürmen.

Er stand auf, legte die Augenbinde ab, holte die Pistole und suchte einen anderen Platz für die Schlüssel. Schließlich legte er sie in die alte Suppenterrine aus Porzellan, die er in einem der Küchenschränke fand und noch nie verwendet hatte. Sie stammte noch vom Geschirr aus dem Haus in St. Leonhard, und er hatte sie nur mitgenommen, weil sie zum Service gehörte. Vom blauen Blumenmuster auf dem weißen Porzellan ging eine beruhigende Wirkung aus. Es gab weiterhin das Schöne, das Unaufdringliche, sagte das Gefäß.

Vorsichtig schloss er den Deckel und erinnerte sich an Almas Hände und besonders die Fingernägel. Anfangs hatten sie sich sehr geliebt, und es war ein Fehler gewesen, dass sie aufs Land gezogen waren, dachte er.

Im Badezimmerspiegel sah er wieder, wie sich die roten Flecken auf der Haut um das Auge langsam blau zu verfärben begannen. Die Pistole würde er von nun an, nahm er sich vor, in der Windjacke eingesteckt lassen. Dann rief er Julias Handy an, aber er hörte wieder nur das Freizeichen. Auch im Hotel Hungaria war sie nicht. Auf die Frage, ob sie inzwischen ausgezogen sei, hörte er nur ein kurzes »Nein«. Er war so unruhig, dass er weder lesen noch Musik hören oder den Fernseher einschalten wollte. Er musste Geduld aufbringen, sagte er sich.

Auf dem Bett liegend, schloss er die Augen und das Gesicht des von der Zimmerdecke baumelnden Anwalts Capparoni erschien vor ihm. Sein letzter Gedanke, bevor er einschlief, war, dass die Sache noch lange nicht ausgestanden war.

Als er erwachte, erinnerte er sich flüchtig, dass er von den Möbelwagen und den Transportarbeitern vor Signor Blancs Haus geträumt hatte. »Wirres Zeug«, wie er sich sagte. Draußen war die Nacht angebrochen. Er steckte das Telefon ein, band sich die Augenbinde um, trug das Fahrrad auf die Straße und versperrte die Haustür sorgfältig. Dann beeilte er sich, vor Signor Blancs Villa zu gelangen, um zu erfahren, wie es mit dem Umzug stand.

Der Garten war von Scheinwerfern erhellt, und gerade wurde der große Globus aus dem Planetarium in zwei Teilen, wie Lanz aus den beiden Halbkugelformen unter den grünen Planen schloss, in einen Transportwagen verladen. Caecilia Sereno stand daneben und kontrollierte aufmerksam den Vorgang.

»Warum muss alles so schnell geschehen?«, fragte Lanz sie.

»Das weiß nur Signor Blanc«, antwortete sie lächelnd. »Die Mikroskope und historischen astrologischen Geräte sind schon im Laderaum, der Computer wird gerade abgebaut … Was ist mit Ihrem Auge?«

»Nichts«, antwortete Lanz und lächelte.

Er sah jetzt, dass auch das Glashaus zerlegt war und die Pflanzen weggetragen wurden.

»Das heißt, dass Signor Blanc nicht wiederkommt?«

Caecilia Sereno zuckte nur mit den Schultern und konzentrierte sich weiter auf die Transportvorgänge, denn inzwischen wurden Holzbehälter, in denen sich weitere Geräte aus dem Planetarium befanden, auf einem Rollwagen abgestellt.

»Er ist übrigens nicht in Damaskus. Auf dem Flugplatz hat es plötzlich geheißen, dass alles nach Spanien geht, in die Vorstadt Madrids, Mejorada del Campo. Dort baut der ehemalige Mönch Martínez seit mehr als fünfzig Jahren allein eine Kathedrale. Er ist an die neunzig Jahre alt und hat noch immer nicht aufgegeben … Sie können im Internet unter Justo Gallego Martínez nachsehen, es gibt über ihn und das seltsame, riesige Bauwerk auch Filme auf Youtube.«

»Wie groß ist es?«, fragte Lanz.

»Es muss etwas Besonderes sein. Signor Blanc sprach monatelang über nichts anderes als den Mönch Martínez und sein Projekt. Die Kirche soll über fünfzig Meter lang sein, und das Stahlgerippe der beiden Türme ragt, wie Signor Blanc sagte, hoch in den Himmel.«

»Sehen wir uns einmal wieder?«, fragte Lanz zu seiner eigenen Überraschung.

»Warum nicht?«, antwortete sie, um gleich darauf den Arbeitern Anweisungen zu geben.

Zu Hause legte Lanz sich wieder auf das Bett, und da er nicht schlafen konnte, weil er immer wieder vergeblich versuchte, Julia zu erreichen, setzte er sich alle zwei Stunden auf das Sportrad, um zu sehen, was die große Zahl an Arbeitern schon alles abgeräumt hatte. Um sechs Uhr wurde es hell, die Lichter im Areal um Blancs Haus wurden ausgeschaltet, und bis auf den Garten und die Falknerei war alles bereits auf dem Weg zum Flughafen oder schon in Spanien. Lanz staunte und wunderte sich abwechselnd. Er hatte noch nicht wirklich begriffen, was geschehen war, dämmerte es ihm.

Der Chiosco Bahiano war geschlossen und der Lungomare D'Annunzio menschenleer. Nur das Geräusch des Meeres war zu hören, es erzeugte weiter gleichgültig Wellen und spülte sie rhythmisch an Land. Die Mauer um die Villa kam ihm, vielleicht auch infolge seiner Schlaflosigkeit, grotesk lang vor. An einigen Stellen sah er Graffiti, die aber nur Signaturen zu sein schienen. Durch die Vorfälle, bemerkte er jetzt selbst, hatte er sich angewöhnt, sich immer wieder umzudrehen und das Terrain links und rechts der Straße im Auge zu behalten. Auch in der Seitenstraße, in der sein Haus stand, war kein Anzeichen von Leben zu entdecken.

Automatisch sperrte er die Haustür auf und, nachdem er das Fahrrad in den Flur gestellt hatte, gleich wieder zu. Bevor er sich ein Joghurt aus dem Kühlschrank nehmen und wie gewohnt mit kernlosen Datteln vermischen konnte, läutete es an der Tür.

Er hatte keine Lust, noch einmal überfallen zu werden, und hängte zuerst die Sperrkette ein, bevor er einen Spalt öffnete.

Es war Commissario Galli, sah er, diesmal allerdings war er allein.

»Ihr Auge! Wo haben Sie sich verletzt?«, rief er aus.

Lanz ignorierte die Frage.

»Oh, das neue Sportrad«, sagte Galli, nachdem er eingetreten und, ohne ihn zu fragen, in das Wohnzimmer vorausgegangen war.

»Was wollen Sie?«, begehrte Lanz auf. »Sie kommen ohne Ankündigung –«

»Sie werden sich noch darüber freuen, dass ich das mache!«, antwortete Galli und setzte sich.

»Was heißt das?«

»Sagen *Sie* es mir.«

»Ich möchte eine Anwältin anrufen.«

»Dr. Falchi? Sie hat es geschafft, Signora Ellis frei zu bekommen. Eine erstaunliche Frau. Aber helfen kann nur ich Ihnen. Sie sind in großer Gefahr, Signor Lanz.«

Lanz schwieg. Er ahnte, worauf Galli hinauswollte, und nahm selbst Platz.

»Weshalb haben Sie mir nicht gesagt, dass Sie auf dem Friedhof San Michele von einem Mann, vermutlich von Giorgio Fermi, einem der Leibwächter Menneas, der sich mit einer Hundemaske getarnt hatte, überfallen worden wären, wenn Herr Vogel nicht seinen Falken auf ihn gehetzt hätte?«

»Wer sagt das?«, fuhr Lanz ihn wütend an und wusste, dass es nur Richard Vogel selbst gewesen sein konnte.

»Sie tun so, als sei Herr Vogel ein Verräter. Er hat

Ihnen dringend nahegelegt, den Vorfall der Polizei zu melden, weil Sie in Gefahr sind. Übrigens waren Sie selbst es, der Herrn Vogel als Zeugen dafür angegeben hat, dass Sie tatsächlich auf dem Friedhof San Michele waren. Hören Sie auf, mir Dinge zu verschweigen!«

»Sie versuchen doch selbst, mich auszutricksen, und verschweigen mir Dinge.«

»Das ist bis zu einem gewissen Grad richtig, aber es gehört leider zu meinem Beruf.«

»Ich stehe, wie Sie vielleicht wissen, nicht unter Eid«, sagte Lanz und war ganz und gar nicht zufrieden mit sich.

»Ich sage Ihnen jetzt, was ich weiß«, überging Galli seinen Einwand. »Sie haben eine Beziehung mit Julia Ellis begonnen, und Mennea ist dahintergekommen. Er wollte Sie aus dem Weg räumen, aber Sie hatten das Glück, zufällig Herrn Vogel mit seinem Falken kennenzulernen, bevor Fermi Sie umlegen konnte. Dann wollte Fermi Sie mit dem Auto niederfahren, als Sie mit dem Fahrrad nach Hause unterwegs waren ... Sie haben sich das neue Sportrad gekauft und weiter so getan, als ginge Sie alles nichts an ... Das kann ich nicht verstehen ... Sagen Sie mir weshalb?«

»Ich habe nicht gesehen, wer mich wirklich mit dem Auto angefahren hat, und ich kann mich auch jetzt nicht daran erinnern.«

»Und wer, außer Giorgio Fermi, hat Ihnen das mit Ihrem Auge angetan? Er ist ein Schläger und vermutlich ein Mörder! Und jetzt wartet er nur darauf, Sie zu töten, denn Sie haben in diesem Augenblick mit mir, der Polizei, Kontakt aufgenommen!«

Lanz schwieg, und da auch Galli nichts sagte, drehte

er sich um, blickte aus dem Fenster und versuchte, seinen Hass auf die Situation loszuwerden.

»Er wird Sie töten, weil Sie zu viel wissen. Julia Ellis könnte Ihnen einiges über Fermi und Saltesi, seinen Kollegen, erzählt haben. Ich schätze, die beiden sind jetzt bereits hinter Julia Ellis her und dann, wenn sie die ehemalige Geliebte Menneas beseitigt haben, hinter Ihnen. War es Fermi, der Sie zuerst mit dem Auto angefahren und jetzt überfallen hat? Wenn er es nicht gewesen ist und wir ihn verhaften, wird er rasch ein Alibi aus seinem Ärmel zaubern!«

»Ich kann mich nur wiederholen, dass ich mich nicht erinnern kann«, entgegnete Lanz.

»Und Ihr blaues Auge? Können Sie sich auch nicht erinnern, wer Ihnen das verpasst hat?«

»Doch«, antwortete Lanz nach einer Pause und schwieg.

»Und wer?«, drang Galli weiter in ihn.

»Es war Giorgio Fermi«, antwortete Lanz zögernd. »Ich habe gestern mit der Post drei Ansichtskarten zugestellt bekommen. Bald darauf hat es an der Tür geläutet, und als ich sie geöffnet habe, hat mir jemand mit der Faust aufs Auge geschlagen.«

»Sind Sie sicher, dass es Fermi war?«

»Er hat die Hundemaske getragen.«

»Das heißt, es könnte auch ein anderer gewesen sein?«

»Nein … Ich habe ihn an seinen Bewegungen wiedererkannt.«

»Erzählen Sie mir alles von vorne … Ich meine von dem Moment an, als Sie verfolgt wurden, bis zum Überfall in Ihrer Wohnung.«

Lanz berichtete von seiner Begegnung mit Fermi im Vaporetto, dem versuchten Überfall auf dem Friedhof und zuletzt vom ausgeführten in seiner Wohnung.

»Er hat mir die Mündung der Pistole vor das unverletzte Auge gehalten und mir gedroht, mich umzubringen, wenn ich zur Polizei gehe, die Postkarten hat er hier gelassen«, beendete Lanz seine Schilderung.

»Er könnte auch alles abstreiten, weil Sie sein Gesicht nicht gesehen haben.«

»Ich habe sein Gesicht im Vaporetto nach San Michele deutlich gesehen und ihn wiedererkannt! Er trug einen Rucksack.«

»Einen Rucksack?«, fragte Galli. »Giorgio Fermi hat immer, wenn er nicht gerade auf Mennea aufpasste, einen Rucksack getragen. Darin kann er alles, was er braucht, mit sich tragen – ein Messer, eine Hundemaske, eine Pistole –«

Galli stand auf und ging, nachdem er kurz gezögert und nachgedacht hatte, ohne sich nach Lanz umzudrehen, hinaus.

Lanz stand auf, um hinter ihm abzusperren, aber hörte, dass Galli wieder zurückkam.

»Ich habe vergessen, die Postkarten mitzunehmen …«, rief er, noch bevor Lanz die Tür versperrt hatte.

Lanz ging in das Wohnzimmer und wollte Galli die Karten bringen, aber da stand er schon hinter ihm: »Sperren Sie die Tür zu und bleiben Sie zu Hause … Aber Sie werden sich ohnehin nicht an meine Warnung halten …«

Lanz überreichte Galli die drei Postkarten, verschloss, wie dieser ihm geraten hatte, die Haustür und legte wieder die Kette vor. Dann suchte er das Bett auf und schlief ein.

Es war gerade elf Uhr, als er einen Anruf von Richard Vogel erhielt, ob er ihn in einer Stunde auf die jüdischen Friedhöfe am Lido begleiten wolle. Er habe von der Stadtverwaltung in Venedig den Auftrag erhalten, auch von dort die Möwen zu vertreiben, außerdem sei auf dem Neuen Jüdischen Friedhof die verstorbene Ehefrau von Signor Blanc begraben –.

»Commissario Galli«, unterbrach ihn Lanz, »hat mir vorgehalten, dass ich den Überfall auf dem Friedhof San Michele nicht bei ihm gemeldet habe –«

»Sie sind nicht zur Polizei gegangen?«

»Nein. Sie haben das für mich erledigt.«

»Ich habe nicht daran gezweifelt, dass Sie meinen Rat befolgen würden, und selbst wenn ich gewusst hätte, dass Sie es nicht tun würden, hätte ich den Commissario gerade deshalb informiert.«

»Es ist meine Sache, oder?«, warf Lanz gereizt ein.

»Sie haben noch immer nicht begriffen, worauf Sie sich einlassen – vermutlich wollen Sie Signora Ellis schützen.«

Lanz überlegte, den Hörer aufzulegen, aber dann erinnerte er sich, dass er Vogel nur Gutes verdankte.

»Ich habe einen Fehler gemacht«, lenkte er ein.

»Und Commissario Galli hat Sie angewiesen, das Haus nicht zu verlassen?«

»Mehr oder weniger.«

»Ich kläre das für Sie.«

»Was meinen Sie?«

»Ich rufe ihn an und frage ihn, ob Sie mich begleiten dürfen – ich meine, wenn Sie es überhaupt wollen.«

»Doch … Wo ist Signor Blanc?«, fragte er, um das Thema zu wechseln.

»Signor Blanc ist mit allen seinen Schätzen nach Mejorada del Campo gezogen. Sie kennen die Geschichte von Justo Gallego Martínez, dem Mönch, der eine Kathedrale aus Müll baut? Signor Blanc will ihm helfen.«

»Warum sind Sie nicht mit ihm umgezogen?«

»Ich muss die Falken nach Damaskus bringen, alle anderen Tiere sind schon auf dem Weg dorthin.«

»Und in Spanien – ich meine, wer betreut ihn in Mejorada del Campo?«

»Sanchez ist dort. Ein sehr guter Falkner ...«

»Aber ...?«

»Ich rufe jetzt Commissario Galli an.«

Im VW-Kombi saß der Falke mit dem Lederhäubchen wieder auf der Eisenstange, diesmal im Fond des Wagens, und schien zu schlafen.

»Wie sieht Ihr Auge aus?«, fragte Richard Vogel zur Begrüßung erschrocken.

»Nichts. Es ist nichts.«

»Wer hat Ihnen das angetan?«

»Fermi«, sagte Lanz und erzählte ihm den Vorfall.

»Haben Sie einen Arzt aufgesucht?«

»Nein.«

»Das müssen Sie aber tun. Soll ich Sie hinbringen?«

»Nein.« Ich habe außerdem meine Pistole eingesteckt, dachte Lanz.

»Mit dem Falken kann uns nichts passieren«, sagte Vogel hinter dem Lenkrad.

»Aber dem Falken ... Fermi hat eine Waffe.«

»Er wird nicht am Friedhof sein. Die Polizei ist hinter ihm her. Der Commissario hat es mir verraten. Er denkt, sie kriegen ihn –«

Obwohl Lanz daran zweifelte, erleichterte es ihn. »Was macht Caecilia Sereno? Ich meine, sie zieht nicht nach Madrid?«, wechselte er das Thema.

»Sie gefallen ihr«, lachte Vogel, »fragen Sie sie selbst, wie es ihr geht.« Er stieß einen kurzer Lacher aus.

Während sie den Lungomare D'Annunzio hinauffuhren, erinnerte sich Lanz an seine Fahrradtour vor einem Jahr, als er zufällig den Nuovo Cimitero Israelitico entdeckt hatte, den Neuen Jüdischen Friedhof: Zuerst war er eine Ziegelmauer entlanggefahren und auf ein Gittertor gestoßen: links und rechts davon Gebäude und in der Mitte die Einfahrt. Ein Schild hatte darauf aufmerksam gemacht, dass Fotografieren verboten sei und erst um 15 Uhr 30 Einlass sei. Er war die Ziegelmauer weiter entlanggefahren und endlich auf ein anderes, ein verrostetes Gittertor gestoßen, durch das er in den Cimitero hatte sehen können, der von hohem Gras überwachsen gewesen war. Die schiefen Grabsteine waren überwuchert gewesen von Gras und altem Laub, dazwischen eine Steinsäule wie ein abgebrochener Baumstamm. Auf der Straße hatte gerade kein Verkehr geherrscht, und er hatte für sich gedacht: Auch hier ein Ghetto – diesmal für die Toten.

Als er jetzt die Ziegelmauern wieder sah, fiel ihm ein, dass nicht nur die Friedhöfe der Stadt von ihnen umgeben waren, sondern auch die ehemalige Schiffswerft, das Arsenal, ebenso wie die Irrenanstalt San Servolo oder die Glasfabriken in Murano. Selbst Signor Blancs Villa entzog sich mit einer verputzten gelben Mauer den Blicken.

»Was wird aus Signor Blancs Villa?«, fragte Lanz.

»Das weiß ich nicht. Er ist noch nicht in Madrid eingetroffen und hat uns inzwischen nicht mehr angerufen … Manche behaupten, er liege in einem Krankenhaus …«

»Ist er krank?«

»Er ist sehr alt … und er ist natürlich … nennen wir es etwas eigen. Man kann nicht immer nachvollziehen, was er tut oder meint … Man behauptet, er sei … nun … eben eigen.«

»Und Sie, was halten Sie von ihm?«

»Er ist mein Chef.«

»Ist er verrückt?«

Richard Vogel schwieg, drosselte die Geschwindigkeit und fragte nebenbei: »Wie?«, als habe er schlecht gehört.

Diesmal unterließ es Lanz, die Frage zu wiederholen. Noch immer fuhren sie im Schritttempo die Ziegelmauer entlang und hielten vor einer Werkstatt oder kleinen Fabrik. Auf der gegenüberliegenden Seite, die mit einem Maschendrahtzaun von der Straße getrennt war, sah er eine verwahrloste Hütte und aufgestapelte Kisten. Der Zaun war zum Teil schadhaft und verrostet, und hinter ihm war neben der Hütte eine unverputzte Garage zu erkennen und dass die aufgestapelten Kisten eigentlich Kaninchenställe waren – offensichtlich ohne Tiere. Eingeflochten in den Zaun und angenagelt an die halbverfallenen Holzkisten, hing merkwürdiges Kinderspielzeug. Die kleinen bunten und billigen Stofftiere und Puppen waren der Witterung ausgesetzt und sahen mitgenommen aus. Lanz warf einen genaueren Blick auf die Spielsachen im Drahtzaun: gelb bemalte Sonnen und Monde, Teddybären, Kasperlfiguren, Stoffhasen, Puppengesichter, Jiminy Grille aus dem Walt-

Disney-Film »Pinocchio« und vieles andere. Lanz hatte noch nie Spielzeug in einem solchen Zustand gesehen. Auch die Art und Weise, wie es angeordnet und aufgehängt war, kam ihm seltsam vor.

»Diese Spielsachen sehen aus, als hätten Hunde mit ihnen gespielt und sie zerkaut«, sagte Lanz.

»Hier hielten sich ein afrikanisches Migranten-Mädchen und sein Vater versteckt. Bei einer Razzia sind sie an den Strand vor dem Ospedale al Mare geflohen, und sein Vater hat das Kind dort aus den Augen verloren. Man hat es erst zwei Tage später am Strand gefunden … ertrunken … Keiner weiß, wie das geschehen konnte –«

Lanz sah das tote Kind vor sich, auf das er bei einem Strandspaziergang gestoßen war. Er hatte den Anblick und die Szene noch immer im Kopf, als sei es soeben erst geschehen. Aber er behielt es für sich.

Rasch nahm das Auto wieder an Geschwindigkeit auf und hielt erst vor den beiden Gebäuden mit der Einfahrt, an die sich Lanz erinnert hatte. Zur Mauer hin schien der Friedhof von hohen Bäumen geradezu dschungelartig überwachsen zu sein. Deshalb war er besonders neugierig darauf, was ihn erwarten würde. Vor dem Spitzbogentor aus Gitterstäben wartete schon ein Mann in einem verwaschenen, blau-grün gemusterten Hemd mit aufgekrempelten Ärmeln und offenem Kragen, das über seine Jeans hing, und mit einer grünblau und weiß gehäkelten Kippa auf dem Kopf. Eine exotische, hübsche Schlangenkette aus Silber hing um seinen Hals. Er roch schon von weitem nach Alkohol.

Richard Vogel kannte ihn offensichtlich.

»Früher haben die Singvögel hier ihre Nester gebaut, heute gibt es nur noch Möwen«, begrüßte er den Falkner.

Vogel stellte Lanz kurz vor, doch das schien den Friedhofsverwalter nur wenig zu interessieren. Weißer Samenflaum bedeckte Wiesen und Sträucher wie Schnee. Es war derselbe »Schnee«, den Lanz im Ospedale al Mare gesehen hatte. Er bückte sich, griff mit der Hand hinein, und es fühlte sich an wie Watte oder ein flaumiges, von der Sonne warmes Küken.

»Von den Pinien«, erklärte Vogel.

»Fotografieren ist verboten«, sagte der Friedhofsverwalter.

Lanz nickte, und der junge Mann mit der silbernen Schlangenkette reichte auch Richard Vogel eine Kippa und ging dann weiter, ohne sich noch einmal umzudrehen.

»Wie heißt er?«, fragte Lanz und deutete auf den Falken.

»Alien«, antwortete Vogel. »In Italien Alpha und in Damaskus Ali.«

»Verwirrt ihn das nicht?«

»Nein – Hauptsache, *ich* rufe ihn.«

Lanz blickte sich um, betrachtete kurz wieder den weißen Flaum auf den Wegen und Gräbern und sagte dann: »Wie im Winter.«

Richard Vogel war zu sehr mit dem Falken beschäftigt, um ihm zu antworten, daher ging Lanz ein paar Schritte weiter zu den ersten Gräbern, von denen aus er die gesamte, gegenüberliegende Wiese mit den neuen Ruhestätten sah. Noch gab es darauf keine hohen Bäume, keine Zypressen, keine Akazien, keine Lorbeer- oder Buchssträucher, keinen Pinienwald – nur die Wiese und den Schnee aus Samen, der von der Sonne beschienen wurde.

Die ersten Gräber, vor denen er stand, hatten auffällige kleine Grabsteine. Als er näher trat, erkannte er, dass sie für Kinder errichtet worden waren.

Eidechsen huschten aus ihren Verstecken, und vereinzelte Mohnblumen leuchteten im Mittagslicht. Er bückte sich und schaute sich einige – trotz des jüdischen Bilderverbots – in die Grabsteine eingelassene ovale Fotografien an. Sie waren inzwischen schwarzweiß gerastert, mitunter so grob, dass er kaum erkennen konnte, was auf ihnen dargestellt war: Ein Bub im Matrosenanzug schwebte in einer Art fliegender Untertasse zum Himmel hinauf, ein Mädchen, das noch gut erkennbar war, hielt ein Notenblatt in einer Hand, und eine weitere Fotografie zeigte ein Kind mit langen Zöpfen, das den Betrachter anlachte. Das Lichtbild war wie abgeschürft, und die weißen Punkte und schleifspurartigen Kratzer vermittelten den Eindruck, als sei die Aufnahme bei starkem Schneefall oder Schneesturm gemacht worden. Viele noch kleinere Grabsteine wiesen keine Abbildungen oder Namen, sondern nur ein Datum auf – sie ließen ihn an Fehlgeburten denken. Wieder fiel Lanz das tote schwarze Kind am Sandstrand ein und zugleich der Zaun mit dem Kinderspielzeug und dahinter die Kaninchenställe. Es gab zahlreiche Tafeln ohne Namen, stellte er fest.

Inzwischen war der Friedhofsverwalter auf seinem Fahrrad herangerollt und beobachtete ihn voller Misstrauen, wie es Lanz schien.

Lanz lächelte ihn an. »Viel zu tun?«, fragte er.

»Ich achte nur darauf, dass niemand fotografiert«, gab der Friedhofsverwalter zurück. »Was ist übrigens mit Ihrem Auge?«

»Nichts«, sagte Lanz.

Der Friedhofsverwalter hob die Augenbrauen, zuckte mit den Schultern, doch war ihm anzusehen, dass er irritiert war.

Aus Verlegenheit fragte Lanz nach der Einteilung des Friedhofs und erfuhr, dass der Abschnitt in Richtung Lagune, das heißt der nach Venedig ausgerichtete Teil, von »Sephardim« belegt sei, Juden, die, wie der Verwalter erklärte, sich ursprünglich in Spanien und Portugal, auf der Iberischen Halbinsel, niedergelassen hatten und nach ihrer Vertreibung durch die Inquisition in das osmanische Reich oder nach Frankreich und Italien, aber auch nach Amsterdam oder Hamburg geflohen waren. »Sepharden«, fuhr der Friedhofsverwalter fort und beugte sich über den Lenker des Fahrrads, »sprechen Ladino oder Spaniol, ein Gemisch aus Spanisch, Hebräisch und Aramäisch.«

Die andere Gruppe, erfuhr Lanz weiter, die ashkenasischen Juden, sprachen Jiddisch oder Jiddisch-Daitsch, sie lebten zum größten Teil in Europa, früher besonders in Deutschland. »Die Ashkenasim sind auf dem Mittelteil des Friedhofs gemeinsam mit den Sephardim begraben. Dort gibt es auch einen Urnenpavillon, den ein venezianischer Rabbiner in den zwanziger Jahren des vergangenen Jahrhunderts genehmigt hat. Allgemein ist diese Bestattungsart verboten ... wie auch die Fotografien auf den Grabsteinen ... Links davon« – der Verwalter streckte den Arm aus und drehte den Kopf in dieselbe Richtung – »das Lapidarium … darin bewahren wir die alten Grabsteine auf, und im dritten Teil, zum Lido hin, liegen ebenfalls Ashkenasim und Sephardim beisammen.« Der Verwalter schwieg kurz, nickte, setzte sich wieder auf das Rad, winkte schon im Fahren Lanz zu, ihm zu folgen, und trat in die Pedale.

Einige Schritte weiter begegnete Lanz Richard Vogel mit der schwarzen Kippa auf dem Kopf und seinem »Alien« auf der Linken, die wieder mit einem Lederhandschuh vom Ellbogen bis zur Faust geschützt war. Der Falkner ermunterte ihn, dem Friedhofsverwalter zu folgen, da er selbst noch Zeit benötige, um seinen Raubvogel flugfertig zu machen. Das schöne Tier hatte noch immer das Lederhütchen auf dem Kopf und sah jetzt wie eine Karikatur seines Herrn mit der Kippa aus. Ein Möwenschwarm hatte inzwischen hoch am Himmel zu kreischen begonnen.

Lanz bemerkte unterdessen, dass der Friedhofsverwalter bereits vor dem Lapidarium auf ihn wartete.

Ein afrikanischer Arbeiter kehrte gerade mit einem Besen große Mengen von weißen Piniensamen vom Weg zum Ausgang auf und legte dann die große Schaufel versonnen in eine Mülltonne aus Kunststoff. Kaum hatte Lanz den Friedhofsverwalter erreicht, rief dieser dem Afrikaner plötzlich Anweisungen zu.

»Er vergisst alles …«, wandte er sich Lanz zu. »Seine Tochter ist am Strand ertrunken aufgefunden worden.«

Lanz nickte.

»Der Mann wohnt gegenüber dem Friedhof in der unverputzten Garage hinter dem Drahtzaun. Illegal, das heißt, ohne Genehmigung. Haben Sie das Spielzeug im Drahtzaun und an den Kaninchenställen gesehen?

Die Figuren haben ihm versprochen, dass er seine Tochter wiedersehen wird.«

Sie betraten das Lapidarium, und der Mann zog eine zweite Kippa aus der Hosentasche, reichte sie Lanz und machte eine kurze Pause, bis er sie aufgesetzt hatte, bevor er anfing, ihm die Grabsteine zu erklären: Ein geöffnetes Buch oder eine Weintraube stünden für Gelehrte, andere, auf denen zwei Hände dargestellt seien, deren Finger jeweils bis auf die Daumen zu zwei Paaren gestreckt und geschlossen seien und einander zugleich fast berührten, bedeuteten »segnende Hände« und waren das Zeichen für den biblischen Namen Cohen, der Angehörige von Menschen mit priesterlichen Funktionen bezeichnete, welche automatisch selbst Priester sein durften. Krug und Schale auf den Grabsteinen der Levi standen für die Helfer der Priester, zum Beispiel beim Waschen der Hände. Der Davidstern wiederum symbolisierte die Zeit, die sechs Spitzen standen für die sechs Arbeitstage und das Zentrum für den Schabbat …

Lanz war, als erklärte ihm der Friedhofsverwalter ein Zauberbuch. Auf den Grabmälern waren außerdem in hebräischer Schrift die Namen der Toten zu lesen. Es gab rechteckige mit halbrundem Abschluss, der das Himmelszelt darstellte, daneben spitzverlaufende, die dem Hausdach entsprachen, oder einfach horizontal flach abschließende Formen. Dann führte ihn der Friedhofsverwalter – sein Fahrrad neben sich herschiebend – in den Pinienwald, dessen weißer Boden von weitem wieder den Eindruck eines im Winter zugefrorenen Teiches vermittelte, und hielt vor dem mit einem eingemeißelten Muster aus Lilien geschmückten Grabstein der »Signora Blanc«. Zahlreiche Kiesel anstelle von Blumen lagen, wie auch auf anderen Ruhestätten, auf dem Grabmal oder der Erde davor. Der Friedhofsverwalter machte ihn auf eine eingemeißelte Leiter, die die Rückseite des Gedenksteins zierte, aufmerksam, eine Anspielung, wie Lanz wusste, auf Jakobs Traum von der Himmelsleiter in der Bibel. Über ihnen kreischten die Möwen kampflustig und zugleich erschrocken auf, das hieß, dass der Falke schon seine Kreise zog. Lanz trat zwischen zwei Baumkronen und entdeckte sofort Alien am Himmel und den in der Ferne wie kleine Ameisen wimmelnden Möwenschwarm.

Dann wurde ihm schwindlig. Er senkte den Kopf wieder und erblickte die große, alte, aus der Erde wuchernde Wurzel eines Baumes. Der Friedhofsverwalter war mit seinem Fahrrad verschwunden. Es duftete nach Lorbeer und Wacholder, stellte Lanz fest. Kleine Kügelchen des Strauches lagen auf den weißen Piniensamen. Ein leichter Wind wehte jetzt, und die Schatten der Zweige huschten über die Gräber. Überall fand Lanz ausgebleichte Schneckenhäuser, besonders auf den Rückseiten der Grabmäler. Auf einer Ruhestätte aus Marmor lagen abgefallene Rosenblätter, ein siebenarmiger Leuchter aus schwarzem Eisen schmückte das Denkmal, und eine hebräische Inschrift gab Auskunft, wer hier bestattet worden war.

Lanz beabsichtigte nun, wieder Richard Vogel zu finden, das konnte nicht schwierig sein, dachte er, denn der Falkner und er waren bisher die einzigen Besucher der Anlage gewesen. Ansonsten entdeckte er nur Gartenarbeiter. Der afrikanische Vater des ertrunkenen Mädchens kehrte Piniensamen auf seine Schaufel, neben ihm stand der Friedhofsverwalter und legte ihm kurz eine Hand auf die Schulter, bevor er mit ihm sprach. Ein anderer Gartenarbeiter kam vom Urnenpavillon am Ende der Zypressenallee auf einem grünen Dreirad mit Ladefläche, das von einem Motor angetrieben wurde, den Weg herunter. Als er in seiner Nähe war, fragte ihn Lanz nach dem Falkner. Der Mann hielt an, deutete mit der Hand zum letzten Abschnitt hinter dem Eingangstor und fuhr wie im Halbschlaf weiter. Manche Grabsteine, bemerkte Lanz im Gehen, waren von orangefarbenen, grauen und braunen Flechten bewachsen, eine Amsel hüpfte über die Piniensamen, darunter kam das Gras nur spärlich zum Vorschein. Vom Flugplatz Venezia-Lido flog mit tiefem Brummen ein Militärflugzeug mit Propellerantrieb über seinen Kopf hinweg, die Möwen und Alien waren inzwischen verschwunden.

Lanz wollte zuerst warten, bis sie wieder am Himmel zu sehen waren, ging dann aber zum Urnenpavillon, vor dem kleine Särge aus Stein mit einer Flamme als oberem Abschluss in einer Reihe standen. Name und Lebensdaten der Eingeäscherten waren in hebräischer und lateinischer Schrift angegeben. Er verzichtete darauf, den Pavillon zu betreten, sondern nahm eine Abkürzung zurück zum breiten Hauptweg. Wieder flog ein Militärflugzeug zuerst dicht über den Baumspitzen, dann lärmend über ihn selbst hinweg, und er beeilte sich, in den alten, überwachsenen Teil des Friedhofs zu gelangen. Dort war die Wiese nicht gemäht, es gab auch kaum Piniensamen – abgesehen von den winzigen Wolkengebilden, zu denen sich einzelne Samen zusammengeschlossen hatten, die gemächlich in der Luft segelten oder ins Gras schwebten. Manche Grabmäler waren zur Gänze umgefallen, andere standen schief, wiederum andere waren von Gebüsch umwachsen. Der Weg war leicht hügelig, führte zuerst etwas bergauf, dann sanft bergab. Es sah aus, als habe man diesen Teil des Friedhofs längst vergessen oder als gebe es für die Gräber keine Angehörigen mehr.

Endlich entdeckte er Richard Vogel, der auf einer Lichtung zwischen Akazien stand und zum Himmel hinaufblickte. Auch Lanz blieb stehen und hob den Kopf. Die Möwen schienen verschwunden zu sein, erst als er genauer hinsah, entdeckte er sie weit oben und klein wie einen tänzelnden Mückenschwarm im September. Dann suchte er vergeblich den Falken Alien. Erst als er Richard Vogel ansprach, erlangte er Gewissheit, dass auch er das Tier gerade nur über Funk anpeilen konnte. Sie setzten sich auf einen umgestürzten Grabstein, und Vogel fing unvermittelt an, mit ihm zu sprechen: »Gehen Sie in Klausur in die Villa von Herrn Blanc und beginnen Sie mit dem Übersetzen.« Und als Lanz nicht antwortete, fragte er ihn: »Besitzen Sie eine Waffe?«

Lanz war nicht darauf vorbereitet und schüttelte nur abwehrend den Kopf.

»Wenn Sie keine besitzen, gebe ich Ihnen meine Glock aus dem Handschuhfach meines Wagens, Sie verstecken sie am besten.«

»Und weshalb?«

»Sie müssen damit rechnen, dass die Polizei Ihr Haus durchsucht. Am besten, Sie verstecken die Waffe im Verbindungsgang zur Villa oder nehmen sie mit in das für Sie reservierte Zimmer. Schrecken Sie sich nicht, wenn Sie aufsperren, wir haben dort jetzt die Skulptur eines afrikanischen Buben mit Turban und Seidenkostüm abgestellt, die beim Transport keinen Platz mehr gefunden hat.«

»Was ist mit Julia? Wissen Sie, wie es ihr geht?«

»Sie wird von der Polizei gesucht. Die Empfangsdame im Hotel Hungaria hat sie seit gestern nicht gesehen.«

Sie machten eine Pause, in der eine Vogelfeder herabschwebte und vor ihnen auf den Boden fiel. Sie war braunorange und hatte schwarze Querstreifen …

»Alien«, sagte Richard Vogel, sprang auf und suchte den Himmel ab. Dann streckte er plötzlich den Finger aus und zeigte auf ein schwarzes Gebilde, das rasend schnell wie ein schwerer Gegenstand vom Himmel fiel.

Als das Gebilde näher kam, erkannte auch Lanz, dass der Falke im Sturzflug eine Möwe in den Krallen hatte, und als er sich aufflatternd auf dem Boden niedergelassen hatte – noch immer die weiße Möwe umklammernd –, fing Alien sofort an, auf sie einzuhacken. Rasch lagen weiße Federn im Gras. Lanz, der inzwischen die Feder des Falken eingesteckt hatte, hob auch eine weiße auf und verstaute sie in seiner Windjacke … Diesmal machte der Greifvogel einen aggressiven Eindruck, fiel ihm auf, besonders sein Blick, wenn er vom Fressen aufsah, ließ Lanz an eine Drohung denken.

»Geben wir ihm jetzt Ruhe«, sagte Vogel und setzte sich zurück auf den umgefallenen Grabstein, ohne seinen Blick von Alien abzuwenden.

»Sie sind der Vertraute von Signor Blanc?«, fragte Lanz.

Richard Vogel antwortete nicht und blickte noch immer fasziniert auf den fressenden Falken.

»Sie sind eine Möwe«, sagte er dann scherzend.

»Und Sie?«, gab Lanz, nachdem er sich kurz eine Antwort überlegt hatte, zurück.

»Ich bin der Falke von Signor Blanc.« Er lachte. »Nein, ich bin sein Ziehsohn, seine Ehe war ohne Kinder.«

»Und Julia Ellis?«

»Sie fotografierte hin und wieder für ihn.«

»Ja?«, fragte Lanz, »und was?«

»Psychiatrien, Gefängnisse, Polizeistationen, Bordelle …«

»Warum?«

»Herr Blanc will über alles Bescheid wissen. Er liest etwas in einer Zeitung, zum Beispiel über Tierkörperverwertung, einen Autofriedhof, ein Schlachthaus, und er lässt Signora Ellis fragen, ob sie das für ihn fotografieren könne. Wenn ja, kauft er ihr die Bilder ab und schickt diese weiter an sein Archiv in Kalifornien.«

Lanz schüttelte den Kopf.

»Was glauben Sie«, fragte er nach einer Pause, »hat Julia ihren Freund Mennea umgebracht?«

Der Falkner dachte nach.

»Trauen Sie es ihr zu?«, wiederholte Lanz.

»Ja, aber das heißt noch nichts. Jeder kann töten, es muss nur alles zusammenpassen.«

Bevor Richard Vogel sich von Lanz verabschiedete, instruierte er ihn ein weiteres Mal: »Ziehen Sie sich in das Gästezimmer zurück. Beginnen Sie mit den Shakespeare-Übersetzungen und warten Sie, bis sich alles beruhigt hat. Der Kühlschrank ist gefüllt – bedienen Sie sich oder verabreden Sie sich mit Min Chang. Wenn er anwesend ist, kocht er für Sie.« Er beugte sich über den Nebensitz, nahm die Pistole aus dem Handschuhfach und hielt sie ihm mit ausgestrecktem Arm hin. »Nehmen Sie schon«, sagte er knapp, warf die Tür zu und fuhr davon.

Lanz betrat mit gezückter Pistole das Haus. Er suchte alle Zimmer auf, und als er nichts Verdächtiges fand, tauschte er die Pistole aus der Windjacke gegen die neue aus. Er war über einen Freund, der bei der Polizei gearbeitet hatte, mit der Glock vertraut. Da er zu müde war, um sie im Keller oder im Verbindungsgang zu verstecken, legte er sie neben das Bett. Er schloss die Augen.

Erschrocken stellte er plötzlich fest, dass er in den Himmel stürzte, er wusste nur nicht, wie und warum. Dann öffnete er seine Augen und sah, dass seine Arme Flügel waren. Sie gaben ihm Halt, und er blickte auf den jüdischen Cimitero Nuovo hinunter. Wo war Richard Vogel? Über ihm die Möwen, die gerade kreischend flüchteten. Erstaunt stellte er fest, dass auch seine Augen die eines Raubvogels waren. Unter ihm die Gräber und die Bäume, die kleinen Menschen, die ihrer Arbeit nachgingen, und der Afrikaner, dessen tote Tochter er am Strand gefunden hatte. Der Mann überquerte gerade die Straße zu seiner Behausung. Lanz kreiste über ihm, bis der Afrikaner in der Garage verschwunden war, und landete dann vor der Einfahrt. Es gab kein Garagentor, stattdessen eine aus Sperrholzplatten und Latten improvisierte Wand, in der ein Schlitz offen stand. Er hüpfte heran, und da kein Laut zu hören war, hinein in die offene Garage, in der er den

Afrikaner auf einer Kiste vor einem schmutzigen Tisch hocken und weinen sah. Lanz wollte etwas sagen, doch er spürte, dass er nur Laute von sich geben konnte, und der erbarmungswürdige Zustand des Mannes machte ihn wütend. Rasch fand er sich wieder in der Luft über dem jüdischen Friedhof und hörte den Peillaut des Funkgerätes. Doch wo war Richard Vogel? Neuerlich piepste das Signal des Funkgerätes in seinem Kopf. Mit einem Ruck kam er zu sich und verstand, dass es das Smartphone in seiner Hosentasche war, das Laute von sich gab. Im Haus und draußen war es dunkel. Gleich darauf erkannte er die Nummer von Julia. Als er die Verbindung herstellte, hörte er gerade noch den Schrei: »Hilf mir –«

Lanz war augenblicklich wach. Er schlüpfte in die Schuhe und riss die Windjacke von der Garderobe, bevor er auf die Straße lief. Im fiel ein, dass er die Glock-Pistole neben seinem Bett liegen gelassen hatte, er machte kehrt, holte die Waffe, kam wieder heraus und verschloss die Haustür.

Im selben Augenblick kam ein roter Kastenwagen die Straße in Richtung Strand hinunter, bremste in Panik und geriet ins Schleudern. Aber Lanz war schon in die Mitte der Straße gelaufen, hatte aus den Augenwinkeln erkannt, dass auf dem Nissan eine Wäschereireklame zu sehen war, und geistesgegenwärtig die Seitentür aufgerissen, um ins Auto zu springen.

»Sie schießen auf mich!«, schrie Julia außer sich und trat aufs Gaspedal. Als sie an dem Chiosco Bahiano vorbeikamen, blickte er in den großen Seitenspiegel und sah zwei Scheinwerfer hinter sich näher kommen.

»Zur Polizeistation in der Via Dardanelli«, rief er.

»Ich will nicht zur Polizei!«, schrie sie fast.

»Ich auch nicht.«

Gleichzeitig schlugen mehrere Schüsse lautstark in den Kastenwagen ein. Sie waren jetzt auf dem Lungomare D'Annunzio, der kaum befahren war, und Lanz griff nach der Glock-Pistole in der Tasche seiner Windjacke, während Julia in die Hauptstraße Gran Viale Elisabetta Santa Maria einbog, die hell erleuchtet war und von Spaziergängern und anderen Fahrzeugen wimmelte. Es war keine schlechte Entscheidung, fand Lanz, allerdings konnten ihnen ihre Verfolger in dem schwarzen Chrysler ohne Aufwand folgen.

»Wir fahren zu schnell«, sagte Julia, »vielleicht hält uns die Polizei auf!«

Sie beschleunigte weiter und raste mit dem roten Kastenwagen die Viale bis zur Vaporetto-Station Elisabetta hinauf, machte dort mit quietschenden Reifen kehrt, um die Gerade wieder hinunterzurasen. Lanz hielt inzwischen die Glock-Pistole mit der rechten Hand zwischen seinen Knien versteckt. Immer wieder bremste der Wagen scharf, um nicht mit Fahrzeugen aus den Nebengassen zusammenzustoßen oder Fußgänger, die die Straße überquerten, über den Haufen zu fahren, das Auto ruckte und zuckte und schien zu springen, als drehe der Motor durch. Hinter dem Piazzale Bucintoro rief Lanz laut: »Links!«, und Julia bog augenblicklich in die schmale Nebengasse ein, die beidseitig mit Hecken gesäumt war, gefolgt vom schwarzen Chrysler. Der Wagen kam so nahe, wie Lanz im Seitenspiegel erkannte, dass er fürchtete, er werde sie im nächsten Augenblick von der Fahrbahn rammen.

Vor dem Haus, in dem sich die Questura befand,

bremste Julia auf Zuruf von Lanz scharf ab und blieb neben dem Garten der Villa stehen.

Der Chrysler hatte, sahen sie jetzt, hinter ihnen ebenfalls angehalten. Er schob langsam und nahezu lautlos zurück, um vor der Einfahrt zur Via Dardanelli erneut zu stoppen und das Standlicht einzuschalten.

»Sie warten«, sagte Julia noch immer nervös.

»Wir auch«, antwortete Lanz und bemühte sich, ruhig zu wirken.

Nach einer Weile, in der nichts geschah, stieß Julia ungeduldig hervor: »Wie lange noch?«

Lanz öffnete vorsichtig die Tür, drehte sich zum Chrysler hin und ging auf die Questura zu. Das Tor war allerdings versperrt, und er hätte als Nächstes die Glocke betätigen müssen.

In diesem Moment rief ihm Julia aus dem geöffneten Seitenfenster zu: »Sie fahren weg!«, und er wartete, bis sie ihm zu verstehen gab, dass ihre Verfolger nicht mehr zu sehen waren.

»Woher hast du den Wagen?«, fragte Lanz, der sich wieder zu ihr in das Fahrzeug setzte.

»Er parkte vor dem Hotel Hungaria, der Chauffeur hat den Schlüssel stecken lassen.«

»Wir fahren im Rückwärtsgang zur Via Dardanelli«, unterbrach sie Lanz, »wenn sie uns auflauern, dann hole ich in der Questura Hilfe.«

»Das will ich nicht!«

»Soll ich ans Steuer?«

»Nein.«

Sie legte den Rückwärtsgang ein und gab Gas. Der Kastenwagen schoss bis zur Einfahrt zurück, als wollte sie den Chrysler aus dem Weg räumen, falls er noch in der Dunkelheit auf sie wartete, und bremste erst vor der Ausfahrt.

Die Via Dardanelli lag im Licht der Straßenlampen vor ihnen.

Julia vergewisserte sich, dass kein verdächtiges Fahrzeug in der Nähe war, bevor sie auf die linke Spur einbog.

Erst vor kurzem war Lanz unter Einfluss der Droge mit dem Fahrrad die Strecke nach Malamocco gefahren, doch in der Nacht war nur noch wenig von den Bootsanlegestellen am Meeresufer, den kleinen Docks und Häfen zu sehen, in denen sie im Notfall Zuflucht finden konnten.

Unmittelbar hinter Malamocco tauchte der Chrysler wieder auf. Lanz hatte gerade eine kleine Bucht mit einem langgestreckten Gebäude gesehen, als ihm zwischen zahlreichen festgebundenen und zugedeckten Motorbooten ein Taxi aufgefallen war, das über eine Holzbrücke fuhr. Im selben Augenblick, als er Julia darauf aufmerksam hatte machen wollen, entdeckte er den Chrysler, der mit abgeschalteten Scheinwerfern und scheinbar ohne die beiden Männer, die sie während der Flucht hinter der Windschutzscheibe wahrgenommen hatten, am Straßenrand stand. Beide Vordertüren waren geöffnet, und Lanz bildete sich ein, dass er ein mit einer Jeans bekleidetes Bein und auf der anderen Seite einen ausgestreckten Arm in einem dunklen T-Shirt aus dem Fahrzeug hatte herausragen sehen.

»Was war das?«, rief Julia und beschleunigte weiter.

»Der Chrysler. Irgendetwas ist, während wir vor der Questura gewartet haben, mit den Männern geschehen –«

»Es sieht aus, als wären sie tot!«, unterbrach ihn Julia. »Ein Taxi ist vorhin in unsere Richtung gefahren. Es ist jetzt hinter uns!«

Lanz blickte in den Rückspiegel und erkannte den Wagen, es war ein Audi mit einem TAXI-Schild auf dem Dach.

Julia bog in die Strada Alberoni – eine gerade Allee entlang der Lagunenseite des Lido – ab, und er sah im rasenden Vorbeifahren die Fischernetze und die Pfosten, auf denen bei Tageslicht Möwen hockten, die Ahornbäume und Pinien. Ein schlecht beleuchtetes Frachtschiff zeigte sich wie eine Geistererscheinung kurz im Scheinwerferlicht und schließlich die Ortstafel von Alberoni. Das Taxi kam näher und versuchte, sie zu überholen, aber Julia drängte es kaltblütig zur Seite, so dass es von der Fahrbahn abkam und beinahe vor einer Ziegelmauer, die den großen Golfplatz umgab, in den Kanal fiel: Stege und ein gepflegtes Bootshaus huschten vorüber, die Holzbrücke zum gemauerten Eingangstor, hohes Gebüsch, Motorboote mit blauen Schutzplanen an Pfählen vor dem Ufer und Algenflächen auf dem Wasser. Das Taxi war zurückgeblieben, und als sie die Busremise erreichten und die umzäunten Flächen mit ausgeschlachteten Schiffen und Ersatzteilen, lenkte Julia den Kastenwagen in eine Lücke, durch ein halb offen stehendes Tor hinter einen Ölbehälter, vor dem ein Berg von gelben Bojen aufgeschüttet lag. Sie schaltete die Scheinwerfer aus, und beide verließen inmitten von Gerümpel, zwischen aufgestapelten Holzpfosten, einer kaputten, riesigen Waage mit großer runder Zeigerarmatur, vereinzelten Wellblechhütten und Stapeln von Plastikkisten, das Auto. Der Platz war bis auf den letzten Fleck vollgeräumt, wie Lanz von seinen Ausflügen wusste, dahinter ragte der neue Leuchtturm in den Nachthimmel und schickte mit seinen Scheinwerfern Signale aufs Meer hinaus. Noch weiter hinten konnten sie den alten, kleineren Leuchtturm erkennen, der stillgelegt worden war.

Der Audi mit dem TAXI-Schild rollte vorsichtig in der Dunkelheit heran und hielt hinter einem der orangefarbenen Busse, die vor dem Zaun abgestellt waren. Lanz drehte sich um, schaute zum Meeresufer hin, das im Licht des Leuchtturms kurz aufflackerte, und gab – die Pistole in der rechten Hand – mit der linken Julia ein Zeichen, ihm zu folgen. Gebückt hasteten sie auf eines der Arbeitsboote mit Kränen und anderen mechanischen Vorrichtungen zu. Da es dunkel war, kamen sie nur mühsam voran. Als sie das Boot fast erreicht hatten und sich umdrehten, mussten sie feststellen, dass ihnen vier Männer mit Taschenlampen folgten, die die Gerümpelhaufen absuchten. In Panik und ohne lange zu überlegen, zielte Lanz mit ausgestrecktem Arm auf eine der Taschenlampen und drückte ab. Er schoss noch zwei Mal, bevor er sich hinter mehreren Kabelrollen zu Boden fallen ließ und zugleich Schüsse über seinem Kopf einschlugen und er das Splittern von Holz hörte. Wieder fiel ihm ein, dass er sich noch vor wenigen Tagen hatte das Leben nehmen wollen, und es kam ihm nur noch absurd vor.

Er richtete seine Aufmerksamkeit wieder auf die anonymen Verfolger und Julia, die neben ihm kauerte. Noch einmal sprang er auf und feuerte auf die Taschenlampen, von denen eine aus seinem Blickfeld verschwand, und er bildete sich ein, einen Laut gehört zu haben. Daraufhin feuerte er weiter, bis kein Licht mehr zu sehen war. In der Dunkelheit war jetzt alles möglich: Die Männer konnten die Taschenlampen ausschalten, sich heranschleichen und plötzlich hinter ihnen stehen. Oder einfach losrennen und sie überwältigen und erschießen. Er überlegte kurz und schlug Julia dann leise vor, sich mit ihm an den Kai zurückzuziehen. Das Arbeitsschiff, das dort ankerte, war, stellten sie enttäuscht fest, nur über ein langes Brett zu erreichen, deshalb deutete Julia auf ein weißes Schiffswrack, das an Land gezogen und voll Schrott war. Es blieb, auch als sie das Wrack erreichten und sich ins Ruderhaus schlichen, still. Vom Boot aus konnte er den Schrottplatz besser überblicken und sehen, ob sich irgendwo ein Licht bewegte. Tatsächlich entdeckte er eines, das in leichten, unregelmäßigen Bewegungen hin und her schwang, und er zögerte nicht, darauf zu schießen. Sofort feuerten ihre Verfolger aus der Dunkelheit zurück, die Schüsse prallten auf die Bordwand, zersplitterten die Kabinenfenster und zwangen ihn, sich im Hohlraum am Bug zu verstecken. Julia hockte bereits dort und hielt sich, wie er sah, die Ohren zu. Dann waren mit einem Schlag keine Geräusche mehr zu hören, so dass er nach einer Weile vorsichtig den Kopf hob. Er warf einen Blick auf die Trümmerhaufen, entdeckte aber keine Lichter mehr.

Trotzdem versteckte Lanz sich erneut, bevor er ein weiteres Mal hinausspähte. Gerade in diesem Augenblick fuhr das Taxi, das hinter den abgestellten Bussen geparkt gewesen war, auf die Straße, wendete eilig und verschwand mit lautem Motorengeräusch in der Nacht. Für den winzigen Bruchteil einer Sekunde hatte er an den Propheten Jonas und den Wal gedacht, jene Geschichte aus der Bibel, die er am meisten mochte. Er kletterte aus dem Schiffswrack wie aus dem Cockpit eines abgestürzten Flugzeugs und suchte Deckung hinter einem weiteren Haufen großer Bojen. Von dort aus rief er leise Julias Namen, und sie war so schnell und lautlos bei ihm, dass er sich wunderte. Zum ersten Mal empfand er Angst. Es war ein Misstrauen jeder Veränderung gegenüber, jedem Geräusch und jeder Bewegung. Ihm fiel auf, dass er sein Smartphone beim hastigen Aufbruch neben dem Bett hatte liegen lassen, und er bat Julia, das Licht auf ihrem anzuknipsen. Sie schaltete es versteckt ein und übergab es ihm, und als nichts geschah, richtete er sich langsam auf, schwenkte den Lichtstrahl zu Boden und schlug vorsichtig den Weg zurück zum Kastenwagen ein, wobei er darauf achtete, dass Julia ihm folgte.

Er glaubte schon, in Sicherheit zu sein, als er im Strahl der Taschenlampe plötzlich einen menschlichen Körper auf dem Boden entdeckte. Automatisch beugte er sich über ihn und sah das blutüberströmte Gesicht eines Mannes mit Brille, die ihm von einem Ohr weg über die Nase und den Mund hing, und das Einschussloch auf der Stirn. Die grauen Augen unter den halbgesenkten Lidern stierten glasig ins Nichts. Direkt vor ihm waren ein rostiges Fahrradgestell, eine kaputte Schiffsschraube und ein ölverschmierter Antriebsmotor aufgestapelt, registrierte Lanz. Der Mund des Toten stand halb offen. Lanz wusste, dass er selbst es gewesen war, der den Fremden erschossen hatte, aber er begriff es noch nicht. Es war ihm, als habe es ein anderer getan. Er versuchte sogar, es sich einzureden, doch gelang es ihm nicht. Er empfand weder Mitleid noch Schuld noch Genugtuung noch Hass.

»Er hätte mit uns dasselbe gemacht, wenn du ihm nicht zuvorgekommen wärst«, sagte Julia.

Lanz hörte ihr nicht zu. Seine Gedanken waren damit beschäftigt, sich zu fragen, ob alles nur ein Nachspiel war, seit er sich in Torcello unter dem Holunderbusch erschossen hatte. Die Auflösung seiner Energie, Wahnvorstellungen, Träume, seine Erinnerungen und seine Ängste. Es war kein Traum, wusste er, dafür lief alles zu logisch ab, wie er sich sagte, ohne es allerdings zu glauben.

Er durchsuchte den Toten, griff in die Brusttasche des Sakkos, dann in die Seitentaschen, und als er nichts fand, auch in die Hosentaschen. Zuletzt betrachtete er die Handgelenke, doch der Unbekannte hatte keinen Ausweis, kein Geld, keine Armbanduhr bei sich. Er war ein toter Niemand, dachte Lanz.

Sie beeilten sich jetzt, in den Kastenwagen zu kommen.

»Weit können wir nicht fahren«, sagte Julia, »wir haben Einschusslöcher in den Ladetüren.«

Lanz hatte keine Ahnung, was er als Nächstes unternehmen würde, mochte es sich aber nicht anmerken lassen.

»Wir dürfen keine Spuren im Wagen hinterlassen, auch nicht auf den Türgriffen, wenn wir ihn abstellen«, überging er ihre Bemerkung.

»Es ist ein Wäschereiwagen, es gibt genügend Wäsche im Laderaum.«

Er setzte sich hinter das Lenkrad und steuerte Richtung Strand, aber da die Straße vor dem Leuchtturm gesperrt war, wendete Lanz und wählte wieder die Route, die sie zuvor auf ihrer Flucht genommen hatten.

Julia blickte sich fortlaufend um, bis Lanz die Abzweigung genommen hatte, die auf der anderen Seite in den Lungomare Marconi überging.

»Wir können nicht zurückfahren!«, sagte sie in die Stille.

»Ich weiß«, antwortete Lanz, der immer noch nicht wusste, wo sie Unterschlupf finden würden.

»Weder in dein Haus noch zur Polizei«, insistierte sie.

Als er nicht darauf antwortete, ergänzte sie: »Den Wagen lassen wir irgendwo stehen … Wir nehmen ein Hotelzimmer. Morgen können wir immer noch mit dem Vaporetto nach Venedig fahren, aber jetzt ist es zu gefährlich.«

Er sagte noch immer nichts, weil er damit nicht einverstanden war. Erst als sie zu den Kanälen hinter dem Hotel Excelsior abbogen, fiel ihm sein Außenbordmotorboot ein, das nicht weit davon am Ufer eines Kanals lag. Sie entdeckten kein verdächtiges Fahrzeug, das ihnen folgte, kein Taxi, keinen Polizeiwagen und hielten in einer schwach beleuchteten Nebengasse an.

»Wir steigen aus, dort drüben ist mein Boot«, sagte er bestimmt.

Sie fragte nicht weiter, öffnete den Laderaum des Wäschereiwagens über die seitliche Schiebetür, holte ein frisches Handtuch heraus und wischte die Griffe, das Lenkrad und die Armaturen ab, während Lanz ihr die Richtung zeigte, in der sich sein Boot befand. Da er nicht auffallen wollte, lief er nicht, sondern beeilte sich nur. Bei seinem Boot angekommen, lockerte er die Schutzplane, zog sie in das Boot und wartete, bis Julia zugestiegen war.

»Wir müssen dein Smartphone wegwerfen, wenn du nicht geortet werden willst«, erinnerte er sie.

Sie sagte nichts.

Während er den Kanal, der nur durch einige erleuchtete Fenster von Nachbarhäusern erhellt war, hinunterfuhr, hatte er endlich einen Plan gefasst. Julia schaute schweigend durch die Windschutzscheibe auf das Wasser.

»Als ich das Haus am Lido gekauft habe, habe ich, ohne es zu wissen, eine Fischerhütte auf Pfählen vor Pellestrina miterstanden, die zum Besitz gehört. Ich habe dort einmal vierzehn Tage verbracht und an einer Übersetzung gearbeitet. Es ist wenig komfortabel: Die Toilette ist ein Brett über einem Kübel, waschen musst du dich im Meer …«

»… oder gar nicht«, unterbrach sie ihn auflachend.

»Wir haben keinen elektrischen Strom, nur die Lampe deines Smartphones, wenn du es nicht ins Meer wirfst, aber wir sind dort sicher.«

Er schaltete den Scheinwerfer ein, fuhr in Sichtweite des Ufers die Strecke nach Alberoni zurück in Richtung der Insel Pellestrina, die Julia wegen des Todes von Mennea kaum würde wiedersehen wollen, wie er überlegte.

»Und wo befindet sich die Hütte?«

»Auf der Lagunenseite von Pellestrina. Fischer verwahrten früher ihre Gerätschaft darin, und der Vorbesitzer meines Hauses benutzte sie, um dort auszuspannen.«

Sie hatte die Augen geschlossen und antwortete nicht.

»Niemand wird uns sehen. Mein Boot kennen nur ein paar Leute … Ich werde morgen alles besorgen, was wir brauchen«, ergänzte er.

Dann fiel ihm ohne Übergang Shakespeare ein, und dass er alle seine Stücke übersetzen durfte und die nächsten zwei Jahrzehnte ausgesorgt hatte und dass er mit Julia zusammen war. Während ihm kalte Meerwassertropfen ins Gesicht spritzten und der Motor ungerührt seine Arbeit verrichtete, empfand er mitten im Chaos seines Daseins so etwas wie Glück. Er war immer mehr davon überzeugt, dass er sich alles, was geschehen war, nur eingebildet hatte.

Er näherte sich dem Ufer, fand aber in der Dunkelheit nicht sofort die Fischerhütte. Zuerst war er an zwei anderen vorbeigefahren, die er kaum von seiner eigenen unterscheiden konnte. Erst als er näher gekommen war, hatte er festgestellt, dass sie nicht die richtigen waren. Julia döste vor sich hin oder schlief, und nicht einmal das unruhige Schaukeln, das leichte Steigen und Fallen des Bootes infolge des Wellengangs oder die kalten Tropfen schienen sie zu stören.

Die Hütte lag in Ufernähe. Ein langer hoher Steg führte vom Land bis zum Eingang. Man konnte das Boot jedoch auch an einem der Pfosten befestigen und über eine primitive Holzstiege zur Tür gelangen. Lanz entschied sich für die zweite Möglichkeit und weckte Julia, indem er sie umarmte und auf die Wange küsste. Sie erschrak und sträubte sich reflexartig, aber als sie ihn gleich darauf erkannte, umarmte auch sie ihn. Alles ging rasch vonstatten, der Schlüssel zur Fischerhütte hing seit jeher auf dem Bund, den er immer bei sich trug.

Es gab nur das Fenster zum Meer hinaus. Im dunklen Innenraum fand er im Schein von Julias Smartphone rasch eine Taschenlampe, die er beim letzten Besuch mit Absicht liegen gelassen hatte, sowie die Petroleumlampe. Außerdem einen Karton Schreibmaschinenpapier und in einer kleinen Zimmermannstruhe ein Küchenmesser, zwei Biergläser, einen alten Bademantel und zwei Handtücher sowie einen Flaschenöffner. Er hatte sich sein Essen immer von einer nicht weit entfernten Pizzeria oder einem kleinen Laden besorgt und Papierteller und Kunststoffbesteck verwendet, die er in den Müllsack neben dem Eingang warf. Bei seiner Abreise hatte er ihn damals zu den Behältern hinter dem kleinen Laden gestellt, wie auch die Joghurtbecher und die leeren Wein- und Mineralwasserflaschen. Zwei Luftmatratzen gab es außerdem. Die übrige Einrichtung bestand aus einem kleinen Tisch, einem Stuhl und Haken an den Wänden und der Innenseite der Tür zum Aufhängen der Kleider. Da die Hütte einfach gebaut und mit einem Wellblechdach ausgestattet war, das mit den Seitenwänden nicht vollständig dicht abschloss, roch es nach Meer, als würde man auf dem Wasser kampieren. Wenn er damals aus dem Fenster geblickt hatte, hatte er nur Wolken und Wasser und größere Schiffe gesehen, die aus Venedig kamen. Er öffnete die Oberlichte, holte Decken aus der Zimmermannstruhe und begann die Luftmatratzen mit einer Pumpe aufzublasen.

Julia saß inzwischen vor dem Fenster und schaute in die Dunkelheit.

»Im Hotel wären wir sicherer gewesen«, sagte sie.

»Du hättest dich ausweisen müssen. Ich habe auch keinen Ausweis bei mir.«

»Und kein Smartphone.«

»Willst du deines ins Meer werfen?«

»Nein. Es gehört Amanda Falchi, meiner Anwältin. Sie hat mehrere davon.«

»Und deines?«

»Liegt im Zimmer des Hotels Hungaria.«

»Du bist ganz schön clever.«

Als er die erste Matratze aufgepumpt hatte, schüttelte er die Decken vor der Tür zur Hütte aus, dann deckte er Julia zu und sah, dass sie bereits schlief. Er liebte sie, spürte er, während er ihr über das Haar strich.

Am Morgen kam Julia unter seine Decke und küsste ihn. Als sie sich zur Seite drehte, um weiterzuschlafen, zog er ihr das Höschen aus und drang in sie ein. Er spürte, dass sie wach war und ihm entgegenkam. Er mochte die seitliche Stellung, weil seine Hände frei waren und er sein Gesicht auf ihre Brust legen und sie liebkosen konnte. Sie stöhnte leise, eine Möwe flatterte vorbei und gab einen Laut von sich, und die Wellen unter der Fischerhütte verkündeten mit rhythmischem Schmatzen, dass sich die Zeit nicht mehr in der gewohnten Weise weiterbewegte.

Irgendwann ging Lanz zu dem kleinen Laden.

»Wie kommen wir wieder von hier weg?«, fragte Julia, die gerade erwachte, als er mit zwei vollen Nylonsäckchen zurückkehrte.

»Wir werden sehen.«

»Warum nicht gleich?«

Er packte die Sachen, die er eingekauft hatte, aus und stellte Weißbrot, Butter und Marmelade auf den Tisch, zwei Becher Joghurt und eine große Plastikflasche Cola neben eine Flasche Wein und Mineralwasser. Anschließend legte er die Einkaufssäckchen mit zwei Zahnbürsten, Duschgel, Seife, einem Nagelclip und einem Deodorant in die Truhe zu den Handtüchern und dem Bademantel.

»Ich habe keinen Hunger«, sagte sie trotzig.

Er trank einen Schluck Cola und strich Butter und Orangenmarmelade auf ein Stück Weißbrot, reichte es ihr freundlich zur Luftmatratze hinunter, aber sie winkte neuerlich ab.

»Wieso sind wir hier und nicht im Hotel?«

Er aß weiter und fragte sie dann, nachdem er einen weiteren Schluck aus der Cola-Flasche genommen hatte: »Wann willst du fahren?«

»Noch nicht jetzt.«

»Am Abend?«

»Sobald es dunkel wird …«

Sie schaltete das Smartphone ein und wählte die App mit den Nachrichten des Gazzettino.

Ihr Gesicht veränderte sich, sie erhob sich und forderte ihn auf: »Hier! Lies!«

»Morde im Gangstermilieu«, las er und fand unter der Schlagzeile mehrere Schwarzweißfotografien vom Chrysler mit den offenen Wagentüren, dem Audi-Taxi, dem Schrottplatz bei den Leuchttürmen von Alberoni und Portraits von Mennea und Dr. Capparoni.

Die beiden Erschossenen im Chrysler, die sie verfolgt hatten, waren die Leibwächter Menneas: Manuel Saltesi und Giorgio Fermi. Man hatte auch Fermis Rucksack und eine Hundemaske »sichergestellt«, wie es hieß. Beim dritten Toten auf dem Schrottplatz konnte die Identität noch nicht festgestellt werden, las Lanz weiter. Im abgestellten gestohlenen Taxi sei ein Schwerverletzter mit einer Bauchschusswunde auf dem Beifahrersitz gefunden worden. Er sei nicht vernehmungsfähig, hieß es. Die Polizei bemühe sich, die dahintersteckenden Verbrecherorganisationen ausfindig zu machen, klar sei bisher jedoch nur, dass sie die Absicht hätten, Menneas Organisation, die im Wett- und Casinobetrieb »mitmische«, zu eliminieren. Darauf weise auch der Selbstmord des Anwalts Dr. Capparoni hin. Im Übrigen sei die Polizei am gesamten Lido mit einem Großaufgebot im Einsatz, da es gelte, den ohnehin unvermeidlichen Schaden für den Tourismus zu »minimieren«.

Julia schaltete ihr Smartphone aus und fragte ihn, ob er es irgendwo aufladen könne.

»Ja, in der Pizzeria.«

»Es ist besser, du findest etwas anderes, wo man dich nicht kennt.«

Die Möwen, die in letzter Zeit das Dach der Fischerhütte und den Steg für sich gehabt hatten, mussten sich erst daran gewöhnen, dass sie nicht mehr allein waren. Jedes Mal, wenn er das Fenster oder die Tür öffnete, flogen sie kreischend auf und gebärdeten sich aggressiv, indem sie knapp an seinem Kopf vorbeiflogen und aus der Luft auf ihn hinunterschimpften. Doch waren es, fand Lanz, nur Ansätze von Attacken, nur Ansätze von Aufbegehren und keine wirklichen Angriffe. Als er das letzte Mal auf dem Markusplatz vor dem Caffè Florian saß, fiel ihm ein, hatten zwei Möwen einer Schar Touristen, die gerade Sandwiches aßen, in blitzschnellem Anflug Leckerbissen aus den Fingern gerissen und waren, umschwärmt von anderen Möwen, die ihnen die Beute abjagen wollten, davongeflogen.

Er hatte es mit Schadenfreude beobachtet, denn der Platz war von Touristen mit Selfie-Stativen besetzt gewesen, und die Möwen hatten ihnen gezeigt, wozu sie fähig waren, wenn jemand versuchte, ihnen ihr Revier streitig zu machen. Der Gedanke war zugleich eine Erklärung für das Geschehen, in das er durch einen gewaltigen Sog hineingezogen worden war: Mennea hatte als Kopf einer Schlepperbande Flüchtlinge nach Italien geschleust, und Borsakowski, der ebenfalls in das Geschäft eingestiegen war, hatte ihm Konkurrenz gemacht. Nach der Ermordung Borsakowskis auf Torcello, deren Zeuge er geworden war, kämpften nun Borsakowskis Männer mit denen von Mennea um die Vorherrschaft.

Jedenfalls waren das Dach der Fischerhütte und der lange Holzsteg voller Vogelscheiße.

Lanz glaubte jetzt über die Vorgänge Bescheid zu wissen und hielt es für wichtig, Julia davon zu informieren.

Sie las auf ihrem Smartphone gerade die Berichte in anderen Zeitungen über die Geschehnisse der vergangenen Nacht.

»Ich fahre nach Venedig«, sagte sie, »zu Amanda Falchi ... Du weißt, die Rechtsanwältin, die mir Signor Blanc vermittelt hat. Ich habe vorhin mit ihr gesprochen ... Sie sagt, ich bin frei. Es hätten nur Fermi und Saltesi gegen mich aussagen können, und die sind tot.«

»Aber von Borsakowskis Bande leben noch mindestens zwei Männer, die uns mit dem Taxi verfolgt haben«, entgegnete Lanz. »Du bist immer noch in Gefahr.«

»Sie können uns auch hier in der Fischerhütte finden … In der Stadt bin ich sicherer.«

»Wo willst du untertauchen?«

»In einem Hotel. Die Anwältin erledigt das gerade für mich. Sie findet es auch besser, wenn ich zu ihr komme.«

»Und wann brichst du auf?«

»Komm zu mir«, sagte sie liebevoll.

Er entkleidete sich und legte sich neben sie. Er wusste, dass die Ebbe alle sechs Stunden in Flut überging und die Geräusche der Wellen und eine nur von den Möwen oder einem glucksenden Wassergeräusch unterbrochene Stille einander ablösten. Allein diese Wahrnehmungen unterbrachen die Zeitlosigkeit, von der er jetzt ein winziges Atom war, das sich allmählich in ihr auflöste.

In der Nacht blickte er auf die Uhr. Es war 2 Uhr 46, stellte er fest. Und außerdem, dass er allein war. Es verwirrte ihn so, dass er sich ankleidete und über den Steg ans Ufer lief, nachdem er festgestellt hatte, dass auch sein Boot verschwunden war. Er begab sich rasch wieder zurück in die Hütte, suchte in seiner Windjacke nach der Pistole – jedoch vergeblich.

»Scheiße!«, stieß er hervor. Ein Gemisch aus Zorn, Machtlosigkeit und Leere arbeitete in ihm, und er schwankte zwischen Wut, einem Gefühl der Demütigung und der lähmenden Verlassenheit. Sie hatte sich diesmal nicht nur mit seiner Waffe, sondern auch mit seinem Motorboot »aus dem Staub gemacht«, dachte er. Dann, im Zorn, spürte er Erleichterung, dass das gesamte Geschehen sich jetzt verlagert hatte. Mit diesen Gedanken schlief er ein. Er erwachte erst gegen Mittag und konnte sich nicht erklären, weshalb es so spät war. Zuerst glaubte er nicht, dass Julia tatsächlich verschwunden war, aber dann begriff er, dass er in die von Gleichgültigkeit bestimmte Welt zurückgekehrt war. Ein neuer Abschnitt begann, sagte ihm sein Verstand, aber es fiel ihm nicht leicht, diese Tatsache zur Kenntnis zu nehmen. Was konnte er dagegen unternehmen?, fragte er sich und kam zu dem Ergebnis, dass er Julia suchen musste, doch hatte er dabei das trostlose Gefühl, ihr nachzulaufen. Die andere Möglichkeit war zu warten. Warten bedeutete zwar nur, eine Entscheidung hinauszuschieben, allerdings würde er später vielleicht klarer sehen, was er tun sollte. Unruhe hatte ihn befallen, und die Unruhe war es auch, die ihn den Entschluss fassen ließ, eine Flasche Wein zu kaufen. Er untersuchte sein Portemonnaie und war überrascht, dass er genügend Geld für eine Woche fand. Wieder ging er über den langen, »von Möwen angeschissenen Holzsteg«, und dabei fiel ihm die Redewendung »ich bin auf dem Holzweg« ein.

Im kleinen Laden erstand er eine Tageszeitung, Oliven, Käse, Schinken, Mineralwasser und zwei Flaschen Wein. Damit setzte er sich in der Fischerhütte an das Fenster und blickte hinaus. Während er aß, fütterte er eine Möwe mit Weißbrot und ließ es zu, dass sie mit einem Stück Schinken davonflog. Anschließend stopfte er den Rest zurück in den Nylonsack und schaute weiter auf das offene Meer hinaus. Es genügte ihm, die

Wellen zu sehen und die Wolken, die Sonne und später die Sterne. Er hatte eine Flasche Wein getrunken, und da er trotzdem keinen Schlaf fand, öffnete er die zweite. In einer Phase, in der er innerlich tot war und draußen Stille herrschte, die dem Klatschen der Wellen gehörte, taumelte er hinaus, entkleidete sich und stellte sich unter dem Holzsteg ins Wasser. Da gerade Flut herrschte, konnte er sich auf den Sandboden setzen und die Wellen über sich hinweglaufen lassen. Warum atmete er überhaupt noch? Wenn Julia nicht die Waffe mitgenommen hätte, fiel ihm ein, würde er sich jetzt vielleicht erschießen. Oder er konnte so weit in das Wasser hinausgehen, bis er ertrank. Als Nächstes fiel ihm der Falke Alien ein, und wie Richard Vogel ihm auf seine Frage nach Caecilia lachend geantwortet hatte: »Sie gefallen ihr! Fragen Sie sie selbst, wie es ihr geht.« Die Phase der Verlassenheit wurde von der Phase der Wut abgelöst, und er hatte es jetzt eilig, zurück in die Hütte zu kommen.

Wieder auf der Luftmatratze, bemühte er sich, an Caecilia zu denken und Julia aus seinem Kopf zu verdrängen, aber sobald er sich dazu zwang, sah er nur noch Julia vor sich.

Erst am nächsten Morgen fand er die Zeitung, die er gekauft hatte, auf dem Sessel. Er zog ihn mit dem Fuß zu sich heran, setzte sich auf, schnappte sich das Blatt und las auf der ersten Seite, dass der Schwerverletzte, den man im Taxi gefunden habe, im Krankenhaus verstorben war, ohne dass man ihn hatte befragen können. Der Mann habe keine Papiere bei sich gehabt, hieß es weiter, keine Uhr, keine Brieftasche, keine Schlüssel. Man hielt die ganze Sache nach wie vor für einen Bandenkrieg um die Vorherrschaft auf dem Glücksspielsektor. Von Schleppergeschäften war nicht die Rede. Das Taxi war übrigens von den Verbrechern vor dem Haus des Fahrers, der gerade keinen Dienst gehabt hatte, gestohlen worden.

Lanz ließ die Zeitung fallen, nahm auf dem Stuhl vor dem Fenster Platz und betrachtete wieder das Meer, während in seinem Kopf ein Durcheinander herrschte. Zuletzt sagte er sich, dass er zu siebzig Prozent aus Wasser bestehe und dass alles, der Schmerz, die Trauer, der Zorn, die Liebe, das Mitleid nicht nur seinen Körper, sondern auch seinen Geist in Wellen durchflutete. Später fiel ihm ein, dass er einen Vertrag für die Übersetzung der Shakespeare-Stücke hatte, und er dachte daraufhin auf Englisch weiter, aber das passierte, ohne dass er es beabsichtigte. Natürlich erinnerte er sich zugleich an seinen misslungenen Selbstmordversuch, an Alma, an Signor Blanc, an den vom Plafond hängenden Anwalt Capparoni, den Erschossenen am Schiffsschrottplatz und den Schrank im Keller, der den Gang zu der jetzt verlassenen Villa von Signor Blanc verstellte. Das ließ ihn den Entschluss fassen, bei seiner Rückkehr das Zimmer, das ihm der alte Mann angeboten hatte, aufzusuchen und die nächste Zeit dort zu schlafen. Er dachte auch an Oboabona, den Briefträger, an das Ospedale al Mare, an den Leibwächter mit der Hundemaske, Giorgio Fermi, an Richard Vogel und seinen Falken Alien und nicht zuletzt an Caecilia. Am meisten aber beschäftigte er sich mit Julia, von der er glaubte, dass er sie liebte, die ihm aber nicht nur seine Pistolen, sondern auch das Motorboot gestohlen hatte …

Die Erinnerungsfragmente bewirkten ein langsames Auftauen der Leere in ihm, die wie ein Eisgebilde in seinem Gehirn die Gedanken zwischendurch gelähmt hatte. Allmählich kehrte auch seine Energie zurück, und er überlegte, ob er die folgende Nacht noch in der Fischerhütte verbringen sollte. Er drehte sich zum Eingang hin und sah die winzigen Staubpartikel im Sonnenlicht durch den Raum schweben, und es kam ihm vor, als ob sie eine Nachricht für ihn darstellten. Es gab verschiedene Möglichkeiten, sie zu deuten: als Lebensgleichnis, als Gleichnis für seine Orientierungslosigkeit oder für die Gleichgültigkeit der Ereignisse. Er wurde unruhig, doch blieb er sitzen, weil er noch nicht genügend Kraft hatte, aufzustehen und in sein Dasein zurückzukehren.

Erst als es Abend wurde, schlüpfte er in die Windjacke und ging an Land. Automatisch achtete er darauf, dass er niemandem begegnete und ihm niemand folgte. Er durfte jetzt nicht anfangen zu trinken, sagte er sich. Gleichzeitig aber empfand er eine Gier nach einer Flasche Wein.

Der kleine Laden hatte noch offen. Er kaufte sich eine Flasche Cola und eine Zeitung und las noch im hell erleuchteten Geschäft die Schlagzeile »Rätsel um Tathergang«. Diesmal erfuhr er, dass nur an den Ladetüren des roten Wäschereiwagens Einschusslöcher vorhanden seien, auf dem schwarzen Chrysler und dem Taxi jedoch keine. Alle Schießspuren stammten aus einer oder mehreren Glock-Pistolen, was die Untersuchung erschwere. Die beiden Toten im Chrysler, Fermi und Saltesi, seien durch ein Seitenfenster erschossen worden, die beiden anderen von vorne und aus größerer Distanz. Außerdem seien die Fingerabdrücke im roten Nissan-Kastenwagen penibel entfernt worden, während in den beiden übrigen Fahrzeugen noch genügend gefunden worden seien. Im Taxi habe man auch Blutspuren des am Vortag Verstorbenen und im Chrysler die der beiden Opfer festgestellt. In einem Interview mit einem Experten wurden alle Möglichkeiten, wie der Schusswechsel abgelaufen sein könnte, erörtert.

Lanz warf die Zeitung in einen Abfallkübel und machte sich wieder auf den Weg zur Fischerhütte. Unterwegs fasste er den Entschluss, erst am nächsten Morgen in sein Haus am Lido zu fahren. Entweder mit dem Bus, dann musste er die Fähre nehmen und weiter mit dem Bus bis zum Lungomare D'Annunzio fahren. Oder er versuchte, hier auf Pellestrina eine Privatperson zu finden, die ihn mit dem Motorboot zur Vaporetto-Station Elisabetta brachte.

Die Fischerhütte lag im Dunkeln, er konnte sie schwach unter dem Sternenhimmel ausmachen. Bevor er über den Steg ging, zog er die Kleider aus, legte sie gewohnheitsmäßig am Ufer ab, deckte sie mit der Windjacke zu und begab sich wieder ins kalte Wasser. Diesmal war Ebbe. Er schritt langsam auf einen der vorderen Pfosten zu, auf denen die Hütte stand, als er glaubte, zuerst den Motor eines Autos und dann Stimmen zu hören. Zwei Männer redeten offenbar miteinander, aber er konnte sie von seinem Platz aus nicht sehen … Sie sprachen nicht Italienisch und hatten es eilig. Die zwei betraten den Steg zu seiner Hütte, knackten sofort das Schloss und trampelten hinein. Lanz hörte über sich jeden ihrer Laute und Schritte. Sie standen inzwischen direkt über seinem Kopf und berieten, was sie tun sollten.

Lanz verstand so viel Serbokroatisch, dass er entnahm, worum es ging.

»Wie lange sollen wir noch warten?«, fragte der mit der hohen Stimme. Der andere gab keine Antwort.

»Ich rufe Miroslav an!«, fuhr der mit der hohen Stimme fort.

»Tu das!«, pflichtete der andere ihm bei.

Kurz darauf hörte Lanz ihn leise sprechen, kurz husten und flüstern, und er schnappte nur so viel auf, dass er dem zweiten, der stumm neben ihm stand, die Anweisung zu bleiben gab und wieder davonlief. Der andere musste also noch in der Fischerhütte sein und auf die Rückkehr seines Begleiters warten.

Es verging eine Viertelstunde, in der sich nichts ereignete, außer, dass Lanz fror. Er wusste, dass er ohne Waffe keine Chance hatte, aber er könnte versuchen, überlegte er, wenigstens durch einen Schlitz in die Hütte zu spähen und das Gesicht des Mannes zu erkennen, doch gab er die Idee gleich wieder auf. Die einzige Chance, wusste er, bestand darin, dass er ans Ufer zurückkehrte, sich ankleidete und flüchtete. Vom Fenster aus, das zur Lagune hinausging, konnte er nicht gesehen werden, und sein Verfolger durfte den Platz in der Hütte nicht verlassen, da er ihm ja offenbar auflauern sollte.

»Wolltest du nicht sterben?«, warf er sich vor. »Ja«, antwortete er sich selbst, »dann hätte ich mir alles erspart.« – »Aber du warst doch unglücklich …« Er unterbrach seine Selbstbefragung und lauschte, denn er bildete sich ein, etwas vernommen zu haben. Dann war er davon überzeugt, dass es der kurze Ton eines unterbrochenen Telefonsignals gewesen sein musste. Zuerst folgte nur ein Geflüster, dann wurde die Stimme des Unbekannten über ihm lauter, er schien sich darüber zu wundern, weshalb er Lanz nirgendwo angetroffen hatte. Kurz darauf hörte er wieder Schritte über seinem Kopf, die Tür wurde geöffnet, und der Mann zündete sich auf dem Steg nach mehreren vergeblichen Versuchen mit seinem Feuerzeug eine Zigarette an und blies den Rauch mit einem Zischgeräusch aus.

Lanz wusste, dass er bei Flut weit größere Schwierigkeiten gehabt hätte, auch nur Fragmente des Gesprochenen und der Vorgänge, die sich um ihn herum abspielten, zu verstehen. Im selben Augenblick sah er drei auf und ab wippende Taschenlampen in der Dunkelheit. Zuerst stellte einer der drei Männer fest, dass *er* nicht mehr da sei, sie hätten überall gesucht. Dann sagte derjenige, der ihm inzwischen aufgelauert hatte, dass man *ihn* noch im kleinen Laden gesehen habe, als er eine Zeitung gekauft habe. Der mit der hohen Stimme unterbrach ihn und fragte, was sie jetzt tun sollten. Dann verstand Lanz nur noch: »Okay! Okay! Okay!« und schloss daraus, dass sie etwas vorhatten. Er vernahm wieder Laufschritte, die über den Steg trampelten und ein Geräusch, aus dem er schloss, dass Flüssigkeit auf den Boden über seinem Kopf ausgeschüttet wurde. Auch vom Steg her vernahm er ein Glucksen und Aufklatschen, dann wieder die Laufschritte. Es stank gleich darauf nach Benzin und es folgten eine Explosion und das Knistern von Feuer. Lanz tauchte sofort unter und schwamm mit geschlossenen Augen und unter Wasser ans Ufer. So lang es möglich war, hielt er den Atem an und hob erst, als er spürte, dass ihm die Luft ausging, den Kopf. Es bestand kein Zweifel, dass die Fischerhütte in Brand gesteckt worden war. Wieder suchte er Schutz im Meerwasser und hielt in der kalten Dunkelheit, die von Lichtblitzen durchflackert wurde, den Atem an, bis er, nach Luft ringend, erneut den Kopf hob. Gerade konnte er noch erkennen, wie die vier Taschenlampen sich entfernten, doch vor allem sah er, dass die Fischerhütte brannte. Kurz darauf fielen Autotüren ins Schloss, und ein Wagen raste ohne Scheinwerferlicht davon. Während er daran dachte, dass er den Anblick des Feuers nie vergessen würde, beeilte er sich, vorsichtig das Ufer zu erreichen, denn er musste jetzt verschwinden, war ihm klar, bevor die Feuerwehr oder die Polizei eintrafen. Trotzdem verfiel er nicht in Panik, fand das Kleiderbündel und die Schuhe, schlüpfte hinein und lief zum kleinen Laden, der aber bereits geschlossen war. Unterwegs hatte er immer wieder einen Blick auf die Fischerhütte, die weiter in Flammen stand, geworfen.

Auch von hier aus konnte er sie wahrnehmen. In der Dunkelheit verharrte er unbewegt einige Minuten und lief dann in Richtung der Straße und der Murazzi – der jahrhundertealten Steinmauer auf der Meeresseite –, die gegen die häufigen Überschwemmungen errichtet worden war. Der Umstand, dass in den Siedlungen Autos verkehrten, ließ ihn noch vorsichtiger werden. Vielleicht, befürchtete er, hielten sich seine Verfolger noch in der Nähe auf. Wie aber hatten die Männer seine Fischerhütte gefunden, er selbst hatte sie in der Dunkelheit zuerst kaum erkannt … Und woher hatten sie überhaupt erfahren, dass er sich nach vielen Monaten Abwesenheit wieder in der Fischerhütte aufhielt? Während er im Halbdunkel zwischen neugebauten Einfamilienhäusern und kleineren Wohnblocks lief, versuchte er Antworten zu finden. Am naheliegendsten war, dass seine Verfolger auf der Insel zumindest einen Vertrauensmann hatten. Da Lanz außerdem nicht wusste, wie er das Problem, zu seinem Haus am Lido zurückzukehren, lösen konnte, und weil er überdies keine Waffe mehr hatte, fühlte er sich von Julia doppelt hintergangen. Nicht nur war sie einfach verschwunden, sie hatte ihm alles genommen, was er benötigte, um die gefahrvolle Situation, in der sie ihn zurückgelassen hatte, zu überleben.

Je länger er darüber nachdachte, desto weniger verstand er sich jetzt selbst. Weshalb empfand er trotz allem den Wunsch, Julia wiederzusehen? Dann erwog er, sich an die Polizei zu wenden, ließ den Gedanken aber gleich wieder fallen, da er dann als Zeuge des Mordes an Borsakowski aussagen musste. Vielleicht war Julia schon nach Amerika unterwegs, ging es ihm durch den Kopf. Eine Alternative, überlegte er, war auch, dass er nach Santa Maria al Mare an der Spitze der Insel Pellestrina lief und von dort mit dem Bus der Linie 11 auf eine Fähre zum Lido übersetzte. Aber das war genauso kompliziert wie alle übrigen Möglichkeiten.

Er blickte zurück. Die Fischerhütte brannte weiter, und wie immer lagen bunte Boote am Kai. Nicht weit davon befand sich eine Anlegestelle für Motorboote, wie er wusste, und wenn er sich nicht täuschte, rauchte dort jemand in der Dunkelheit gerade eine Zigarette. Der Wunsch, unbeschadet von der Insel wegzukommen, war so stark, dass er wieder zurücklief, bis er einen Mann mit einer weißen Kapitänsmütze, wie man sie in den Andenkenläden fand, sah, der eine Zigarette rauchte. Er ging ohne zu zögern auf ihn zu und sprach ihn an. Der Mann war seltsamerweise nicht verwundert, sondern verlangte hundert Euro für eine Fahrt bis zur Vaporetto-Station Santa Maria Elisabetta. Lanz willigte ein, und der Fahrer gestattete ihm, in der Kabine Platz zu nehmen. Es handelte sich, stellte sich heraus, tatsächlich um ein Wassertaxi.

»Haben Sie gesehen, dass dort drüben …«, der Mann zeigte mit dem ausgestreckten Arm in die Richtung, »… eine Fischerhütte brennt?« Und als Lanz keine Antwort gab, setzte er fort: »Es dürfte vermutlich nichts weiter passiert sein, ich weiß es von meinem Bruder, der angerufen hat und hingefahren ist.« Da Lanz nur nickte, wechselte der Mann das Thema und fragte ihn, wie er sich sein Auge verletzt habe.

»Ich bin mit dem Fahrrad gestürzt«, sagte Lanz.

»Ich hasse Fahrräder«, entgegnete der Mann mit der Kapitänsmütze. »Sie tauchen lautlos auf, und wenn du am Boden liegst und den Kopf hebst, um zu erfahren, was geschehen ist, ist keiner da.« Er lachte.

Lanz war erleichtert, als das Wassertaxi sich in Bewegung setzte und mit ihm in die Schwärze der Nacht, des Meeres und des Himmels tauchte. Er spürte, dass er »davongekommen« war, trotzdem empfand er keine Freude darüber. Er würde zu Hause die Walther-Pistole und sein Smartphone einstecken, seine Toilettsachen, einen Band von Shakespeares Werken, der den »Sturm« enthielt, das englisch-italienische Wörterbuch, Unterwäsche und T-Shirts in einen Koffer packen und über den Kellergang das Zimmer in Signor Blancs Villa, für das er den Schlüssel besaß, aufsuchen. Und er würde am nächsten Tag als Erstes Richard Vogel treffen und den Falken Alien, der jetzt mit seinem Lederhäubchen auf dem Kopf auf einer Stange hockte und schlief … Wovon träumt ein Falke?, fragte er sich und schloss aus Erschöpfung und durch das gleichmäßige Motorengebrumm die Augen.

Als er vor der Stazione Elisabetta geweckt wurde, bezahlte er den Fahrer, stieg aus und wankte zum Taxistand. Auf dem Lungomare D'Annunzio herrschte spätabendlicher Verkehr.

Vor dem beleuchteten Chiosco Bahiano sah er zwei Polizeibeamte, die den Mann hinter der Theke befragten, ihr Auto parkte auf der anderen Straßenseite. Lanz ging das kurze Stück bis zu seinem Haus hinunter, das ihm jetzt fremd vorkam. Aber die Anwesenheit der Polizei vor dem Chiosco Bahiano und die vereinzelten Fahrzeuge auf der Uferstraße beruhigten ihn. Alles war wie sonst. Außerdem fielen ihm die Augen zu. Er verschob daher die Umsiedlung in die Villa Signor Blancs, suchte die Walther-Pistole, schob sie unter das Kopfkissen und war sogar zu müde, um – als ihm einfiel, dass er vergessen hatte, die Eingangstür zu verschließen – noch einmal aufzustehen.

Als er plötzlich erwachte, beugte sich ein dunkles Gesicht über ihn. Er setzte sich blitzschnell auf und suchte benommen nach der Pistole. Inzwischen erkannte er, dass es Oboabona war, der seinerseits so erschrak, dass er zurückwich, Augen und Mund aufriss und mit seinen Händen fuchtelte. »Scusi! Scusi!«, rief er, sich entschuldigend.

Draußen war es längst hell geworden. Lanz hatte den

Eindruck, dass er gerade so etwas wie einen Schlaganfall erlitten hatte. Er ließ sich schlaff auf sein Kopfkissen zurückfallen und fragte Oboabona kraftlos, was er wolle.

Der Postbeamte war gerade dabei, aus dem Zimmer zu fliehen, und stotterte: »Niente, niente, Signor Lanz … Ich wollte Post bringen … Ich hab geläutet … Niemand macht auf … Ich drücke auf Tür, Tür geht auf … Ich denke, es ist etwas nicht in Ordnung … und suche …«

Lanz, der zu seiner eigenen Verwunderung noch angezogen war und überdies die Sneakers an seinen Füßen hatte, richtete sich auf, entschuldigte sich, dass er noch geschlafen habe, und erinnerte Oboabona daran, dass sie »du« zueinander sagten.

»Ich bringe Post … Niemand zu Hause«, wiederholte Oboabona, »am Lido Mörder … Mörder erschießen Mörder und brennen Fischerhütte auf Pellestrina ab.«

Oboabona griff nach der Post, die er auf dem Couchtisch im Wohnzimmer abgelegt hatte, suchte den »Gazzettino« heraus und hielt ihm die Berichte über die Toten nach der Schießerei und die abgebrannte Fischerhütte unter die Nase. Dort las Lanz, dass ein Mann, dessen Personenbeschreibung inklusive dem blauen Auge auf ihn selbst zutraf, sich in der Hütte versteckt und diese vermutlich angezündet habe.

»Danke«, sagte Lanz, während er so tat, als lese er weiter, damit Oboabona nicht argwöhnisch wurde, um dann nachdenklich die Zeitung zu schließen. Er versuchte einen klaren Kopf zu bekommen.

»Würdest du mich durch das Ospedale al Mare führen?«, fragte er den Briefträger, weil er inzwischen vermutete, dass er dort eine Erklärung für das Rätsel finden würde, das ihn die ganze Zeit über verwirrte.

»Nicht gut … das ist nicht gut für die Leute … und nicht gut für Sie.«

»Dann muss ich es allein versuchen.«

»Nicht allein –«

»Ich habe sonst niemanden, der mich begleitet.«

Oboabona dachte nach.

»Alle sagen, dass Verbrecher in Ospedale sich verstecken … Ich sage aber auch: und viele arme Leute … Was haben Sie mit dem Auge gemacht?«

»Nichts … sag du zu mir, wie ausgemacht.«

»Warum … du willst hingehen?«

»Ich will wissen, was vor sich geht.«

»Warum?«

»Hilfst du mir oder nicht?«

Oboabona dachte wieder nach.

»Ist es dein Bruder, der in der Garage vor dem jüdischen Friedhof lebt?«, fragte Lanz ins Blaue hinein.

Zu seiner Überraschung nickte Oboabona. Lanz ging in die Küche, nahm Orangensaft und Mineralwasser aus dem Kühlschrank und füllte ein Glas, das er vor Oboabona hinstellte.

»Bruder im Herzen … nicht wirklicher Bruder …«, erklärte Oboabona. »Haben Sie Augenweh?«

Lanz schüttelte den Kopf.

»Gut. Ich helfe«, sagte der Briefträger und trank das Glas aus.

»Wann?«, wollte Lanz wissen.

Oboabona blickte ihn nicht an, stand auf und ging zur Tür. Dort warf er ihm einen undefinierbaren Blick zu und ging. Bevor er jedoch die Tür schloss, steckte er den Kopf durch den Spalt und antwortete mit einem Blick auf den Boden: »Gut. Morgen.« Er machte eine kurze Pause. »Du sperrst Tür zu. Und du musst mir glauben: nicht gut in Ospedale al Mare!«

Lanz schloss hinter ihm ab, sah die Post durch und fand ein Paket mit einem Brief von Dr. Occhini, der ihm den Vertrag und die erste Honorarüberweisung bestätigte. Er bat ihn außerdem um einen Anruf. Beigelegt war ein reich illustrierter, dicker Band über William Shakespeare und seine Werke.

Lanz wählte die Nummer, die im Brief angegeben war, und bat die Sekretärin, ihn mit Dr. Occhini zu verbinden. Sie wollte von ihm zuerst wissen, worum es gehe, und als er es ihr erklärt hatte, antwortete sie ihm, dass der Verleger in einer Sitzung sei.

»Mit Ihrem Vertrag ist alles in Ordnung. Dr. Occhini wird Sie zurückrufen«, sagte sie freundlich.

Einerseits freute sich Lanz über den Vertrag und die überwiesene Summe, andererseits irritierte es ihn, dass er den Verleger nicht hatte erreichen können.

Er nahm den Koffer aus dem begehbaren Schrank und fing an, seine Sachen für die Übersiedlung in das Zimmer des Nachbarhauses zusammenzupacken. Zuletzt steckte er die Walther-Pistole in die Tasche seiner Windjacke.

Am frühen Nachmittag – er hatte wegen Julia gerade die Anwältin Amanda Falchi angerufen, jedoch erfahren, dass sie in Mestre bei einer Gerichtsverhandlung sei – läutete es an der Tür, und Lanz sah durch das Fenster Commissario Galli in Begleitung eines Polizisten.

Im ersten Reflex wollte er nicht öffnen, dann aber tat er es entgegen seiner Überzeugung.

»Ach, Sie sind zu Hause«, grüßte der Commissario. »Wie geht es Ihrem Auge?«

Lanz antwortete nicht und ging voraus ins Wohnzimmer, wo er Galli mit einer Handbewegung einlud, Platz zu nehmen.

»Sie wissen, was vorgefallen ist – ich meine den Schusswechsel und die vier Toten«, eröffnete Galli.

»Ich habe die Zeitung gelesen.«

»Auch die Nachricht, dass Ihre Fischerhütte abgebrannt ist?«

»Ich war dort.«

»In der Hütte?«

»Ich habe einen Nachtspaziergang gemacht und von weitem gesehen, wie ein Mann über den Steg gelaufen ist und dann zusammen mit drei anderen, die gerade aufgetaucht waren, Benzin aus einem Kanister geschüttet hat.«

»Sie haben zugesehen?«

Lanz nickte.

»Ich meine, weshalb haben Sie nicht die Polizei verständigt?«

»Ich hatte kein Telefon bei mir.«

»Lag es noch in der Hütte?«

»Nein, ich hatte es zu Hause vergessen.«

»Man hat Sie erst vor kurzem, als Sie mit dem Rad unterwegs waren, angefahren. Beunruhigt Sie das nicht?«

»Was wollen Sie von mir hören?«, fragte Lanz zynisch.

»Wollen Sie Streit? Wollen Sie lieber auf der Questura aussagen?«, gab der Commissario aggressiv zurück. »Ich bin zu Ihnen gekommen, weil Sie uns die Brandlegung an Ihrer Fischerhütte nicht gemeldet haben. Wir hatten keine Ahnung, ob Sie es überhaupt wussten. Machen wir es kurz: Wer waren diese Männer, und stellt Ihnen jemand nach?«

»Ich habe keinen von ihnen aus der Entfernung erkannt, und ich weiß auch nicht, ob mich jemand verfolgt.«

»Sie wissen auch nicht, weshalb diese Männer Sie heimgesucht haben?«

Lanz schaffte es plötzlich nicht, »Nein« zu sagen und schüttelte daher nur den Kopf. »Es muss sich um eine Verwechslung handeln«, sagte er dann.

Der Commissario wurde wieder wütend, starrte Lanz ins Gesicht und zischte ihn an: »Hören Sie auf! Sie spielen Verstecken mit uns. Ich frage mich nur, weshalb?«

»Warum sollte ich das tun?«, gab Lanz entschieden zurück.

»Das wissen Sie besser als ich.«

»Nein, sagen Sie es mir.«

»Ich sehe, wir kommen nicht weiter«, stieß Galli verärgert hervor und schaltete auf die beamtische Art um. Lanz bewunderte insgeheim die Fertigkeit, mit der er Menschen unter Druck setzen konnte.

»Erzählen Sie mir den Tathergang«, sagte der Commissario rasch und streng.

»Nachdem die Männer vermutlich Benzin ausgeschüttet haben, haben sie den Brand gelegt.«

»Sie sind Übersetzer: Welche Sprache haben die vier Männer gesprochen?«

Lanz dachte an die zwei Männer in der Hütte über seinem Kopf, denen er, im Wasser stehend, zugehört hatte. »Ich weiß es nicht … ich war zu weit weg … Vielleicht Serbokroatisch … das ist nur eine Vermutung.«

»Wie sahen sie aus?«

»Es war, wie gesagt, dunkel.«

»Haben Sie gar nichts gesehen?«

»Vier Taschenlampen und vier Gestalten.«

»Und nachdem sie geflüchtet sind, was haben Sie dann gemacht?«

»Ich bin in das Dorf gelaufen.«

»Warum?«

»Ich war in Panik.«

»Und weiter?«

»Ich bin dann zurückgekommen und mit einem Wassertaxi bis zur Vaporetto-Station Elisabetta gefahren.«

Galli fragte so lange, bis er glaubte, Bescheid zu wissen, aber er wurde die ganze Zeit über immer misstrauischer. »Sie müssen das, was von Ihrer Fischerhütte und dem Steg übrig geblieben ist, entfernen«, sagte er unvermittelt in schroffem Tonfall.

»Habe ich schon veranlasst«, log Lanz. Er hatte Galli nicht nur die Verfolgungsjagd verschwiegen, sondern auch, dass Julia ihn begleitet hatte und mit seinem Boot abgehauen war, das heißt, er hatte, was er für sich hatte behalten wollen, nicht preisgegeben.

»Sie vermischen Wahrheit mit Lügen und verschweigen Wesentliches«, schloss Galli, bevor er das Haus mit dem Polizisten wieder verließ. Im Vorraum drehte er sich noch einmal um. »Sind Sie noch mit Julia Ellis zusammen?«

»Fragen Sie Julia selbst.«

»Das würde ich gerne tun, wenn ich wüsste, wo sie ist.«

»Ich weiß es auch nicht. Und wenn es mir bekannt wäre, würde ich es Ihnen nicht sagen.«

Galli warf ihm einen verachtungsvollen Blick zu, ließ sich aber nicht weiter darauf ein und stieg mit seinem Begleiter in den Polizeiwagen, der vor dem Haus parkte. Lanz versperrte die Haustür und setzte sich an den Schreibtisch. Später rief er noch einmal die Anwältin Amanda Falchi an, aber er erfuhr nur, dass sie erst morgen wieder in die Kanzlei zurückkomme. Die Sekretärin notierte die Telefonnummer und seinen Wunsch, auch mit Julia zu sprechen.

Erst als es dunkel war, zog er seine Windjacke an, ging mit dem gepackten Koffer in den Keller, schob den Schrank zur Seite, machte Licht und entdeckte, dass jemand auf der Rückseite des Möbelstücks eine Stange aus Aluminium angebracht hatte, die es ihm erlaubte, den Kasten ohne großen Kraftaufwand wieder vor das Loch in der Mauer zu ziehen. Auch war der Schutt aus dem Gang geräumt und sogar ein Stuhl auf halbem Weg an die Wand gestellt worden.

Er suchte den Schlüssel heraus und sperrte am anderen Ende des Ganges das Schloss auf. Er hatte geglaubt, dass er durch das Tor in den Keller von Signor Blancs Villa gelangen würde, und fand sich zu seiner Überraschung in dessen Garten wieder. Anstelle der Blumenbeete und des Glashauses erblickte er allerdings nur umgestochene Gartenerde. Im alten Planetarium brannte Licht, die Villa sah verlassen aus. Er stellte den Koffer ab und suchte zuerst das Gebäude mit den Falken auf, in dem Richard Vogel mit seinem Smartphone gerade telefonierte. Die Falken in den Volieren hatten alle verschiedene Lederhäubchen auf dem Kopf und hockten still da, eine große Eule schien Lanz verwundert zwischen den Gitterstäben hindurch zu mustern. Es hatte den Anschein, als befände er sich in einer Schule für Greifvögel, in der die Zöglinge auf die Gesangs- oder Turnstunde warteten.

Kurz darauf kam Vogel auf ihn zu und begrüßte ihn freundlich: »Ich habe soeben den Auftrag erteilt, dass der Schaden, der Ihnen durch den Brand der Fischerhütte entstanden ist, in den nächsten Tagen behoben wird. Es wird eine neue gebaut werden, außerdem ist Ihr Zimmer in der Villa schon bezugsbereit. Kommen Sie zum Abendessen in den zweiten Stock?«

Als Lanz anschließend den Hof überquerte, dachte er an Caecilia und betrat die Villa. Der gesamte Vorraum war mit Blumen geschmückt, die vermutlich bei der Auflösung des Gartens und des Glashauses abgeschnitten worden waren.

Sein Zimmer war viel größer, als er es in Erinnerung gehabt hatte. Eine Figur wie die des afrikanischen Jugendlichen im Prunkgewand hatte er schon mehrmals in Antiquitätengeschäften gesehen. Er hatte ein schlechtes Gewissen, als er sie sah, und nahm sich vor, Vogel zu ersuchen, sie zu entfernen. Daneben in einer chinesischen Vase blaue Schwertlilien, zu denen er sich sofort hinunterbeugte, um die Blüten besser sehen zu können. In einer Ecke stand der Fernsehapparat, des Weiteren erblickte er zwei rote Lederfauteuils, ein Doppelbett und ein Bücherregal mit Bildbänden. Eine Tür führte in ein Badezimmer, von dort gelangte er zur Toilette. Rollos schützten vor allzu grellem Licht, und von der Decke hing ein alter Luster aus Murano. Er duschte, fand an einem Haken einen großen weißen Bademantel, öffnete den Koffer und staunte, dass er sich zum ersten Mal seit langer Zeit wohl fühlte. Vielleicht war es auch nur die Gewissheit, in Sicherheit zu sein, die ansonsten so selbstverständlich war, dass man es gar nicht bemerkte. Er nahm frische Wäsche heraus, kleidete sich an, streifte seine Sneakers über und blickte auf die Uhr. Es war bereits so spät, dass er sich in den zweiten Stock begeben konnte. Unterwegs bewunderte er die weitere Blütenpracht, die das Haus mit Schönheit und Düften füllte. Am Gang kam ihm der Koch Min Chang entgegen, der einen schwarzen Kochanzug trug und wie ein Karatekämpfer aussah. Er strahlte ihn an, begrüßte ihn und führte ihn in das Arbeitszimmer von Richard Vogel, das mit älterem venezianischen Mobiliar ausgestattet war. Bevor er noch ein Wort mit Vogel wechselte, fiel Lanz ein gerahmtes altes Bild mit der Darstellung der Federn des Falken auf.

Vogel bemerkte den Blick, den Lanz darauf gerichtet hatte, stellte sich neben ihn und fing an, das Bild in allen Einzelheiten zu erklären. Lanz war zu erschöpft, um ihm gänzlich folgen zu können. Während der Falkner sprach, empfand er immer mehr den Wunsch, selbst zu fliegen. Er konnte wirklich fliegen, aber nur im Traum, und der Traum gehörte ganz zu seiner Wirklichkeit. Das Fliegenkönnen hatte er sich nach dem Erwachen aus Träumen, in denen er trotz heftiger Gegenwehr in Abgründe gestoßen wurde, selbst eingeredet, und schon beim nächsten Absturztraum war es ihm gelungen zu schweben. Obwohl ihm schwindlig wurde, empfand er ein wunderbares Wohlgefühl. In den letzten beiden Jahren jedoch, seit dem Flugzeugabsturz seiner Frau Alma, hatte er nur noch Albträume gehabt, aus denen er, wie er sich ebenfalls hartnäckig suggerierte, nach kurzer Qual erwachen konnte.

Die Weibchen des Wanderfalken, sagte Richard Vogel gerade, seien um ein Drittel größer als die Männchen, weshalb sie bevorzugt für die Beizjagd eingesetzt würden.

»Alien«, fuhr er fort, »hieß ursprünglich Alina, aber der Name passte nicht ganz zu einem Greifvogel, der in der Luft andere Vögel tötet. Sie ist darauf abgerichtet, bei einem bestimmten Signal, das ich mit Hilfe der Lippen, der Zunge und einem anschließenden kurzen Pfeifton erzeuge, auch größere Lebewesen bis hin zu einem Menschen anzugreifen. Ihr Verfolger auf dem Friedhof San Michele, Giorgio Fermi, hatte das Pech, das andererseits Ihr Glück war, eine Hundemaske zu tragen und dass Falken sich auch auf Füchse und Wölfe stürzen können. Falken sind, wenn sie ausgewachsen sind, auf der Oberseite dunkel gefärbt, von Braun bis Blau und Grau, ihre Brust ist weiß und quergestreift, wie bei einem Zebra, der obere Brustteil ist dunkel gefleckt, die Iris der Augen bernsteinfarben, die Beine sind gelb und die Krallen schwarz.«

Er griff in eine Schreibtischlade und holte eine hell- und dunkelbraungefleckte Feder heraus, »aus den Armschwingen von Alien«, wie er sagte, »sie soll Ihnen Glück bringen.«

»Übrigens«, fuhr er fort, »Ihr Boot wurde Ihnen heute zurückgestellt. Und ich empfehle Ihnen, ein anderes Fabrikat als eine Glock zu nehmen, damit Sie nicht in Verdacht geraten, etwas mit der Schießerei zu tun zu haben, bei der vier Männer getötet wurden.« Er holte eine schwarze Pistole, »eine Beretta 92«, wie er sagte, und passende Munition aus einer Schreibtischlade. Richard Vogel machte eine kurze Pause und starrte ihn an. »Sie dürfen nicht glauben, dass alles, was Sie sehen und erfahren, schon die Wirklichkeit ist. Es ist nur ein Partikel in der Schwärze des Universums, ein winziges Detail. Der weitverbreitetste Fehler der Menschen ist es, zu glauben, es gebe eine widerspruchsfreie Erfahrung oder Wahrnehmung. Jedes Wort ruft jedoch zugleich die Erinnerung an das Gegenteil hervor. Während wir hier stehen, wird gegen Sie intrigiert, Sie werden verraten und in den Schmutz gezogen. Man findet Sie lächerlich. Man macht sich über Sie lustig. Man will Sie zerstören, Sie zerdrücken wie ein lästiges Insekt. Jeder, den Sie kennen, hat Sie bereits angelogen, verraten, betrogen, in den Augen anderer herabgesetzt oder angespuckt, nur wissen Sie nichts davon. Das Problem ist jedoch, dass Sie es genauso mit anderen machen und trotzdem entrüstet sind, wenn Sie erfahren, was hinter Ihrem Rücken geschehen ist. Mit einem Wort, fallen Sie nicht auf sich selbst herein. Es gibt keinen größeren Irrtum als die Behauptung, man könne angeblich bei sich selbst sein oder bleiben. Man kann nur spielen, dass man bei sich selbst bleibt. Versuchen Sie, nur einen einzigen Tag bei sich selbst zu bleiben und sagen Sie jedem Menschen die Wahrheit. Erzählen Sie jeder oder jedem über ihn, was Sie wirklich denken, und das, was Sie am meisten an ihr oder ihm stört. Sie geraten dann in eine Drehscheibenwelt, in der sich die Drehscheiben asynchron bewegen und niemand Sie versteht und jeder, der Ihnen nachstrebt, sich an jedem reiben wird, sich selbst beschädigt und zuletzt im Leerlauf dahinvegetiert.

Nur durch Verstellung, Lügen, durch Vielgesichtigkeit, durch die Akzeptanz der eigenen Verdorbenheit können Sie sich zurechtfinden. Die Konvention ist die einzige Sprache, die den Menschen hilft, sich gegenseitig zu verstehen und miteinander auszukommen. Glauben Sie nicht an Gutherzigkeit, Barmherzigkeit, Nächstenliebe, in allen diesen Begriffen steckt auch Tarnung, dahinter arbeiten ebenfalls Egoismus und Hass.«

Vogel schaltete den Fernsehapparat ein, nahm eine DVD, die mit einer weißen Papphülle umgeben war, aus einem Regal mit Hunderten, wenn nicht Tausenden DVDs heraus, legte sie in den Player und betätigte die Fernbedienung. Was Lanz sah, verwirrte ihn. Es waren kurze, farbige Filmabrisse, und sie ergaben keinen Zusammenhang. Er war geduldig, aber sosehr er sich auch bemühte, er fand nur optische Scherben und Wiederholungen, die sich selbst weiter wiederholten: köstliche Speisen und ekelerregende Gesichter, geschlechtliche Handlungen, kurze Streitszenen, Tätlichkeiten und Traumfragmente, Lanz dachte an den Film »Ein andalusischer Hund« von Luis Buñuel, nur war das Dargebotene trivial, oberflächlich oder kitschig. Da sich die Traumfragmente mit Erinnerungssplittern vermischten, entstand trotzdem ein surreales Geschehen, in dem sich Erklärbares mit Unerklärlichem mischte: die Wahrnehmung eines Verkehrsunfalls, Wracks und Verletzte zusammen mit einem ersten Schultag, der großen Zuckertüte und den Kindern sowie einer mit Kreide beschriebenen Schultafel. Eine Fahrt mit dem Rad durch einen abgebrannten Wald – und die Darstellung des Riesenrades im Wiener Prater mit der Aussicht aus einer der Kabinen. Ein Bienenstich in einen nackten Unterarm – und eine Schwimmerin mit Badehaube und einer Geburtstagstorte. Eine vage Hochzeitsszene, die nicht länger dauerte als zehn Sekunden – und das Schreiben von Zahlen in ein kariertes Heft durch eine Frauenhand. Der Blick auf eine vernarbte Bauchwunde – und ein Kind mit schwarzer Wollmütze auf einem Schlitten. Weinende Menschen in einem Zimmer – und ein weißer Saal mit den Bildern der Wasserlilien Monets. Ein Faustschlag in das Gesicht eines Erwachsenen – und Altersheimbewohner, die Eislutscher verspeisten.

Da die Szenen keine Chronologie aufwiesen, sondern scheinbar willkürlich und ohne ersichtliches Konzept auftauchten und verschwanden, begriff Lanz nicht, was Richard Vogel von ihm wollte. Dieser schaltete auch kurz darauf den DVD-Player und den Fernsehapparat aus und lächelte.

»Sie werden sich fragen, was ich Ihnen gezeigt habe. Signor Blanc begründet an einer kalifornischen Universität eine neue medizinische Wissenschaft unter der Bezeichnung Gehirnarchäologie. Wir haben soeben Erinnerungen aus dem Gehirn einer Verstorbenen gesehen, das heißt, die Entwicklung der Forschung ist so weit fortgeschritten, dass wir nach dem Tod eines Menschen Bilder aus seinem Erinnerungsstrom sichtbar machen können. Eine Gruppe von Wissenschaftlern ist damit beschäftigt, auch den dazugehörigen Ton hörbar zu machen, eine andere, aus der Farbgebung der Bilder das Alter der Erinnerungen und damit eine chronologische Reihenfolge erstellen zu können. Mit der Gehirnarchäologie werden wir die Geschichtsschreibung der Menschheit bis ins Detail verfeinern können. Es wird künftig jedes Gehirn eines bedeutenden oder mächtigen Menschen unter Berücksichtigung der physiologischen Voraussetzungen nach dem Tod bis ins Detail rekonstruiert und analysiert werden können … Stellen Sie sich vor, wir hätten die Gelegenheit, die Erinnerungen Mozarts, Shakespeares oder Hitlers und Stalins, jedes Verbrechers oder Künstlers, aber auch des allgewöhnlichsten Menschen zu sehen und zu analysieren. Ich habe Ihnen diesen Einblick in unsere Forschungen gegeben, um zu zeigen, dass wir uns auf seriöse Weise mit der ewigen Frage, was der Mensch ist, beschäftigen. Sowohl Signor Blanc als auch ich werden unsere Gehirne dafür zur Verfügung stellen, und weder er noch ich wollen, dass begangenes Unrecht in unseren Erinnerungen gefunden wird, welches wir nicht versucht haben wiedergutzumachen. Signor Blanc bittet Sie noch einmal um Verzeihung. Übrigens hat uns Dr. Occhini, Ihr zukünftiger Verleger, von dem Gespräch mit Ihnen unterrichtet, und er bittet Sie, nach der Übersetzung von ›Der Sturm‹ den ›Kaufmann von Venedig‹ und ›Othello‹, also die venezianischen Stücke, zu übersetzen. Besonders an ›Der Kaufmann von Venedig‹ ist auch Signor Blanc interessiert, und wir ersuchen Sie, nach dem jüdischen Friedhof auch das erste Ghetto der Welt zu besuchen, das sich ebenfalls in Venedig befindet.«

Richard Vogel erklärte Lanz, dass das Ghetto von Venedig eine Insel im Stadtteil Sestiere di Cannaregio ist, auf der die jüdische Bevölkerung seit mehr als vierhundert Jahren lebt. Vorher sei dort eine große Gießerei in Betrieb gewesen, eine »Schmelze«. »Schmelzen« heiße auf Italienisch »gettare«, was der drei Hektar kleinen

Insel einstmals ihren Namen Getto gegeben habe. Dort hätten Juden Schutz vor der spanischen Inquisition und ein damals unüblich geordnetes Rechtssystem gefunden. Ursprünglich sei die winzige Insel für siebenhundert Bewohner vorgesehen gewesen, fuhr Richard Vogel fort, weniger als hundert Jahre später seien es aber schon 5500 gewesen, die nur durch vermehrte Aufstockungen der Häuser Platz gefunden hätten, wobei die Stockwerke immer niedriger gebaut werden mussten, bis die Bewohner kaum mehr aufrecht hätten stehen können. Das höchste Haus habe acht Stockwerke! Bis zur Eroberung Venedigs durch Napoleon habe dann allerdings nur der arme Teil der jüdischen Bevölkerung im Ghetto gelebt, die Wohlhabenden seien längst weitergezogen, und ganze Häuserzeilen seien abgerissen worden. In der Zeit des Nationalsozialismus seien dann fast zweihundert der dreihundert verbliebenen Bewohner von den deutschen Besatzern deportiert und ermordet worden. Jetzt lebten, führte Vogel aus, wieder circa dreihundert Bewohner auf der kleinen Insel mitten in der Stadt.

Lanz hatte eine Geschichte Venedigs ins Deutsche übersetzt, und vieles davon hatte sich bereits seinem Gedächtnis eingeprägt. Dennoch, während er Richard Vogel in das Speisezimmer folgte, das gerade Gehörte fortwährend durch den Kopf. Er erhielt den Platz neben Caecilia, die ihn lächelnd begrüßte, und weil er sich sofort erinnerte, dass Vogel ihm auf der Fahrt zum jüdischen Friedhof angedeutet hatte, er gefiele ihr, umarmte er sie.

Der Imker Pedar Janca trug wie immer eine Sonnenbrille. Trotzdem fragte Janca ihn, wie es seinem blauen Auge gehe, was Lanz einigermaßen irritierte. Es schien

Janca sichtlich zu amüsieren, denn er fügte nach einer kurzen Pause hinzu, dass alle über den Fahrradunfall – er setzte ein spöttisches Lächeln auf – von Herrn Lanz Bescheid wüssten. Also konnte er doch blind sein, sagte sich Lanz.

Der weiße Speiseraum war mit einem langen hellbraunen Tisch und dazu passenden Stühlen, einem Bücherregal und, in einer Ecke, mit einer roten, ledernen Sitzbank und drei Fauteuils ausgestattet. An einer Wand hing ein Gemälde des Malers de Chirico. Richard Vogel, der den Blicken von Lanz gefolgt war, erklärte, dass das Portrait Signor Blanc darstellte, wie ihn der

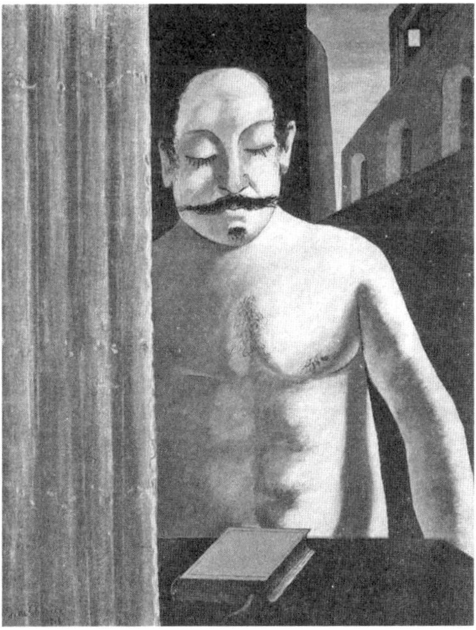

Maler – als Blanc noch ein Kind war und im Jahr 1914 für de Chirico Modell saß – genial vorausgesehen habe. Er habe ihn als bereits Sechzigjährigen dargestellt und das Bild »Das Gehirn eines Kindes« genannt. Dann müsste Blanc über hundert Jahre alt sein, dachte Lanz verblüfft.

»Sie sehen das Gesicht mit einem auffälligen schwarzen Schnurrbart und einem Kinnbärtchen. Seine Augen sind geschlossen, er hat eine Halbglatze und ist ansonsten nackt. Signor Blanc hat sich, wie Sie wissen, nie von vorne fotografieren oder malen lassen, er will nicht, dass man sein Gesicht sieht. Auf dem Bild ist er bis knapp über dem Nabel zu sehen. Vor ihm auf einem schwarzen Tisch liegt ein gelbes Buch ohne Titel und Verfasser – es ist die Offenbarung der Apokalypse aus der Bibel, wie Signor Blanc mir erzählt hat. De Chirico hat schon damals die Berufung des Kindes erkannt. Ein Drittel des Bildes – gesehen durch das Fenster im ansonsten schwarzen Raum, in dem sich Signor Blanc befindet – stellt links das Stück einer kannelierten Säule dar, rechts den Ausschnitt eines Gebäudes mit quadratischen Fenstern und Rundbögen von Arkaden. Der Künstler hat später das Bild immer wieder neu gemalt, so dass es davon mehrere Fassungen gibt, die alle sehr ähnlich sind. Die geschlossenen Augen von Signor Blanc verweisen auf den blinden Seher in der griechischen Mythologie, Teiresias, dessen Prophezeiungen, so wurde überliefert, unfehlbar gewesen seien. Allerdings habe Teiresias diese in Form von Sinnsprüchen abgefasst, die er nur höchst widerwillig preisgegeben hat.«

Während die Speisen serviert wurden, spürte Lanz,

wie er Caecilia näherkam. Die koreanischen und japanischen Gerichte waren auf das Köstlichste zubereitet, dazu wurde Sake mit Eis oder Wasser serviert. Nach dem Essen bat man den Bienenzüchter Janca, eine Prophezeiung für die nächsten Tage abzugeben, und Lanz wusste jetzt, dass er wirklich blind war. Alle verfielen in Schweigen, doch auch Janca schwieg. Dann, nach einer endlos langen Pause stand er auf und verließ, ohne etwas zu sagen, den Speiseraum. Die Gäste nahmen in der Sitzecke Platz, nur Lanz und Caecilia blieben am Tisch, bis Caecilia seinem Angebot, einen Spaziergang zu machen, zustimmte und mit ihm ohne großes Aufsehen die Villa verließ.

Im ehemaligen Vorgarten blieb sie stehen, bestellte telefonisch ein Taxi und fuhr mit ihm gemeinsam zur Station Santa Maria Elisabetta, wo sie auf das Vaporetto warteten. Es geschah alles ohne Absprache und wie nebenbei. Obwohl Lanz mehrmals an die Verfolgungsjagd im Kastenwagen und Julia dachte, fühlte er sich wie jemand, der wegen einer Verwechslung im Irrenhaus landet und nach ein paar Tagen endlich entlassen wird. Die Verwirrung über die Verwicklungen und die düsteren Tage war zwar noch vorhanden, aber allmählich fand er sich in der verloren geglaubten Freiheit wieder zurecht.

»Herr Janca schweigt, wenn er um eine Prophezeiung gebeten wird«, sagte Caecilia. »Zumeist bereitet es ihm Ärger.« Er wisse zwar, was geschehen würde, wenn er jedoch darüber rede, trete das Gegenteil ein. »Nur wenn er ein Unglück voraussieht, spricht er es aus, damit es nicht geschieht. Wir alle wissen das – deshalb warten wir, bis er den Raum verlässt.« Sie lachte auf.

»Dann haben wir heute Glück!«, antwortete Lanz ironisch.

Sie hob den Kopf und schaute ihm kurz in die Augen, um gleich darauf ihren Blick weiterwandern zu lassen. Wie selbstverständlich nahm Lanz ihre Hand, drückte sie und ließ sie nicht mehr los. Es fiel ihm jedoch nichts ein, worüber er sich hätte mit ihr unterhalten können, jeder Gedanke kam ihm banal vor, und ihr schien es ebenso zu gehen.

In Venedig stiegen sie an der Haltestelle Salute aus, dem unübersehbar großen Dom, vor dem sich der Canal Grande zur Lagune öffnet. Als sie eine dunkle Nebengasse erreichten, küssten sie sich und umschlangen einander. Dabei spürte Lanz die Beretta und die Munition, die ihm Vogel gegeben hatte, in der Jackentasche. Immer wieder fielen sie sich, sobald sie allein in einer der schmalen Gassen waren oder wenn sie auf einer Steinbrücke einen Canale überquerten, in die Arme, bis sie die Fondamenta Bragadin erreichten, wo sie vor einem Eckhaus anhielten und Caecilia das Eingangstor aufsperrte. Im Dunkeln gelangten sie über eine steile Treppe rasch in den ersten Stock, und als sie die Wohnung betraten, legten sie hastig ihre Kleider ab und schlüpften unter die Decke eines Doppelbetts in ihrem Schlafzimmer.

Caecilias glatte Zunge kam ihm vor wie die eines Vögelchens, ihre Lippen waren süße Kirschen, ihr Haar duftete und fiel auf sein Gesicht, und ihre Augen zeigten, dass sie nicht mehr ganz bei sich war. Ihr Gesichtsausdruck hatte etwas Abwesendes und scheinbar

Leidendes, als sie sich endlich umarmten und sich vergaßen. Die ganze Nacht über fanden sie keinen Schlaf, sie liebten sich, flüsterten miteinander, schalteten das Licht ein und lachten, tranken ein Glas Wein, verloren ihre Scham voreinander und ließen ihren Gefühlen freien Lauf, bis es langsam hell wurde.

Erst dann begannen sie sich gegenseitig von ihrem Leben zu erzählen. Er erfuhr von ihr, dass ihre Mutter eine venezianische Jüdin und ihr Vater Juwelier und Uhrmacher war. Während die Eltern ihrer Mutter ein Stoffgeschäft in Padua besaßen, führten Antonios Eltern bereits seit drei Generationen das Schmuck- und Uhrengeschäft. Es waren die Zeitmesser gewesen, die Caecilia auf die Astronomie brachten, genauer gesagt eine Himmelsuhr, die sie mit ihrer Mutter in Rom gesehen hatte, und als Nächstes eine Himmelskarte, die sie gleich darauf in einer Buchhandlung gekauft hatten. Mit 22 Jahren heiratete sie einen Studienkollegen, Giacomo Sereno, weil sie von ihm schwanger gewesen war, sie verlor das Kind aber im siebten Monat nach einer Frühgeburt. Einige Monate kämpfte sie daraufhin mit Depressionen und lebte sich in dieser Zeit mit ihrem Mann auseinander. Schließlich hatte sie in einer der größten Sternwarten der Welt, dem McDonald Observatory in Texas, und im Palomar-Observatorium in Kalifornien gearbeitet und erzählte Lanz von ihren Beobachtungen und Eindrücken. Über weitere Beziehungen wollte sie nicht sprechen. Andererseits aber wollte sie wissen, ob er Julia Ellis liebte. Sie ging davon aus, dass er mit ihr geschlafen hatte, wusste aber nicht, ob sie noch zusammen waren.

Diesmal wollte Lanz nicht antworten. Er betrachtete

die Schönheit ihres Körpers, ihrer Zehen, ihrer Hände, ihrer Hüften und Zähne, und er mochte ihre Sprache und Wortwahl, ihre originelle Form des Erzählens, bei dem sie immer den Schluss vorwegnahm und erst dann ausführte, wie es dazu gekommen war.

Bevor er das Bad aufsuchte, warf er einen Blick in ihr Arbeitszimmer. Er stellte fest, dass in der herausgezogenen Lade einer Kommode astrologische Karten, Bleistifte und ein Notizbuch aufbewahrt waren und eine zweite mit Fotoalben gefüllt war. Daraufhin eilte er in das Schlafzimmer, nahm ungesehen die Pistole und die Patronen aus seiner Windjacke und verstaute sie in der zweiten Kommodenlade. Anschließend suchte er das Badezimmer auf.

Zum Frühstück aßen sie Joghurt mit Datteln, bevor sie sich wieder liebten. Einmal verdunkelte sich der Raum, und als er hinausschaute, blickte er auf die Fenster mehrerer Stockwerke eines Kreuzfahrtschiffs, das sich gerade am Canale della Giudecca vorbeischob und dabei den Eindruck erweckte, als wolle es das Haus, in dem sie sich befanden, zermalmen.

Gegen Mittag eröffnete ihm Caecilia, dass sie ihn – da sie im Museo Ebraico schon seit Jahren Führungen mache – das Ghetto und die fünf Synagogen zeigen wolle. Aber vorher müsste sie ihm noch »das eine und das andere«, wie sie es formulierte, erklären. Stattdessen aber schliefen sie bis zum frühen Nachmittag, dann kleideten sie sich an, suchten ein Lokal auf und bestellten Stockfischbrötchen, Sardinen, Prosciutto und Mineralwasser.

»Weshalb heißt du Caecilia?«, wollte Lanz wissen.

»Ich heiße eigentlich Sara«, antwortete sie. »Aber

meine Großeltern haben mich wegen der Erfahrungen in der Zeit des Nationalsozialismus schon als Kind Caecilia gerufen, bis ich den Namen so gewohnt war, dass ich dabei blieb. Daran wird sich auch nichts ändern. In den Papieren heiße ich aber weiterhin Sara.«

Als sie zu Ende gespeist hatten, fuhren sie mit dem Vaporetto in Richtung Bahnhof, um sich das Ghetto von außen anzusehen. Als sie die Accademia-Brücke erreichten und einen Blick durch das verschmierte Seitenfenster auf den neugotischen gelben Palazzo Franchetti warfen, in dessen Garten er schon öfter Skulpturen ausgestellt gesehen hatte, erblickte er einen großen, weißen, in der Luft schwebenden Astronauten. Er stieg mit Caecilia aus, um die Skulptur aus der Nähe zu sehen. Sie stammte von dem niederländischen Künstler

Joseph Klibansky, las er auf einem Flugblatt, und hieß »Selfportrait of a Dreamer«. Die monumentale, vollkommen weiße Figur musste fast zehn Meter hoch sein und hielt sich mit der ausgestreckten linken Hand an einem riesigen weißen Stuhl fest, als wollte sie über die Lehne eine Flanke machen. Vor dem neugotischen Palazzo sah der Astronaut noch seltsamer aus als vielleicht in einem Museum für moderne Kunst, und Lanz verstand den Astronauten als Darstellung des anderen Denkens in der Kindheit. Und noch etwas meldete sich in seinem Kopf: das Gefühl, dass er jetzt nicht mehr der Selbstmörder war, der sich auf Torcello hatte das Leben nehmen wollen … Das lag plötzlich hinter ihm, obwohl ihm klar war, dass er dem Sog der Verbrechen, der ihn zu verschlingen drohte, noch nicht entkommen war.

Auf dem Stiefel des rechten Fußes balancierte der große schwebende Astronaut eine weiße Vase mit einem weißen Blumenstrauß von der Größe zweier Fußbälle, die das Spielerische der Darstellung noch verstärkten. Er verstand sie als stillen Hinweis, das Schöne nicht aus den Augen zu verlieren. Dann wandte er sich dem Stuhl zu: Es war einer der rustikalen Bistrostühle aus Pinienholz mit Strohgeflecht, die er von Gasthausbesuchen kannte. Die hohe Lehne bestand aus drei flachen Querleisten, unter dem Sitz sah Lanz runde Querleisten. Wie ein kleines Kind einen Stuhl sieht, dachte er. Der Astronaut war nicht unterwegs in den Weltraum oder zu einem Raumschiff, sondern entdeckte gerade die Terra incognita in sich selbst, seine eigenen Ängste, seine Verzweiflung und seine Träume von einer Welt, in der er sich zu Hause wusste.

Nachdenklich spazierten Lanz und Caecilia zur

Vaporetto-Station zurück, und es fielen ihm dabei die Kinder aus früheren Zeiten ein. Für sie wäre der Astronaut wohl ein Engel gewesen, überlegte Lanz weiter, seinen Anzug hätten sie als eine Offenbarung betrachtet. Alle Eindrücke schienen jetzt durch ihn hindurchzuziehen und sich in Nichts aufzulösen.

Lanz behielt seine Überlegungen und Einfälle für sich. Stattdessen sprach er mit Caecilia über die Mondlandung im Jahr 1969 und Neil Armstrong. Aber rasch wechselte er das Thema und bat Caecilia, ihm etwas über das Ghetto zu erzählen. Jahrhundertelang hätten die Juden höhere Steuern zahlen müssen, begann sie und schilderte ihm die Geschichte des Hasses. Er erinnerte sich jetzt, wie viel versteckter Hass ihm selbst in der Stadt aufgefallen war. Türgriffe, die karikaturhafte Juden- und Mohrenköpfe aus Kupfer zeigten, ebenso steinerne, die aus einem Haus glotzten. Einmal hatte er ein Antiquitätengeschäft betreten, in dessen Auslage er einen Mohren als Lastenschlepper gesehen hatte. Der Geschäftsraum war mit Spiegeln in alten venezianischen Goldrahmen ausgestattet gewesen, sogar die Tische und der Fußboden waren damit vollgeräumt gewesen. Der Besitzer des Geschäfts – selbst ein Restaurator und Vergolder – hatte ihm auf seine Frage, ob es sich um alte Spiegel und Figuren handle, geantwortet, es seien natürlich neue, er selbst habe sie angefertigt. Er war gesprächsbereit gewesen und hatte ihm voller Stolz auch eine gerahmte Fotografie gebracht. Sie zeigte den Antiquitätenhändler bei der Restaurierung des Erzengels Gabriel auf der Spitze des Campanile. Da die Kupferhülle schadhaft geworden sei, habe er sie in seiner Werkstatt repariert, erklärte er, dabei nahm er einen Zeitungsbericht über seine Kunst aus einer Lade und legte ihn auf einen der Tische. Seine Imitate von Mohren, Spiegeln und auch Engeln verkauften sich gut, hatte er dann gesagt und gelächelt. Anschließend hatte er ihm einen Spiegel gezeigt, dessen Belag nur noch als verstreute mattsilbrige Inseln erhalten war, die Fragmente der Umgebung wiedergaben. Lanz dachte an erstarrtes Quecksilber, das zerfiel. Die Reflexionsfläche löste sich auf und bekam zunächst schwarze Flecken und Risse und mit ihr auch die zweite Wirklichkeit des Gespiegelten. Zuletzt erblindete der Spiegel gänzlich, starb und lag in seinem Rahmensarg aufgebahrt, bis er, hatte Lanz damals gedacht, zu einem Stück ohne Wert wurde.

Sie stiegen in der Nähe des Bahnhofs aus und machten sich auf den Weg, am Canale di Cannaregio, der von einer Vaporetto-Linie befahren wurde, entlang zum Ghetto Vecchio, dem Alten Ghetto, das paradoxerweise erst später als das Neue, das Ghetto Nuovo, gebaut worden war. Er sah ab und zu einen jüdischen Bewohner mit schwarzem Hut, Bart, den langen Schläfenlocken und schwarzem Anzug. Caecilia schaute auf die Uhr, dann schlug sie ihm vor, zuerst Riccardo Calimani, einen Freund, zu besuchen, der als Schriftsteller im Palazzo Fontana, ganz in der Nähe wohne.

Er erinnerte sich an den Namen Calimani, und es fiel ihm ein, dass die Fotobroschüre über das Ghetto und die jüdischen Friedhöfe, die er gelesen hatte, von ihm verfasst worden war, und als er es Caecilia erzählte, erklärte sie ihm, dass Riccardo der Autor des besten Buchs über das venezianische Ghetto, »Die Kaufleute von Venedig«, sei.

Caecilia holte ihr Smartphone heraus, rief eine Nummer an und scherzte mit der Frau Calimanis am Telefon, als sie bereits unterwegs zum Palazzo Fontana waren. Wieder drehte sich alles in Lanz' Kopf um den Astronauten und die sich auflösenden Beläge alter Spiegel, erst als sie durch das Haustor des Palazzos traten, den auffallend schönen Ziehbrunnen im Vorhof sahen und mit dem Lift in das zweite Stockwerk fuhren, konzentrierte er sich auf den Besuch.

Ein korpulenter, weicher Mann mit schütterem Haar und zurückhaltendem Lächeln öffnete die Tür. Er war um die siebzig Jahre alt, trug ein blaues Sakko und ein gestreiftes Hemd, was ihm zusammen mit einer gewissen Schüchternheit etwas Aristokratisches und zugleich Weltfremdes verlieh. Sofort erschien auch seine Gattin, die Schriftstellerin Anna-Vera Sullam, ebenfalls korpulent, jedoch dominant, mit dunkel gefärbten Haaren und einer schwarz-orangefarbenen Bluse. Sie ließ keinen Zweifel daran, dass alles über sie lief.

»Riccardo spricht kein Deutsch, auch kein Englisch, Sie müssen alles mit mir verhandeln, und ich übersetze«, sagte sie bestimmt.

»Emilio ist Übersetzer, er spricht perfekt Italienisch«, wandte Caecilia ein.

Riccardo Calimani eilte voraus, während seine Frau und Caecilia in der Küche verschwanden. Die Räume waren eindrucksvoll hoch und groß. Auf den ersten Blick nahm Lanz nur den Terrazzoboden, auf dem wenige Möbel standen, wahr und die Fenster, die zum Canal Grande hinausgingen. Er folgte dem Gelehrten über den durch das Licht zweier Luster schimmernden

Steinboden und betrat das Arbeitszimmer. Die Wände des kleineren Raumes waren zur Gänze mit Bücherregalen, die bis zur Decke reichten, möbliert. Schon im Vorzimmer waren die Bücher eineinhalb Meter hoch aufgestapelt gewesen, zum Teil verdeckt durch einen großen Hometrainer. Auch im Arbeitszimmer fiel Lanz ein Trainingsgerät auf, von dem er annahm, dass es zur Behandlung von Bandscheibenproblemen diente. Zwischen zwei Fenstern stand ein alter, romantisch wirkender Schreibtisch, und der Blick auf den Canal Grande hinunter nahm ihn sofort gefangen. Aus der Höhe des zweiten Stockwerks sah die Wirklichkeit anders aus. Der Falke Alien fiel ihm ein und Richard Vogel, die kreischenden Möwen vor seiner Fischerhütte und auf der Insel Torcello, als er vom hohen Kirchturm hinuntergeblickt hatte, die Friedhöfe und die Eule in einer der Volieren des alten Planetariums.

Während er noch immer auf den Canal schaute und sich vorstellte, selbst ein Vogel zu sein, der ungesehen über die Dächer der Häuser, das Wasser, die Vaporetti und die Gondeln segelte, dann in der Luft flatterte, stillstand und sich alles einprägte, sagte ihm Riccardo Calimani leise, dass er Deutsch verstehe. Er habe in der Schule Heinrich Heine, Goethe und Hofmannsthal gelesen … Lanz antwortete auf Italienisch, dass sie sich auch auf Deutsch unterhalten könnten, aber Calimani lehnte ab. Er habe von seiner Frau, die mit Caecilia Sereno telefoniert habe, gehört, dass er das Ghetto besichtigen wolle. Das Ghetto, sagte er, könne man nur verstehen, wenn man seine Geschichte kenne. Lanz antwortete, dass er schon seinen Führer durch das Museum und die fünf Synagogen gelesen habe.

»Scole … wir nennen eine Synagoge scola, also Schule …«

»Sie sehen«, unterbrach ihn Lanz höflich, »ich kenne mich viel zu wenig aus.«

Riccardo Calimani sprach weiter leise und blickte dabei zum Fenster hinaus auf den Canal, und Lanz folgte seinem Blick und dachte bei den vorbeigleitenden Vaporetti und den anderen Booten an seine Zukunft.

»Womit soll ich beginnen?«, fragte Calimani, und als Lanz »mit dem Anfang« sagte, machte er eine kurze Pause.

»Es sind ungefähr zweihundert bis dreihundert Menschen, die jetzt im Neuen Ghetto leben, das etwa einen Hektar groß ist«, begann er halblaut und schaute dabei konzentriert zum Fenster hinaus, als suche er nach Worten. »Die Länge entspricht einem Fußballfeld, doch hat es, wenn auch kaum merkbar, eine fünfeckige Form. Es gibt seit jeher nur zwei Brücken über die insgesamt drei Kanäle, die aus dem Ghetto eine Insel machen. Eine der Brücken führt über den Rio de San Girolamo-Ormesini, eine zweite über den schmaleren Rio Gheto, der dritte Kanal ist der breiteste und heißt Rio del Battello. Das Ghetto war nur durch die Tore vor den beiden Brücken zu erreichen, nachts wurden sie von Soldaten, die niemanden herein- oder herausließen, auf Kosten der jüdischen Bewohner bewacht. Einzige Ausnahme waren jüdische Ärzte. Sie mussten aber den Wachsoldaten die Namen der Patienten, zu denen sie gerufen wurden, melden.« Calimani griff nach einem Kugelschreiber und einem Stück Papier und zeichnete ihm eine Grundriss-Skizze auf. »Bereits im 5. und

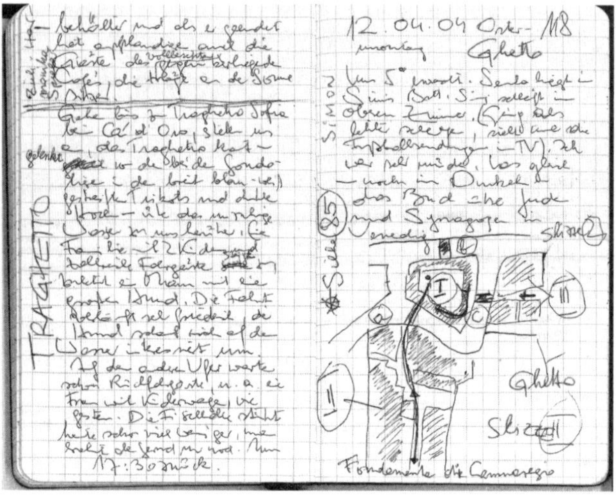

6. Jahrhundert gab es jüdische Händler in Venedig. Die Kaufleute aus dem Heiligen Römischen Reich wohnten im Fondaco dei Tedeschi, jene aus Italien auf dem Festland. Der erste große Zustrom von Juden fand um 1350 statt, da man ihnen in Mitteleuropa die Schuld für die ausbrechende Pestepidemie gab und sie verfolgte. Von da an kamen immer mehr jüdische Migranten nach Venedig. Anfang des 17. Jahrhunderts wohnten auf der ursprünglich nur für siebenhundert Bewohner vorgesehenen Insel schon neunhundert und um 1660 bereits 5500 Menschen, weil sie besonders in der Zeit der Inquisition hier Schutz suchten. Gleichzeitig gab es deshalb immer mehr Schikanen der Behörden. Schon um 1400 erfolgte die Anordnung, dass sie auf ihrer Kleidung ein gelbes Kennzeichen in Form eines Ringes zu tragen hatten. Ein Jahrhundert später wurde ihnen au-

ßerdem in der Öffentlichkeit eine gelbe Kopfbedeckung beziehungsweise ein schwarzer Hut vorgeschrieben. Anfangs waren hauptsächlich Sepharden, also Juden aus dem Mittelmeerraum, und dann auch Ashkenasi, vorwiegend aus dem deutsch-polnischen Sprachraum, gekommen, zur Zeit der Inquisition hatten sich zusätzlich Conversos, also zwangsweise zum Christentum Konvertierte aus Iberien, und orientalische Juden angesiedelt. Die Schikanen wuchsen, vor allem, was die im Vergleich zur venezianischen Bevölkerung drastisch erhöhten Steuern und Gebühren betraf. Erst nach der Eroberung Venedigs durch Napoleon, kam es im Laufe der nächsten fünfzig Jahre zur Abschaffung der Brückentore und Wachen sowie zur rechtlichen Gleichstellung mit den Venezianern. Die Niederlage gegen Napoleon verursachte jedoch einen wirtschaftlichen Niedergang Venedigs.«

Calimani legte eine Hand an seine Stirn und schwieg, während sie weiter auf den Canal Grande hinunterblickten. Seine Frau Anna-Vera rief schließlich nach ihrem Mann, er hob den Kopf und bemerkte schüchtern: »Die Katastrophe, die sich im 20. Jahrhundert ereignet hat, kennen Sie ohnedies«, und blickte ihm dabei in die Augen. Dann eilte er zurück in den Wohnraum, und Lanz folgte ihm. Auf einem kleinen Tisch hatte seine Frau warme Pizzastücke serviert, und während sie die knusprigen Bissen zu sich nahmen und Rotwein tranken, unterhielt der Gelehrte sich mit Caecilia, worauf seine Frau sich Lanz zuwandte. Zuerst wollte sie wissen, weshalb er ihren Mann wegen des Ghettos befrage, wo es doch das Buch und die Fotobroschüre gebe. Dann wollte sie von ihm wissen, ob er über das Ghetto schreiben oder es fotografieren wolle.

Als Anna-Vera Sullam das Wohnzimmer verließ, um zu telefonieren, steckte ihm Calimani rasch und mit gesenktem Blick seine Visitenkarte zu.

»Rufen Sie mich an, wenn Sie eine Frage haben«, sagte er flüsternd auf Deutsch. Lanz hatte inzwischen begriffen, dass er der Solist und seine Frau die Dirigentin war.

Der Abschied war freundlich.

Draußen war es Abend geworden. Sie gingen rasch, als kämen sie zu spät. Auf dem Campo del Ghetto Nuovo spielten Buben und Mädchen mit einem Fußball. Lanz fielen diesmal die drei Brunnen auf dem Platz auf, die mit schmiedeeisernen Deckeln verschlossen waren. Von der Terrasse eines Hauses auf der rechten Seite schaute ein älterer, Zigaretten rauchender Mann den Kindern zu. Dann erreichten sie ein von Gerüsten umgebenes Gebäude, in dem sich die jüdische Verwaltung befand, wie Lanz auf einem Schild las.

Währenddessen traf eine ältere, nervöse Frau ein. Sie trug einen leichten Mantel, hatte langes Haar und war ärmlich gekleidet. Caecilia suchte in ihrer Handtasche nach dem Schlüssel und die Frau klopfte mit dem dafür vorgesehenen Messingring an das Tor. Endlich hatte Caecilia den Schlüssel gefunden, sperrte auf und ließ die Frau vorbei. Lanz war noch mit der Bronzetafel an der Backsteinmauer beschäftigt, auf der eine Szene aus einem Konzentrationslager zu sehen war. Davor hing ein großer Kranz des Präsidenten der Jüdischen Gemeinde.

Dieser Teil des Platzes war einmal eines der wohlhabendsten jüdischen Wohnquartiere in ganz Italien gewesen, erfuhr er von Caecilia. Er habe den ganzen Tag von den Rufen der Kleiderhändler, die gebrauchte Prachtgewänder verkauften, gehallt. Außerdem sei die Piazza umringt gewesen von Bäckereien und Banken, die Geld verliehen. Ein Ghetto sei aber damals keine jüdische Erscheinung gewesen – auch venezianische Kaufleute hätten im Orient häufig in eigenen Vierteln, die nachts zu ihrer Sicherheit verschlossen wurden, leben müssen. Dort hätten sie ungestört ihren religiösen Gewohnheiten nachgehen können … In Europa hingegen habe es zu dieser Zeit kaum irgendwo einen Platz gegeben, an dem sich die Juden sicher fühlen konnten. Sie hätten hohe Beträge als Zwangsabgabe entrichten und große Summen für Feste und Veranstaltungen, zum Beispiel anlässlich eines Staatsempfanges hochgestellter Persönlichkeiten, die Venedig besuchten, bezahlen und noch weitere Schikanen hinnehmen müssen.

»Vor allem im 16. Jahrhundert war Venedig ein Zentrum der jüdischen Buchdruckerkunst«, fuhr Caecilia fort. »Christliche Wissenschaftler arbeiteten mit jüdischen an Übersetzungen von antiken und arabischen Texten, besonders die gebildeten Sepharden waren in engem Kontakt mit venezianischen Familien gestanden. Es gab jüdische Schenken mit Tanz und Musik, die auch von Christen besucht wurden. Das Ghetto Nuovissimo, das Neueste Ghetto, wurde erst 1633 errichtet, es war mit bequemen Wohnungen und sogar Sälen ausgestattet. Doch die Diskriminierungen nahmen weiter zu, wie beispielsweise das ›Judenrennen‹ im Karneval: ein Brauch, bei dem kaum bekleidete, möglichst dicke Juden zur Belustigung der Bevölkerung an einem Wettlauf teilnehmen mussten. Es war auch üblich, dass die Wettläufe, die man wegen angeblicher Betrugsdelikte als Strafe verhängte, zur Freude der Venezianer mehrmals wiederholt wurden. Dokumente belegen, dass es üblich war, die jüdischen Teilnehmer bei dieser Gelegenheit auch mit Steinen zu bewerfen.«

Sie befanden sich längst im Museum, dessen prachtvolle Schaustücke Lanz noch aus Calimanis Katalog in Erinnerung hatte: silberne Thorazeiger, die zum Lesen der Thora – der fünf Bücher Mose – verwendet wurden, Besamim-Büchsen, kunstvoll gemachte Gewürzbehälter, Chanukka-Leuchter und ein silberner Dreidel, ein Kreisel für das Chanukkafest, Kerzenleuchter und Hochzeitsringe, ein Judaica-Schlüssel mit Davidstern, geschliffene Kiddusch-Weingläser für Segenssprüche und vieles andere mehr.

An die Führung von Caecilia konnte er sich später nur bruchstückhaft erinnern, und wenn er daran dachte, waren es vor allem Bilder gewesen und weniger die Erklärungen, die sich ihm eingeprägt hatten. Aber Caecilias Anwesenheit würde er nicht vergessen, dachte er. Sie wandelten durch Verbindungstüren und überquerten den Platz, den Campo del Ghetto Nuovo, um die barocke Scola Spagnola zu besichtigen, die Synagoge der iberischen Juden, die größte und feierlichste des gesamten Ghettos. Sie war für Lanz ein Inaugurationsraum, eine Oper, und glich entfernt einem Freimaurertempel, den er auf Fotografien im Internet gesehen hatte. Kandelaber gaben vom Boden her Licht und Kerzenluster von der Decke. Die langen Bänke des Lesesaals standen wie in einer alten Universität auf dem Marmorboden, die hohen Fenster waren mit roten Samtvorhängen verdeckt. Für die Frauen war eine durchgehende Empore, das Matroneum, vorgesehen, sie war reich mit Ornamenten geschmückt. Der Thoraschrein, der Aron, eine Art Altar, in dem die Thorarolle aufbewahrt wurde, befand sich an der Vorderwand der Scola, die nach Jerusalem ausgerichtet war. Auf der handgeschriebenen Thora durften keine Korrekturen oder Durchstreichungen vorgenommen werden, das heißt, dass bei einem Fehler mit der gesamten Abschrift neu begonnen werden musste. Der Thoraschrein war mit einem bestickten, goldgelben Vorhang, der einen Spruch aus der Heiligen Schrift aufwies, bedeckt, davor die Bima, die reich verzierte, vergoldete Kanzel mit einem Pult und einem Tisch unter einem goldfarbenen Himmel aus Holz. Von diesem Podium wurde aus der Thorarolle vorgelesen. Über dem Marmorportal waren, von göttlichen Lichtstrahlen erhellt, die Gesetzestafeln Moses' abgebildet.

Caecilia erklärte ihm, dass christliche Architekten und Handwerker die Scole gebaut und ausgestattet hätten, denn die ansässigen Juden hätten zu der Zeit, als sie errichtet wurden, weder Architekten noch speziell ausgebildete Handwerker gehabt. Sie wies auf die Scola Canton, die französische Synagoge, hin, sie war aus dunklem Nussholz mit vergoldeten Verzierungen und mit einem Relief aus acht Gemälden von biblischen Szenen geschmückt. Vor allem aber war darauf ein Arm Moses' zu sehen, eine einzigartige Ausnahme für eine Scola, denn im Judentum ist bekanntlich die Darstellung von Lebewesen streng verboten. Der Boden der Scola war schief, der Aron für die Thorarolle geöffnet, und Lanz sah, dass er mit rotem Samt ausgeschlagen war. Sie setzten sich auf eine der bescheidenen Holzbänke des Campo del Ghetto Nuovo. Von hier aus hätte ein gewöhnlicher Venezianer nicht erkennen können, dass in den Wohnhäusern, die ihn umgaben und gleichsam eine Mauer bildeten, fünf Synagogen versteckt waren: die levantinische für griechische, israelische und orientalische Juden, die Scola Grande Tedesca für deutsche, die Scola Canton für französische, die Scola Italiana für italienische und im Ghetto Vecchio die Scola Spagnola für iberische Juden. Jede dieser Scole war eine Arche Noah für verfolgtes religiöses Gedankengut gewesen, ein Mikrokosmos und zugleich ein Beweis für die Wirklichkeit dessen, was man aus der Realität ausgelöscht und als Fiktion in das Reich der Phantasie und des Irrsinns verdammt hatte.

Draußen war es schon dunkel geworden, und Caecilia schlug ihm vor, ein Lokal in der Nähe der Rialtobrücke aufzusuchen.

Sie nahmen vor einer Osteria Platz, bestellten Spaghetti alle vongole und eine Flasche Pinot grigio und genossen das einfache Essen. Zuerst sprachen sie über das Ghetto, über Calimani und seine Frau und über das Leben in ihren eigenen Familien.

Sie lebe gerne mit ihrer Familie zusammen, sagte Caecilia, vielleicht weil sie wenig zu Hause sei. Familienstreitigkeiten seien das Einzige, was sie hasse. Natürlich seien Meinungsverschiedenheiten unvermeidbar, und natürlich würde gerade in Familien gelogen, verschwiegen, verheimlicht … Aber solange das nicht Kränkungen oder Beleidigungen auslöse, sollten sie zum Alltag gehören. Oft seien Aussprachen aus den verschiedensten Gründen nicht möglich, meistens liege es an der Starrköpfigkeit eines oder einer der Streitenden, die Hass zur Folge hätten ... Lanz pflichtete ihr bei. Er habe, erklärte er ihr lachend, es immer abgelehnt, Familienromane zu übersetzen. Doch Streitereien innerhalb von Familien gehörten zur Geschichte der Menschheit. Die Menschheit habe bis nach dem Zweiten Weltkrieg in allen Kulturen nur aus den verschiedensten, unzähligen Familiengeschichten bestanden, vom Adel bis zu den Sklaven, den Soldaten oder den Ausgestoßenen, die man gewaltsam von ihren Angehörigen getrennt habe. Selbst bei Shakespeare gebe es nichts anderes als Familientragödien: von »Hamlet« bis zu »Romeo und Julia«, von »Der Sturm« bis »König Lear« oder »Macbeth«. Shakespeare habe aus den Geschichten universelle Dichtungen gemacht, kryptisch wie Träume, lieblich wie Vogelsang, laut und grell wie Unwetter, schmerzlich wie eine Wunde und mit Humor wie Flammen aus verbrennendem Spielzeug. Es war der Wein, spürte er, der ihn so sprechen ließ.

In der Nacht liebten sie sich, bis es hell wurde, und schliefen erst dann ein.

V
DER STURM

Verwirrt riss Lanz die Augen auf. Die Samtvorhänge im Schlafzimmer Caecilias waren geschlossen, und die Türglocke läutete in einem fort.

Er sprang aus dem Bett, fragte sich, wo Caecilia war, fand seine Jeans, schlüpfte hinein und blickte durch das Guckloch auf den Gang. Draußen stand Commissario Galli mit einem uniformierten Polizisten und blickte reglos auf die Wohnungstür. Lanz öffnete mit nacktem Oberkörper, den der Commissario spöttisch musterte.

»Guten Morgen«, sagte Galli sarkastisch.

Lanz blickte auf seine Uhr, sah, dass es schon fast Mittag war, und lud den Commissario mit einer Handbewegung ein, im Wohnzimmer Platz zu nehmen. Auch der Polizist setzte sich auf die Couch, während Lanz in das Schlafzimmer eilte, um sein Polohemd überzustreifen.

»Wir haben Signora Sereno heute Morgen in der Gran Viale Elisabetta gesehen, wo sie gerade von der Vaporetto-Station kam. Da Sie nicht zu Hause waren – wir wollten Sie gerade aufsuchen – und weil Sie am Vortag mit ihr das Ghetto besucht haben, wie wir wussten …«

»Von wem?«, unterbrach ihn Lanz.

»… haben wir daraus geschlossen, dass Sie sich möglicherweise in ihrem Domizil aufhalten«, überging Galli seine Frage und fuhr fort: »Ich wollte Sie fragen, ob Sie sich inzwischen an das eine oder andere erinnern können …«

Lanz überlegte, ob er dem Commissario eine Antwort darauf geben oder sich auf seinen Gedächtnisverlust herausreden sollte. Er schwieg kurz, ohne zu einem Ergebnis zu kommen.

»Ich hätte Sie heute ohnedies aufgesucht«, erwiderte Lanz, »ich verstecke mich nicht vor Ihnen. Ich bin nach Torcello gefahren, um über meine Übersetzung von Gullivers Reisen nachzudenken. Dort habe ich mich den ganzen Tag über betrunken und bin in der Dunkelheit schließlich über die Teufelsbrücke an einen Weg gelangt, der links und rechts von Gärten umgeben war. Irgendwo bin ich dort über einen Zaun geklettert und habe mich unter einem Holunderbusch verkrochen, um mich auszuschlafen.«

»Trinken Sie häufig?«

Lanz ging nicht darauf ein. Er machte eine kurze Pause und erzählte dann in knappen Worten, was sich ereignet hatte. Der Commissario hörte ihm misstrauisch zu und fragte ihn dann nach Einzelheiten aus: in welchem Lokal er sich betrunken habe, wann er im Antiquitätenladen das Schachspiel gekauft habe, wann er vom Lido weggefahren sei, und er notierte sich alles auf einem Notizzettel.

»Weshalb haben Sie uns nicht früher darüber informiert?«

»Ich hatte eine Gedächtnislücke, und als ich mich zum ersten Mal zu erinnern glaubte, hielt ich es für einen Albtraum.«

»Wann haben Sie sich wieder daran erinnert?«

»Gestern Abend. Signora Sereno führte mich gerade durch das Ghetto.«

»Wem haben Sie von dem Vorfall auf Torcello erzählt?«, fragte der Commissario weiter.

»Niemandem.«

»Auch nicht Signora Caecilia?«

»Nein.«

»Sie vertrauen ihr doch!«, entgegnete der Commissario mit zusammengekniffenen Augenbrauen.

»Gerade deshalb habe ich mit ihr nicht darüber geredet. Ich hätte vielleicht ihr Vertrauen verloren.«

Galli ging nicht darauf ein, griff in seine Jackentasche und zeigte ihm die Fotografie des Ermordeten. Lanz erkannte ihn sofort wieder.

»Kennen Sie diesen Mann?«

Lanz schwieg und fragte sich, ob es besser für ihn war, zu lügen oder die Wahrheit zu sagen.

»Sein Name ist Borsakowski, sagt Ihnen das vielleicht etwas?«, insistierte Galli.

Lanz überlegte noch immer und gab vor, die Fotografie genau anzusehen.

»Er war – wie Will Mennea, der Freund von Signora Julia Ellis – im Schlepper- und Schleusergeschäft tätig«, fuhr der Commissario fort. »Sie haben die Flüchtlinge für eine Menge Geld über das Mittelmeer nach Lampedusa gebracht. Und für noch mehr in verschiedene italienische Städte … Da sie ihnen vorher das restliche Geld und die Papiere abgenommen haben, waren ihnen alle, die es geschafft hatten, so weit zu kommen, ausgeliefert. Sie verkaufen junge Frauen an Zuhälter oder Bordelle, sogar Minderjährige, sie vermitteln auch – natürlich gegen Bezahlung – junge Männer an Unternehmen, die mit Markenfälschungen von Uhren, Bekleidung, Taschen oder vergoldetem Schmuck aus Kupfer handeln.«

»Ich glaube, ich erinnere mich an das Gesicht«, sagte Lanz. »Aber es war Nacht, und der Mann war von den Schlägen blutig, und dadurch fällt es mir schwer, ihn zu identifizieren …«

»Haben Sie eine Waffe?«, unterbrach ihn Galli.

»Nein.«

»Hatten Sie jemals eine Waffe?«

»Nein.«

»Vielleicht aus Österreich eingeführt?«

»Nein. Warum fragen Sie?«

»Wir wollen jetzt keine Zeit verlieren und haben es, wie Sie sich denken können, eilig. Sie müssen mir nur antworten, nicht mehr und nicht weniger.«

»Aber ich möchte wissen, weshalb Sie mich das zum wiederholten Male fragen?«, begehrte Lanz auf.

»Sie haben davon Kenntnis, dass Mennea erschossen wurde.«

Lanz schwieg. Allmählich wuchs ihm die Fragerei über den Kopf.

»Und?«, fragte er dann.

»Wahrscheinlich haben die Männer von Borsakowski etwas damit zu tun.«

Lanz zuckte mit den Achseln, um seinen Widerwillen zu zeigen, und stand auf. Commissario Galli tat, als bemerkte er es nicht, warf ihm einen abwesenden Blick zu und wollte dann wissen, ob es ein Zufall sei, dass ausgerechnet Lanz den erhängten Anwalt Ignazio Capparoni gefunden habe.

»Ich habe Ihnen das schon einmal ausführlich erklärt …«

In diesem Augenblick erhielt Lanz einen Anruf. Er drehte sich wortlos um und ging zurück ins Schlafzimmer, wo er die Tür schloss. Es war der Verlagsdirektor Dr. Occhini, der sich entschuldigte, dass er beim letzten Telefonat nicht erreichbar gewesen sei. Außerdem wollte er ihn in ein Gespräch über den »wahren Urheber« von William Shakespeares Werken verwickeln. Da Lanz ihm zu verstehen gab, dass er im Augenblick ein anderes Gespräch führe, brach Dr. Occhini die Unterhaltung, sich mehrmals entschuldigend, ab und verband seine Abschiedsworte mit dem Wunsch, ihn hoffentlich bald kennenzulernen.

Als Lanz in das Wohnzimmer zurückkam, waren Commissario Galli und der Polizist bereits gegangen. Für einen kurzen Moment glaubte er wieder, dass er nur geträumt habe, dann aber kleidete er sich vollständig an, holte die Beretta aus der Kommodenlade, lud sie und steckte sie in eine Tasche seiner Windjacke. Er nahm auch den Wohnungsschlüssel an sich, den Caecilia für ihn hingelegt hatte.

Vor dem Haus wartete er einen Moment, um festzustellen, ob ihn Commissario Galli beobachten ließ, und einen Blick auf die Insel La Giudecca und das Meer zu werfen. Er verspürte plötzlich den Wunsch, den Astronauten zu sehen, der ihm wieder einfiel. Unterwegs erinnerte er sich, wie oft er in den letzten Jahren Flüchtlinge oder Migranten gesehen hatte und wie selbstverständlich ihr Anblick ihm schon geworden war. Oboabona zum Beispiel, sein Briefträger, wurde immer mehr zu einem Vertrauten. Von Anfang an hatte er Briefträger gemocht, vielleicht weil sie ihm die Buchpakete oder Abwechslung brachten. Auch der Chiosco Bahiano vor seinem Haus wurde von einem afrikanischen Paar geführt, und überall liefen ihm weitere Fremde über den Weg: als fliegende Händler am Strand, als Straßenverkäufer von Souvenirs, als Kellnerinnen und Kellner im Gastgewerbe und zwischen Markusplatz und Rialtobrücke als Verkäufer in Maskengeschäften oder illegale Straßenhändler.

Das Telefon läutete, und Caecilia wollte wissen, ob sie ihn aufgeweckt habe. Während Lanz den Kanal entlangging – vorbei an blau-weiß gestreiften Pfählen, Gondeln, zum Teil mit Planen zugedeckten Motorbooten und bogenförmigen Brücken –, berichtete er ihr, was geschehen war. Caecilia war erschrocken, dass er Zeuge des Mordes an Borsakowski geworden war, und deshalb verschwieg er ihr, was er daraufhin alles erlebt hatte. Auch seine Selbstmordabsichten auf Torcello brachte er nicht zur Sprache. Mittlerweile war er stehen geblieben und hatte sich an die Mauer vor dem Rio di San Vio gelehnt. Im Wasser fuhren gerade Paddelboote vorbei, und die beiden jungen Frauen in T-Shirts winkten ihm heiter zu, während er Caecilia das meiste verschwieg und sie anlog. Caecilia musste, wie sie sagte, »Papierkram« erledigen wegen Signor Blancs Absicht, aus dem Grundstück und der Villa wieder einen Lunapark zu machen. Lanz war betroffen. Das bedeutete, dass er das halbe Jahr über dem Lärm ausgesetzt sein würde, und es war ihm klar, dass er in seinem Haus nicht länger bleiben konnte.

»Du hast vielleicht zwei, drei Jahre Zeit«, tröstete ihn

Caecilia, »aber Signor Blanc hört zumeist nicht auf Einwände.« Habe er einmal einen Entschluss gefasst, führte sie weiter aus, sei er nicht mehr davon abzubringen.

Lanz spürte die Pistole in der Tasche seiner Windjacke und dachte einmal mehr an den Augenblick auf Torcello, als er unter dem Holunderbusch bereit gewesen war, sich zu erschießen.

Sie verabschiedete sich von ihm »bis zum Abend«, wie sie ihm versprach, und Lanz bemühte sich, an etwas anderes als den Lunapark zu denken.

Ein leichter Wind wehte. Die Sonnendächer vor den kleinen Geschäften waren schon aufgespannt, und ein Foxterrier-Mischling lief an ihm vorbei, gefolgt von zwei Kindern. Vielleicht war es ohnedies das Beste, ging es ihm durch den Kopf, eine neue Bleibe zu suchen. Und vielleicht kaufte ihm Signor Blanc, bevor er den Lunapark errichtete, das Haus ab? Der Einfall erleichterte ihn. Durch ein kleines Gassengewirr erreichte er – noch immer mit dem Lunapark und seinem Haus beschäftigt – die Accademia-Brücke, stieg hinauf und blieb stehen, um über das Holzgeländer auf den Canal Grande zu schauen.

Ohne dass er daran gedacht hatte, weswegen er eigentlich den Platz vor der Galleria dell'Accademia aufsuchte, fiel sein Blick als Erstes auf die Skulptur des riesigen Astronauten. Sofort erkannte er, dass sie gerade abgebaut wurde. Zwei kleine Kräne waren im Zeitlupentempo damit beschäftigt, den Astronauten hochzuheben. Vorsichtig wurde er vom Sessel gehoben, um daraufhin langsam durch die Luft zu schweben, als befände er sich in der Schwerelosigkeit des Weltalls. Lanz beneidete ihn um seine Schwerelosigkeit und

Entrücktheit, denn es fielen ihm wieder seine Probleme ein, an die er nicht denken wollte. Dann bemerkte er, dass die Hand, mit der sich der Astronaut an der Sessellehne festgehalten hatte, fehlte, stattdessen war ein Stück Stahl zu erkennen, auf das sie montiert gewesen sein musste. Es sah aus wie eine Prothese und der Astronaut jetzt wie ein Veteran.

Unter Lanz wälzten sich die Vaporetti durch »wie alte Wale«, dachte er, da er den Verkehr von oben beobachtete. Wenn nämlich die Wasserbusse gerade unter die Brücke fuhren oder auf der anderen Seite wieder herauskamen, konnte er nur ihr Dach sehen. Am lebhaftesten waren die zahlreichen Gondeln, die oft mit orientalisch gemusterten Teppichen ausgestattet und zumeist mit japanischen oder chinesischen Touristen besetzt waren. Sie erschienen ihm wie schwarze Spielzeugvögel, die nie durch die Luft flogen, sondern, Lasteneseln gleich, Menschen durch den Canal Grande trugen, als seien diese Adelige oder Tote.

Am Gebäude des Palazzo Franchetti mit seinen von Ornamenten umrahmten Fenstern, die ihn an das Ca' d'Oro, das Goldene Haus, erinnerten, hing ein gerahmtes weißes Plakat mit der Abbildung eines blauen Erdballs und der Inschrift »TOMORROW«. Am unteren Rand stand kleiner »Joseph Klibansky«, er las irrtümlich Kliban-Sky, also Himmels-Kliban. Das Plakat war der zum Astronauten passende Grabstein, und gerade fand das Begräbnis des »Träumers« statt, folgerte er.

Neben dem benachbarten Fenster flatterte außerdem die purpurfarbene Flagge der Republik Venedig mit dem geflügelten Markuslöwen. Das alles passte auf merkwürdige Weise zusammen, schien ihm, vor allem weil der Löwe Flügel besaß, mit Hilfe derer er bei Bedarf dem Astronauten ein letztes Geleit geben konnte. Im Canal Grande wartete bereits das rote, langgestreckte Lastenboot, auf das sich der »Träumer« jetzt langsam senkte. Arbeiter in orangefarbenen Anoraks verfolgten vom Garten aus aufmerksam den Vorgang. Keiner von ihnen sprach während der stummen Zeremonie ein Wort.

Eine junge Frau mit einem schlafenden Baby auf dem Arm hatte sich neben ihn gestellt und war von dem Phantasiebegräbnis ebenso angezogen wie Lanz. Als das Baby kurz darauf durch die Motorengeräusche eines Vaporettos aufschreckte und zu schreien begann, blieb die Mutter trotzdem weiter mit ihm stehen, weshalb sich Lanz auf die andere Seite der Brücke begab und von dort – aus einer anderen Perspektive – das Geschehen verfolgte.

Inzwischen befestigten mehrere Arbeiter den riesigen Astronauten, den Lanz jetzt mit Gulliver unter den Liliputanern verglich, am Lastenschiff, was auf ihn den Eindruck einer Fesselung machte. Dort, wo die Seile um die Skulptur gewunden wurden – an den Unterschenkeln und den Schultern –, hatte man zuvor blaue Kunststoffplanen aufgelegt. Gleichzeitig hielt der Kran die riesige Figur immer noch ein Stück weit in der Luft. Als Nächstes wurden der große Stuhl und die Blumenvase auf die Plattform hinter dem Bug gestellt und fixiert.

Sobald Lanz feststellte, dass die beiden Lastenschiffe mit Teilen der Skulptur bald ablegen würden, lief er rasch auf die andere Seite des Canal Grande, wo gerade ein Vaporetto der Linie 1 in Richtung Markusplatz hielt. Der Wasserbus setzte sich allerdings früher in Bewegung als die beiden Lastenschiffe. Schon glaubte er, den Astronauten aus den Augen zu verlieren, da wurde das Vaporetto an der nächsten Station von den beiden flachen Transportbooten überholt, aber da es gleich wieder Fahrt aufnahm, fuhren sie nun tatsächlich wie bei einem Begräbnis hinter der riesigen weißen Figur her. Zunächst näherten sie sich dem Lastenschiff mit dem weißen Stuhl und der Hand des Astronauten. Sie war derart auf dem Deck befestigt, dass sie senkrecht in die Höhe stand und ihm zuzuwinken schien. Für einen Moment dachte Lanz an sein eigenes Begräbnis nach dem Selbstmord auf Torcello, dann aber überholte der Wasserbus das Lastenboot mit dem Astronauten, der ihm dabei den Rücken zukehrte. Er sah, fand Lanz jetzt, aus wie ein bizarres Möbelstück, vielleicht eine zusammengeklappte, riesige Couch.

An der Station Salute überholten die beiden Lastenschiffe das Vaporetto neuerlich, und da der Wasserbus kurz darauf weiterfuhr, sah er den inzwischen zum Canale della Giudecca hinauftuckernden Astronauten noch einmal. Der Winkel, aus dem Lanz ihn beobachten konnte, erlaubte ihm nur einen Blick, der von den Stiefeln der Skulptur bis zu seinen Schultern reichte. Zum ersten Mal fiel ihm auf, dass der Astronaut das rechte Bein in die Höhe zu heben schien wie ein Hund, der Wasser abschlug. Der Kahn machte eine Drehung nach rechts, und während die Skulptur jetzt in die Gegenrichtung zum Bahnhof fuhr, war für Lanz nur noch ein letzter Blick auf die weißen Stiefel und das gehobene Bein möglich.

Er verließ das Vaporetto vor dem Markusplatz. Dort spürte er, dass sich der Wind verstärkt hatte, und als er, wie er es bei Besuchen in Venedig gewohnt war, in Richtung Lido schaute, fiel ihm auf, dass Regenwolken den Himmel bedeckten. Er hatte den Eindruck, dass es mit einem Mal auch stechend heiß geworden war. Unter den Arkaden des Dogenpalasts saß ein Mann mittleren Alters auf übereinandergestapelten Hochwasserstegen im Lotossitz. Niemand beachtete ihn. Er trug Jeans, Turnschuhe, ein schwarz- und rotkariertes Holzfällerhemd, eine ungefütterte Parkajacke und sah mit seinem Stoppelhaar und der Adlernase verwegen aus. Lanz trat näher und bemerkte, dass der Mann vorgab zu malen, ohne dass irgendein Utensil wie Pinsel, Farbtuben oder eine Palette zu sehen war. Dabei sprach der Mann leise mit sich selbst, Lanz konnte jedoch nichts verstehen. Gerade gab er vor, mit der einen Hand Farbe anzurühren und mit der anderen die Dose festzuhalten. Sein Blick war auf die gegenüberliegende weiße Wand gerichtet, die er betrachtete, als sei sie bereits von ihm bemalt worden, und tatsächlich fuhr er mit seiner Arbeit ohne Pinsel oder Leinwand fort, hielt kurz inne, setzte an einer anderen Stelle des Luftbildes fort und ließ sich auch nicht stören, wenn Touristen ihn begafften und fotografierten.

Lanz schlenderte an der Seufzerbrücke und den Vaporetto-Stationen San Zaccaria vorbei zur Riva degli Schiavoni, den breiten Uferweg entlang des Canale di San Marco. Die Hitze setzte ihm ebenso wie die warmen Windböen zu, und ihm fiel ein, dass er den ganzen Tag über noch nichts getrunken oder gegessen hatte. Gerade erreichte er das imposante Bronzedenkmal

Vittorio Emmanueles II. Er trat näher an das Ufer des Canale di San Marco heran und sah gerade einen hell blinkenden, winzigen Schwarm Jungfische, die wie mikroskopische Kometen auf einem dunkelgrünen Himmel durch das Wasser zuckten und im Algengestrüpp verschwanden – als er ein fernes Donnern vernahm. Er suchte das Lokal an der Brücke über den Rio dei Greci auf und bestellte, im Freien unter dem Sonnendach sitzend, Tramezzini und ein Glas Pinot Grigio.

Auf der Brücke hatte sich eine Gruppe Afrikaner getroffen und zwei der jungen Männer als Aufpasser vor den beiden Brückenseiten postiert. Er bemerkte, dass sie gelangweilt gähnten und vorgaben, etwas zu betrachten, in Wirklichkeit aber wachsam spähten, ob sich ein Polizist näherte. Die Übrigen hatten gefälschte Markentaschen für Damen in den Händen und versuchten, die vorbeispazierenden Touristen in Gespräche zu verwickeln. Trotz der Hitze trug jeder von ihnen einen Pullover. Ein älteres Ehepaar blieb stehen und ließ sich skeptisch die Ware zeigen. Daneben war Lanz am Ufer ein Getränkewagen mit einem verchromten Eisbehälter, aus dem Wassertropfen auf den Gehsteig fielen, aufgefallen. Im schmalen Spalt zwischen dem Behälter und dem Pflastersteinboden tummelten sich Tauben und putzten sorgfältig ihr Gefieder. Die bereits sauberen saßen, um sich zu trocknen, an der warmen Sonne. Das ältere Ehepaar war gerade dabei, eine der Taschen zu kaufen, als einer der Afrikaner, der sein Telefon in der Hand hielt, einen Pfiff ausstieß, worauf alle übrigen mit ihren Waren blitzartig die Brücke verließen und in Nebengassen oder Richtung Markusplatz davonliefen. Wenige Augenblicke später trafen zwei Polizisten ein und von der anderen Seite der Brücke her zwei weitere, die sich kurz berieten. Sobald die Polizisten wieder abgezogen waren, erschienen die Straßenhändler langsam wieder vor der Brücke, als hätte sie ein Vodoo-Zauber vorübergehend unsichtbar gemacht. Die Tauben unter dem Eisbehälter hatten sich indessen beim Federbad nicht stören lassen.

Solange Lanz seine Mahlzeit einnahm, zeigten sich die Polizisten nicht mehr.

Er bezahlte schließlich und fragte sich, die Riva degli Schiavoni entlangschlendernd, was Oboabona, der Briefträger, wohl gerade mache, und darauf fielen ihm das Ospedale al Mare, die heruntergekommenen Gebäude und die Menschen, die sich dort versteckten, ein, die sogenannten »Illegalen« ohne Papiere. Sie mussten unsichtbar bleiben, weil sie sonst wie falsch zugestellte Warenpakete ungeöffnet zurückgeschickt wurden. Und nicht zuletzt fiel ihm das tote Kind ein, auf das er am Strand gestoßen war – es war ihm jetzt näher als in den schrecklichen Tagen, die seither vergangen waren. Offenbar hatte er es aus seinem Gedächtnis löschen wollen, weil er geglaubt hatte, die Erinnerung an das Mädchen nicht ertragen zu können, sagte er sich, und er begriff jetzt, dass die Tote der Schlüssel war, der es ihm erst ermöglichte zu verstehen, was sich seither ereignet hatte.

Im selben Augenblick sah er in einem Motorboot Julia Ellis mit einem Unbekannten und Richard Vogel, der seinen Falken Alien mit dem Lederhäubchen auf dem Arm trug. Gerade bogen sie aus einem Nebenkanal in den Canale di San Marco ein. Lanz hatte auf den ersten Blick das Motorboot wiedererkannt, denn er war auf ihm mit Richard Vogel und Alien vom Friedhof San Michele zum Lido gebracht worden. Sogleich ging ihm eine Bemerkung durch den Kopf, die Vogel damals gemacht hatte: dass ein Tierarzt in einer Seitengasse des Riva degli Schiavoni seine Greifvögel medizinisch betreue. Aber was wollte Julia hier?, fragte sich Lanz. Weshalb war sie nicht abgereist? Und wer war die dritte Person, die am Steuer des Bootes saß? Inzwischen fuhr eines der riesigen Kreuzfahrtschiffe vorbei, die er mittlerweile zu hassen begonnen hatte. Der Wind war noch stärker geworden. Lanz lief jetzt weiter zur Stazione Arsenale, und sobald er im Vaporetto saß, sah er das Motorboot in der Ferne hinter dem Kreuzfahrtschiff in Richtung Lido fahren.

Der Himmel über der Insel war schwarz geworden, und Lanz wusste, dass es bald zu regnen anfangen würde. Als sich der Wasserbus dem Motorboot genähert hatte, hielt das Vaporetto an der Station vor den Giardini Pubblici an. Wegen des kommenden Schlechtwetters stiegen nur noch wenige Menschen ein, und als sie neuerlich Fahrt aufgenommen hatten, stellte Lanz erleichtert fest, dass er das Motorboot mit Richard Vogel, dessen Falken und Julia Ellis noch immer, wenn auch kleiner, ausmachen konnte. Währenddessen überlegte er sich, was er mit Julia bei einem Wiedersehen sprechen würde. Sicher, er wollte wissen, wer sie wirklich war, aber was kümmerte ihn das noch? Sie hatte ihn mehrmals in Schwierigkeiten gebracht, sie hatte ihm sein Boot und zwei Pistolen entwendet, und sie hatte ihn nicht mehr angerufen.

Plötzlich verschwand das Motorboot aus seinem

Blickfeld. Er konnte es sich nicht anders erklären, als dass es hinter der Station Sant'Elena, die vor ihm lag, angehalten hatte, denn es tauchte nicht mehr auf der Route zum Lido auf. Schließlich stieg er, wie alle Fahrgäste, nach der Durchsage, dass der Wasserverkehr wegen eines aufkommenden Sturms vorläufig zum Erliegen gekommen sei, an der Station aus … Der Wind war plötzlich zu einem Sturm geworden, der an seinen Haaren zerrte, an den Ästen der Bäume rüttelte, Papiere vor sich hertrieb und die Menschen von der Straße in die Häuser flüchten ließ. Passagiere eilten in die beiden kleinen Lokale hinter dem Park, sah er, und auch er begann jetzt zu laufen. Ohne zu wissen warum, schlug er die Richtung zum Hotel ein, in dem er mit Julia geschlafen hatte. Auf der halben Strecke blieb er mit eingezogenen Schultern und gegen den Wind gelehnt stehen, denn er war ungewohnt rasch außer Atem gekommen. Überdies läutete sein Telefon, und als er auf dem Display sah, dass es Caecilia war, meldete er sich hastig.

»Ich rufe zurück!«, keuchte er und wollte das Gespräch rasch beenden, aber sie nötigte ihn zu sagen, wo er sich befände, und forderte ihn auf, in das nächste Haus zu flüchten. Ein Wirbelsturm komme auf Venedig zu, warnte sie ihn …

Lanz war inzwischen schon die nächste Quergasse hinuntergelaufen und hatte die Calle del Carnaro erreicht, die unmittelbar darauf zu einem Canale mit einer Holzbrücke führte. Gerade beschloss er, an einem beliebigen Haus einen beliebigen Klingelknopf zu drücken, um sich in den Flur zu retten, als er das Motorboot mit Julia, Richard Vogel und seinem Falken, der jetzt mit einer Regenplane geschützt war, sowie einem

Fahrer mit Baseballkappe in Richtung des Yachthafens der kleinen Insel vorbeifahren sah. Ohne lange nachzudenken, lief er auf die Brücke zu. Er hatte sich mit Beginn des Regens die Kapuze seiner Windjacke über den Kopf gezogen und schnürte sie jetzt fest, während er dem Motorboot nachschaute, das im vom Sturm und Regen kochenden Wasser hin und her schwankte und kurz darauf kaum noch erkennbar war. Auch die auf beiden Kanalufern an Pfählen befestigten und mit Regenplanen geschützten Motorboote bewegten sich wild, zerrten an den Leinen, scherten in die Mitte des Kanals aus, wurden zurückgeworfen und drohten zu sinken.

Lanz blickte in die Richtung, aus welcher der Sturm kam. Zu seinem Schrecken sah er, dass sich am grauen Himmel über der Lagune ein gewaltiger schwarzer Wolkentrichter gebildet hatte, ein sich rasend schnell um sich selbst drehender Rotor, der das Wasser dort, wo er in Berührung mit ihm kam, in weißen Schaum verwandelte. Doch war es keine Maschine, kein gigantischer Staubsauger. Er glich eher dem Rüssel eines Riesenelefanten, der Nahrung suchend das Meer abtastete. Der Anblick versetzte ihn so in Panik, dass er kopflos zwischen zwei Ziegelmauern in einer Platanenallee auf das Tor eines Gebäudes zulief – der Kirche Sant'Elena, wie sich herausstellte – und dabei nur nebenbei auf der einen Seite das Fußballstadion registrierte. Auf der anderen Seite, entnahm er einer Warntafel, befand sich eine ZONA MILITARE. Während die Ziegelmauer des Stadions von Graffiti und Style-Writing-Pieces übersät war, fand sich auf der gegenüberliegenden Seite kein einziges Mauerbild.

Als seien sie der vom Wind gepeitschte Starkregen, der vom Himmel fiel, prasselten in Lanz' Kopf Gedanken, Wahrnehmungen und Überlegungen durcheinander, die sich augenblicklich in Nichts auflösten und immer mehr von einem Gefühl der Angst verschluckt wurden. Inzwischen hatte auch wieder das Telefon in seiner Hosentasche zu läuten begonnen, aber er bemühte sich gerade, das schwere Eisentor der Kirche aufzuziehen und aus dem Chaos, dem Brausen und Dröhnen in die dämmrige Abgeschiedenheit zu fliehen. Zuerst fiel ihm der Schachbrettboden aus roten und weißen Fliesen auf, als Nächstes die hohen, schmalen Spitzbogenfenster hinter dem Altar, dann erst bemerkte er, dass sein Handy noch immer läutete. In einer Nebenkapelle sang gerade ein Kinderchor ein weltabgewandtes Marienlied, als er sich am Telefon meldete und die Kapuze in den Nacken streifte. Caecilia war weiter um ihn besorgt, erst als Lanz ihr bestätigte, dass er in der Kirche Sant'Elena Zuflucht gefunden hatte, beruhigte sie sich.

Inzwischen war es dunkler im Kirchenschiff geworden, und das dumpfe, schreckliche Brausen hatte zugenommen. Es umtoste das Kirchengebäude, durch dessen Eingang jetzt drei Personen – ein Mann, eine Frau und ein Greis mit einem Spazierstock – taumelten und sich verstört ihres Regenschutzes entledigten. Sofort hatte Lanz erkannt, um wen es sich handelte, und beobachtete, wie Richard Vogel seinen Falken von der Plastikplane befreite und dieser dann wie gewohnt ruhig mit der Lederhaube auf dessen Unterarm saß. Die erschöpfte Julia hatte auf einem der Stühle hinter den Kirchenbänken Platz genommen und fing an, sich umzublicken. Bevor sie jedoch Lanz wahrnehmen konnte, flüchtete er in die Nebenkapelle mit dem Kinderchor, der von einem älteren Mann mit Brille und Krawatte dirigiert wurde. Als der Donner noch lauter wurde und sich die Kapelle mehr und mehr verdunkelte, stimmte der Chor das Lied »Gloria e Pace« an. »Glooooria, gloooria. Glooooria, gloooria«, erklangen die hohen Kinderstimmen inmitten des tosenden Lärms, und die Frauen – Großmütter zumeist, die mit ihren Enkeln zur Gesangsprobe gekommen waren – beteten mit gesenkten Häuptern in den Bänken.

Lanz hatte das Gesicht des alten Mannes mit dem Spazierstock nicht gesehen. Aber er vermutete, dass es sich bei dem Fahrer des Motorbootes um Egon Blanc handelte, jedenfalls hatten ihn die Haare des Mannes und dessen Körperhaltung auf den Gedanken gebracht. Er musste gesundheitlich auf der Höhe sein, dachte Lanz weiter, denn er hatte das Motorboot bei Schlechtwetter sicher gesteuert. Allerdings war, als man ihn, auf beiden Seiten unter den Schultern gestützt, in die Kirche begleitet hatte, sein Kinn auf die Brust gesenkt gewesen, als schliefe er tief oder sei ohnmächtig geworden.

Dann vernahm er zuerst vom Dach über dem Kirchenschiff ein Rumoren und hierauf von der Straße her ein Krachen und ein abwechselnd dumpfes und helleres Aufschlagen von Gegenständen, je nachdem, ob die Dachziegel, wie Lanz vermutete, auf eine Wiese oder auf den Asphalt fielen. Er kannte das Geräusch von seiner Zeit am Weingartenhof in St. Leonhard, als das Dach neu gedeckt und die alten Ziegel hinuntergeworfen worden waren, nur hatte sich das vergleichsweise wie das Konzert eines Soloklaviers angehört. Wie Ebbe und Flut lösten sich Lärm und unheimliche, flüsternde Stille ab, wurde es dunkel und dämmrig, flackerte grell ein Blitz auf und durchbrach die Finsternis. Endlich verstummte der Lärm.

Der Kinderchor sang inzwischen »Luce Siamo Noi«, und erleichtert und zugleich ängstlich-neugierig erhoben sich die vormals Betenden und Unterschlupf Suchenden von den Sitzen und verließen langsam die Kirche. Neben dem Altar erblickte Lanz jetzt eine Marienstatue. Der Altar war zugleich der Katafalk für eine Skulptur mit Reliquien der Heiligen Elena, der Mutter Kaiser Konstantins, wie er wusste, von der Lanz nur die silberne Gesichtsmaske und die silberne Krone durch die Glasscheibe sehen konnte sowie ein purpurrotes Samtkleid mit Goldborten, Edelsteinen, Perlen und einem gestickten goldenen Kreuz auf der Brust, daneben zwei Cherubim mit ihren vier Flügeln. Außerdem zierte eine Kette mit einem Kreuz die Figur.

Auch Lanz hatte inzwischen die Kirchenbank verlassen und spähte zuerst vorsichtig aus der Seitenkapelle in das Kirchenschiff. Gerade führte Julia den alten Mann Schritt für Schritt hinaus, während Richard Vogel beruhigend auf den Falken einsprach. Lanz wartete, bis sie ins Freie getreten waren, worauf sich das Kirchentor hinter ihnen schloss. Er öffnete es – umgeben von den Kindern mit ihren Großmüttern – wieder und warf einen Blick ins Freie. Direkt neben dem Eingang sah er die langen, konischen Dachziegel – zu einem kleinen Teil noch unbeschädigt, zu einem wesentlich größeren zersplittert und zerbrochen – auf dem Boden liegen.

Außerdem war der asphaltierte Weg durch die Allee zwischen den Ziegelmauern mit Ästen übersät, und es regnete immer noch. Er zog sich hastig wieder die Kapuze über den Kopf. Der Wirbelsturm hatte sich offenbar über den Giardini aufgelöst, und das Gewitter war weitergezogen. Die Kinder begannen, sich lautstark zu unterhalten, eine kleinere Gruppe bestaunte gerade die Ziegelhaufen und das beschädigte Kirchendach, andere hoben Äste auf oder standen vor einem umgefallenen Baum, der von der Stadionseite auf die Ziegelmauer gestürzt war, und die Großmütter mit Schirmen ermahnten die Kinder aufgeregt weiterzugehen. Auch der Priester hatte die Kirche verlassen und bemühte sich, die Schäden auf dem Dach des Gebäudes festzustellen.

Lanz hatte es nicht eilig. In sicherem Abstand und geschützt durch die Kapuze, hatte er beobachtet, wie Richard Vogel und Julia den alten Mann über den umgestürzten Baum gehoben hatten, während dieser den Falken unter der Regenplane auf seinem Unterarm hielt. Gleich darauf war auch er von den Kindern umringt, die den Greifvogel sehen und mit ihm Kontakt aufnehmen wollten.

Die drei schlugen wieder die Richtung ein, in der ihr Boot liegen musste, sofern es der Wirbelsturm nicht zerstört hatte. Lanz folgte ihnen, blieb aber weiter zurück, um nicht erkannt zu werden. Die Kinder liefen auf die Graffiti der Ziegelmauer zu, machten Witze und lachten, während die Großmütter besorgt nach oben blickten, ob nicht von einem der Bäume ein dicker Ast herunterfallen könnte. Vor der Brücke sah Lanz den Schaden, den der Wirbelsturm unter den Booten angerichtet hatte. Manche trieben im Canale, manche lagen mit dem Kiel nach oben im Wasser oder waren an das Ufer geschleudert worden, eines hing halb gesunken an einem Pfahl. Richard Vogel, Julia und der Greis hatten den Weg entlang der kürzeren Seitenmauer des Stadions schon zurückgelegt und verschwanden jetzt um die Ecke. Lanz richtete seine Aufmerksamkeit wieder auf den Kanal, in dem auch Äste, Zweige und abgefallene Blätter schwammen. Von den Fenstern der dahinter liegenden Mietwohnungen waren nicht wenige zerstört. Noch immer ließen sich kaum Passanten auf der Straße sehen, und die Kinder aus der Kirche hatten begonnen, nach Hause zu laufen, hinter ihnen die Großmütter, die hin und wieder den Namen ihrer Enkel riefen.

Lanz eilte jetzt Vogel, Blanc und vor allem Julia hinterher. Im Yachthafen begriff er das ganze Ausmaß der Zerstörung: Bei mehreren Segelschiffen waren die Masten abgebrochen, andere waren umgeworfen worden. Nur das rote Motorboot von Herrn Vogel lag anscheinend ohne Schäden hinter der vorderen Ecke des langen Stegs – getrennt von den hundert und noch mehr Segelschiffen, deren Masten in die Luft ragten. Die beschädigten, im gelblichen Wasser treibenden Yachten würden, das war vorauszusehen, allmählich untergehen.

Aber wo waren Julia und ihre Begleiter? Lanz stellte fest, dass auch das rote Boot mit Regenwasser gefüllt war und zu sinken drohte. Dann erst machte er auf dem Quersteg den alten Mann mit dem Stock aus, doch konnte er wie schon einmal nicht sein Gesicht sehen. Aus der Ferne versuchte Lanz, weiterhin zu verstehen, was vor sich ging. Zuerst sah er Richard Vogel mit dem Falken Alien aus einer Yacht an Land steigen, dann zeigte sich Julia, die mit ausgestrecktem Daumen vermittelte, dass offenbar alles in Ordnung war. Zwei Männer und eine weinende Frau krochen ein Stück weiter, in Decken gehüllt, aus ihrem Segelboot, sie hatten offenbar den Wirbelsturm unter Deck überlebt. Dann erst entdeckte Lanz den auf dem Bauch im Wasser treibenden Ertrunkenen, und bevor er ihn noch genauer betrachten konnte, trafen die ersten Marineboote ein, es folgten Polizei- und Feuerwehrboote, und vor den Mietshäusern am Ufer versammelten sich allmählich ältere Menschen und Kinder. Sie waren neugierig an das Kanalufer getreten, um eine bessere Sicht zu haben. Da die Yachten in mehreren Reihen vor Anker lagen, konnte Lanz nur einen Ausschnitt überblicken. Auch erschwerte ein langer Zaun, der vom Stadion bis zum Ende des Stegs reichte und von Gebüsch bewachsen war, die Sicht. Dort, wo die Yachten schief nebeneinander lagen, erinnerten Lanz die Masten an die durcheinandergeworfenen Holzstäbe eines Mikado-Spiels. Der Reihe nach trafen die Besitzer der Schiffe ein, und das Durcheinander auf den Stegen kam seinem Wunsch entgegen, von Julia, Vogel oder dem alten Mann nicht entdeckt zu werden. Es dauerte nicht lange, und Taucher waren am Werk. Sie bargen den Toten, und zwei der weiter eintreffenden Kadetten hatten begonnen, das Wasser aus Richard Vogels rotem Motorboot mit einem Sauger abzupumpen. Es war der Moment, in dem die Sanitäter auftauchten, und er wieder Julia erblickte, wie sie sich zwischen Feuerwehrmännern und Polizisten zum Landungssteg durchkämpfte. Lanz trat hinter eine Gruppe von Helfern, ließ Julia passieren und folgte ihr in größerem Abstand.

Auch im Kanal waren Kadetten am Werk. Sie kümmerten sich vor allem um die umgestürzten, dahintreibenden und ans Ufer geschleuderten Boote. Schon eilte Julia über die Brücke in Richtung Vaporetto-Station und verschwand dann hinter dem Hotel Sant'Elena, in dem sie sich umarmt hatten. Lanz wollte sie nicht aus den Augen verlieren und schloss noch vor dem Park zu ihr auf. Ein nahezu leerer Wasserbus legte gerade ab, und ein stark besetzter näherte sich von den Giardini her. Zwischendurch versteckte er sich hinter Bäumen des kleinen Parks, um nicht entdeckt zu werden. Als Julia an Bord gegangen war, gelang es ihm gerade noch einzusteigen. Sie schaute regungslos zum Seitenfenster hinaus, während er auf der vorderen Plattform hinter zwei jungen Männern Deckung suchte. Das Vaporetto brummte auf den Lido zu, und lief zitternd, scheppernd und aufheulend die Stazione Elisabetta an. Zu seinem Erstaunen stellte er fest, dass Julia sitzen blieb, während der Fahrgastraum sich langsam leerte.

Auf der Fahrt hatte er keine Spuren des Wirbelsturms entdeckt, und auch die Vaporetto-Station schien unbeschädigt. Die beiden jungen Männer vor ihm blieben ebenfalls an Bord, er roch ihr aufdringliches Rasierwasser. Noch immer hatte Lanz die Kapuze seiner Windjacke über den Kopf gezogen, während die jungen Männer aussahen, als wollten sie eine Party besuchen.

Er betrachtete den Fahrplan an der Seitenwand und stellte fest, dass er sich nicht, wie er angenommen hatte, in einem Vaporetto der Linie 1, sondern der Linie 4.2 befand, das, wie er wusste, in Richtung Fondamente

Nuove unterwegs war. Er hatte sich jetzt schon zum zweiten Mal auf das falsche Vaporetto verirrt. Julia starrte noch immer aus dem Seitenfenster, als der Wasserbus sich wieder in Bewegung setzte und schwerfällig die Route in Richtung Ospedale einschlug. Angestrengt suchte Lanz nach einer Erklärung, weshalb Julia in diese Richtung fuhr, während er schon die Mauern des Arsenals sah. Zu seinem Glück blieben die beiden jungen Männer weiter vor ihm stehen, so dass er Julia nach wie vor ungesehen beobachten konnte.

Er fragte sich, ob es nicht besser sei, sich neben sie zu setzen und ein Gespräch mit ihr zu beginnen, doch irgendetwas hinderte ihn daran. Er wusste nicht einmal, weshalb er ihr nachstellte und was er sich erwartete. Natürlich hatte er eine Zeitlang die Gewohnheit gehabt, Menschen aus Neugierde und Langeweile zu verfolgen, aber jetzt war eben alles anders geworden.

Er hatte von Julia nur Eindrücke, die nicht zusammenpassten. Sie hatte vermutlich Mennea erschossen, sie war untergetaucht, sie hatte ihm das Boot entwendet und zweimal seine Schusswaffen … Sie hatte ihn geliebt, zumindest empfand er so etwas wie Gewissheit, dass es der Fall gewesen war. Wahrscheinlich war es diese Widersprüchlichkeit, die ihn drängte, noch einmal mit ihr zu sprechen. In der Fischerhütte hatten sie viele Stunden – einen Tag und eine Nacht – zusammen verbracht, und doch hatte er nie den Eindruck gewonnen, dass sie »füreinander bestimmt waren«, wie man die spontane Liebe umschrieb. Er hatte nie gewusst, was wirklich in ihr vorging, eher hatte er das Gefühl gehabt, dass einer von ihnen beiden verrückt war und den anderen in seine Verrücktheit miteinbezog. Für Lanz war die nackte Wirklichkeit, waren die nackten Tatsachen, von denen man sprach – ein Luxusauto in einem Schaufenster oder ein Haifisch in einem Riesenaquarium –, Dinge, die man zwar sehen konnte, von denen man jedoch durch die Glasscheiben getrennt blieb. Vielleicht hatte er sich das meiste nur eingebildet, folgerte er. Aber dann konnte er sich jetzt auch die Fahrt mit dem Vaporetto nur einbilden … Andererseits gab es keinen Zweifel, dass er nicht träumte. Er konnte jederzeit das Vaporetto verlassen. Er konnte jederzeit mit Julia sprechen. Warum tat er es nicht? Er kannte die Strecke. Immer hatte er beim Anblick der Mauern des Arsenals an ein Gefängnis gedacht. Doch diesmal erschienen sie ihm wie die nicht enden wollende Rückseite eines langen Grabsteins. Noch bevor das Vaporetto die Stazione San Pietro di Castello anlief, kam Julia nach vorn auf die Plattform, worauf Lanz sich rasch umdrehte, sein Telefon aus der Hosentasche nahm und vorgab zu telefonieren. Er war sich nicht sicher, ob sie tatsächlich aussteigen würde oder ob sie ihn entdeckt hatte. Wie er gleich darauf feststellte, verließ sie den Wasserbus. Da er ihr nicht gleich folgen wollte, denn er befürchtete, dass sie sich umdrehen würde, wartete er, bis drei weitere Passagiere und schließlich die beiden jungen Männer, hinter denen er sich versteckt hatte, ins Freie getreten waren. Er stieg hinauf zu einer Fußgängerbrücke, die über das Wasser führte. Auf dem Platz dahinter konnte man ihn wohl leicht entdecken, so dass er sich wieder in das Wartehaus zurückzog. Erst als alle Passagiere eine schulterhohe Mauer, die sich vor einem zweistöckigen Gebäude befand, hinter sich gelassen hatten, folgte er ihnen. Die linke Seite ähnelte einem Wohnviertel, rechts fielen ihm das schmutzige, mit Abfall bedeckte Ufer und zwei hohe Kräne auf, ein dritter war offensichtlich vom Wirbelsturm umgestürzt worden. Mehrere uniformierte Männer waren gerade dabei, ihn zu bergen. Normalerweise wäre er stehen geblieben und hätte zugeschaut.

Die schmalen, mit Platten ausgelegten menschenleeren Gassen zwischen den roten und gelben Häusern, die unverputzten Ziegelwände und -mauern und die auf ihnen mit schwarzen Buchstaben festgehaltenen Straßennamen, der feine Regen und der graue Himmel verbreiteten die Atmosphäre eines ausgestorbenen Stadtviertels.

Endlich entdeckte er Julia, die gerade vor einer weiteren langen Mauer bis zu einer Nebengasse eilte, und er bemühte sich nach wie vor, ihr zu folgen, ohne selbst gesehen zu werden. Immer wieder hielt er an, bis sie zwischen den Häusern verschwunden war, nur einmal blieb sie vor dem Fenster einer Kellerwohnung stehen und rief einen Namen, den Lanz nicht verstand. Schließlich antwortete eine Frau auf Französisch. Sie sagte, sie freue sich, dass »Madame Ellis« zurückgekehrt sei, und reichte ihr einen kleinen Schlüssel durch das Fenster zum Gehsteig hinauf. Nachdem Julia rasch weitergegangen war, schaute Lanz durch die Gitterstäbe und ein Drahtnetz in den betreffenden Raum hinunter, er sah ein gebasteltes Lastenschiff auf der Fensterbank, darüber eine chinesische Lampe, an der Metallstäbe befestigt waren, und aufgehängte Spielzeugfische an Zwirnen von der Decke hängen. Es brannte kein Licht.

Er beeilte sich, Julia zu folgen, und erreichte nach wenigen Schritten eine abermals von einer Mauer umgebene Gasse, die zu einer Brücke über den breiten Canale de San Pietro führte. Auch dort war eine Unzahl von Motorbooten an beiden Uferseiten vertäut, die der Wirbelsturm jedoch verschont hatte. Ein wuchtiger Schiffskran stand verlassen da, auch bei den zumeist mit weißen Planen zugedeckten Motorbooten ließ sich niemand blicken, und die zahlreichen Pfähle ohne Boote erweckten weiterhin den Anschein, als sei die Insel ausgestorben.

Zu seiner Überraschung sah Lanz Julia plötzlich auf der St. Anna-Brücke zusammen mit Richard Vogel. Sie schienen heftig miteinander zu diskutieren. Woher kommt Richard Vogel?, war Lanz' erster Gedanke, denn weder das rote Motorboot noch der Falke waren zu sehen. Die beiden waren inzwischen einige Schritte weitergegangen, und Lanz vermutete, dass Vogel den Yachthafen verlassen hatte und der alte Mann allein mit dem Falken zum Lido gefahren war, wo ihn – wenn es wirklich Signor Blanc war – Caecilia oder einer seiner Angestellten erwarteten. Richard Vogel musste daraufhin das Vaporetto der Linie 1 in Richtung Markusplatz genommen haben und an der Station Arsenale ausgestiegen sein, von wo aus er über die Via Garibaldi von der anderen Seite her die St. Anna-Brücke noch vor ihnen erreicht hatte … Aber, was war der Grund dafür gewesen, dass Vogel sogar den alten Mann hatte stehen lassen und hierher gelaufen war?

Plötzlich vernahm Lanz das Gekreisch des Falken über seinem Kopf und sah Richard Vogel blitzartig eine Pistole aus seinem Hosenbund ziehen, während die beiden jungen Männer, die mit Lanz auf dem Vaporetto gewesen waren, aus einer Werkshalle am anderen Ufer traten. Sie zögerten keinen Augenblick, sondern griffen ebenfalls zu ihren Waffen und gaben rasch zwei Schüsse ab. Julia rettete sich mit einem Sprung in das Wasser, Vogel blieb stehen und feuerte zurück. Die beiden Männer liefen hastig zur Brücke hin. Der erste fiel nach einigen Schritten zu Boden, der zweite, der durch die unerwarteten Schüsse die Orientierung verloren hatte, wollte flüchten, doch Lanz hielt seine Beretta-Pistole in der Hand und traf ihn mehrmals, so dass er mit dem Kopf voran auf die Steinplatten stürzte.

Lanz wusste zuerst nicht, was geschehen war, er hatte automatisch gehandelt, wie er es beim Militär gelernt hatte. Für einen Augenblick kamen ihm die zumeist alten Häuser auf beiden Seiten des Kanals wie eine Idylle aus einem Bilderbuch für Kinder vor, und während er, noch immer die Pistole in der Hand, über die Brücke lief, sah er Julia mit nassen Haaren zwischen den Booten an das gemauerte Ufer schwimmen, von wo aus er sie, nachdem er seine Waffe in der Windjacke verstaut hatte, mit beiden Händen auf den Gehsteig zog. Noch bevor er ein Wort mit ihr wechseln konnte, stand Vogel neben ihm und half Julia auf die Beine.

»Wir müssen weg!«, rief er. Wieder kreischte der Falke von oben, und gleich darauf explodierte etwas in der Halle, aus der die beiden Männer, die jetzt reglos auf dem Boden lagen, gekommen waren. Julia lief, gefolgt von Vogel und Lanz, zur brennenden Halle hin und schaute entsetzt in die Flammen. Dann drehte sie sich plötzlich Lanz zu, presste ihren Kopf gegen seine Brust und fiel ihm in die Arme.

»Sie haben alles zerstört!«, weinte sie, »mein Archiv …«

Richard Vogel hatte Lanz inzwischen die Pistole aus der Tasche seiner Windjacke gerissen, sie ohne weitere Erklärung ins Wasser geworfen und schrie außer sich: »Verschwinden Sie! Fragen Sie nichts, hauen Sie ab, bevor die Polizei kommt!« Bei diesem Satz begriff Lanz erst, dass er wieder einen Menschen erschossen hatte.

»Danke … danke«, weinte Julia und fuhr leise fort, »du musst gehen … Bitte!«

Zuerst herrschte ein Durcheinander in seinem Kopf, dann lief er, ohne weiter nachzudenken, über die Brücke, die Fondamenta di Sant'Anna hinunter bis zur Via Giuseppe Garibaldi, wobei er aus den Augenwinkeln umgestürzte Bäume und abgebrochene Äste am Rand des Parks sah. Von dort floh er weiter am Kai des Canale di San Marco entlang bis zur Ponte della Ca' di Dio, wo er keuchend anhielt. Aus diesem Kanal waren der alte Mann, Richard Vogel und Julia mit dem Falken vom Tierarzt gekommen, erinnerte er sich, und er fragte sich wieder, ob alles, was er seither erlebt hatte, nur Einbildung gewesen war. Vielleicht hatte ihn sein Gehirn genarrt? Vielleicht log es in einem fort? … Vielleicht war er längst tot und befand sich im Jenseits? Oder vielleicht gaukelte sein Kopf ihm auch diesen Umstand nur vor?

Das Telefon in seiner Hosentasche läutete, und als Lanz es herausholte und noch immer außer Atem sprach, sah er, dass von der Insel San Pietro dicker schwarzer Rauch aufstieg, vermutlich von der brennenden Werkshalle, wie er dachte.

»Hattet ihr einen Wirbelsturm?«, fragte er Caecilia, um sich zu vergewissern, dass er nicht nur träumte.

»Ja, aber es war nicht so schlimm, wie auf Sant'-Elena. Wir haben soeben Signor Blanc in Sicherheit gebracht …«

»Wo wohnt er?«, fragte Lanz.

»Bist du auf dem Heimweg?«, wich Caecilia aus.

Er kannte diese Fragen aus seiner Kindheit.

»Ich weiß nicht«, antwortete er wie damals als Kind. »Ich bin am Abend zu Hause.«

Er streifte erst jetzt seine Kapuze ab, denn es hatte aufgehört zu regnen.

»Gut, bis dann«, hörte er sie freundlich sagen, dann war das Gespräch zu Ende.

Also konnte er davon ausgehen, dass sein Gehirn ihn nicht anlog, überlegte er. Als er die Brücke erreicht hatte, an der die Afrikaner gefälschte Markenartikel verkauft hatten, fiel ihm auf, dass alles ablief wie ein paar Stunden zuvor. Ein paar Stunden?, fragte er sich erstaunt. Er hatte nicht darüber nachgedacht, wie viel Zeit vergangen war, doch hatte er nicht den Eindruck, dass es irgendeine Bedeutung hatte. Es konnten Tage und Nächte vergangen sein oder nur eine oder zwei Minuten.

Er nahm wieder vor dem Lokal, in dem er das Mittagessen zu sich genommen hatte, Platz, bestellte ein Glas Wein und fragte den glatzköpfigen Kellner, wie sich der Wirbelsturm ausgewirkt habe.

»Wir hatten ein Unwetter mit Sturmböen, aber keine Panik, alle sind in das Lokal gelaufen.« Er lachte. »Draußen sind Stühle umgeworfen worden, doch es war nicht so, dass sie durch die Luft geflogen wären.« Wieder lachte er.

»Und die Afrikaner mit ihren Taschen?«

»Sie sehen, sie leben noch«, antwortete der Kellner sarkastisch, wischte einen Tisch ab und verschwand wieder im Lokal.

Es waren auffallend wenige Touristen auf der Straße, und deshalb standen die Geschäfte auf der Brücke still. Doch verloren die afrikanischen Burschen deswegen nicht ihre gute Laune, sie lachten und scherzten, bis sich ein möglicher Kunde näherte, worauf sie sich sofort konzentrierten und ihm ihre Angebote machten. Und wie immer liefen sie plötzlich davon, und wie immer erschien die Polizei, beriet sich und zog sich zurück, worauf die Verkäufer wiederkehrten, ihre Posten aufstellten und ihre Taschen auspackten. Auch der Luftmaler im Säulengang des Dogenpalastes malte noch immer oder schon wieder ein Bild auf die fiktive Leinwand, wobei er mit strengem Gesichtsausdruck die Wand anstarrte.

Um sich zu beruhigen, spazierte Lanz über den Markusplatz. Alle Stühle vor den beiden Cafés – Florian und Quadri – waren weggeräumt, ebenso die Podien für die Orchester. Die Vogelfutterhändler waren verschwunden, ab und zu marschierte eine kleine Gruppe oder eine einsame Touristin mit Selfie-Stativ vorbei, oder es fotografierten sich Touristen gegenseitig, und Lanz hatte das Gefühl, dass alles wieder seinen gewohnten Lauf nahm.

Er stieg in ein Vaporetto, verließ es an der Station Salute, fand sich in den Gassen zurecht und sperrte endlich die Haustür hinter sich zu und Caecilias Wohnung auf.

Erst am Morgen des folgenden Tages erwachte er durch die Liebkosungen Caecilias. Sie war vom Vorfall auf San Pietro und der brennenden Werkshalle unterrichtet, wusste aber nur, dass es um Julias »Archiv« gegangen war: Fotografien, die sie für die Biennale des nächsten Jahres vorbereitet hatte. Natürlich wollte Caecilia mehr darüber wissen, und sie fragte ihn über jedes Detail aus und staunte über seinen, wie sie es nannte, »Wagemut«.

Sie liebten sich bis zum frühen Nachmittag, erst ein Anruf aus dem Büro der Rechtsanwältin Amanda Falchi zwang ihn wieder zurück in die Verwicklungen, denen er ausgeliefert war.

Irgendjemand musste die Anwältin verständigt haben, damit sie ihm helfe. Lanz war irritiert, doch auf das Drängen von Caecilia hin entschied er sich, sie in ihrer Kanzlei hinter der Rialtobrücke aufzusuchen.

Amanda Falchi saß hinter ihrem großen Schreibtisch, der sie aussehen ließ wie ein Kind, das zum ersten Mal vor einer Schulbank sitzt, und sie beugte sich so weit sie konnte über den Tisch, um ihm die Hand zu reichen und ihn aufzufordern, Platz zu nehmen. Der schwarze Polsterstuhl war eine Falle: Als er sich setzte, versank er bis zum Kinn vor der Tischplatte, während die Anwältin, wie er bemerkte, ihren Stuhl auf die größtmögliche Höhe eingestellt hatte. Gezwungenermaßen blickte er zu ihr auf wie zu einer Göttin. Ihre Ohrringe schaukelten bei jeder Bewegung, die Brille war zu groß und rutschte hin und wieder über ihre Nase, und hinter ihrer aufgesetzten Heiterkeit verbarg sich erkennbar ein streitlustiger Charakter.

»Geht es Ihnen gut?«, fragte sie.

»Warum fragen Sie?«

»Die Ereignisse haben sich überschlagen ... Ich weiß nicht, ob Sie davon schon Kenntnis haben, dass in der vergangenen Nacht ein Brandbombenattentat auf Ihr Haus am Lido ausgeführt wurde? Soviel ich weiß, wurden die Küche, Ihr Arbeits- und Ihr Schlafzimmer zerstört. Die Feuerwehr erhielt gegen ein Uhr nachts eine Meldung, es gelang ihr auch, das Gebäude zu retten, aber es ist jetzt unbewohnbar. Ihr Nachbar – Signor Egon Blanc – bietet Ihnen, falls Sie die Ruine – denn darum handelt es sich leider jetzt – nicht renovieren lassen wollen, ein Haus auf La Giudecca mit Blick auf die Lagune zum Tausch an.« Sie schnitt eine fröhliche Grimasse und lächelte. »Ferner würde er Ihnen das zerstörte Mobiliar ersetzen, was halten Sie davon?« Jetzt lachte sie bereits wie über einen eigenen Witz.

»Hat man den Täter gefasst?«, wich Lanz, der sein Gesicht nicht verzog, aus.

»Das habe ich vergessen, Ihnen zu sagen: Er wurde heute gegen acht Uhr am Morgen vor dem Eingangstor zur Villa Blanc von der Polizei erschossen. Es handelt sich um einen 24-jährigen Tunesier.« Sie hatte noch immer das gespielte Lächeln um den Mund.

»Was wollte er dort?«, fragte Lanz und überlegte, ob er das Angebot so rasch annehmen sollte.

»Da muss ich etwas weiter ausholen«, antwortete Amanda Falchi jetzt mit sorgenvollem Ernst. »Um Mitternacht hat die Polizei das Ospedale al Mare umstellt und die Gebäude durchsucht. Dabei wurden 41 Personen, Migranten aus dem Irak, Syrien und Nigeria, befreit. Drei von ihnen flüchteten, sie sind übrigens alle illegal eingereist. Nachdem sie von der Polizei durchsucht und registriert wurden, hat ihnen Signor Blanc in seiner Villa Unterschlupf geboten. Er hat vor, sie auf einem seiner Landgüter in der Nähe von Padua unterzubringen. Bis dahin sollen sie in seiner Villa bleiben. Aber, wie Sie vielleicht verstehen, der Bürgermeister drängt darauf, dass alles möglichst schnell gehen soll … Sie wissen, der Tourismus … Es ist keine Lappalie … Fünf Schlepper oder Schleuser wurden festgenommen …«

»Wie lange geht das schon? Und wie war das möglich?«, fragte Lanz weiter, schon entschlossen, das Angebot Blancs anzunehmen.

»Das frage ich mich auch, und ich bin mir sicher, dass es noch weitere Überraschungen geben wird.«

»Und Julia Ellis … Man hat ihre Werkshalle …«, setzte Lanz fort.

»Die Täter wurden von Unbekannten erschossen … Die Polizei ermittelt. Ach ja, ich soll Ihnen das von Signora Ellis übergeben.« Sie griff nach einem Kuvert und reichte es ihm. »Seien Sie vorsichtig, es enthält CDs oder DVDs – ich habe keine Ahnung.«

»Und wo ist Julia?«

»Signora Ellis ist mit Herrn Vogel und seinem Falken noch gestern weggeflogen, wo sie sich im Augenblick aufhalten, kann ich nicht sagen. Haben Sie die Zeitung gelesen?«

»Nein.«

Sie reichte ihm den »Gazzettino« über den Tisch, auf dessen Titelseite die beiden Leichen in San Pietro, die mit Planen zugedeckt waren, vor der brennenden Werkshalle abgebildet waren. Von der Polizei-Aktion im Ospedale al Mare war nur eine kleine Fotografie zu sehen und ein Kurzbericht, der mit dem Satz endete:

»… außerdem wurde ein nahe gelegenes Haus durch einen Brandanschlag schwer beschädigt.«

»Das hätte ich beinahe vergessen«, fuhr Amanda Falchi fort: »Auch Ihre Fischerhütte will Ihnen Signor Blanc ablösen. Er bietet Ihnen dafür ein kleines Wochenendhaus auf San Erasmo an. Kennen Sie San Erasmo?«

Lanz nickte.

»Ich frage mich nur, was Signor Blanc mit Ihnen vorhat … Ich meine, er ist sehr großzügig zu Ihnen.«

Lanz schwieg.

Sie schob ihm mehrere mit dem Computer ausgefüllte Formulare hin.

»Wenn Sie alles überlegt haben, unterschreiben Sie die vorbereiteten Verträge und ich erledige alles Weitere für Sie.«

Lanz war insgeheim erleichtert, griff nach seinem Stift und setzte seine Unterschrift unter alle Verträge, ohne sie vorher zu lesen.

»Sie sehen, Signor Blanc hat alles schon unterzeichnet. Das heißt, dass die Verträge somit gültig sind.«

Als er fertig war, legte sie die Dokumente in eine Mappe und verstaute diese in ihrem Safe. Außerdem steckte sie die Papiere, die ab jetzt ihm gehörten, in ein Kuvert und überreichte es ihm.

»Ich werde Sie zu Commissario Galli begleiten und auf Ihren Wunsch bei der Befragung anwesend sein«, führte sie unterdessen aus. »Signor Blanc hat mir den Auftrag dafür erteilt.«

Sie wartete seine Antwort nicht ab, sondern nahm eine Jacke aus einem alten Nussholzschrank und verließ die Kanzlei, nicht ohne vorher eine der Sekretärinnen darüber zu informieren, dass sie zum Lido fahre.

Auf dem Weg zur Vaporetto-Station sahen sie mehrere Polizisten und vor einem Kiosk Menschen stehen, wo ein Zeitungsverkäufer aus einem arabischen Land, so vermutete Lanz, ein »Extrablatt« verkaufte. Die Schlagzeile lautete: »Attentat in Rom, 49 Tote und 112 Verletzte«, darunter war zu lesen: »Attentatsdrohung: ›Werden den Markusplatz zerstören!‹«

Im Vaporetto der Linie 1 war es seltsam still. Die Anwältin konnte gerade noch zwei Sitzplätze ergattern und begann, wie die übrigen Fahrgäste die Flugzettel zu lesen, die auf den Sitzplätzen lagen. In allen Reihen steckten die Passagiere die Köpfe zusammen und studierten gemeinsam die Seiten oder saßen angespannt da und vertieften sich in die Meldungen. Es machte den Anschein einer Orchesterprobe mit Notenheften und Musikern, die auf ihre Instrumente warteten. Angst war nicht zu spüren. Auch war niemand aufgeregt, die Fahrgäste verhielten sich ergeben wie Patienten in einem Warteraum.

Nur der Vaporetto-Motor war zu hören.

Lanz blickte hinaus auf die Palazzi und die Regenwolken, und Caecilia fiel ihm ein. Dann nahm er sein Telefon, schaltete es aus und verstaute es wieder in der Hosentasche. Ein Möwenschwarm flatterte vor der Station Salute auf.

Auch vor der großen Kirche lasen nicht wenige Wartende das »Extrablatt«.

Als sie den Markusplatz passiert hatten, erhob sich vor der Schiebetür ein dicker Mann mit wirren Haaren, er trug einen grauen Pullover, Jeans und eine große Schultertasche. »Non promsi santasco, soleilo«, begann er scheu, wurde aber rasch lauter, und es machte den

Anschein, als halte er eine Philippika, tatsächlich redete er in Zungen. Keines der Worte ergab einen Sinn, doch verwendete er die Phantasiewörter, um seine Gefühle auszudrücken. Lanz nannte ihn insgeheim »der Prediger«. Niemand konnte verstehen, was er sagte, man hörte ihm auch nur am Anfang zu, dann lasen die meisten die Zeitung weiter oder blickten zum Fenster hinaus. Das schien den Prediger aber zornig zu machen. Er wurde lauter, fing an, theatralisch auf den Boden zu stampfen und schmierenkomödiantische Gesten zu machen. Plötzlich verstummte er und setzte ein beleidigtes Gesicht auf wie ein Kind, dem man das Spielzeug weggenommen hat. Er wurde leise, sprach traurig, doch war es jederzeit möglich, hatte es den Anschein, dass es wieder zu einem Gefühlsausbruch kommen würde. Er fixierte die ganze Zeit über ein Mädchen und eine alte Frau, die zwei Reihen hinter Lanz auf der gegenüberliegenden Seite saßen. Die Frau trug eine Brille, hatte eine Krücke, und das Mädchen neben ihr schien ihre Enkelin zu sein. Es folgte den Ausführungen des Vortragenden mit weit aufgerissenen Augen. Ihre Lippen formten die Worte mit, die der Mann vor sich hinmurmelte. Plötzlich, als das Vaporetto mit lautem Brummen die Geschwindigkeit verringerte und der Prediger für einen Moment das Gleichgewicht verlor, einen Schreckenslaut ausstieß, sich an einer verchromten Eisenstange festhielt und wieder aufrichtete, schien er zu sich zu kommen. Er hob die Tasche, die von seiner Schulter auf den Boden gefallen war, auf, streifte sich den Riemen über und deutete mit seinen Händen eine Bischofsmütze auf dem Kopf an, indem er mit den Fingerspitzen über dem Haar ein Dreieck formte.

»Pace! Pace! Pace!«, murmelte er, segnete die Passagiere, indem er ein Kreuz schlug, und stolperte erschrocken an der Station Sant'Elena hinaus. Gleich, sah Lanz, wollte er wieder kehrtmachen, denn dort standen drei Polizisten, die ihrerseits erst an Bord gingen, als der verrückte Mann bereits fluchtartig Richtung Giardini hastete. Auch ein Fahrscheinkontrolleur war miteingestiegen, und während die Polizisten Ausweispapiere zu sehen verlangten, musste man beim Kontrolleur gültige Fahrkarten vorweisen. Die »Extrablätter« waren weggeräumt, und das Vaporetto verwandelte sich wieder in einen gewöhnlichen Wasserbus. Doch ging alles geordnet vor sich, als handelte es sich um das Alltäglichste. Die Fahrgäste sahen einander nicht bei den Überprüfungen zu, sondern gaben vor zu dösen, blickten aus dem Fenster oder sprachen leise miteinander. Auch vor der Stazione Elisabetta kontrollierten mehrere uniformierte Polizeibeamte die Ausweispapiere der Wartenden.

Die Anwältin stieg erst nach den meisten Passagieren aus, steuerte dann aber zielstrebig auf den Eingang der gläsernen Halle zu, vor der, wie Lanz sah, bereits Pedar Janca, der Bienenzüchter und Wahrsager Blancs, wartete. Obwohl er sich geschickt anstellte, war an der Haltung seines Kopfes zu erkennen, dass er tatsächlich blind war, dachte Lanz. Hinter Janca parkte eines der Taxis, das er schon vorher angeheuert hatte. Wie selbstverständlich nahm er neben dem Fahrer Platz, und Lanz rutschte nach Dr. Falchi auf den Rücksitz.

»Es ist besser, wir fahren zuerst zur Questura, Commissario Galli wartet schon auf Sie«, sagte Pedar Janca sanft.

»Nein, fahren Sie zuerst zu meinem Haus, ich will es sehen«, widersprach Lanz.

»Ich denke, Signora Dr. Falchi wird keine Freude damit haben.«

»Ich habe nicht gesagt, dass ich ihr eine Freude machen will«, antwortete Lanz ungehalten.

»Ich weiß mich schon zu wehren!«, ergänzte die Anwältin lachend.

Pedar Janca nickte, gab dem Fahrer die Adresse und verstummte. Auch die Anwältin schwieg.

Die Gran Viale Santa Maria Elisabetta und der Lungomare D'Annunzio zeigten Spuren des Wirbelsturms: zerfetzte Sonnendächer vor den Gaststätten, verwüstete Vorgärten. Während sie am Tor zu Signor Blancs Villa vorbeifuhren, warf Lanz einen Blick durch das Seitenfenster des Taxis und sah auf dem Gehsteig die Kreideumrisse der Gestalt des erschossenen Attentäters und einige Fußgänger, die herumstanden und schwatzten. Ein Polizeistreifenwagen, aus dem sie ein Beamter beobachtete, überholte sie auf der anderen Straßenseite.

Als Lanz vor seinem Haus ausstieg, roch er als Erstes den scharfen Brandgeruch und sah zugleich die vier schwarzen Fenster zu seinen Wohnräumen ohne Glasscheiben und dahinter schwarze Räume. Ein gelbes Kunststoffband versperrte den Eingang, doch Lanz bückte sich unten durch, nahm den Schlüssel in die Hand und öffnete die Haustür. Der Gestank der ausgebrannten Wohnung war penetrant und wurde noch heftiger, als er versuchte, die Räume zu sehen. Tatsächlich war, wie er im Weitergehen feststellte, alles durch das Feuer und die Löscharbeiten zerstört worden: die Wände schwarz von Ruß, der Verputz aufgelöst, die Türen lagen verkohlt auf den Böden, die ebenfalls schwarz waren. Doch entdeckte er nirgendwo Schutt oder Reste der Möbel, der Bücher, des Küchengeschirrs. Auch der Kühlschrank, die gesamte Einbauküche mit dem Herd, das Waschbecken und der Geschirrspülautomat waren verschwunden, ebenso wie die Bücherregale, das Schachspiel, sein Fernsehapparat, die Sitzgarnitur, das Bett … Am meisten betroffen machte ihn, dass seine Bücher nicht mehr vorhanden waren.

Er entdeckte nichts als schwarze Leere. Für einen kurzen Augenblick war er überzeugt, dass er das Reich zwischen Leben und Tod durchwanderte, der Boden im nächsten Moment einbrechen und er in den vollständig schwarzen Keller hinunterstürzen würde, wo ihn niemand mehr hörte. Er hielt sich jedoch nicht länger als eine Minute in der Ruine auf, wie er sich sagte, denn ihm fiel ein, dass sie ihm ohnedies nicht mehr gehörte. Signor Blanc hatte sie mit dem Vertrag übernommen, und damit betraf Lanz alles Weitere nicht mehr. Nur noch eines wollte er jetzt hinter sich bringen: den Schlussstrich unter allem zu ziehen, was ihm seit dem Versuch, sich das Leben zu nehmen, widerfahren war. Das ausgebrannte Haus und seine verschwundenen Bücher waren erst der Anfang. Ihm fiel die Walther-Pistole ein, er suchte sie und hielt dabei immer wieder die Luft an, aber er fand sie nicht … Auch wenn er sich in allen Räumen noch einmal umsah, würde er sie wohl nicht finden. Schließlich resignierte er. Der Verlust der Bücher blieb jedoch als Echo des Schmerzes in seinem Gedächtnis zurück.

Sobald er das Haus wieder verlassen hatte, warf er einen Blick auf das Dach, das ebenfalls schwere Brandschäden aufwies, und stieg erst dann zurück in das Taxi.

»Tut mir leid«, sagte Pedar Janca.

Die Anwältin setzte ihr Lächeln auf und ergänzte: »Aber dafür haben Sie jetzt in wenigen Tagen ein unvergleichlich schöneres Heim, und Signor Blanc wird Ihnen jedes Ihrer Bücher ersetzen. Gerade lässt er eine Liste aus den Fragmenten, die noch vorhanden sind, zusammenstellen.«

Lanz verstand, dass Signor Blanc ihm das Entsetzen über das Zerstörte und das Fehlende hatte ersparen wollen, doch schwieg er. Die ganze Zeit über fragte er sich aber, ob er die Anwältin davon unterrichten sollte, dass er seine Walther-Pistole nicht hatte finden können.

Seine Gedanken waren auch bei der bevorstehenden Vernehmung durch Commissario Galli, er konnte sich jedoch nicht darauf konzentrieren, denn er sah nur die fehlende Walther-Pistole und die schwarzen Räume vor sich, die umgestürzten, verkohlten Türen und die Leere.

»Die Feuerwehr«, sagte Janca, »hat die Möbel und alles, was brannte, durch die Fenster auf die Straße geworfen, und als Signor Blanc die Polizei in Kenntnis gesetzt hat, dass er für den gesamten Schaden aufkomme, wurde am Morgen alles in zwei Müllwagen geworfen und entsorgt. Signor Blanc wird Ihnen, wie gesagt, die Bücher beschaffen. Ich werde in seinem Namen dafür sorgen, dass es so rasch wie möglich geschieht.«

Das eröffnete für Lanz die Möglichkeit zu hoffen, dass die Pistole »mitentsorgt« worden war.

»Wo ist Signor Blanc jetzt?«, fragte Lanz. »Und

wo sind die anderen: Herr Vogel, Herr Ashby, Herr Chang?«

»Herr Vogel ist gestern zusammen mit Signora Ellis zum Flughafen Marco Polo gebracht worden und am frühen Morgen nach Spanien geflogen. Herr Ashby, unser Gärtner, hat heute die Flüchtlinge in Signor Blancs Haus bringen lassen und kümmert sich um alles, Herr Chang versorgt sie. Außerdem hat Signor Blanc Ihren Briefträger, Herrn Samuel Goodluck Oboabona, als Übersetzer und Betreuer der Flüchtlinge angestellt. Er wird sie, sobald die Überprüfungen abgeschlossen sind, auf dem Transport in die Nähe von Padua begleiten.«

Darüber musste Lanz unbedingt mit der Anwältin sprechen, bevor das Verhör begann.

»Und Sie, was werden Sie jetzt machen?«, fragte er Janca.

»Das hängt von Signor Blanc ab, jedenfalls bleibe ich bei den Bienen.«

Lanz musste alles erst verarbeiten, dann fragte er, ob Signor Blanc sich im Augenblick in Spanien aufhalte.

»Er ist hier am Lido, wo er sich am wohlsten fühlt.«

»Wirklich? Es hieß doch, er sei in Spanien?«

Die Anwältin gab einen Laut von sich, den Lanz als unterdrücktes Lachen interpretierte, aber der Imker tat, als habe er es nicht gehört, und erklärte ihm, dass Signor Blanc im Krankenhaus sei.

»Und wie geht es ihm?«, wollte Lanz wissen.

»Den Umständen entsprechend. Er will Sie sehen.«

Sie hielten vor der Questura, auch Janca stieg aus, wünschte ihnen alles Gute für das Gespräch und schüttelte Lanz mit erhobenem Haupt und Blick in die Ferne die Hand. Lanz dachte wegen der Haltung bei nes Kopfes und der verdrehten Augen zuerst, er werfe einen Blick zum Himmel hinauf, um ihm den Weg ins Jenseits zu weisen.

Im Vorhof hinter dem Zaun schaute sich die Anwältin um und flüsterte halblaut: »Signor Blanc verliert allmählich sein Gedächtnis. Er muss in Abständen das Krankenhaus aufsuchen und sich Injektionskuren unterziehen. Doch wenn er wieder entlassen wird, funktioniert sein Gehirn, wie er es immer gewohnt war.«

»Ich hatte im Haus eine Walther-Pistole aufbewahrt, sie ist verschwunden«, sagte Lanz unvermittelt.

Dr. Falchi hob den Kopf. »Das sagen Sie mir erst jetzt?«

Sie schaute ihn an.

»Ich könnte angeben, ich habe sie von Herrn Vogel für alle Fälle vor seiner Abreise bekommen.«

»Warten Sie!« – Die Anwältin entfernte sich jetzt einige Schritte und telefonierte leise, doch entschlossen. Es dauerte einige Minuten, dann kam sie zurück und sagte ihm: »Herr Vogel wird Ihre Aussage bestätigen.«

Beim Betreten des Posto di Polizia Lido ging Lanz immer noch sein ausgebranntes ehemaliges Haus durch den Kopf, der scharfe Geruch, die schwarzen Räume und die Leere darin … Er fühlte sich elend und gestand sich ein, dass er Angst hatte. Was, wenn man ihn festnahm? Ihn verurteilte? Für Jahre ins Gefängnis steckte?

»Sie halten sich zurück, wenn die Sprache auf die Pistole kommen sollte. Sie sagen nur, dass Herr Vogel sie Ihnen zu Ihrer Sicherheit gegeben hat«, sprach Dr. Falchi jetzt wie zu sich selbst.

Lanz nickte automatisch, aber er hatte insgeheim Angst.

In jedem der Räume wurde telefoniert oder saßen Uniformierte vor Computern. Nur Commissario Gallis Zimmer war davon unberührt. Er wies ihnen flüchtig einen Stuhl zu, und Dr. Falchi spielte die Unbefangene.

»Ein dummer Tag«, sagte sie.

Galli lehnte sich zurück, visierte mit seinen Augen Lanz an und wandte sich dann mit zynischem Lächeln der Anwältin zu: »Welche Fragen hat Signor Blanc der Polizei zu stellen erlaubt?«

Dr. Falchi antwortete zu Lanz' Überraschung, ob das alles sei, was der Commissario wissen wolle? Dann könne sie mit ihrem Mandanten den Posto di Polizia gleich wieder verlassen. Es liege ohnedies kein Haftbefehl vor.

Galli betrachtete sie wie ein Biologe eine bestimmte Schneckenart, blickte dann zum Fenster hinaus und fragte Lanz nebenbei, ob ihm seit der letzten Vernehmung etwas eingefallen sei.

Lanz verzog die Unterlippe und schüttelte den Kopf.

»Heißt das nein?«

Lanz nickte.

»Sie wollen nicht sprechen?«

»Ich bitte um eine konkrete Frage!«, fuhr Dr. Falchi dazwischen. »Ziehen Sie bitte keine Psychoshow ab, Commissario.«

»Und Sie keine Verteidigershow!«, antwortete Galli aggressiv.

»Es ist besser …«, unterbrach die Anwältin, wurde aber ihrerseits sofort vom Commissario unterbrochen: »Es ist besser, Sie schweigen jetzt!«

»Ich lasse mir von Ihnen nicht den Mund verbieten!«

»Wissen Sie, ob Julia Ellis eine Pistole besaß?«, wandte sich Galli in unfreundlichem Tonfall an Lanz.

»Ich habe keine gesehen«, antwortete dieser und fühlte, wie ihm kalt wurde.

»Und hat sie mit Ihnen über den Tod von Mennea gesprochen?«

»Nein.«

»Das kann ich nicht glauben! Sie waren doch zu dieser Zeit mit ihr liiert!«

»Tut mir leid, ich kann mich nicht erinnern.«

»Ich weiß, Ihr Unfall hat Ihr Erinnerungsvermögen beschädigt«, lächelte Galli zynisch.

»Das hängt nicht damit zusammen«, warf Lanz ein.

»Also wissen Sie, ob sie mit Ihnen darüber gesprochen hat oder nicht?«

»Bitte kommen Sie zur Sache, Commissario … Was sollen diese Fragen?« – unterbrach ihn die Anwältin.

»Waren Sie gestern nach dem Taifun auf San Pietro?«, setzte der Commissario unbeirrt fort.

»Nein!«, antwortete Lanz. »Wozu hätte ich dort hingehen sollen?«

»Es hat Sie aber jemand gesehen!« Galli hob triumphierend seine Augenbrauen.

»Wer?«, fragte Dr. Falchi mit streitlustiger Stimme.

»Eine Frau aus einer Kellerwohnung in der Nähe der Sant'Anna-Brücke.«

»Und wo ist diese Frau?«, wollte die Anwältin wissen.

»Ich war nicht dort«, ergänzte Lanz rasch.

»Wie kann sie aus einer Kellerwohnung das Gesicht eines vorbeigehenden Menschen erkennen? Ich habe in meiner Kindheit eine Zeitlang in einer Kellerwohnung …«

Der Commissario unterbrach sie neuerlich.

»Es ist vor der Sant'Anna-Brücke gestern Nachmittag zu einem Schusswechsel gekommen, zwei junge Männer sind dabei getötet worden.«

»Ich habe Ihnen gesagt, dass ich nicht dort war«, widersprach Lanz heftig.

»Wo haben Sie sich den Nachmittag über aufgehalten?«

»Ich war während des Wirbelsturms in der Kirche Sant'Elena –«

»– der Schusswechsel fand nach dem Wirbelsturm statt«, fuhr Galli dazwischen, »was haben Sie nach dem Unwetter gemacht?«

»Ich bin zum Yachthafen gegangen, um die Verheerungen zu sehen.«

»Und dann?«

»Dann war ich in Richtung Giardini zum Markusplatz unterwegs. Ich war neugierig, was der Wirbelsturm angerichtet hat.«

»Und dann?«

»Bin ich mit dem Vaporetto zur Station Salute gefahren.«

»Haben Sie noch die Fahrkarte?«

»Ich habe eine Fünfjahreskarte und zehn Fahrten auf dem Chip gespeichert.«

»Zeigen Sie mir die Fünfjahreskarte und den Chip!«, befahl der Commissario.

Lanz kam seiner Aufforderung nach, aber Galli ließ den Ausweis unbeachtet auf dem Schreibtisch liegen.

»Und dann?«, fragte er.

»Sie sehen, wo ich mich derzeit aufhalte …«

»Und Sie verschweigen mir mehr, als Sie zugeben! Entweder können Sie sich nicht erinnern oder Sie wissen von nichts!«

»Unterstellen Sie meinem Mandanten nicht Unlauterkeit in seinem Verhalten!«, unterbrach ihn Dr. Falchi.

»Der Commissario kann nicht anders, weil er selbst ein Unwissender ist!«, mischte sich Lanz giftig ein und provozierte Galli weiter: »Sie dichten sich in ihrer Unfähigkeit alles Mögliche zusammen und gehen dabei über Leichen!« Er wollte jetzt unbedingt das Verhör hinter sich bringen, bevor die Rede auf die Pistole kam.

Galli schlug mit der Faust auf den Tisch und sprang auf.

»Schweigen Sie!«, fuhr er Lanz an. »Sie stehen unter Verdacht! Ich lasse Sie abführen!«

»Es gibt Gesetze, an die auch Sie sich halten müssen«, warf Dr. Falchi energisch ein. »Herr Lanz hat für alles eine Erklärung, oder er weiß es eben nicht. Wenn Sie einen Verdacht haben, dann legen Sie Beweise vor!«

»Sie sind offenbar überfordert!«, ergänzte Lanz spöttisch, »oder betrunken.«

»Halten Sie den Mund!«, wiederholte Commissario Galli aufgebracht und wandte sich Lanz zu. »Sie wissen genau, was heute Nacht mit Ihrer Wohnung passiert ist!«

»Mein Mandant«, widersprach ihm die Anwältin, »hat mit dem Vorfall nichts zu tun. Er hat sein Haus, das inzwischen ausgebrannt ist, an Signor Blanc verkauft. Das Angebot von Signor Blanc kam zwei Tage vor dem Anschlag«, log sie und fuhr fort: »Das heißt, dass man es vielleicht auf Signor Blanc abgesehen hat …«

»Sie glauben, Sie können mir Scheiße servieren und ich fresse sie?«, schrie Galli die Anwältin zornig an.

Lanz setzte alles auf eine Karte und provozierte weiter: »Auch Sie servieren nur Scheiße!«, sagte er ruhig, fast so, als spreche er zu sich selbst.

Galli verlor daraufhin die Beherrschung. Er griff nach dem kleinen Briefbeschwerer, der neben verschiedenen Kugelschreibern auf dem Tisch lag und warf ihn Lanz ins Gesicht, der ausweichen wollte, dabei aber aus dem Gleichgewicht geriet und zu Boden stürzte.

»Das wird ein Nachspiel haben!«, schrie die Anwältin und sprang auf, doch Galli war so außer sich, dass er daraufhin mit den Bleistiften und Kugelschreibern, die auf dem Schreibtisch lagen, und zuletzt sogar mit den Papieren nach ihr warf. Sie fielen flatternd zu Boden oder schwebten noch kurz in der Luft. Während Galli einen Aktenordner aus einem Regal riss, um auch diesen auf Dr. Falchi zu werfen, beugte sie sich rasch über Lanz und zog an seinem Ärmel, worauf er zu sich kam und sich aufrichtete. Sie nahm seinen Vaporetto-Ausweis und den Chip blitzschnell von Gallis Schreibtisch, rief: »Ich werde Signor Blanc davon informieren« und führte Lanz hinaus auf den Gang. Der schwarze, schwere Ordner verfehlte sie knapp.

Es gelang ihnen gerade noch, über den Garten auf die Straße hinaus zu flüchten. Dr. Falchi holte aufgeregt ihr Telefon aus der Jackentasche, um Pedar Janca zu verständigen, damit er sie mit dem Taxi abholte. Aber Janca, der offenbar den Zwischenfall vorausgesehen hatte, wartete schon im Taxi vor der Gartentür, bereit, Lanz, der eine blutende Platzwunde auf der Stirn hatte, zum Arzt zu bringen.

Die Anwältin half Lanz in das Auto und rief, das Telefon schwenkend: »Ich habe alles im Commissariato aufgenommen! Ich bringe die Sache zu Ende!« Sie machte kehrt und stapfte entschlossen zurück in den Posto di Polizia.

Sie fuhren wieder den Lungomare D'Annunzio hinauf.

Lanz hatte Kopfschmerzen und spürte, dass das Blut über seine Wange lief.

»Sie sind derzeit nicht vom Glück begünstigt«, sagte Janca.

Lanz verstand, dass der Imker ihm damit sagen wollte, er habe Glück. Da immer das Gegenteil von dem geschah, was er aussprach, beeinflusste er vermutlich das Schicksal auf diese Weise. So viel hatte Lanz jedenfalls begriffen, dass Commissario Galli ihm nicht weiter würde zusetzen können. Und wenn es jemand anderer an seiner Stelle tat?

Ein Bus kam ihnen entgegen, und einige Polizeifahrzeuge waren unterwegs, sonst sah er kaum jemanden auf der Straße. Inzwischen telefonierte Janca weiter. Als sie vor der Villa von Signor Blanc hielten, wartete Oboabona bereits auf dem Gehsteig. Er beeilte sich, über die Straße zu laufen, und rief, als er die Wagentür öffnete: »Signor Lanz! Schön, dass wir uns sehen! Große Freude … Ihr Kopf, was ist mit Ihrem Kopf? – Sie bluten!«

»Steigen Sie ein«, drängte ihn Janca.

Lanz blickte Oboabona trotz seiner Kopfschmerzen in die Augen. »Wir sind Freunde, Samuel. Und ich heiße Emilio«, sagte er leise.

»Ja … Emilio … Und der Kopf? Unfall?«

»Jemand hat mir die Tür ins Gesicht geknallt«, lenkte Lanz ab.

»Schlimm …! Aber nicht wahr … Jemand hat Stein geworfen!«

»Du hast recht«, versuchte Lanz ihn zu beruhigen.

»Zuerst Auge und dann Kopf!« Oboabona klopfte ihm auf die Schulter wie einem kleinen Buben. »Oboabona passt auf jetzt!«, flüsterte er. »Oboabona hat Walther-Pistole in Haus gefunden – nach Brand und Feuerwehr – und hat Pistole Mister Ashby gegeben. Für immer!«

Sie fuhren am Ospedale al Mare vorbei und Lanz registrierte, dass Polizeiautos davor parkten und Soldaten Wache schoben. Die Weiterfahrt durch die schmale Straße erwies sich als äußerst schwierig, denn sie war von Fahrzeugen der Fotografen, Journalisten und Fernsehteams verstellt, weshalb das Taxi nur schrittweise vorankam. Janca hatte Lanz eine halbleere Packung Papiertaschentücher gereicht, und während dieser das Blut von seinem Gesicht abwischte, warf er hin und wieder einen Blick auf den langsam verfallenden Krankenhaus-Komplex hinter der Mauer. Die Fensterscheiben der meisten Gebäude waren, wie auch die, welche er schon durch das Eingangstor gesehen hatte, zerbrochen. Auf einem Vorbau aus Kunststoff, der offenbar erst später hinzugefügt worden war, entdeckte Lanz ein großes Dreieck mit dem Auge Gottes. Daneben war in flüchtiger Schrift »Kill the Police« zu lesen. Dann widmete Lanz sich wieder den eingeworfenen Fensterscheiben und den Umrissen der Löcher, die ihn an durchsichtige Landkarten mit schwarzen Inseln in einem durchsichtigen Meer erinnerten. Oder sein Blick fiel auf wucherndes Gebüsch vor einer mit Efeu bewachsenen und halb verdeckten Gebäudewand mit intakten Fenstern, an denen die Jalousien fast zur Gänze hochgezogen waren.

Während Lanz ein weiteres Taschentuch gegen seine Stirn presste, überkam ihn plötzlich die Überzeugung, dass der Gedanke, er sei tot und befinde sich im Jenseits, richtig gewesen war. Der Briefbeschwerer, den der Commissario nach ihm geworfen hatte, war die Patrone gewesen, die er sich auf Torcello durch den Kopf geschossen hatte. Der zeitliche Ablauf seines Sterbens war nicht chronologisch vor sich gegangen. Alles, was er erlebt hatte, seit er unter einem Holunderbusch die Pistole an seine Stirn gesetzt hatte, hatte sich bereits in der vierten Dimension ereignet. Eine Flut von Gedanken ging ihm durch den Kopf, während er auf den riesigen Komplex des Ospedale al Mare starrte und sich umso mehr auf seine Wahrnehmungen konzentrierte. Doch die verfallenden, sich allmählich in Staub auflösenden Gebäude suggerierten ihm, dass sie nur Würfel waren, die, je nach ihrer Lage, die Zeitdimension bestimmten.

Es kam ihm plötzlich wieder in den Sinn, dass er verrückt geworden sein konnte … Möglicherweise war sein Aufenthalt im Krankenhaus nach dem Fahrradunfall in Wahrheit die Behandlung in einer Anstalt für Geisteskranke gewesen? Und vielleicht befand er sich noch immer dort und bildete sich alles nur ein? Er betrachtete jetzt eine Art Kreuzgang, an dessen Wand im Hintergrund ein rätselhaftes Riesengraffito zu sehen war aus violetten, grünen und weißen Lilien, die Wasserkanäle darstellen konnten oder Baumstämme, eine Theaterbühne, die Mundhöhle eines Drachen …

vielleicht sogar Teile eines anderen Geschehens in einer anderen Zeitdimension. In den Glasscheiben mehrerer Fenster des Ospedale spiegelte sich jetzt die gegenüberliegende Mauer des jüdischen Friedhofs und eine Reihe hoher Zypressen, deren Baumkronen vom Wirbelsturm beschädigt worden waren. Den letzten Anblick, bevor sie wieder zügiger weiterfahren konnten, bot ein wachturmartiges Gebäude mit einem einzigen Fenster. Der Verputz des Turms war fleckig, er gab dem Ganzen etwas Ruinenhaftes, Zerstörtes, das durch ein Detail noch eindringlicher wirkte: ein kaum sichtbarer weißer Stromisolator aus Porzellan für eine elektrische Leitung, die nicht mehr vorhanden war, ragte einsam aus der Mauer heraus wie ein erblindetes Auge.

»Sie haben recht«, sagte Janca in diesem Moment, »die Zeit ist keine Gerade …«

Der Schmerz in Lanz' Kopf hatte sich in der Zwischenzeit weiter verstärkt und das Abtupfen der Wunde mit dem Taschentuch die Blutung nicht gestoppt. Einige Minuten lang flogen auf beiden Seiten des Fahrzeugs jetzt Bäume, Wiesen, Holunderbüsche und weitere Mauern vorbei, dann bog das Taxi nach rechts auf einen großen Platz mit einem langen, fünfstöckigen Gebäude ab, vor dem mehrere Krankenwagen standen.

»Centro di Salute Mentale«, »Zentrum für Psychische Gesundheit«, las Lanz auf einem blauen Schild über einem der beiden Haupteingänge.

Nirgendwo war ein Mensch zu sehen oder ein Geräusch zu hören.

Oboabona und Janca nahmen Lanz in die Mitte und brachten ihn mit einem Lift in den dritten Stock. Dort meldete ihn der Imker an einem Schalter an, während Samuel und er auf Stühlen Platz nahmen – noch immer ohne irgendjemandem zu begegnen oder einen Laut zu hören. Lanz fühlte einen starken Schwindel und schloss die Augen. Dunkelheit umgab ihn … Schwarze Materie, die ausgebrannten Zimmer in seinem Haus, dachte er noch.

Als er die Augen wieder aufschlug, lag er auf einem Untersuchungstisch. Ein junger, freundlicher Arzt behandelte gerade seine Stirnwunde, und eine Krankenschwester hielt mit der Pinzette einen Faden in der Hand, den sie dem Doktor übergab. Jetzt fühlte Lanz auch, dass der Arzt die Stirnwunde nähte.

»Er ist zu sich gekommen …«, hörte er eine Stimme. »Spüren Sie etwas?«, fragte sie ihn.

»Nein.«

Er blinzelte, sah ganz nahe Finger in einem Gummihandschuh und dachte noch, dass er gerade den letzten Schritt in die vierte Dimension machte, bevor er wieder in einen Dämmerzustand versank. Vor seinen Augen fiel Schnee in Form von Lichtpunkten, er erinnerte sich an die Leuchtkäfer im Garten von Signor Blanc und empfand so etwas wie eine sanfte Euphorie.

Als er erwachte, beugte sich gerade das Gesicht des Bienenzüchters Pedar Janca über ihn, der ihn fragte, wie es ihm gehe.

»Gut«, antwortete Lanz und setzte sich vorsichtig auf.

»Signor Blanc wird in Kürze zu seinem Refugium auf den Mont Blanc gebracht«, erklärte ihm Janca, »zuerst mit dem Hubschrauber zur Endstation der Zahnradbahn, dem Aussichtspunkt Adlernest ... von dort weiter zum Refuge du Goûter. Man nennt die Schutzhütte in fast viertausend Metern Höhe übrigens ein überdimensioniertes Osterei.« Er lachte. »Mehr als hundert Alpinisten könnten dort Platz finden. Inzwischen verfügt aber Signor Blanc allein über das Gebäude. Vor einiger Zeit wurde die Hütte nämlich geschlossen, weil der Zustieg wegen Steinschlaggefahr gesperrt werden musste. In den letzten Jahren ist es immer wieder zu Unfällen gekommen. Mehr als siebzig Menschen starben. Signor Blanc hat die Schutzhütte daraufhin gekauft und ein Stück daneben einen Landeplatz für einen Hubschrauber bauen lassen. Ein Dutzend Ärzte und Krankenschwestern macht Dienst, solange Signor Blanc anwesend ist, und eine Anzahl von Köchinnen und Köchen, Serviererinnen und Kellnern. Alle tragen Weiß, nur Signor Blanc nicht. Er kann sich von seinen Bienen-, Lilien- und Sternenjacken nicht trennen. Auch rundherum ist es die meiste Zeit weiß von Schnee, und Stürme umtosen die Schutzhütte. Sie können gerne mitfliegen, wenn Sie wollen.«

Lanz schüttelte den Kopf, spürte einen Schmerz und lächelte trotzdem. Auch Janca lachte mit zur Decke gerichtetem Kopf. »Ich habe es selbst nicht gesehen, ich erzähle nur, was ich gehört habe«, fügte er schelmisch hinzu.

Oboabona habe indessen Signor Blanc, der mit einem Rotkreuzwagen zum benachbarten Flugplatz Venezia-Lido – ebenfalls im Besitz von Signor Blanc – gebracht worden sei, begleitet, erfuhr Lanz weiter.

»Das ist auch der Grund, weshalb ich gesagt habe, Signor Blanc befinde sich an seinem Lieblingsplatz. Von hier aus kann er nämlich überall hinfliegen. Das Fliegen ist seine Leidenschaft. Solange es möglich war, ist er selbst am Steuerknüppel gesessen. Ich bin mir aber nicht sicher, ob er es sich gänzlich verbieten lässt«, erzählte Janca und begleitete ihn, nach einer letzten Kontrolle durch den Arzt, zurück zum Taxi, mit dem sie das kurze Stück zum Flugplatz zurücklegten.

Der alte Name »Aeroporto Nicelli« stand noch über dem in rechten Winkeln verschachtelten Gebäude. Rasch schritten sie durch die Vorhalle und gelangten, nachdem der Imker einen Ausweis gezeigt hatte, ohne weitere Kontrollen zur Piste, auf der ein zweimotoriges Privatflugzeug gerade langsam anrollte. Oboabona wartete schon neben der Startbahn, er drehte sich lachend um und zeigte auf das weiße Flugzeug: »Signor Blanc fliegt auf den Berg!«, rief er und konnte sich vor Freude kaum beruhigen.

Sie blieben stehen, bis sich das Flugzeug in die Lüfte erhob und hinter den weißen Wolken verschwand. Oboabona kam mit wässrigen Augen zurück, wischte sich die Tränen weg und murmelte resigniert: »Abschied … immer schwer.«

Das Taxi brachte Lanz schließlich in Blancs Villa zurück, wo Caecilia bereits auf ihn wartete. Sie war durch Pedar Janca und Dr. Falchi über alles informiert und schlug ihm vor, einen Arzt anzurufen, doch Lanz wollte nur schlafen. Er wusste nicht mehr, was Wirklichkeit war, was Traum, was existierte und was nicht existierte, ob er sich in der dritten, der vierten, der fünften oder in der sechsten Dimension befand und ob er überhaupt noch lebte oder bereits gestorben war.

Er benötigte eine ganze Woche, um wieder zu sich zu kommen. Inzwischen hatte Caecilia eine Assistentenstelle am Astronomischen Institut der Universität in Padua erhalten und würde im Spätsommer mit ihrer Arbeit beginnen. Die Attentäter von Rom waren erschossen worden, Venedig war ohne Anschlag geblieben, und die Migranten befanden sich bereits an dem für sie vorgesehenen Aufenthaltsort in der Nähe von Padua und warteten auf ihren Bescheid. Auch der Lido versank wieder in die Welt, die sich die Touristen vorstellten. Die Anwältin, Dr. Falchi, hatte Lanz, gerade als ein Arzt seine Fäden aus der verletzten Stirn entfernt hatte, angerufen und aufgeregt berichtet, dass sie Commissario Galli die originalen Gesprächsaufzeichnungen sowie ein von ihr neu verfasstes Vernehmungsprotokoll übergeben habe, das er widerwillig akzeptiert hätte. Darin sei Lanz' Unschuld festgehalten. Nebenbei erfuhr Lanz auch, dass das Haus auf La Giudecca in vierzehn Tagen beziehbar sei.

Es war der Tag, an dem Caecilia weggefahren war, um den Vertrag mit dem Astronomischen Institut abzuschließen. Lanz nahm an der Station Elisabetta das Vaporetto zur Station Salute, blickte aus dem Fenster und zweifelte nach wie vor daran, ob er noch lebte oder sich bereits im Jenseits befand. Das Entfernen der Fäden und auch der Anruf von Dr. Falchi wiesen eher darauf hin, dass er, falls er sich wirklich erschossen hatte, in das Leben zurückgekehrt war. Er schlief an der Station Arsenale beinahe ein und registrierte, dass kein Polizist mehr die Haltestellen bewachte oder Papiere zu sehen verlangte. Auch die Fahrgäste waren wie sonst, und die Schäden durch den Wirbelsturm hatten sich – außer in den Giardini, an der Kirche Sant'Elena und den Hafenanlagen – in Grenzen gehalten. Mit einem Wort, es war alles fast so »wie früher«.

In Caecilias Wohnung machte er sich einen Toast, nahm das Kuvert, das er vor dem Verhör von der Anwältin bekommen hatte, aus seiner Jackentasche und fand darin zwei unbeschriftete DVDs. Er steckte die erste in Caecilias Laptop. Wie sich herausstellte, waren darauf Fotografien gespeichert, und zwar eine Dokumentation der einzelnen Gebäude und Räume des Ospedale al Mare. Kein Mensch war darauf zu entdecken, nur die Trostlosigkeit des Verfalls: leere, feuchte Räume, die Wände dunkelgrau von Schimmelbefall ... Ein weißer Schrank aus Metall, von zwei Balken versperrt ... Behandlungsrollstühle aus Stahlrohr ... verschmutzte Steinböden, zum Teil mit Schachbrettmuster ... ein verrosteter Kanaldeckel ... eine Wand, von der der Verputz in großen Teilen abgefallen war, so dass die Ziegel darunter zum Vorschein kamen ... unzählige Kleiderhaken ... Stiegen voller abgefallener Verputzstücke ... ein verrottetes, blaues, leeres Schwimmbecken in einer einstmals blau-weißgestreiften Halle. Auch der ebenfalls blau-weiß gestreifte Heizkörper war von Rost befallen, sah Lanz, des Weiteren umgestürzte Stühle und Behandlungsbetten, die aussahen wie unbekannte tote Riesenkäfer, welche ihre Beine starr in die Luft streckten ... eine halb verfallene Heizanlage: der riesige Ziegelofen ohne Türchen ... eine weiße, runde Operationslampe mit vier violetten, kreisförmigen Scheinwerfern ... ein Stiegenhaus mit einem bis zum Boden reichenden Rundbogenfenster, vor dem zwei Autofelgen lagen ... ein völlig von Schimmel befallenes großes Gebäude, dessen Außenverputz nur noch an einem gelben Flecken unter dem Balkon erhalten war … ein Saal mit großen Fenstern und zahlreichen weißen Kugellampen, die über einem zerstörten, schuttbeladenen Boden hingen … ein langer Gang innerhalb eines der Gebäude mit zahlreichen Fenstern und zerbrochenen, einstmals mit Glasscheiben ausgestatteten Türen, deren Reste vor dem Eingang an der Wand gestapelt waren. Dann, im Freien, im verwilderten Park ein verrostetes Damenfahrrad ohne Räder, hingeworfen an eine von Gesträuch umwucherte Platane … Fragmente einer ehemaligen Außenstiege und das Theater des Krankenhauses mit einem bunten Deckengemälde und Säulen sowie einer Bühne mit einem weißen, zugezogenen Vorhang und einem Balkon für Zuschauer. Zuletzt drei erschossene Menschenhändler in großen Blutlachen. Sie lagen auf dem Bauch in pseudomilitärischem Outfit wie leblose Schaufensterpuppen.

Lanz gab die DVD zurück in die Kassette und steckte die zweite in den Laptop. »Mein Archiv«, las er als Überschrift. Es handelte sich um Fotografien des Untergangs: verrostete Lokomotiven und verrostete Viehwaggons auf einer Wiese in Bolivien … das rostige, ausgeschlachtete Vorkriegsmodell eines Autos in einem verlassenen Dorf in Polen … leere, aufgegebene Bahn- und U-Bahn-Stationen in den USA … die Ruine einer Kirche, aus deren Boden Gras und Gebüsch wuchs in der ehemaligen DDR … ein von Vulkanasche bis unter das Dach zugewehtes Gebäude in Chile … ein roter See, aus dem die Spitze eines Kirchturms ragte, nahe einem aufgelassenen Kupferbergwerk in Rumänien … eine nur noch aus Holzbalken bestehende riesige alte

Fabrik in Italien … Geisterstädte, Geisterhotels, Geistertheater, Geisterwolkenkratzer aus vielen Ländern der Erde … ein riesiger, leerer Konzertsaal mit einem Klavier, an dem Spinnennetze hingen, in Spanien … ein aufgegebenes Gefängnis mit Tausenden nutzlos gewordenen Gitterstäben in Amerika … verrostete, abgewrackte Schiffe im Sand des ausgetrockneten Aral-Sees in Kasachstan … die verlassene Fabrikinsel Hashima und das zerstörte Atomkraftwerk Fukushima in Japan … Tschernobyl nach der Atomkatastrophe in der Ukraine … das Schädelmuseum mit Opfern der Khmer in Kambodscha … das Vernichtungslager Auschwitz im ehemaligen Nazideutschland … das Museum und die Gedenkstätte in Hiroshima mit Bildern von den Atombombenabwürfen in Japan … ein stillgelegtes Wasserkraftwerk in England … eine Halle mit ausgeschlachteten Straßenbahnen in Polen … zugeschneite Flugzeugwracks in Island … eine verfallene Achterbahn im Meer an einer Küste in Amerika … verlassene Vergnügungsparks mit dahinrostenden Riesenrädern … Ruinen von Burgen in Schottland und Österreich … geschlossene Klöster mit vergessenen Bibliotheken in Tschechien … die Reste einer durch eine Explosion zerstörten Bohrinsel, Dutzende Wracks von russischen Panzern in Afghanistan … zerbombte Wohnhäuser in Syrien und im Irak … Soldatenfriedhöfe in Italien und Frankreich … ein Schreckensbild nach dem anderen … Lanz betrachtete sie aufmerksam und mit dem Gedanken, die Welt nach dem Aussterben der Menschheit zu sehen.

Später fuhr er mit dem Vaporetto auf die Insel La Giudecca, blieb auf einer langgestreckten Holzbrücke stehen und sah zum ersten Mal sein neues Haus auf der Fondamente San Angelo. Neugierig eilte er die schmale Gasse hinunter und stand kurz darauf vor dem Gebäude, das eingerüstet und gerade weiß gestrichen worden war. Im Haus malten Arbeiter die Räume mit weißer Farbe aus. Sie trugen weiße, schmutzige Mäntel und beachteten ihn kaum.

Lanz stieg die weiße Holztreppe in den ersten Stock hinauf, trat dort ans Fenster und blickte beglückt auf den Rio del Ponte Lungo und die vertäuten Motorboote und Segelschiffe. Der Wirbelsturm hatte hier nichts zerstört. Ein weißer Pudel bellte auf dem Gehsteig. Auch die Wolken am Himmel waren weiß. Ein alter weißer Tisch stand hinter ihm, mitten im Zimmer, auf dem er eine Schachtel mit dem Hinweis »Ihr Pedar Janca« fand. Er nahm auf einem der weißen Küchenstühle Platz und öffnete das Paket. Zuerst nahm er einen farbigen Plan heraus, entfaltete ihn und sah, dass es ein Spiel war, welches eine Stadtkarte von Venedig zeigte. Start war das Haus von Lanz am Lido, Ziel der Markusplatz. Alle Punkte, die für die Geschehnisse eine Rolle spielten, waren rot markiert und bedeuteten entweder strafweise Zurücksetzung der Figur an den Start oder mehrere Felder näher zum Ziel. Er fand nicht nur Torcello und Sant'Elena, sondern auch die Friedhöfe San Michele und den jüdischen auf dem Lido, den Strand ebenso wie den Schrottplatz in Alberoni, die Fischerhütte auf Pellestrina oder den Platz hinter der Brücke San Pietro mit der Werkshalle für Julias Bilder und nicht zuletzt Caecilias Wohnung. In einer weiteren kleinen Schachtel lagen Figuren und zwei Würfel. Er nahm die Figuren heraus und erkannte lachend, dass ihre Köpfe den Menschen nachgemacht waren, mit denen er zu tun gehabt hatte. Unter den Figuren waren jeweils die Anfangsbuchstaben der Personen zu lesen, die sie darstellten: RVA für Richard Vogel und Alien, P.J. für Pedar Janca, J.A. für James Ashby und M.CH. für Min Chang, G.O. für Goodluck Oboabona, J.E. für Julia Ellis, C.S. für Caecilia Sereno und C.G. für Commissario Galli. Es gab auch Mennea und seine Leibwächter – Giorgio Fermi mit Hundemaske und Manuel Saltesi ganz in Schwarz –, es gab, wie er sah, Borsakowski, Ignazio Capparoni, den Rechtsanwalt, der sich erhängt hatte, und Dr. Amanda Falchi. Nur für Egon Blanc, der größer war als die Übrigen, gab es kein Gesicht, sondern einen Kopf mit den Initialen E.B.

Lanz wusste, dass er das Spiel in Zukunft noch öfters verwenden würde, vielleicht so lange, bis sein Spielstein als Erster den Markusplatz erreichte. Er packte alles wieder ein, nahm das Paket unter den Arm und verließ das Haus, in dem die Handwerker nach wie vor damit beschäftigt waren, die Wände weiß auszumalen. Die aufgestapelten Bananenschachteln enthielten neue Bücher, wie er feststellte, vor allem aber eine in Leder gebundene Ausgabe der Werke von William Shakespeare in Einzelbänden. Er legte die Schachtel mit dem Spiel auf eine der herumstehenden Kisten mit Vasen, Geschirr, Gläsern, Besteck, Lampenschirmen und Vorhangstoffen, klemmte sich einen Band mit Shakespeares »Der Sturm« unter den Arm und fuhr mit dem nächsten Vaporetto zurück zur Stazione Salute. Langsam wurde es dunkel. Verschiedene Texte aus Shakespeares Theaterstücken gingen ihm durch den Kopf. Zuerst würde er also den »Sturm« übersetzen, so viel stand für ihn fest. Und was er als Nächstes wählen würde, kümmerte ihn noch nicht. Er war heiter gestimmt und dachte an Caecilia. Als er das Haus mit ihrer Wohnung erreichte, kam sie ihm gerade entgegen. Schon von weitem winkte sie ihm lachend zu.

INHALT

Bildnachweise

S. 189 Voynich-Manuskript, 1404–1438 (wahrscheinlich), Yale University

S. 204 Ustad Mansur, Portrait of a Falcon, 1619, Museum of Fine Arts, Boston

S. 205 Ustad Mansur, Salt-water Fish, 1621–25, Red Fort Museum, Delhi. Aus: Verma, S. P.: Mughal Painter of Flora and Fauna Ustad Mansur, Abhinav Publications, Ed. 1, 1999

S. 281 Giorgio de Chirico, Das Gehirn des Kindes, 1914, Moderna Museet, Stockholm

S. 287 Joseph Klibansky: Selfportrait of a Dreamer. Foto: © Gerhard Roth

S. 294 Grundriss-Skizze. Foto: © Gerhard Roth